Wilfried Eggers

Das armenische Tor

Roman

|g|r|a|f|i|t|

Wilfried Eggers studierte Rechtswissenschaften und skandinavische Sprachen in Kiel. Verheiratet, drei Kinder, überzeugter Moorbewohner. Er ist als selbstständiger Notar und Rechtsanwalt tätig und hat so Einblick in das gesamte Spektrum des prallen Lebens – vom platt gefahrenen Huhn bis zur Aktiengesellschaft.
www.wilfried-eggers.de

Tue keinem was zu Leide,
Tu sonst, was du willst,
Außer dieser gibt es keine
Sünde im Gesetz.

Mohammed Schemsed-din Hafis (1320–1389),
Der Diwan

Wer sich selbst und andere kennt,
Wird auch hier erkennen:
Orient und Okzident
Sind nicht mehr zu trennen.

Johann Wolfgang von Goethe,
West-östlicher Divan (1819)

1

Anahid Bedrosian saß in der sechstletzten Reihe, gerade so weit hinten, dass sie den Überblick hatte, und nicht so weit vorn, dass man sie für einen neutralen Gast halten konnte. Sie war früh gekommen, an diesem Freitagabend im April, um zu sehen, welches Publikum in der Alten Turnhalle erscheinen würde.

Der kalte Luftzug von der sich öffnenden Tür her kündigte die neuen Besucher an. Hauptsächlich Türken. Natürlich. Anahid strich sich die schwarzen Haare hinters Ohr, damit sie besser zur Seite sehen konnte, ohne neugierig zu wirken. Sie hatte keine Illusionen. Wenn man einem Volk angehörte, das man versucht hatte auszurotten, konnte man sich keinen Optimismus leisten. Optimismus war etwas für Leute, die vor dem Bösen ihre Augen verschlossen, weil sie gemütlich leben wollten. Gemütlich lebt nur, wer die Welt ignoriert.

»Wird schon«, das war der Spruch, den sie am meisten hasste. Nichts wird. Vor allem nicht von allein. Konnte man als Armenierin in Deutschland leben, das die europäische Judenheit ausgerottet hatte?

Was du den anderen tust, tust du auch mir.

Wer als Armenier nach Deutschland kam, war wie ein Hamster, der mit dem Fuchs Freundschaft schloss, nachdem der ein Karnickel gefressen hatte. Trotzdem war sie hier, seit mehr als zehn Jahren, festgewachsen, obwohl es keine Heimat war. Sie war hier hängen geblieben, nachdem sie in Kiel studiert, in Hannover ihre Referendarzeit abgeleistet, einen Job in Hemmstedt gefunden und sich von Karl getrennt hatte. Karl hatte nur die Frau Anahid haben wollen, nicht die Armenierin Anahid. Er war des Themas überdrüssig geworden und sie hatten ihr Leben nicht mehr teilen können. Vielleicht hätte ich nach Frankreich gehen sollen, dachte Anahid, dort gibt es zwar eine Menge Maghrebiner, aber wenig Türken, dafür eine halbe Million Ar-

7

menier, in Deutschland nur so viel wie Hemmstedt Einwohner hatte, ungefähr vierzigtausend. Alle verstreut, jeder für sich, einzeln. Einsam. Auch heute würde sie allein kämpfen müssen.

Wir werden verschüttet, wenn wir nicht kämpfen. Dann kriegen sie recht, hundert Jahre danach.

Hohe Fenster, gegenüber die Fachwerkwand mit alten Ziegeln, davor das flache Podium, Mikrofone, knarrender Parkettboden, eine Wendeltreppe mit eisernem Geländer zum Dachboden – ein denkwürdiger Raum. Früher war das eine Turnhalle gewesen, schon zur Nazizeit, als dein Körper der Nation gehört und du Gymnastik gemacht hast, damit die rhythmischen Urbewegungen funktionierten und die innere Heiterkeit zustande brachten, die du gebraucht hast, um künftige Soldaten zu gebären. Hatte ihr die Nachbarin Else erzählt, neulich am Samstag, beim Unkrautjäten, über den grünen Zaun des Reihenhausgartens hinweg, wo Anahid wohnte, allein, seit sie mit Karl Schluss gemacht hatte. Keine zehn Pferde würden sie da wieder hinbringen, hatte Else gesagt, ihr komme sonst der Konfirmationskaffee hoch.

»Urbewegungen! Was sollte das wohl sein, hä?« Sie hatte den rechten Zeigefinger in den Kreis von Daumen und Zeigefinger der linken Hand gesteckt. So eine war Else. So alt, aber immer noch Sprüche zum Rotwerden.

Jetzt nutzte man den Raum für After-Work-Partys, Musikveranstaltungen und Kleinkunst, überhaupt für alle Zusammenkünfte, die kein oder wenig Geld brachten und deshalb nicht im *Kultureum* stattfinden konnten, das jedes Jahr eine Million aus dem Hafersack der Stadt fraß, weswegen man dort die Wildecker Herzbuben sehen und hören konnte und haufenweise sogenannte Comedians, die neuen Wanderprediger ohne Bibel.

Und heute hier der Vortrag dieses Ali Söylemezoğlu mit anschließender Diskussion unter dem Motto ›Türkei und Armenien – Das schwierige Verhältnis‹. Der Mann hatte ein Buch

8

zu dem Thema verfasst und einen Verein gegründet, den er ausgerechnet *Dialog für den Frieden* nannte, wahrscheinlich gemeinnützig und steuerbegünstigt.

Der Ausländerbeirat hatte eingeladen. Es solle ein Austausch stattfinden, der dem Konflikt zwischen den Türken und den Armeniern ein Ende machen, jedenfalls zu einer Annäherung führen sollte. Beide Seiten sollten sich aussprechen, ihre Herzen ausschütten, frei ihre Meinung sagen. So jedenfalls stand es in dem Veranstaltungshinweis auf der Kulturseite des *Hemm-stedter Tageblatts*. Klang friedlich. Aber zwischen Armeniern und Türken war nichts friedlich, es herrschte kalter Krieg.

Zum Glück waren die alevitischen Familien da, die es in Hemmstedt gab, eine davon sogar aus Tunceli. Die Aleviten aus Tunceli und die Armenier verstanden sich, haben sich schon immer verstanden, waren sie doch beide der Türken Feinde, sind sie doch beide fast ausgerottet worden und leben heute verstreut in aller Welt, die kleinen Geschwister der Juden. Anahid hatte die E-Mail bekommen, die unter den Türken herumgeschlichen war. Welch ein Glück, dass sie von ihrer Großmutter Türkisch gelernt hatte!

Zum ersten Mal in der Geschichte Deutschlands – so hatte es da gestanden! – *ist es gelungen, in einem staatlichen Rahmen eine Veranstaltung zu organisieren, in der wir die Behauptung vom armenischen Genozid als das entlarven können, was sie ist: eine Lüge und eine Beleidung des Türkentums. Wir müssen im ganzen Land Institutionen dazu bringen, solche Veranstaltungen abzuhalten. Für alle Türken ist es eine patriotische Pflicht, an diesem Abend dabei zu sein.*

Anahid hatte diese größenwahnsinnige Mail übersetzt und sie dem Bürgermeister und dem Pfarrer geschickt, der als Moderator fungieren sollte. Beide hatten, vielleicht nach einem Blick ins Netz, ihre Teilnahme hektisch abgesagt, worauf Anahid stolz war. Hätten sie das Buch gelesen, wären sie früher

9

darauf gekommen. Diese harmlosen Deutschen. Dachten, sie wären die Einzigen, die einen anständigen Völkermord hinkriegen. Bosheit trauten sie nur sich selbst zu. Nichts sollte mit dem Holocaust vergleichbar sein. Niemand sollte Auschwitz relativieren. Richtig für die Deutschen, falsch für mich, dachte Anahid. Die Armenier, die Griechen, die Lasen, die Assyrer, die Aramäer und die Aleviten Dersims, alle massakriert vom Türkenstaat. Und alles geleugnet. Nichts war damit vergleichbar.

Allmählich füllten sich die Reihen. Fast alles Türken mit grünen Mongolengesichtern, Nachkommen der Hunnen, Reiter, Herrenmenschen, Eroberer, Träger von Ehre und Gesicht, die ihr Leben lang lügen, um keines von beiden zu verlieren, Großmeister des Beleidigtseins, nicht wissend, dass gerade das, ach, Scheiße, ich vergesse mich, ich will gerecht sein, ich habe doch türkische Freunde.

Türken haben damals meine junge Urgroßmutter gerettet, als sie am Ende des Kriegs in Urfa gestrandet war, in einen Hauseingang haben sie sie gezerrt, ins Haus gebracht und versteckt, die schwangere Witwe, als der Mob hinter ihr her war, überlebt hat sie in Hinterhof und dunklen Zimmern. Und drei Monate später ist sie runter in den Libanon, zu den Franzosen, wo sie ihr Kind gebar, meine Großmutter, und das armenische Blut floss weiter. Es gäbe mich nicht ohne diese Türken in Urfa, die ihr Leben aufs Spiel gesetzt haben. Es sind Türken, denen ich meine Existenz zu verdanken habe, verdammt.

Ein paar Kurden kamen auch. Eigentlich waren sie keine Kurden, sondern Zaza und die meisten von ihnen, die in Hemmstedt und Umgebung lebten, kamen aus der Gegend von Bingöl und Elazığ und drum herum, die Döner, Pide und Köfte in der Hemmstedter Fußgängerzone verkauften und sich nur deshalb ›Kurden‹ nannten, weil die Kurden sie ›Kurden‹ nannten und weil es zu kompliziert war, den Deutschen zu erklären, dass es in der Türkei fünf Millionen Zaza gab. Aber natürlich waren die meisten Hemmstedter Zaza sunnitisch, schaafitische Sunniten, strenge Vertreter ihres Glaubens also, damals wie heute die Kollaborateure, noch im kleinsten Dorf in den zentralanatolischen Bergen hatten sie ihre Spaten aus den steinernen Schobern geholt und ihren armenischen Nachbarn damit die Köpfe gespalten, denn sie, obwohl selbst von der türkischen Herrenrasse verachtet, wollten auch einmal Herr sein, auch einmal verachten, ausrauben und schänden dürfen.

Viele von ihnen waren in die Türkei zurückgekehrt, seit Erdoğan regierte. Er hatte den Kurden und Zaza erlaubt, ihre eigene Sprache zu sprechen, auf der Straße, im Radio und Fernsehen. Das Leben auf den Knien war beendet, der Bürgerkrieg abgeflaut, sie waren wieder Menschen geworden und hatten jetzt, seit es mit der Wirtschaft vorangegangen war, sogar Geld in der Tasche und eine Zukunft. Eine Hoffnung auf Glück. Dafür würden sie Erdoğan ewig dankbar sein.

Die meisten lebten im Ostpreußenviertel. So hieß das Quartier, in dem hundertsiebzig Sprachen gesprochen wurden, ein Haufen heruntergekommener Hochhäuser, die wechselnde Miethaie ausgepresst hatten, bis die Stadt ein Sanierungsprogramm auf Kosten der Steuerzahler hatte auflegen müssen.

Rundherum babylonisches Sprachengewirr, vor allem Türkisch, Zaza und Kurdisch in allen Dialekten, aber auch Italienisch, Spanisch, Arabisch. Und hier und da Deutsch. Außer den Türken wusste natürlich niemand, was anstand. Mittlerweile war es fast halb neun geworden und immer noch kamen Leute herein. Der Saal füllte sich.

Hat man je eine türkische Veranstaltung erlebt, die pünktlich angefangen hatte?

Auf dem Podium hatte sich ein grauhaariger Mensch hinter einem aufgeklappten Rechner verschanzt. Er trug ein braunes Jackett, hatte aschgraue Haut, machte einen wissenschaft-

11

lich-nüchternen Eindruck, den er durch seine ruhige Erscheinung und die übereinandergelegten Hände betonte, und hieß Söylemezoğlu. Neben ihm der Vorsitzende des Ausländerbeirats, der Afghane El Mokhtarzada, ein distinguierter Apotheker, der Hilfslieferungen in die Kriegsgebiete seiner alten Heimat organisierte. Vielleicht hatte er es für seine Pflicht gehalten, den Abend nicht platzen zu lassen. Schließlich gab es nichts einzuwenden gegen den Versuch der Verständigung.

Als El Mokhtarzada das Wort ergriff, lehnte sich Anahid zurück und atmete tief durch. Sie wollte ruhig bleiben, unter allen Umständen. Söylemezoğlu räusperte sich, reckte den Hals in diverse Richtungen wie ein Hahn, klopfte mit dem Kugelschreiber an sein Wasserglas, bis sich die Gesellschaft nach und nach beruhigte und der Letzte begriffen hatte, dass die Veranstaltung begann. Nachdem El Mokhtarzada die Abwesenheit des Bürgermeisters und des Pfarrers bedauernd erwähnt hatte, übergab er das Wort an Söylemezoğlu. Wie oft hatte Anahid das, was jetzt kam, schon gehört, so oft, dass sie fast nicht mehr in der Lage war zuzuhören, zumal sie das Buch dieses Leugners unter Qualen gelesen hatte – das stümperhafte Werk eines viertklassigen Autors, dem kein kritischer Geist Glauben schenken konnte.

Die berühmte Dolchstoßlegende, die seit bald hundert Jahren durch stete Wiederholung fast so wahr geworden war wie die *Protokolle der Weisen von Zion*. Es gab immer genug Ungebildete, Nachplapperer und Idioten, die das glaubten, und weil es unter den Türken von dieser Sorte reichlich gab, fand man unter ihnen die meisten. Die Armenier hätten im Ersten Weltkrieg gemeinsame Sache mit den Russen gemacht, sich mit ihnen verbündet, um den Türken den Osten des Landes zu entreißen, es habe geheime Waffenlager gegeben, nämlich in Van, zur Vorbereitung eines Umsturzes, und zahlreiche gewaltsame Angriffe auf die muslimischen Nachbarn. Bedrängt von den Entente-Mächten, sei der jungtürkischen Regierung nichts anderes übrig geblieben, als die Armenier in kontrollierbare Wohngebiete im Süden des Landes umzusiedeln, wobei durch inkompetente Durchführung und Übergriffe der Zivilbevölkerung, »was ich unter diesen Umständen nachvollziehen kann«, einige Tausend von ihnen umgekommen seien, was wirklich schrecklich und traumatisch und sehr zu bedauern sei, jedoch nicht mit dem Begriff des ›Genozids‹ belegt werden könne. Damit aber nicht genug. Nicht die Türken hätten systematisch Armenier getötet, sondern umgekehrt: Drei Millionen Muslime seien von Armeniern ermordet worden, die sich anschließend bei den Russen im Kaukasus verschanzt hätten.

Anahid kannte Söylemezoğlu und seinesgleichen. Er war Mitglied einer türkischen Apologetenarmee. Immer wenn irgendwo vom armenischen Genozid die Rede war, schwärmten sie aus, in die Zeitungen, Radiosendungen und Fernsehdiskussionen. Manche, meistens Journalisten von Beruf, machten sogar einen Lebensunterhalt daraus und einer davon war Söylemezoğlu.

Die Veranstaltung in Hemmstedt war nicht die erste dieser Art. Er warb mit schönen Sprüchen: »Hass ist keine Lösung« und »Aufruf zum Dialog und Frieden«. Er deckte »geschichtliche Hintergründe« auf. Eine riesige Kraftanstrengung fand statt in allen Ländern, in denen über dieses Thema diskutiert wurde, hauptsächlich in Frankreich, der Schweiz, in Kanada, den USA, dort, wohin viele der überlebenden Armenier geflüchtet waren. Diese Armee der Leugner war die Ergänzung, vielleicht auch Bestandteil der türkischen Außenpolitik. Jedem, der vom armenischen Genozid sprach, musste unter allen Umständen der Mund gestopft und die Schreibfeder genommen werden.

Der Mann redete fast eine Stunde lang. Er belegte seine Meinung mit vielerlei Zitaten von Quellen aus seinem Buch, bekam zwischendurch Beifall, hier und da erhob sich zustimmendes Gemurmel. Anahid spürte die fragenden Blicke der italienischen Frau, die neben ihr saß.

Du entkommst deinem Schicksal nicht, wenn du Armenierin bist. Wie diskutiert man mit Fundamentalisten? Wie macht man einem Dieb klar, dass er gestohlen hat, einem Alkoholiker, dass er trinkt, einem Schläger, dass er schlägt, einem Lügner, dass er lügt? Warum jemandem etwas beweisen, was der selbst am besten weiß?

Anahid war kalt ums Herz und ruhig im Blut geworden, denn es war nicht das erste Mal, dass sie in solche Schlachten zog.

Du hältst sie nur aus, wenn du kalt bleibst. Der Aufgeregte schießt schlecht.

Am Ende sagte Söylemezoğlu, nun sei es an der Zeit, das schwierige Verhältnis der Türken und Armenier auf der Grundlage von Ehrlichkeit und Wahrheit zu revidieren. Der Apotheker dankte Söylemezoğlu für seinen engagierten Vortrag und schlug eine Diskussion vor.

Anahid stand auf. »Ich möchte Sie etwas fragen.«

»Ja bitte.« Söylemezoğlu lächelte.

Er kannte sie nicht. Manchmal konnte man Armenier nicht von Türken unterscheiden. Beide hatten dunkle Haut, braune Augen und schwarzes Haar.

»Es gibt ein Dokument des deutschen Vizekonsuls in Mossul. Das war ein Mann namens Walter Holstein. Er hat berichtet, er habe auf manchen Stücken des Wegs von Mossul nach Aleppo so viele abgehackte Kinderhände liegen sehen, dass man damit den ganzen Weg hätte pflastern können. Kennen Sie diese Quelle, haben Sie sie verwertet?«

»Äh, ich habe …«

»Ich stelle fest, Sie kennen sie nicht und haben sie nicht verwertet. Walter Holstein hat auch berichtet, er habe beobachtet, dass Gendarmeriepatrouillen in Diyarbakır und Mardin die Bevölkerung aufgefordert hätten, die Armenier umzubringen. An der ganzen Strecke südlich Nusaybins habe er, wie er sich ausdrückt, alle Mohammedaner mit krummen Schwertern herumlaufen sehen. ›Ermeni‹, also Armenier, hätten sie immerzu gerufen, das sei ihr einziger Gedanke gewesen. Und kennen Sie die Autobiografie des amerikanischen Botschafters in Istanbul, Henry Morgenthau? Er war mehrfach bei Talaat Pascha, um auf ihn einzuwirken, dass die Massaker an den Armeniern aufhören. Kennen Sie diese Quelle und haben Sie sie verwertet?«

»Morgenthau? Dieser, äh, Jude, meinen Sie? Seine Darstellungen sind nachgewiesenermaßen ungenau, einige Daten sind widerlegt und es ist offenbar, dass er …«

»Wer weist das nach – Sie?«

»Ich habe …«

»Ich stelle fest, dass Sie sich nicht damit auseinandergesetzt haben. Und Sie wollen ja wohl nicht ausgerechnet in Deutschland behaupten, dass ein Jude nicht vertrauenswürdig sei, nur weil er Jude ist? Aber etwas anderes: Kennen Sie die im Osmanischen Reich und in der Türkei bis auf den heutigen Tag gebräuchliche Foltermethode, wonach man dem Opfer gewaltsam einen Knüppel in den Anus treibt, also in den Darm?«

»Was hat das mit unserem Thema zu tun?«

»Sehr viel. Martin Niepage, ein Lehrer an der Deutschen Schule in Aleppo von 1913 bis 1916, hat berichtet, was ihm die Ingenieure von der Bagdadbahn – alles Deutsche übrigens, unter der Leitung von Wilhelm Pressel, alles Verbündete der Türkei damals, ich betone das – erzählt haben, ich kann das auswendig, ich zitiere: ›Sie berichteten, dass am Bahndamm bei Tell Abyat und Rasulayn geschändete Frauenleichen massenhaft herumlagen. Vielen von ihnen hatte man Knüppel in den After hineingetrieben.‹«

Die italienische Frau auf dem Nachbarstuhl beschattete ihre Augen mit der Hand und murmelte: »*Questo è terribile.*«

»Und nun, bitte, nennen Sie mir einen einzigen nicht türkischen Historiker, der Ihre Auffassung teilt! – Es gibt keinen«, fuhr sie fort, als Söylemezoğlu nicht gleich den Mund aufmachte. »Es gibt nur türkische Autoren, die den Völkermord an den Armeniern Anatoliens leugnen, und jeder einzelne von ihnen sagt die Unwahrheit. Das Schlimme aber ist, sie kennen die Wahrheit, sie wissen, dass sie lügen. Und sie wissen, dass alle anderen es wissen. Und deswegen müssen sie sich ständig rechtfertigen und Veranstaltungen machen, sogar in Hemmstedt, wo es fast keine Armenier gibt, mit denen sie Freundschaft schließen könnten.«

Anahid war zufrieden. Sie hätte noch den Pfarrer Lepsius und den Schriftsteller Armin T. Wegner bringen können und das ganze Archiv des Auswärtigen Amts, das vollgestopft war mit Dokumenten, Berichten, Depeschen, Fotos. Ganz zu schweigen von den Aufzeichnungen des Dikran Andreassian, die Franz Werfel für die *Vierzig Tage des Musa Dagh* ausgewertet hatte.

Söylemezoğlus Hals wurde länger, er machte den Mund auf, doch der Apotheker aus Afghanistan war schneller.

»Bitte«, sagte er. »Wir sind alle keine Historiker. Ich möchte die Fragen oder vielmehr eigentlich Feststellungen, die Frau … Äh, bitte, wie ist Ihr Name?«

»Ich heiße Anahid Bedrosian, ich bin Armenierin und ich wiederhole meine Frage an Herrn Söylemezoğlu. Gibt es einen einzigen nicht türkischen Historiker, der Ihre Auffassung teilt? Nennen Sie mir einen einzigen, ich bitte Sie!«

Söylemezoğlus Hals wurde wieder kürzer, als könnte er ihn aus- und einfahren wie eine Schildkröte. »Die Untersuchung der Archive«, begann er, »sie ist dringend erforderlich, denn bisher ist auf unvollständiger Tatsachengrundlage …«

16

Der Apotheker, ein wahrhaftiger Mann, wie Anahid jetzt erkannte, unterbrach Söylemezoğlu und erklärte: »Es gibt also keinen?«

Söylemezoğlu antwortete nicht sofort und es erhob sich ein Murmeln in den Reihen.

»*Zur!*«, hörte sie hinter sich, von dort, wo die alevitischen Familien saßen. Das war Zaza und bedeutete ›Lüge‹. Sie hatte gewonnen. Sie spürte die türkischen Blicke kalt im Wirbel und ihr wurde übel.

Wenn ich hier sitzen bleibe, muss ich kotzen.

Anahid stand auf und bahnte sich einen Weg durch die Sitzenden Richtung Ausgang.

An der Theke standen drei Männer. Anahid sah die Blicke nicht mehr, die sie sich zuwarfen, denn sie hatte den Saal verlassen und war hinausgegangen in den Aprilabend. Wohin sollte sie ihre Schritte lenken? Sie hätte jetzt Gesellschaft gebraucht können. Sie lief durch dunkle Gassen zum Alten Hafen. Dann verspürte sie Müdigkeit und beschloss, nach Hause zu gehen. Ein Bad würde ihr guttun.

Sie ließ die kleine Altstadt hinter sich. In der Fußgängerzone nur noch wenige Menschen, nachdem die Geschäfte geschlossen hatten. Die Wallanlagen am Burggraben auf dem Weg, der an der Insel mit dem Freilichtmuseum vorüberführte. Sie hörte das Knirschen des Schotters unter ihren Füßen. Oder war es ein anderes Knirschen, andere Füße?

Sie blieb stehen, hielt den Atem an, sah sich um. Nur zwanzig Meter Weg, dann eine Kurve. Büsche. Nichts. Nur laute Stimmen von drüben, wahrscheinlich vom Italiener am Burggraben her, eine Festgesellschaft. Also weiter. Links der Wald, rechts die Aue. Es war dämmrig geworden, aber nicht dunkel genug, dass sie sich in den Büschen verstecken konnte. Sie versuchte, auf Zehenspitzen zu gehen und gleichzeitig nach hinten zu lauschen. Ich spinne schon, dachte sie, mein Herz ist dümmer als mein Verstand, jetzt reicht es. Sie drehte sich um und kehrte zurück, noch schneller, als sie in Richtung Bundesstraße gegangen war. Nachdem sie an der Wallstraße angekommen war und immer noch niemanden gesehen hatte, der ihr gefolgt war, atmete sie auf, machte abermals kehrt und nahm ein zweites Mal den Weg zur Bundesstraße. Die meisten Autos fuhren jetzt mit Licht.

Dort bog sie ab auf den Fußweg durch die Auewiesen.

Es geschah nach ungefähr fünfhundert Metern, an der Einfahrt zu einer Wiese.

2

Peter Schlüter, von manchen seiner Kollegen auch ›der Fuchs‹ genannt, hatte eigentlich nachmittags freimachen wollen, um etwas früher ins Wochenende zu gehen, aber dann hatte er zugelassen, dass diese späte Beurkundung in seinem Terminkalender stand. Die Mandanten hatten sich gerade verabschiedet. Er griff zur Computermaus, um den Rechner auf seinem Schreibtisch herunterzufahren, besann sich jedoch anders, klappte die Akte wieder auf und zog die frisch unterschriebene Urkunde hervor. Besser, dachte er, ich berichtige den Text um meine handschriftlichen Änderungen. So könnte Angela die Urkunde am Montagmorgen gleich ausfertigen, ohne seine Klaue entziffern zu müssen. Sie würde neben jede Änderung einen Stempel machen und penibel die Leerstellen eintragen: Fünf Worte gestrichen, zehn Worte ergänzt, Zahl geändert, und er würde jeweils seine Unterschrift daruntersetzen. Die Urkunde würde in die Sammlung geheftet werden und für alle Zeit so bleiben, wie sie war.

Auf diese Minuten kam es nicht an. Schlüter hatte einen schönen Kaufvertrag beurkundet, mit Grundschuld. Alle waren glücklich. Der Verkäufer, weil er sein Haus los war, der Käufer, weil er es bekommen hatte, und der Notar Schlüter, weil er anstrengungslos einen Tausender verdient hatte. Selbst wenn sich die Sache etwas hingezogen hatte.

Die Lebensverhältnisse hatten sich geändert, global wie privat. ›Matthias der Gerechte‹ hatte Schlüters helles Arbeitszimmer bezogen. Schlüter selbst war in den meist verwaisten Besprechungsraum ausgewichen, ein bescheidenes Zimmerchen, das nach hinten hinausging, nur ein kleines Fenster hatte und deshalb recht dunkel war, sodass er die Lampe über seinem abgewetzten Schreibtisch angeknipst hatte. Matthias der Gerechte hieß bürgerlich Martens. Schlüter hatte ihn so getauft, weil der Mann noch an die Gerechtigkeit und die Weisheit der blinden Justitia glaubte. Diesen Glauben wollte er ihm nicht nehmen, Matthias würde ihn auch ohne die weisen Sprüche seines alternden Seniors verlieren. Eigentlich hatte der junge Mann Schlüter nur während Krankheit und Rekonvaleszenz nach dem Drama mit Horst Kurbjuweit vertreten sollen, aber er hatte sich so gut mit Angela, Schlüters Sekretärin, vertragen, dass sie verlangt hatte, den Neuen nicht wieder gehen zu lassen, eher werde sie selbst gehen, zumal er, Schlüter, über sechzig sei und allmählich das Recht habe, kürzerzutreten. Wenn nicht die Pflicht. »Irgendwann müssen Sie ja doch weniger machen, da hilft ja nun mal gar nichts.«

In der Tat. Als Christa, Schlüters Lebens- und Ehegefährtin seit frühen Studententagen, in die gleiche Kerbe gehackt hatte, war sein Holz morsch geworden und seither arbeitete er nur an vier Tagen in der Woche. Wenn er wollte, was meistens der Fall war. Und deswegen verwand er es, sein altgewohntes Arbeitszimmer zu verlassen um des jungen Kollegen willen, der Sonnenlicht gebrauchen konnte, denn er war einige Jahre Kellerknecht im Büro *Nordhausen & Partner* gewesen und hatte viele dunkle Jahre unausgesetzter Paragrafengrübelei vor sich. Jugend brauchte Licht. Matthias hatte gehofft, dort Sozius zu werden, die beiden Alten gönnten jedoch niemandem dieses Privileg, sie wollten alles Geld für sich. Nach kurzer Probezeit hatte Schlüter mit dem Gerechten einen Vertrag gemacht. Schlüter würde das Recht haben, in seinem Büro zu arbeiten, bis er seinen Notarstempel würde abgeben müssen, nämlich mit Vollendung des siebzigsten Lebensjahrs. Wenn er in das Lebensalter der Greisen eintrat. Und Matthias der Gerechte würde Schlüter vor die Tür setzen dürfen. Wenn er wollte.

Schlüter war kein Einzelkämpfer mehr. Das Büro im dritten Stock eines historischen Hauses am Alten Hafen Hemmstedts hieß jetzt *Schlüter & Martens, Rechtsanwälte und Notar*. Notar war der Gerechte nämlich noch nicht. Er musste warten, bis einer von den alten Notaren im Amtsgerichtsbezirk siebzig geworden war, seinen Stempel hatte abgeben müssen und eine neue Stelle ausgeschrieben war, auf die er sich bewerben konnte, nach bestandener Prüfung.

Angela war längst fort und den Gerechten hatte Schlüter schon vor drei Stunden zu seiner Herzdame nach Hamburg fortgeschickt, damit er nicht immerfort an die Arbeit denken musste, was auf Dauer zu schlechten Ergebnissen führte, wie jedermann wusste – abgesehen von den Unternehmensberatern.

Seit vielen Jahren hatte Schlüter einen Rechner auf dem Schreibtisch. Er hatte sich daran gewöhnt, die Urkunden selbst vorzubereiten, die neu erlernte Fertigkeit machte Spaß und sparte zudem Zeit, auch wenn er es nie lernen würde, mit mehr als drei Fingern zu tippen.

Er beeilte sich nicht und als er fertig war und den Rechner herunterfuhr, war es neunzehn Uhr dreißig. Viel zu spät, das Wochenende zu beginnen. Nachdem der Bildschirm blind geworden war, zog Schlüter den Stecker aus der Wand. Man war korrekt und sparte Strom. Es war das Zeitalter der Freiheit angebrochen und Freiheit war, nach Kant, Einsicht in die Notwendigkeiten. Und das bedeutete Verzicht und Selbstbeschränkung, was wiederum zur logischen, aber paradoxen Feststellung führte, dass die Freiheit des Menschen wuchs, je weniger er sich gönnte. Zuletzt würde er in einer Tonne wohnen und nur noch einen Wunsch haben: dass niemand einen Schatten darauf warf.

Schlüter schob seinen Schreibtischstuhl zurück, drückte den Dübel an der Armstütze in die Rückenlehne, wobei er den Gedanken an eine Reparatur beim Tischler wieder vertagte, und stand auf, reckte sich und genoss es, wie er allmählich ruhig wurde und das Gesumme in den Ohren nachließ. Er prüfte mit dem Zeigefinger den Puls an der Stirn. Ruhiger Herzschlag, guter Rhythmus. Seit der Sache mit Horst Kurbjuweit litt Schlüter an Störungen des Herzrhythmus, eine Konsequenz der Angst.

Schlüter zog tief die Luft ein und ließ die Schultern sacken. Feierabend! Ein schöner Abend würde es werden. Der heilige Freitagabend, an dem man sich nichts anderes vornahm als ein gemütliches Abendessen, vielleicht sogar auf der Terrasse. Wenn es warm genug war, denn hier, nicht weit von der Nordsee, machte der Wind später Feierabend als anderswo. Bestimmt hatte etwas Feldsalat im Garten den Winter überstanden und blühte noch nicht. Christa würde ein Baguette backen. Dazu ein gegrillter Ziegenkäse und eine Flasche kalten Riesling. Zum Nachtisch einen Espresso, ein Stück Schokolade und einen Slibowitz aus der Flasche, die Genta, die Putzfrau aus dem Kosovo, neulich mitgebracht hatte. Für Christa eine Filterlose. Sie würden ein Windlicht anzünden und die Woche ausklingen lassen. Kater Gustav, der seinen Namen vom Vorbesitzer des Hauses geerbt hatte, würde auf Jagd sein und sich zwischendurch Streicheleinheiten abholen. Vielleicht würden sie den Kauz lautlos durch die Dämmerung streichen sehen oder sogar, den Kopf im Nacken, dem geheimnisvollen Flug der Fledermaus folgen. Der weite Blick ins Moor, wie es sich im Frühlingsdunkel verbarg.

Ach, herrliche Zeit! Es war doch gut gewesen, nach Jahrzehnten im engen Hemmstedter Gerbergang aufs Land zu ziehen. Seit acht Jahren wohnten sie im Hollenflether Moor. Auf dem Land war die Zeit ein Wanderer mit gleichmäßigem Schritt, sie kannte keine Sekunden und keine Minuten, sondern nur Vormittage, Nachmittage, Abende und Nächte. In Hemmstedt aber, das kaum ›Stadt‹ zu nennen war, besonders bei der Arbeit in der Kanzlei, kam die Zeit zu keinem konstanten Gang: Sie machte einen Kopfsprung drei Tage voraus, stürzte nach einer Vollbremsung in die Gegenwart zurück und dann war sie schon wieder nach morgen gestolpert, bevor sie aus der Zukunft anbrauste. Wie sollte man unter diesen Umständen einen normalen Blutdruck haben?

Schlüter strich sich über die Reste seiner grauen Haare.

Jetzt einen letzten Blick auf den Terminkalender im Schreibzimmer, damit er wusste, was ihn in der nächsten Woche erwartete. Und dann ab. Schlüter ging in den Flur und die wenigen Schritte zu Angelas Reich. Wo war der Terminkalender?

Das Telefon klingelte. Es ist Feierabend, Leute! Seit mindestens zweieinhalb Stunden! Es ist Wochenende! Freitagabend! Der Arzt hatte vor zwei Jahren den Blutdruck für zu hoch attestiert und Pillen verordnet, Schlüter hatte Vorsätze gefasst, um, wie der Doktor gesagt hatte, »seine Lebenserwartung zu erreichen«. Einer davon hieß, nach Feierabend das Telefon zu ignorieren und entbehrlich zu sein. Schlüter zögerte. Vielleicht Christa, die ihn bitten wollte, ein Baguette mitzubringen, weil sie nicht dazu gekommen war, eines zu backen? Mit langem Hals näherte er sich dem Telefon. Das Display zeigte eine Handynummer. Also nicht Christa. Aber zu spät. Schlüter schaffte es nicht, den Blick vom Telefon zu lösen. Es klingelte. Dreimal, viermal. Einer, dem das Herz brannte, die Galle überkochte oder die Nieren kalt wurden? Schlüters Puls beschleunigte sich, gleich würde sich der Anrufbeantworter einschalten, wenn nicht …

Er nahm ab. »Schlüter.«

»Mister Schlüter, thanks God in heaven I reach you.« Eine aufgeregte männliche Stimme. »I urgently need your help. May I visit you right away …?« Der Mann war aus der Puste.

Schlüter kramte sein verrostetes Englisch hervor und erklärte dem Anrufer, dass er gerade im Begriff sei, Feierabend zu machen, ob es möglich sei, dass man sich am Montag zusammensetze, gern auch vormittags. Er werde den Terminkalender holen und sei gleich wieder am Apparat.

»I need to …«, hörte Schlüter noch, aber da hatte er schon den Hörer auf den Tisch gelegt und machte eine Runde durch das Schreibzimmer. Wo war der verdammte Terminkalender?

Auf dem Posttisch lag er nicht. Vielleicht auf dem Akten-schrank? Endlich entdeckte er ihn unter einem Stapel Akten, zog ihn heraus, zog am Leseband, klappte ihn auf, blätterte zu Montag, dem 16. April, griff wieder zum Hörer und räusperte sich.

»You hear me?«

Es raschelte und knisterte in der Leitung. Schlüter hörte eine andere Stimme, einen unterdrückten Ruf, in einer fremden Sprache. Eine wütende Stimme – und einen Schrei.

Dann war die Leitung tot.

»Scheiße!«

Schlüter warf den Hörer auf die Gabel und starrte das Tele-fon an. Das Display zeigte neunzehn Uhr fünfunddreißig. Den ganzen Tag und die ganze Woche hatte er hier im Büro seine Prostata breit gesessen! Hatte dieser Kerl etwa nicht genug Ge-legenheit gehabt anzurufen? Und kamen nicht die Obereiligen stets mit Angelegenheiten, die entweder überhaupt nicht eilig waren, die man bequem nächste oder gar übernächste Woche erledigen konnte – oder bei denen der Zug längst abgefahren war?

Das Telefon blieb tot.

Schlüter eilte in sein Zimmer, warf die graue Jacke über sein graues Jackett und floh vor dem Telefon, diesem unberechen-baren Spaßverderber. Er drückte die Tür hinter sich zu, schloss ab und ging die Treppe hinunter, so schnell, wie es sein unregel-mäßiger Puls erlaubte. Er verließ das Haus am Alten Hafen, achtete nicht auf das trübe Wasser und das Schiffchen, das man der Touristen wegen dort eingesperrt hatte, und ging fort in Richtung Parkplatz, ohne sich umzusehen. Nie wieder würde er nach Feierabend ans Telefon gehen.

Aber es war zu spät für solche Vorsätze. Die Würfel waren gefallen.

3

Der Mann stand unter dem Gitterfenster in der Zelle Nummer 37, er hatte den Wasserkocher in der Hand und ließ das elektrische Kabel herabhängen. Wie lang es sein mochte? Er hörte aufheulende Turbinen vom nahen Flugplatz. Montag werde ich in einer dieser Maschinen sitzen, nach Moskau, dachte er. Dort werde ich in eine andere nach Jerewan umsteigen. Während er sich das Kabel um das Handgelenk wand, stellte er sich vor, wie er dort aus dem Flughafengebäude treten würde, die schmale Reisetasche über der Schulter.

Die beiden Vietnamesen, mit denen er die Zelle teilte, spielten Tischtennis im Sportraum. Sobald man allein war, hatte man andere Gedanken. Nachtgedanken. Er war noch nie in Armenien gewesen, diesem elenden Rest, den man seinem Volk gelassen hatte, diesem steinigen Acker, auf dem sich drei Millionen Davongekommene abrackerten, abgesehen von ein paar Zigtausend Kurden und Russen und noch weniger Pontosgriechen und anderen Minderheiten, die man an einer Hand abzählen konnte.

Armenien war das ethnisch reinste Land der Welt geworden seit dem Krieg – und das im Kaukasus, einer Gegend, in der sich seit Jahrtausenden auf engstem Raum so viele Völker und Sprachen mischten wie sonst nirgendwo. Armenien den Armeniern! Dabei wollten fast alle auswandern, weil sie von den Oligarchen die Nase voll hatten, einer Handvoll Familien, die das Land in Besitz genommen hatten und ausbeuteten, jede Veränderung blockierten und die Politik kastrierten. Und wahrscheinlich auch von dem ewigen *aghet*, dem Völkermord, als sei das Leben reduziert auf das Überlebthaben, als bestünde es nur aus dem Blick zurück bis zum 24. April 1915 und auf das, was danach geschehen war, als gäbe es nichts anderes in der vieltausendjährigen Geschichte des Volkes. Der *aghet* verdunkelte den Alltag eines jeden Armeniers, warum? Weil der *aghet* Teil jeder armenischen Biografie war, weil die verfluchten Türken ihre Taten leugneten, in allen Ländern Einfluss nahmen, bis in die Provinzen hinein, bis zum kleinsten Theater. Auf das NATO-Mitglied musste man Rücksicht nehmen. So war man den Türken ein zweites Mal ausgeliefert. Man war gefangen und wartete, bis sie Reue zeigen würden, sich vielleicht gar entschuldigten.

Ohne Reue kein Verzeihen, stimmt das?

Was sollte er in Armenien?

Wo würde er dort ein Dach über dem Kopf finden? Wovon sich Essen kaufen? Bis vor drei Tagen hatte er in der Doppelhaushälfte gewohnt, die man ihm zugewiesen hatte, mit Antaram und Lewon, dem Jüngsten. Und nun befand er sich in Abschiebehaft in Hannover, in der Benkendorffstraße 32. Das hatte man ihm so gesagt.

Achtmal reichte die Schnur um das Handgelenk.

Antaram war schweigsam gewesen an diesem letzten Abend, von dem sie nicht gewusst hatten, dass es der letzte sein würde. Die Vorladung für den nächsten Tag hatte sie bedrückt.

»Mach dir keine Sorgen«, hatte er ihr ins Ohr geflüstert, als sie nebeneinander im Bett gelegen hatten. »Es wird alles gut gehen.«

Wie es bisher in all den Jahren, seit sie hier lebten, mehr als zehn waren es, immer gut gegangen war. Wenn man freundlich war, die Sprache lernte und einen guten Leumund hatte, dann würde es schon klappen. Er hatte ihr Nachthemd aufgeschoben und seine Hand auf ihre Brust gelegt. Das tat er immer noch gern, obwohl er achtundfünfzig war und sie fünfundfünfzig. Vier Kinder hatten sie großgezogen und mit jedem Kind waren ihre Brüste schöner geworden. So viel Milch, die daraus geflossen war!

Jezekiel Hakobyan öffnete die Augen. Er ließ die Schnur vom

Handgelenk rollen. Jetzt hielt er nur noch den Stecker in der Hand, während der Kocher über dem Linoleumboden pendelte. Auf einen Meter dreißig schätzte er das Kabel. Er schwenkte den Kocher hin und her, drehte sich, hob die Hand, zog den Kopf ein und ließ das Gerät an der Schnur kreisen, erst langsam und dann schneller, noch schneller. Bis er die Schnur losließ.

Als die Beamten das Zimmer stürmten, lag er vor dem Doppelbett und weinte in seine Arme. Sein Gesicht konnten sie nicht sehen, nur die weißen Haare.

»Herr Hakobyan … stehen Sie auf.«

Er schluchzte.

»Stehen Sie auf bitte.«

Seine Schultern zuckten.

»Sie müssen jetzt aufstehen.«

Er wimmerte.

»Bitte, Herr Hakobyan …«

Er zog den Rotz hoch.

»So kommen Sie doch.«

Einer der Beamten berührte ihn an der Schulter. Hakobyan wandte sich blitzschnell um und wollte zuschlagen, aber das gelang ihm nicht, denn der zweite Beamte drehte ihm beide Arme auf den Rücken, während sich der dritte auf seine Beine setzte und seine strampelnden Füße hielt. Hakobyan wand sich mit plötzlicher Kraft, schrie, schnappte um sich, schlug mit dem Kopf auf den Boden. Es wurde Alarm geschlagen und erst, als zwei weitere Beamte herbeigeeilt waren, zwei sich auf ihn setzten und die anderen drei seine Gliedmaßen fixierten, gelang es ihnen, Hakobyan stillzulegen. So hielten sie ihn eine Weile, alle sechs schwer atmend, Hakobyan zwischen den Atemzügen wimmernd, den Rotz hochziehend, armenische Worte wiederholend.

Zuletzt, als sie sich seiner sicher glaubten, fragte einer: »Was ist los, Hakobyan?«

»Ich will mit meiner Frau sprechen.«

»Das geht jetzt nicht.«

»Ich muss mit meiner Frau sprechen.«

»Besuchszeit ist längst vorbei, das wissen Sie, Herr Hako-byan.«

»Ich muss mit meiner Frau sprechen«, weinte Jezekiel. »Ich muss, ich muss, ich muss …«

»Das geht jetzt nicht, Herr Hakobyan, bitte …«

Jezekiel ruckte und zuckte weiter unter den Fäusten der Beamten. »Polizei, Polizei!«, rief er.

»Bitte, Herr Hakobyan, Sie sind in Abschiebehaft, die Polizei kommt nicht.«

»Aber irgendjemand muss mir helfen, jemand muss … Ich will mit meiner Frau sprechen, nur mit meiner Frau sprechen will ich.«

Und immer so hin und her.

Irgendwann gelang es den Beamten, Jezekiel Hakobyan zu beruhigen, auch mithilfe des Arztes, der ihm eine Spritze gab. Drei von ihnen gingen wieder, danach entschuldigte sich Jeze-kiel bei den beiden anderen, in seinem noch etwas holprigen, doch gut verständlichen Deutsch, er sei ein wenig durchein-ander, die Abschiebung, die Familie, die Ungewissheit, sein Enkelkind, er wisse nicht, wann er sie wiedersehen werde, ob er sie überhaupt je wiedersehen würde, man habe es so gut gehabt all die Jahre hier in Deutschland, er habe bei der Stadt gearbeitet, etwas getan für die Unterstützung, die er und die Seinen empfangen hätten, Laub gefegt, Rabatten gejätet, Büsche beschnitten, die Verkehrsinseln hergerichtet, schön hätten die ausgesehen, ob sie den Klatschmohn gesehen hätten, ach, nein, das könnten die Herren ja nicht wissen, sie würden Jesteburg nicht kennen, er sei ja hier in Hannover, in Abschiebehaft sei er, schon drei Tage lang, wie lang drei Tage sein könnten, wo sonst die Zeit wie im Fluge vergehe, drei Tage, an denen er Minute um Minute und Stunde um Stunde immer die gleichen Fragen und Gedanken im Kopf habe, die Abschiebung, die Familie, die Ungewissheit, sein Enkelkind, er wisse nicht, wann er sie wiedersehen werde, ob er überhaupt, ach, und wovon er sein Brot kaufen solle, wenn er fort sei, in dem Land, dessen Sprache er spreche, in dem er aber nie gelebt habe, ob die Herren wüssten, wo seine Heimat sei? Nein? Ach, wenn er an die Heimat denke, an das Dorf Gyal, das werde er nie wiedersehen, nie, und ob er seine Familie …

Und Jezekiel Hakobyan stemmte sich noch einmal gegen die Hände, die seine Arme hielten, nicht mehr so fest wie vorhin, als man ihn niedergeworfen hatte, es war eine sympathische Berührung, beinahe herzlich, wie ein Freund des Freundes Arm drückte, denn Jezekiel war ein sanfter Mann, der sich andere schnell zum Freund machen konnte. Dennoch war der Griff streng, beamtenhaft, verordnungsmäßig, abschiebegerecht, vollzugskräftig.

Und dann schlief Jezekiel Hakobyan ein, der armenische Mann, der nach Armenien abgeschoben werden sollte, vielleicht morgen schon, er murmelte unverständliche Worte, seine Lippen schlossen sich. Die Beamten, die ihn gehalten hatten, schafften ihn hinüber in eine Einzelzelle, standen seufzend auf, warfen einen mitleidigen Blick auf das bronzefarbene Schlafgesicht und verließen ihn auf Zehenspitzen. Diese Nacht würden sie ihn bewachen, in der Zelle Nummer 58, ein Licht würde brennen. Jede Viertelstunde würde einer der Beamten einen Blick durch das Guckloch werfen, wie es Vorschrift war.

»Gyal«, sagte der eine, nachdem sie wieder in ihrem Dienstzimmer waren. »Oder wie das heißt. Kennst du das? Weißt du vielleicht, wo das liegt?«

»Nee«, antwortete der andere. »Irgendein Kaff in Armenien vermutlich. Wie schreibt sich das?«

»Keine Ahnung. Und wo liegt Armenien?«

»Keine Ahnung. Irgendwo im Osten, da, wo sie alle verrückt sind.«

»Irgendwie tut er mir leid.«

»Mir auch. Eben, aber jetzt nicht mehr. Man muss seine private Meinung beiseitepacken. Der Mann ist ein Wirtschafts-flüchtling. Von dem lass ich mir den bescheuerten Freitagabend im Dienst nicht vermiesen! Sein Asylantrag ist abgelehnt. Und das nicht erst seit gestern. Wo kommen wir hin, wenn wir alle Abgelehnten hierbehalten? Das Boot ist voll! Und die Gesetze, wozu haben wir die, wenn wir sie nicht vollziehen? Das ver-dirbt die Moral! Dann sagt jeder, wieso soll ich mich an die Gesetze halten, Vater Staat macht's auch nicht! Der Mann muss ausreisen! Er will aber nicht ausreisen. Also muss er ausgereist werden! Und wir sorgen mit dafür, hier in Hannover, okay? So einfach ist das.«

»Und seine Frau? Bleibt die hier?«

»Sieht so aus. Vorläufig jedenfalls.«

»Schlimm.«

»Wieso schlimm? Die kann mitfahren, wenn sie will. Wer weiß, vielleicht ist die sogar froh, dass sie den Mann auf die Art billig loswird?«

»Ja, aber …«

»Hast du mal was davon gehört, dass in Armenien Armenier verfolgt werden?«

»Nee, natürlich nicht.«

»Na also. Ein Glück, dass ich morgen und Sonntag freihab. Und Montag sind wir ihn los.«

»Montag fliegt er?«

»Montag fliegt er. Raus fliegt er.«

4

Kaum hatte Schlüter seinen Hintern dem maroden Bürostuhl anvertraut, klingelte das Telefon.

»Ja?«

»Da ist ein Herr von der Polizei dran«, sagte Angela. »Ferber, glaube ich, heißt er.«

»Und? Was will er?«

»Mit Ihnen sprechen.«

»Haha, das ist ja wohl klar, in welcher Sache, meine ich?«

»Haben Sie schlechte Laune?«

»Ja!«

»Bin ich schuld?«

»Nein. Also: In welcher Sache?«

»Hat er nicht gesagt. Wollte er nur Ihnen sagen.«

Warum störte ihn diese Sorte Mensch, die nicht mit dem Personal sprechen wollte, damit man die Akte vorgelegt bekam und gleich zur Sache kommen konnte? Und das am Montagmorgen, bevor die Woche angefangen hatte! Wichtigtuer, unter deren Würde es war, mit Subalternen zu sprechen. Das waren früher die Herren, die ihre Knechte mit »Er« angesprochen hatten, mit abgewandtem Gesicht und vorstehendem Bauch, den zwei Hosenträger überquerten, darin die Daumen eingehakt.

»Polizei, sagten Sie?«

»Sagte ich.« Angela war auch schon auf hundert.

Schlüter fragte sich, ob er etwas verbrochen haben könnte. Immer wenn er es mit der Polizei zu tun hatte, sogar, wenn er nur einen Polizisten sah, stellte er sich diese Frage. War er zu schnell gefahren? Hatte ihn womöglich jemand wegen Verkehrsunfallflucht angezeigt? Neulich hatte er beim Einparken den Seitenspiegel des Fahrzeugs eingeklappt, an dem er rückwärts vorbeigefahren war. Ob es das war? Oder ob er sich für die Sünden seines Vaters schämte, die der unter Adolf auf sich geladen hatte?

»Geben Sie her.«

Es knackte in der Leitung.

»Schlüter.«

»Kriminalhauptkommissar Ferber hier, Kripo Hemmstedt. Haben Sie Zeitung gelesen?«

»Krimi... was?«

»Kriminalhauptkommissar. Kriminalhauptkommissar Ferber.«

»Ach so. Und womit kann ich dienen?«

»Haben Sie die Zeitung gelesen?«

»Welche?«

»Die von heute.«

»Ich meinte: welche Zeitung.«

»Sagte ich doch schon, die von heute.«

»Wie viele Zeitungen gibt's in der Republik?«

»Ach so, das meinen Sie. Das *Hemmstedter Tageblatt* natürlich.«

»Habe ich abbestellt. Zu viele Schützenfeste. Zu viele Orang-Utans.«

»Wie? Affen? In der Zeitung?«

»Das sind Fußballspieler, die ein Tor geschossen haben.«

»Ach so. Ich dachte ...«

»Außerdem hätte ich sie auch nicht gelesen, wenn ich sie noch abonniert hätte. Kommt bei uns draußen mit der Post. Nachmittags um drei. Weshalb rufen Sie mich an?«

»Wir haben in einer Ermittlungssache einige Fragen an Sie. Wir wollten Sie bitten ...«

»Wieso?«

»Ein Mann ist erstochen worden. An Sie haben wir Fragen in diesem Zusammenhang.«

»Warum das denn? Was habe ich damit zu tun?« Ein

schwarzer Klumpen hatte sich in Schlüters Eingeweiden gebildet.

»Das kann ich Ihnen am Telefon nicht sagen, Herr Schlüter. Können Sie vorbeikommen? Herr Staschinsky aus meiner Kommission möchte mit Ihnen sprechen.«

Staschinsky?

»Welcher Staschinsky?«

»Spielt das eine Rolle? Wir haben nur einen und der reicht uns vollauf.«

Also der. Schlüter hatte den Kripomann Klaus Staschinsky vor Jahren kennengelernt, im Zusammenhang mit der Verhaftung des Bauern August von Borstel im Altenmoor. Damals war Staschinsky gerade von Bremervörde nach Hemmstedt versetzt worden, weil keiner der Bremervörder Kollegen mehr mit ihm hatte zusammenarbeiten wollen. Oder, wie Staschinsky es ausdrückte, keiner von ihnen Arsch genug in der Hose hatte, seine berechtigten Beschwerden zu unterstützen. Zivilcourage, so Staschinsky, sei auch bei der Polizei nicht vonnöten, schließlich sei man verbeamtet. Er war der einzige Polizist im gehobenen Dienst, der nach mehr als fünfzehn Jahren immer noch Kriminalkommissar und nicht zum Kriminaloberkommissar befördert worden war, weil, wie Staschinsky damals auf der gemeinsamen Fahrt nach Hemmstedt nicht ohne Stolz erläutert hatte, »weil ich meine Klappe nicht halten kann«. Seither waren sie sich immer wieder mal begegnet, im Gerichtssaal, in Zivil in der Stadt und sogar einige Male auf einen Kaffee. Seit Schlüter in Hollenfleth wohnte, zwanzig Kilometer entfernt im Moor, und vor allem, seit er keine Strafsachen mehr machte, waren die Begegnungen seltener geworden. Schlüter erinnerte sich, dass er Staschinsky damals, als er abgerissen und traumatisiert aus Anatolien zurückgekehrt war, bei einer Tasse Kaffee in der Stadt sein Herz ausgeschüttet hatte. Der Mann musste jetzt Mitte fünfzig sein. Wann hatte er ihn das letzte Mal gesehen?

Wie viele Jahre? Fünf? Ob er nun Zeuge sein sollte oder nicht, einen Kaffee mit Staschinsky war es wert.

»Ich komme sofort.«

Er hatte ohnehin keine Lust mehr zum Arbeiten. Eine böse Ahnung war in ihm erwacht. Der Gerechte würde die Stellung halten. Er hatte sicher aufgetankt am Wochenende und steckte vermutlich voller Schaffenskraft. Angela würde die Anrufe abwimmeln. Für einen kurzen Moment fühlte sich Schlüter frei und ledig aller Sorgen, ein Gefühl, auf das er achten musste, da es so viel wie Glück bedeutete, das niemals ein Dauerzustand sein konnte, weil es sonst der Gesundheit schadete. Alles ist eine Frage des Maßes, sagte Paracelsus.

Schlüter griff sich seine Jacke, gab Angela und dem Gerechten Bescheid, dass er eine Weile fort sei, und verließ das Büro. Er überlegte kurz, ob er zu Fuß gehen sollte, dann wandte er sich in die entgegengesetzte Richtung, zum Hafen, da er jenseits davon, hinter dem neuen Kino, seinen Wagen abgestellt hatte.

Wer in der Stadt vom Norden in den Süden wollte, musste über die Bahnhofsbrücke fahren. Jedes Mal ärgerte sich Schlüter über dieses kleinstädtische Wahrzeichen des Autowahns. Kurz darauf rollte er mit seinem alten japanischen Wagen die Seestraße hinab und bog durch das Tor auf den mit Klinkern gepflasterten Parkplatz des Polizeikommissariats Hemmstedt, das in dieser Wohnstraße fünfhundert Meter vom Bahnhof entfernt in einem monströsen roten Backsteingebäude untergebracht war.

Im Krieg hatte das Bauwerk als Krankenhaus gedient, Schlüter hatte das damals, im Zusammenhang mit der Prozesssache Kaczek, einmal nachgelesen. Und hinter dem Backsteinriesen hatte es zu Kriegszeiten eine gesonderte Baracke für die Zwangsarbeiter gegeben, in der diese *behandelt* worden waren. Hinter dem Gebäude, einige Dutzend Schritte eine Straße entlang, befand sich der ewige jüdische Friedhof, der nach der

Zerstörung durch die Hemmstedter Nazis wieder in seinen alten Abmessungen eingezäunt worden war, auf Veranlassung eines Hemmstedter Arztes, den die Politiker der alten Garde, die noch braunen Dreck unter den Fingernägeln hatten, als Querulanten abtaten. Er störte ihren Wirtschaftswunderstolz, unter dem sie ihr schlechtes Gewissen begraben hatten. Wie konnte man stolz darauf sein, etwas repariert zu haben, was man kaputt gemacht hatte? Sogar ein paar Grabsteine gab es noch, mit verwitterter hebräischer Inschrift, einen davon hatte ein couragierter arischer Bürger heimlich aufbewahrt, zu Ehren seines toten jüdischen Freundes.

Im Land der Sekundärtugenden war Zivilcourage selten, man verwendete seine Energie hauptsächlich darauf, sich dem Niveau der Umgebung anzupassen und nicht aufzufallen. In Hemmstedt hatte es kaum mehr als ein Dutzend Juden gegeben, zwei Familien nur, über die das Herrenvolk am 9. November 1938 hergefallen war. Vergangenheit verging nicht, sie lebte weiter im Atem der Gegenwart, und das besonders im Atem Staschinskys, der sein persönliches Nie-wieder lebte, indem er tat und sagte, was er für richtig und wahr hielt. Sie sind besser geworden, die Zeiten, dachte Schlüter, seit ich geboren bin, mit jedem Tag.

Dem Polizeipförtner, der Schlüter mit professionellem Misstrauen prüfte, musste er seinen Ausweis zeigen, bevor er in den zweiten Stock, Zimmer 209, geschickt wurde, durch einen niedrigen gelben Flur, der so lang und dunkel war wie eine Depression, eine Treppe mit Linoleumbelag und eisernem Geländer hoch, das leise unter seinen Händen wimmerte, durch einen identischen Flur zurück an vielen Türen vorbei und endlich bis vor eine offene, aus der ein unregelmäßiges dumpfes Klappern drang wie von einer Mühle mit kaputten Zahnrädern. Schlüter klopfte und räusperte sich.

»Hrreihnn!«, raspelte es norddeutsch.

Schlüter steckte den Kopf über die Schwelle. Ein höchstens einen Meter siebzig kleiner Mann mit Kugelbauch, runden Backen und grauem Vollbart stand hinter dem Schreibtisch. Er überragte den klotzigen Bildschirm nur um weniges.

»Guten Tag, Staschinsky mein Name«, sagte er.

»Meinen Sie, ich erinnere mich nicht mehr?«, rief Schlüter und markierte mehr Fröhlichkeit, als er empfand. »Was liegt an?«

»Hat er Ihnen das nicht gesagt?«

»Darf er nicht am Telefon, hat er gesagt. Hat nur gefragt, ob ich die Zeitung gelesen habe. Habe ich aber nicht.«

»Mein Gott, dieser Sesselpupser.« Staschinsky stöhnte. »Vorschriften sind für den nur zur eigenen Absicherung da, für sonst nichts. Alles Verwaltungshandeln findet statt nicht für die Menschen, sondern für die Akte, und die muss stimmen. Sonst wirst du nicht befördert, capito? Garantiert hat er einen Vermerk gemacht.«

»Und wieso ruft der mich an und nicht Sie?«, fragte Schlüter und freute sich, dass er sein Leben nicht in einem solch elenden Dienstzimmer verbringen musste.

»Weil er so tun muss, als würde er die MK ›Unbekannt‹ leiten, und sich aufbläst. Aber ich mach die ganze Arbeit, wie immer.«

»Und, endlich befördert?«, fragte Schlüter und wusste nicht, ob er grinsen durfte.

»KOK, bitte. Kriminaloberkommissar, und zwar einer, der einem unfähigen Kriminalhauptkommissar – KHK – namens Ferber untersteht. Mir scheißegal, ob das einer hört«, schob er ein, als sich Schlüter unwillkürlich in der offenen Tür umdrehte. »Aber kommen Sie rein. Ich habe ein paar Fragen. Vorher erzähl ich Ihnen was. Bitte Platz zu nehmen.« Staschinsky wies auf einen abgewetzten Stuhl, der rechts um die Ecke an der Wand stand.

Schlüter zog sich den Stuhl heran und setzte sich. Staschinsky war dafür bekannt, dass er sich nur an die Vorschriften hielt, wenn es ihm passte. Natürlich durfte man Zeugen keinen Einblick in die Ermittlungen geben.

Staschinsky erklärte, er werde sich um Kaffee kümmern, und verschwand.

Währenddessen hatte Schlüter Gelegenheit, sich im Dienstzimmer des Polizisten umzusehen. Die Zeit war stehen geblieben. Lag es daran, dass er sein Büro verlassen hatte, oder daran, dass in allen staatlichen Dienstgebäuden der Welt eine andere Zeit herrschte?

Staschinsky kehrte mit zwei Pappbechern Kaffee zurück, stellte sie auf dem Schreibtisch ab, umrundete ihn, setzte sich, griff sich einen der Becher, hob ihn und sagte feierlich: »Prost!«

Schlüter trank. Bitteres Zeug, dachte er, Beamtenkaffee.

»Wie hält man das in so einer Bude eigentlich aus?«, fragte er.

Staschinsky blickte sich um, als sei auch er das erste Mal hier, als würde er nicht seit Jahren hier sitzen, jeden langen Arbeitstag. Der Schreibtisch gelbes Leimholz aus den Fünfzigerjahren des letzten Jahrhunderts, wenn nicht älter, darauf ein Klotz von Bildschirm, ebenfalls aus dem letzten Jahrhundert, pissgelbe Gardinen, die so aussahen, als wären sie seit Kaisers Zeiten noch nie vorgezogen worden. Rotzgrüne Wände und hundekotbrauner Fußboden, rechts ein Bock, auf dem rote Akten lagen, die ihre Spuren an der Wand hinterlassen hatten. Aktenschwänze ragten schlapp heraus. Der Kalender, der an einem schiefen Nagel hing. Und mittendrin ein alternder KOK, der sich aus seiner Jugend eine Lederjacke mitgebracht hatte, die an einem Haken neben dem Kalender hing. Seine Frisur eine der letzten Vokuhilas von Hemmstedt, vorne kurz und hinten lang, über den Kragen wallend.

»Und das als Altrocker«, ergänzte Schlüter.

»Das weiß ich nicht.« Staschinsky seufzte.

»Das ist der Grund, warum ich kein Beamter geworden bin«, sagte Schlüter. »Damit ich nicht so ende.« Er musste niesen, dreimal hintereinander. »Und staubig ist es dazu!«

»Aufhören!«, rief Staschinsky. Er zog sich die Tastatur heran. »Kommen wir zur Sache.«

»Wieso schreibt ihr eigentlich alles selbst? Habt ihr keine Sekretärin?«, wollte Schlüter wissen.

Man sei eben seine eigene Sekretärin, erklärte Staschinsky, man verbringe Stunden des Tages mit der Schreiberei, nicht einmal einen Kurs im Zehnfingerschreiben habe er machen können, das werde nicht bezahlt, neuerdings lernten die Jungen das in der Ausbildung, die Alten dürften weiter im Terroristensystem schreiben, »mit Anschlägen ist zu rechnen«. Nicht auszudenken, wie viele Stellen im Lande mit schreibenden Polizisten besetzt seien anstatt mit Sekretärinnen, wie viel Geld man sparen und wie viel schneller man ermitteln könne, wäre man nicht dauernd blockiert durch die Schreiberei.

Als er fertig war, holte er tief Luft. »Grinsen Sie nicht so! Schluss! Ich kann meine Meckerei nicht mehr hören! Ich weiß, ich brauche einen flachen Bildschirm. Wollen Sie an meinem Freitod schuldig werden, wenn ich mich gleich aus dem Fenster werfe?«

Schlüter lehnte sich zurück und lachte. »Nein, nein. Was liegt an?«

Eine unbekannte Person sei tot in den Parkanlagen Hemmstedts gefunden worden, berichtete Staschinsky, in der Nähe des Burggrabens, der den alten Stadtkern umrundete und im Mittelalter einmal Teil einer Festungsanlage gewesen war, zwanzig Schritte entfernt vom nächsten Spazierweg, im dunklen Gestrüpp des Ufers, fünfzig Schritte entfernt vom italienischen Restaurant, in dem er, wie Staschinsky einflocht, neulich verkohltes Schaffleisch vorgesetzt bekommen habe, ungenießbar und teuer obendrein. Schlechtes müsse schließlich nicht billig sein. Das habe ihm fast das Date vermasselt.

Tote würden sonst immer von Joggern und Pilzesammlern gefunden werden, kam Staschinsky zur Sache, aber diesmal sei es ein Paddler gewesen, also quasi ein Wasserjogger, am Samstagmittag. Männliche Leiche. Todeszeitpunkt vermutlich zwischen Freitagnachmittag um fünf bis Samstagmorgen um zwei. Identität ungeklärt, keine Papiere gefunden, kein Handy, das habe wohl der Täter mitgenommen, denn der Tote sei durchsucht worden, das habe man an der Kleidung feststellen können. Sehr wahrscheinlich Ausländer, jedenfalls dunkle Haut und weitere Indizien. Keine Vermisstenanzeige, die zu dem Toten gepasst hätte.

»Und jetzt«, fuhr Staschinsky fort, »kommen wir zum Grund unseres fröhlichen Wiedersehens. Alles hat der Täter nämlich nicht gefunden. Keine Zeit. Ein Hilfeschrei. Und das Restaurant nebenan. Er musste damit rechnen, dass Leute kommen. Es war ja noch nicht dunkel ...« Der Kommissar klappte einen Ordner auf und entnahm ihm eine Folie. »Das hier haben wir in der Innentasche seines Jacketts gefunden.« Er schob die Folie über den Tisch. »Kommt Ihnen das vielleicht bekannt vor?«

Der Zettel mochte von einem Notizblock stammen.

»Das ist meine Telefonnummer!« Schlüter schnappte nach Luft. Also doch, dachte er.

»Klar. War nur rhetorisch, die Frage. Wissen wir ja. Das kriegen wir grad noch raus. So dämlich sind wir nicht. Noch nicht.«

»Aber das ist nicht meine reguläre Nummer. Diese hier steht nicht im Telefonbuch. Das ist unsere Leitung, auf der wir nach draußen telefonieren.«

»Ist uns auch nicht neu.«

»Die muss einer aufgeschrieben haben, den ich schon mal

angerufen habe, der hat meine Nummer auf seinem Display gesehen und abgeschrieben. Die steht nirgendwo.«

Schlüter fühlte, wie sein Blutdruck verrücktspielte. Er hatte plötzlich Schlieren vor den Augen, als würde er gleich die Besinnung verlieren.

»Wenn der das war …«, brachte er heraus.

Staschinskys Brauen führten einen Tanz auf.

Die Schlieren zogen sich zurück. Schlüter berichtete von dem mysteriösen Telefonat von Freitagabend, das so plötzlich unterbrochen worden war.

»Wann war das?«

Schlüter überlegte. »Neunzehn Uhr fünfunddreißig. Stand auf meinem Telefondisplay, als ich aufgelegt hatte.«

»Brav«, lobte Staschinsky. »Solche Zeugen wünschen wir uns. Bei uns ist nämlich ein Notruf eingegangen. Um neunzehn Uhr achtunddreißig am Freitagabend. Von einem der Gäste in diesem sogenannten Restaurant. Er habe einen Schrei gehört. Einen Hilferuf. Auf Englisch. ›Help!‹ Gibt ja noch aufmerksame Zeitgenossen. Ist etwas mit Ihnen?«

»So eine Scheiße«, murmelte Schlüter und klemmte seinen Kopf zwischen die Fäuste. Es sauste in seinem Schädel. Seine Hände zitterten.

Staschinsky verschwand hinter seinem Schreibtisch. Es raschelte. Als er wiederauftauchte, hielt er eine Flasche Kognak und ein schmieriges Glas in der Hand, schenkte ein und stellte es Schlüter unter die Nase.

»Notfalltropfen. Bitte.«

Schlüter goss den Kognak in die Kehle.

»Ein Mandant?«, fragte Staschinsky.

»Bestimmt nicht«, krächzte Schlüter. »Ich habe zurzeit keine Englisch sprechenden Mandanten.«

»Aber er wollte zu Ihnen.«

»Das schon. Vielleicht hat er die Nummer von einem meiner

Mandanten. Oder von einem Gegner. Mitunter telefoniere ich auch mit Gegnern.«

»Hatte er einen Akzent?«

Der Anrufer habe ein Englisch gesprochen wie die Queen, wenn sie das neue Regierungsprogramm vortrug. Gefühlt akzentfrei. Jedenfalls habe er, Schlüter, diese Stimme nie zuvor gehört.

Staschinsky reckte die Schultern und nahm Schlüters Bericht auf, indem er laut vorlas, was er mit seinen zwei Fingern geschrieben hatte.

»Stimmt so?«, fragte er abschließend und begann mit den Korrekturen.

Schließlich druckte er das Geschriebene aus und ließ Schlüter unterschreiben.

»Verbindlichsten Dank«, sagte Staschinsky und erhob sich.

Dann setzte er sich wieder. »Weil wir so schön beisammensitzen. Ich frage Sie mal was. Sie wissen, dass ich das nicht darf.«

Er öffnete den Ordner ein zweites Mal und zog eine weitere Klarsichtfolie hervor. »Hier. Dieser Zettel. Den haben wir im Gebüsch gefunden. Nass und zerrissen. Ein Fetzen nur. Sagt Ihnen das was?«

Ein Stück von einem groben Blatt Papier, zerknittert, etwa ein Fünftel eines normalen Bogens. Vergilbt. Und bedruckt. Mit merkwürdigen Zeichen.

35. *Գրիգորիս Ղրպակերեան, Էզղղապ*
36. *Յակոբ Սվազլեան, Վան*
37. *Միքայէլ Եարտեմեան, Սեբաստիա*
38. *Մարկիս Վարտանեան, Ալ Թէւլէ*
39. *Յարութիւն, Ճախացպանեան, Խարբերդ*
0. *Թորքոմ Իճմարապեան, Սանճակ*
         Կեան

Buchstaben einer fremden Schrift?

»Sehen aus wie kleine Krückstöcke. Kommt mir vor, als hätte ich so was schon einmal gesehen. Weiß ich aber nicht.«

»Na egal, das kriegen wir noch raus. Ich frage nachher gleich mal im Übersetzungsbüro nach, bei dem Demirkan, der hilft sicher weiter.« Dieses Dokument sei vermutlich dem Ermordeten zuzuordnen. Man werde es weiter untersuchen.

Staschinsky heftete die Klarsichtfolie wieder in seinen Ordner und wollte ihn zuklappen.

»Halt!«, rief Schlüter. »Was ist das?«

»Was?«

»Na, der Zettel da.«

Staschinsky folgte Schlüters Blick. »Ach, der. Ja. Haben wir in der äußeren Jackentasche gefunden, war nur eine Papierkugel. Wollen Sie das sehen?«

Er heftete die Folie aus und schob sie Schlüter hinüber. Schlüter sah ein längliches Stück Papier, oben und unten winzige Perforationszähne. Darauf eine fremde Schrift, eine andere, mikroskopisch klein, und oben mittig gesetzt und etwas größer ein Schriftzug, ungefähr so:

كافه رستوران لئو

»Die Krümel da sind arabische Schrift, schätze ich. Deshalb hatte ich die originelle Idee, dass der Mann Ausländer ist. Äh, war.«

»Sieht wie eine Quittung aus«, bemerkte Schlüter. »Dem Format nach zu urteilen.«

»Die reinste Zettelwirtschaft«, meinte Staschinsky und verstaute die Hülle wieder in seinem Ordner.

Ein Zettel mit arabischer Schrift in der Tasche eines Toten, der akzentfreies Englisch gesprochen hatte. Und ein zweiter Zettel mit einer unbekannten Schrift. Ein dritter mit der Telefonnummer von Schlüters Büro.

»Ein Brite mit arabischen Wurzeln?«, mutmaßte Schlüter.

»Das kriegen wir raus.«

Das schien der Lieblingsspruch des Polizisten zu sein.

Staschinsky erhob sich. »Dann werden wir wohl ins Kühlhaus müssen«, erklärte er. »Haben Sie Zeit?«

»Muss ich?«, fragte Schlüter. Ob der Tote noch leben könnte, wenn ich sofort gesagt hätte, er soll kommen, dachte er. Er hat ins Telefon gekeucht, er war weggelaufen und aus der Puste, und er hat voller Angst auf meine Antwort gewartet, ist vielleicht sogar stehen geblieben, denn wer kann telefonieren, wenn er um sein Leben rennt? Einen Moment nur, während ich nach dem vermaledeiten Terminkalender gesucht und mich umständlich bis zum nächsten Montag durchgeblättert habe, und das nur, weil das verfluchte Leseband nicht eingelegt war – und dann hat ihn der Mörder erwischt. Zufälle, die über ein Leben entscheiden, Sekunden, die verstrichen waren, wertvolle Fluchtsekunden, die ein Bürokrat namens Schlüter verschwendet hatte. Denn die andere Stimme, das musste der Mörder gewesen sein. Der Gedanke war ein Schlag mit der Peitsche.

Das Glas war wieder voll.

Staschinsky wartete, bis Schlüter getrunken hatte. »Zur Sicherheit. Nicht auszuschließen, dass Sie ihn kennen. Der Mann liegt im Krematorium. Er kommt heute noch zur Gerichtsmedizin nach Hamburg.«

Schlüter hustete und erhob sich. Er kam sich so alt vor, wie er war. Der Alkohol verbreitete Wärme im Gedärm.

Staschinsky sah auf seine Uhr, ziemlich lange.

»Rechnen Sie aus, wann Sie in Pension gehen, oder was?«, krächzte Schlüter.

»Ich gebe Ihnen nie wieder Schnaps, Sie Sadist!«

»'tschuldigung. Ist Galgenhumor. Geben Sie mir noch einen.«

Staschinsky sah Schlüter prüfend an. »Können Sie dann noch gucken?«

»Und wie!«

Gemeinsam gingen sie am Pförtner vorbei, dessen Blick nicht weniger misstrauisch war als vorhin. Sie nahmen den Dienstwagen des Polizisten. Schlüter dachte, jetzt sehe ich aus wie verhaftet. Bin ja auch fast blau.

Sie fuhren durch verwinkelte kopfsteingepflasterte Wohnstraßen und landeten nach einigen Minuten auf der Bundesstraße, die Hamburg und Cuxhaven miteinander verband und Hemmstedt im Süden von den Feuchtwiesen des Flüsschens Aue trennte. Die Straße führte sie nach wenigen Kilometern in den Stadtteil jenseits der Bundesstraße, in dem die Gewerbe ihre Niederlassungen hatten. Baustoffhandel, Gartencenter, Baumarkt, Großhandel. Seit einigen Jahren gab es dort ein Krematorium, nicht weit von der ehemaligen Kaserne entfernt, die sich weiter im Süden an den Stadtteil anschloss und nun ein ziviles Wohngebiet geworden war. Hier hatte der Frieden Schwerter zu Pflugscharen geschmiedet, damals, in der kurzen Zeit, als man geglaubt hatte, es wäre für immer. Ein findiger Unternehmer hatte gemerkt, dass die Feuerbestattung in Mode gekommen war, und das Geschäft mit dem Tod nicht den Hamburgern überlassen wollen.

»Wir haben da ein paar Fächer gemietet«, erklärte Staschinsky. »Falls mal jemand umgebracht wird.«

Er parkte den Wagen unter einer Reihe hoher Pappeln, sie stiegen aus und betraten das Gebäude aus dunklem Klinker. Vor dem Eingang standen beidseits der pietätgetönten Glastür zwei halbhohe tönerne Gefäße, in denen immergrünes Trauerkraut wuchs. Schlüter prüfte die Blätter im Vorbeigehen. Doch kein Plastik, dachte er.

Während Staschinsky die Formalitäten klärte, versuchte Schlüter, sein Seelenleben zu befrieden, den wirbelnden Gedanken Einhalt zu gebieten, damit sie Ruhe gaben für eine Minute oder zwei und sich der Staub setzte und sein Bewusstsein klar werden würde, gewappnet wäre für die Begegnung mit dem Tod. Der Tod, sagte man, ist der Lehrmeister des Lebens, aber niemand hat Lust, wieder Schüler zu werden. Das hat man hinter sich.

Sie betraten den Kühlraum. Ihnen schlug der kalte Hauch des Jenseits entgegen. Wie riechen Tote?, fragte sich Schlüter. Unterscheidet sich der Geruch von dem in einer Schlachterei? Die Toten lagen in ihren Särgen, die Deckel verschlossen, ungefähr zehn standen unregelmäßig hintereinander in dem Raum, man hatte sie hineingetragen und achtlos abgestellt. Hier war kein Fenster, das man öffnen konnte, um der Seele Freiheit zu geben, damit sie aus dem Verlies des Leibes fliehen konnte. Hier brannte keine Kerze und es gab kein Kreuz und keinen Trost. Staschinsky näherte sich einer metallenen Pritsche auf der linken Seite und lüpfte das Laken vom Gesicht des Toten.

»Kennen Sie den?«

Schlüter sah hinab auf ein junges Gesicht, aus dem eine markante Nase hervortrat, mit stumpfer Spitze und einer Kerbe im Übergang zur Stirn. Hautfarbe dunkel, fast bronzefarben. Glatt rasiert, erste dunkle Sprossen – vielleicht die Vorstufe der Mumifizierung, halblange schwarze Haare, ein paar graue darunter, halb geschlossene Augen, zwischen den Lidern ein mattes Blinzeln, der Mund leicht geöffnet, vielleicht vom letzten Atemzug, zwischen den Lippen zwei trockene Zähne.

Grau ist der Tod, nicht schwarz. Was unterscheidet einen Toten von einem Lebendigen? Wie verlässt das Leben den Leib? Wann entschließt sich das mutige Herz, dass es aufhören muss zu schlagen? Wie fühlt sich der letzte Atemzug an, wenn das Bewusstsein des eigenen Endes gewiss wird?

So jung, wohl keine dreißig Jahre alt, und so viele Pläne, und dann der Abgrund, das Nichts. Und was sind deine letzten Gedanken, bevor die Schwärze der ewigen Nacht dein Ich auslöscht? Oder bleibt es bestehen, da du es doch seit deinen frühen Tagen als einzigartig und ewig empfindest, den Kosmos deiner einmaligen Existenz?

»Dreizehnmal Kartoffeln pflanzen noch«, hatte Christa im Frühling gesagt, »dann ist Feierabend.« Und gelacht.

»Nein. Nie gesehen.«

Was hatte der Mann von Schlüter gewollt? Und was wäre passiert, wenn er, Schlüter, das Telefonat sofort angenommen hätte, anstatt nach dem Kalender zu suchen?

»Wie …?«

»Erstochen«, antwortete Staschinsky. »Augenscheinlich nach einem Kampf. Der zerrissene Zettel mit den Krückstöcken, um den könnte es gegangen sein. Er hat sich verteidigt, es gibt einen Schnitt in seinem linken Unterarm, er hat versucht, den Täter abzuwehren. Soll ich …?«

Schlüter wurde schwarz vor Augen. Er hielt sich am Handgriff der Bahre fest, bis er wieder sehen konnte, drehte sich um und verließ den Kühlraum. Als sie draußen waren, atmete er die frische Luft der lebendigen Natur ein und schaute sich um, als sähe er alles zum ersten Mal. Das Rauschen des Windes in den Ästen der Pappeln, die ersten gelben Kätzchen an den Weiden, ein Hauch von Grün war zu erahnen. April, der Monat, in dem alles erwachte und manche sterben mussten.

»Haben Sie einen Garten?«, fragte Schlüter.

»Nee, bloß nicht. Macht nur Arbeit.«

»Dann pflanzen Sie keine Kartoffeln?«

Staschinsky sah ihn von der Seite an.

»Ich brauche einen Kaffee«, sagte Schlüter. »Kommen Sie mit?«

Staschinsky nickte und sie stiegen in das Dienstfahrzeug. In der Nähe des Baumarkts gab es ein Café, gleich neben dem Fliesenmarkt. Sie holten sich jeder einen Pott Kaffee vom Tresen und setzten sich an einen der hohen Tische auf zwei Hocker. Nebenan verzehrten Handwerker in Latzhosen, den Zollstock am Schenkel, ihre Currywurst.

»Armenisch«, sagte Schlüter, nachdem er den ersten Schluck getrunken hatte. »Das könnte armenische Schrift sein.«

*Es ist bereits mitgeteilt worden, dass die
Regierung beschlossen hat, alle Armenier, die
in der Türkei wohnen, gänzlich auszurotten.
Diejenigen, die sich diesem Befehl und
diesem Beschluss widersetzen, verlieren ihre
Staatsangehörigkeit. Ohne Rücksicht auf
Frauen, Kinder und Kranke, so tragisch die
Mittel der Ausrottung auch sein mögen, ist,
ohne auf die Gefühle des Gewissens zu hören,
ihrem Dasein ein Ende zu machen.*

Talaat Pascha, Innenminister und Großwesir
des Osmanischen Reichs und Führer der Jungtürken,
am 15. September 1915

5

»Man hat mich vergewaltigt«, sagte die Frau.

»Wer – man?«, fragte Schlüter.

Statt einer Antwort griff die Frau nach ihrer Tasche und zog ein Bündel Blätter hervor. Sie hatte eine starke Nase und große braune Augen.

»Die.« Sie legte die Papiere auf den Schreibtisch.

Schlüter wagte es nicht, die Unterlagen zur Seite zu schieben und weitere Fragen zu stellen. Die Frau auf der anderen Seite des Schreibtischs saß mit gesenktem Kopf, die schwarzen Haare vor den Augen, biss sich auf die Lippen und schwieg. Ein falsches Wort und sie würde das Vertrauen verlieren. Seit Matthias der Gerechte in seine Kanzlei eingezogen war, hatte er, der Senior, gewisse Freiheiten und eine davon war, Mandantengespräche zu führen, so lange er wollte, und in diesem speziellen Fall die, zu schweigen und zu lesen. Es half nichts. Was sollte das für eine Woche werden? Gestern hatte er einen Toten besichtigt und heute musste er sich eine Vergewaltigung anhören. *Anahid Bedrosian* hatte im Terminkalender gestanden.

Schlüter fächerte die Papiere auseinander. Es handelte sich um Text auf weißem Grund und die Kopie eines Zeitungsartikels, *Hemmstedter Tageblatt*. Er nahm sich die Blätter mit dem Text und las:

Talaat
Wenn ich eine gegenteilige Sichtweise der Berichte christlicher Quellen äußern darf, dann ist der sogenannte Genozid, der den Türken zur Last gelegt wird, eine internationale Lüge. Meine Intention war es, Menschen zu erreichen, die frei, unabhängig, analytisch und kreativ denken, die die Wahrheit kennen, nur auf Tatsachen vertrauen und sich auf die guten Werte unserer ruhmreichen

Vergangenheit besinnen. Der Völkermordvorwurf, der durch zahllose Publikationen geistert, ist eine Farce, eine Maskerade, die für die internationale Gemeinschaft aufgeführt wird. Sie verspotten die Menschen und lügen die ganze Welt an. Unsere Nation kann nicht länger diejenigen dulden, die die großzügigen, in unserer Verfassung verankerten Freiheiten missbrauchen, diejenigen, die das demokratische System durch irgendeine Art von Faschismus, Anarchie, Zerstörung und sogar Separatismus ersetzen wollen. Diese Scharade dauert jetzt lange genug an. Was die Armenier angeht, so sind fast alle an Krankheiten gestorben. Allah hat damit die Besitzverhältnisse unmissverständlich geklärt. Wer wen auf welche Art wegmacht, wer wen vertreibt und wer sich in der Ausführung eines Genozids befindet, zeigen die Vorkommnisse von Berg-Karabach ganz offen und ganz klar.

»So etwas wie ein Genozid liegt unserer Gesellschaft fern. Wir werden einen solchen Vorwurf niemals akzeptieren.« (Recep Tayyip Erdoğan)

Anape

Wer mit ruhmreicher Vergangenheit anfängt, hat meist eine Scheißgegenwart und eine noch beschissenere Zukunft. Und Scharade bedeutet übrigens Schattenspiel, was soll das?

Talaat

Es macht mich traurig, dass du mich so beschimpfst. Ich versuche, objektiv zu sein. Die Briten haben auch versucht, Beweise für die angeblichen Kriegsverbrechen zu sammeln, damit ein Gerichtsverfahren eröffnet werden konnte. Zu jener Zeit waren die osmanische Hauptstadt Istanbul und andere wichtige Städte von den Entente-

Mächten besetzt. Alle Archive des Osmanischen Reichs konnten von den Briten eingesehen werden. Trotzdem haben sie es nicht geschafft, Belastungsmaterial vorzulegen. Schließlich waren die Briten gezwungen, am 31. Oktober 1921 auch die letzten auf Malta festgehaltenen Türken freizulassen. (Ali Söylemezoğlu, türkischer Schriftsteller)

Anape
Ist das etwa eine verlässliche Quelle? Ich will mit Genozidleugnern nichts zu tun haben. Der Völkermord an den Armeniern ist eine Tatsache, die sich nicht leugnen lässt. Die Historiker sind sich einig, nur die Türken behaupten, die Armenier hätten selbst zu den Waffen gegriffen, es habe sich um eine Umsiedlungsaktion gehandelt mit ein paar unglücklichen Todesfällen, die Kurden seien leider etwas aggressiv geworden und so weiter und so weiter.

Talaat
Ich bitte dich, objektiv und sachlich zu bleiben und mich nicht gleich als Genozidleugner zu ächten. Der Europäische Gerichtshof für Menschenrechte hat entschieden, dass bei solch einem umstrittenen Thema die Leugnung des Völkermords keine Straftat und kein Verbrechen ist. Ob tatsächlich ein Völkermord begangen wurde, ist unter 190 Staaten weltweit strittig. Das hat das Straßburger Gericht entschieden. Nur 20 Staaten gehen von einem Völkermord aus. Das Straßburger Gericht hat außerdem entschieden, dass man zwischen dem Holocaust an den Juden und der Umsiedlungsaktion der Armenier klar unterscheiden muss. Ein weiterer Umstand, der mich unglücklich macht, ist: Was habt ihr denn vorzuweisen, außer mir Nationalismus, Geschichtsklitterung und Ge-

nozidleugnung vorzuwerfen? Ich bin unglücklich dar-
über, dass du so mit mir umgehst und mich stigmatisierst.
Man sollte eine Kommission einsetzen und alle Quellen
prüfen und dann erst ein Urteil fällen.

Anape
Hast du nicht gelesen, was ich gerade geschrieben habe?
Die Historiker sind sich einig!!!! Ich werde dir nicht
mehr antworten!!!!! Nur noch eins: Nicht umsonst
wollte der Regierungschef der Jungtürken damals die
Versicherungsprämien für die ermordeten Armenier
abkassieren – nämlich weil sie alle tot waren, umge-
bracht von deinen Großeltern oder von mir aus Ur-
großeltern!!!

Talaat
Ich versuche, mit dir ein Gespräch über eine Frage zu
führen, die man objektiv beantworten kann. Wir sind
verschiedener Meinung, aber das ist kein Grund, mich
zu beschimpfen. Wenn du mit mir hier nicht reden willst,
habe ich fast Lust, dich einmal zu besuchen, damit wir
das persönlich klären können. Ich weiß ja, wo ich dich
finden kann.

»Anape, das sind – Sie?«
Die Frau nickte.
»Und wer ist Talaat?«
»Einer von denen. Sein Nickname.«
»Sein was?«
»Nickname. Das ist der Name, den man sich in Foren gibt.
Mit dem man seine Posts kennzeichnet.«
»Posts?«, fragte Schlüter.
»Ja. Wenn man da was schreibt. Dann ist das ein Post.«

»Also wenn der Absender etwas schreibt, dann gibt er sich dabei einen falschen Namen?«

»Ja. Sozusagen.«

»Warum das denn? Meine Post verschicke ich immer unter meinem richtigen Namen.«

Die Frau zog hörbar die Luft ein und machte eine ausholende Bewegung mit der Hand. Egal, Schwachsinn, verstand Schlüter. Er war einer von denen, die zwar gelernt hatten, den Computer und das Internet zu nutzen, soweit es erforderlich war, er würde aber nie heimisch werden in der virtuellen Welt. So wie sein Vater nie gelernt hatte, ordentlich Auto zu fahren. Dafür hatte er mit Pferden gut umgehen können, denn er war Gastwirt in Husum gewesen, damals, als die Bierfässer noch vom Kutscher gebracht wurden.

»Sagen wir Indianername dazu«, entschied Schlüter. »Man gibt sich einen neuen Namen, wenn man eine Heldentat verrichtet hat. Oder eine behauptet. Oder so ähnlich.«

Die Mandantin verzog keine Miene. Aus ihren braunen Augen leuchtete eine dunkle Wut. »Talaat ist kein Heldenname«, sagte sie gepresst.

»'tschuldigung.«

»Und auch kein Indianername. Es ist ein Verbrechername, ein Name wie – Goebbels, Heydrich, Göring. Wenn Ihnen das was sagt.«

»Das sagt mir was. Muss mir ja was sagen. Aber Talaat sagt mir nichts. Wer ist Talaat?«

Talaat Pascha, so sein offizieller Name, erklärte die Frau mit monotoner Stimme, als halte sie einen Vortrag, den sie auswendig gelernt hatte, als habe sie diesen Vortrag schon oft gehalten, als sei sie müde, es wieder sagen zu müssen. Talaat Pascha sei der Innenminister des Osmanischen Reichs unter der sogenannten jungtürkischen Regierung gewesen, 1915, im Ersten Weltkrieg. Die Regierung habe damals beschlossen, die osmanischen Armenier auszurotten, und Talaat sei derjenige gewesen, der den Völkermord organisiert habe, dem 1,5 Millionen Armenier zum Opfer gefallen seien. Und er sei der einzige Massenmörder der Weltgeschichte, dessen Heimatland ihm Denkmäler setze, bis heute.

Davon hatte er gehört. Von den Denkmälern nicht.

»Der erste Völkermord des 20. Jahrhunderts«, warf Schlüter lehrbuchmäßig ein.

»Nein«, korrigierte sie ihn. »Der erste war der deutsche Völkermord in Südafrika. An den Herero und Nama.«

Davon hatte er ebenfalls gehört, wenn auch wenig. Deutsch-Südwest oder so. Windhuk oder Timbuktu oder wie das hieß. Schlüter wurde es ungemütlich. Diese Frau, die ihre Wurzeln offenbar in einem fernen Land hatte, hielt mit ihm deutschen Geschichtsunterricht ab. Musste sie so weit ausholen?

»Aber was haben Sie mit …?«

»Ich bin Armenierin! Verstehen Sie? Ich habe etwas dagegen, wenn sie an seinem Todestag in Berlin marschieren und in Istanbul an seinem Mausoleum Fahnen schwenken! Stellen Sie sich vor, es gäbe in Berlin ein Hitler-Mauseoleum und die Leute pilgerten hin zu Tausenden! Der Mann hat schon 1915 erklärt, niemals werde die Türkei zugeben, dass sie die anatolischen Armenier ausgerottet habe!«

»Aber …«

»Das hat er dem amerikanischen Botschafter ins Gesicht gesagt. Jedenfalls indirekt. Stellen Sie sich das vor!«

»Woher …?«

»Steht in den Memoiren des Botschafters. Henry Morgenthau. Man kann alles nachlesen …« In hastigen Worten referierte Anahid Bedrosian. Am 7. Juni 1915 habe Morgenthau den Innenminister aufgesucht. »Er ist hinbestellt worden, wegen – ach, das spielt keine Rolle, sonst sitzen wir morgen noch hier, wenn ich damit auch noch anfange. Jedenfalls hat Morgenthau ihm gesagt, die Osmanen machten einen fürchterlichen Fehler. Was sie den Armeniern antäten, das werde die Türkei in den Augen der Welt zerstören und das Land werde sich von dieser Schande nie wieder erholen. Und wissen Sie, was Talaat Pascha dazu gesagt hat?« Sie machte eine Kunstpause.

»Nein. Woher soll ich das wissen?«

»Talaat hat gesagt, die Osmanen würden niemals bereuen, was sie den Armeniern angetan hätten. Und kein Armenier könne je wieder ein Freund der Türken sein! Das hat er gesagt! Und genau so ist es gekommen, bis auf den heutigen Tag! Die Türken sind damals aus der Zivilisation ausgetreten. Und sie werden erst wieder eintreten, wenn sie endlich zugeben, was sie verbrochen haben!«

Anahid Bedrosians zornige Augen hielten Schlüter hinter dem Schreibtisch fest.

»Morgenthau hat die Türken übrigens für primitiv gehalten.«

Schlüter machte ein fragendes Gesicht. Sollte er protestieren? Man konnte doch kein ganzes Volk als …

»Und dafür hat er seine Gründe gehabt. Er formuliert das recht hübsch. Die Türken waren damals ungebildet. Sind sie meistens heute noch. Vielleicht ist es sogar schlimmer geworden.«

»Aber …«

»Ich weiß, was Sie sagen wollen. Keine Vorurteile und so. Die Türken haben früher schon keine Bücher gelesen, auch nicht das eine, den heiligen Koran, das ging gar nicht. Die erste türkische Ausgabe ist erst 1950 rausgekommen. Da mussten sie sich den Inhalt eben von sogenannten Schriftkundigen vorbeten lassen. Fünfmal am Tag schreit der Muezzin arabische Suren vom Minarett, und das nur, weil Mohammed Araber war! Die meisten hielten es für sinnlos oder sogar Gotteslästerung, das Buch zu übersetzen, das hört man heute noch überall, denn das Wort Gottes darf ja keinesfalls verfälscht werden und eine Übersetzung ist eben eine Verfälschung. Wie soll so Bildung entstehen? Wir Armenier lesen unsere armenische Bibel seit tausendsechshundert Jahren und Sie haben die deutsche Bibel immerhin seit ungefähr fünfhundert Jahren. Deshalb waren wir Armenier schon immer gebildet und sprachkundig und deshalb waren wir Anwälte, Kaufleute, Ärzte und Handwerker. Und folglich waren wir reich, wir Armenier, damals unter den Osmanen. Sie finden heute noch keine Buchläden in den Städten. Oder fast keine.«

»Tja …«

»Haben Sie von Hrant Dink gehört?«, fragte sie.

Bevor Schlüter antworten konnte, dass der Name ihm schon einmal begegnet sei, er aber nichts mit ihm verbinden könne, berichtete sie.

Und bevor er ihren Bericht kommentieren konnte, befahl sie: »Lesen Sie weiter, wir müssen fertig werden!«

Schlüter atmete tief durch, froh, dass der Ritt durch unbekanntes Gelände zu Ende war, und faltete die Zeitung auseinander, eine einzelne abgetrennte Seite von der gestrigen Ausgabe. Montags bestand das *Hemmstedter Tageblatt* meistens nur aus Sportnachrichten. Dies war jedoch der Bericht über eine Veranstaltung vom letzten Freitag. Mittendrin ein Bild von einem Saal und einem Podium, auf dem ein Herr in braunem Sakko saß, neben ihm ein rundgesichtiger Schwarzhaariger, im Vordergrund vielfarbiges Publikum auf Stühlen, Schleier, Kopftücher, Mützen. Ein langer Artikel, daneben eine Extraspalte, überschrieben mit *Völkermord an den Armeniern* und der Unterzeile *Historiker sind sich einig*. Der Artikel selbst trug die Überschrift *Tumult in der Alten Turnhalle*, darunter die fett gedruckte Zeile *Veranstaltung zur Völkerverständigung endet in Chaos*.

Schlüter las:

Am Freitag, dem 13. April, fand in der Alten Turnhalle ein Diskussions- und Vortragsabend mit dem türkischen Schriftsteller und Publizisten Sahin Ali Söylemezoğlu statt oder besser: hätte stattfinden sollen. Söylemezoğlu ist Autor des Buches Die andere Seite der Medaille. Hintergründe der Tragödie von 1915 in Kleinasien. Das Werk befasst sich mit der Vernichtung der Armenier im 1. Weltkrieg vor 92 Jahren in Anatolien. Der Publizist hatte eingeladen unter dem Motto ›Türkei und Armenien – Das schwierige Verhältnis‹. Söylemezoğlu argumentiert, es habe keinen Völkermord an den Armeniern gegeben, sondern umgekehrt hätten diese drei Millionen türkische Muslime ermordet. Vor der berechtigten Rache der Türken hätten sich die Armenier hinter dem Kaukasus in der späteren Sowjetrepublik Armenien verschanzt. Bekanntlich ist Armenien seit dem Fall der Mauer und dem Zerfall der Sowjetunion ein selbstständiger Staat. Die Armenier, die damals in Ostanatolien gelebt hätten, so die These des türkischen Publizisten, seien den Türken gemeinsam mit den Russen in den Rücken gefallen. Also habe man sie deportieren, nämlich umsiedeln müssen. Am Wege lebende Kurden und Tscherkessen hätten die Armenier ausgeraubt und manchmal getötet, womit die damalige sogenannte jungtürkische Regierung nichts zu tun gehabt habe, im Gegenteil, sie habe sogar versucht, die Armenier zu schützen.

Seit bald hundert Jahren ist diese Darstellung die offizielle türkische Staatsversion. Drei türkische Generationen sind mit dieser Falschdarstellung aufgewachsen (siehe Kasten auf dieser Seite).

Der Vorsitzende des Hemmstedter Ausländerbeirats erklärte auf Nachfrage, man habe diese Veranstaltung in dem guten Glauben organisiert, dass man mit einer of-

fenen Diskussion zur Völkerverständigung beitrage. Ein
Dialog müsse stattfinden, Armenier und Türken sollten
sich aussprechen, sich die Herzen ausschütten und ihre
Meinungen darlegen.

Im Vorfeld der Veranstaltung hat die armenischstämmige A. B. (Name der Redaktion bekannt) per E-Mail die
Thesen von Ali Söylemezoğlu in Umlauf gebracht. Auf
Befragen nahm sie Stellung, sie habe darauf aufmerksam
gemacht, dass das städtische Haus missbraucht werden
solle, der türkischen Lüge von der »armenischen Lüge«
Raum zu geben. Sie sei von alevitischen Freunden (eine
muslimische Glaubensrichtung in der Türkei, Anmer-
kung des Verfassers) auf die Veranstaltung hingewiesen
worden. Diese hätten ihre Mitglieder aufgefordert, hin-
zugehen und die Veranstaltung zu stören. Auch habe sie
den Bürgermeister und den Landessuperintendenten und
unsere Zeitung sowie den Vorsitzenden des Ausländerbeirats Hemmstedt, Enrico Coletta, informiert.

Die Reaktionen reichten von Überraschung bis Entsetzen. Die Veranstaltung wurde zwar nicht abgesagt, denn
dazu sei es zu spät gewesen, wie das Büro des Bürgermeisters mitteilte. Es gelte der Grundsatz, dass städtische
Gebäude nicht für politische Veranstaltungen zur Verfügung stünden, dafür sei die Privatwirtschaft da. Die Veranstaltung fand also ohne Beisein des Bürgermeisters und
des Vertreters der evangelischen Kirche statt, der seine
Teilnahme als Moderator abgesagt hatte. Für ihn sprang
der bekannte syrische Apotheker El Mokhtarzada ein.
Fast 200 Zuhörer, davon mehrheitlich Türken, nahmen
an der Veranstaltung teil. Herr Söylemezoğlu sprach in
seiner Einleitung zunächst von der »schwierigen Geschichte zwischen Türken und Armeniern« und warf
den Armeniern ein »vorurteilsbeladenes Verhältnis

zu den Türken« vor. Er bezeichnete die Genozidde-
batte als »Mythos vom Dolchstoß«. Die Armenier, so
Söylemezoğlu, wollten die Türkei vernichten und ihre
eigene Schuld dem türkischen Volk anhängen. Die Ver-
anstaltung solle »ein Beitrag zur Versöhnung und An-
näherung« sein.

Die armenischstämmige Hemmstedterin A. B. ergriff
nach dem Vorwort des Söylemezoğlu das Wort und wies
auf die Geschichtsforschung hin, die nahezu einheitlich
zu dem Ergebnis gekommen sei, dass die osmanischen
Armenier einem Völkermord zum Opfer gefallen seien.
Sie verwies auf überlieferte Dokumente, unter ande-
rem auf den großen Roman des jüdischen Schriftstellers
Franz Werfel Die vierzig Tage des Musa Dagh, der auf
Tatsachen beruht. Nachdem sie vorzeitig nach ihrem
Wortbeitrag die Veranstaltung verlassen hatte, brach
im Saal ein Tumult aus, der von einem Teil der tür-
kischstämmigen Besucher ausging. Bei diesen, erklärt
Frau B. auf Nachfrage, habe es sich um die alevitische
Community Hemmstedts gehandelt. Eine Fortsetzung
der Veranstaltung war nicht möglich. Es bildeten sich
zwei Gruppen im Saal, die sich gegenseitig lautstark zu
überzeugen versuchten. Dass es nicht zu Handgreiflich-
keiten gekommen ist, ist dem rechtzeitigen Eintreffen
der Polizei zu verdanken, die der Betreiber der Alten
Turnhalle herbeigerufen hat.

Hemmstedt, so Frau B., solle nicht in die Geschichte
eingehen als der Ort, an dem Geschichtsrevisionismus
und Genozidleugnung auf offene Türen und Tore stoße,
und das mit dem Anschein halbstaatlicher Billigung.
Tag um Tag werde deutlich, wie handlungsbestimmend
und identitätsprägend Geschichtsbilder für das Leben
in Gegenwart und Zukunft seien. Wer von Integration

und friedlichem Zusammenleben spreche, müsse sich zunächst der Selbst- und Fremdbilder, der herrschenden Ideologien klar werden, die die türkische Gemeinschaft bestimmten. Die vielen Söylemezoğlus in Deutschland wüsste man dann besser einzuordnen.

Herr Söylemezoğlu war für eine Stellungnahme nicht zu erreichen. IG

Schlüter ließ die Zeitungsseite sinken. Die Schnecke der Furcht kroch auf kaltem Schleim über seinen Rücken. Heydrich, Goebbels, Göring, Stalin, Pol Pot und Mao. Und jetzt also auch dieser Talaat Pascha. Er sah den Rauch aus den Öfen der Krematorien, er hörte die Schreie der Verdammten und das Wimmern verhungernder Kinder.

»Scheiße«, sagte er. »So eine beknackte Scheiße. Und jetzt?«

»Jetzt sitze ich hier und weiß nicht weiter.«

»Wann ist es passiert?«

»Letzten Freitag. Nach – diesem Abend.«

Dann begann Anahid Bedrosian zu weinen. Sie verbarg das Gesicht in den Händen, schluchzte, zitterte, wiegte sich, jammerte in einer fremden Sprache, flüsterte etwas, das wie Namen klang. Was sollte er tun? Durfte er die Frau in den Arm nehmen? Durfte er einen Menschen in seiner Verzweiflung beglotzen? Schlüter stand auf, drehte sich um und starrte aus dem Fenster, das zu klein war, er sah die Hemmstedter Ziegeldächer nicht und nicht die Schafherde, die am Aprilhimmel weidete. Er biss sich auf die Lippen. Es raschelte hinter ihm und er drehte sich um.

Die Armenierin hatte sich erhoben. Mit tränennassem Gesicht und apathischem Blick stand sie da, sie schwankte, Speichel tropfte ihr aus dem Mund, ihre Mundwinkel zitterten und ihre Hände ballten sich zu Fäusten.

Er langte nach seinem Telefon, drückte Angelas Nummer,

gleichzeitig die Lautsprechertaste. »Kommen Sie bitte, sofort, jetzt!«

Die fünf Sekunden, die Angela bis zu ihrem Chef brauchte, schienen Schlüter ewig zu dauern. Endlich öffnete sich die Tür.

»Nehmen Sie Frau Bedrosian in den Arm«, bat er, »bitte seien Sie so lieb.«

Nur einen winzigen Augenblick lang flackerten Unsicherheit, Erstaunen und Zögern in Angelas Gesicht auf, dann hatte sie die Frau schon umarmt und hielt sie, schweigend. Schlüter verließ das Zimmer, drehte eine Runde durchs Büro, überlegte, ob er bei dem Gerechten hereinschauen sollte, ließ es aber, erwog, ob er einen Tee kochen sollte, ließ es ebenfalls, stellte sich vor Angelas Fenster und betrachtete abwesend die Kakteensammlung, die der Paragrafenluft das Leben abtrotzte, wippte auf den Zehenspitzen, ignorierte das klingelnde Telefon. Als er wieder denken konnte, dachte er, eine Vergewaltigung geht ja noch, jedenfalls, wenn er das Opfer vertrat. Doch Völkermord? Was hat das damit zu tun? Manchmal wusste man nicht, worauf man sich einließ, wenn man ein Mandat annahm.

Nicht schon wieder, das ertrage ich nicht.

Noch nie hatte er ein Mandat abgelehnt, nachdem er ein Gespräch angefangen und seine Poren geöffnet hatte. Er wusste nicht, ob das Feigheit oder Treue war.

Er kehrte in sein Arbeitszimmer zurück. Die beiden Frauen saßen sich auf den Besucherstühlen gegenüber, ihre Knie berührten sich und sie drückten sich die Hände.

»Ich kann nicht damit leben«, flüsterte Anahid Bedrosian. »Wissen Sie, wie viele armenische Frauen von den Türken vergewaltigt worden sind? Es muss einmal ein Ende haben, es muss, es muss, es muss!« Ihr Gesicht war zu bleichem Teig geworden, die Augen trübe von Tränen.

»Sie müssen zum Arzt. Sofort«, befahl Schlüter.

»Aber ich …«

»Zu Ihrem Frauenarzt. Bestimmt haben Sie einen. Oder eine?«

»Aber ich weiß noch gar nicht, ob …«

Schlüter dachte nach. »Dann fahren wir besser gleich zu Professor Püschel ins UKE nach Hamburg.« Püschel hatte schon den Barschel obduziert, er war eine Koryphäe, ein Mann, dem nichts unter dem Himmel verborgen blieb.

Angela streichelte der Frau die Hände.

»Sie müssen jetzt keine Strafanzeige erstatten«, fuhr Schlüter fort. »Der Professor dokumentiert. Absolut gerichtsfest. Und Sie haben danach Zeit. Wenn Sie heute nichts tun, ist die Sache entschieden, und wenn es Sie später reut, können Sie es nicht mehr umdrehen. Dann ist es zu spät und Strafanzeigen ergeben dann keinen Sinn mehr. Bitte! Ich fahre Sie hin.«

»Gut«, sagte die Mandantin. »Ich nehme Ihr Angebot an.«

Schlüter griff sich seine Jacke. »Unter einer Bedingung.« Er wartete, bis sie ihn ansah. »Dass wir erstens sofort losfahren und zweitens unterwegs kein Wort über die Tat sprechen. Alles nur bei Püschel, Sie allein, geheim, vertraulich, verschlossen. Schweigepflicht eben. Sie haben die Herrschaft und niemand anders. Mit mir: kein Wort. Okay?«

Sie nickte.

Schlüter warf sich in die Jacke und tastete nach dem Autoschlüssel. »Melden Sie uns bitte an, Angela. Püschel. Rechtsmedizin. UKE. Finden Sie im Netz. Und sagen Sie dem Gerechten, ich komme heute nicht wieder.« In der Tür drehte er sich um. »Und rufen Sie bitte meine Frau an und sagen ihr, dass ich nach Hamburg fahre.«

Die Frage, die er hatte stellen wollen, hatte er vergessen.

63

6

Sie gingen die knarzende Treppe hinunter – Schlüter voran, die Hand am Rosenholzgeländer – und verließen das Haus. Schlüter hatte seinen japanischen Wagen hinter dem Kino geparkt. So konnte er stets ein paar Schritte an der frischen Luft gehen, vor oder nach der Arbeit, und außerdem war es der einzige einigermaßen erreichbare Parkplatz, der nichts kostete.

Der zweite Tag der Woche ging zur Neige, die schwarze Hand der Nacht senkte sich herab. Anahid Bedrosian folgte ihm schweigend. Sie stiegen ein und Schlüter startete den Wagen. Bevor er den ersten Gang einlegte, drehte er den Zündschlüssel wieder zurück.

»Was ist?« Anahid Bedrosian war irritiert.

»Wo sind Ihre Sachen?«, fragte Schlüter. »Ich meine die, die sie anhatten, als …«

»Mülltonne.«

»Und die Müllabfuhr?«

»War noch nicht da. Ich habe nur alle vier Wochen Abfuhr. Kommt nächste Woche.«

»Gut. Müssen wir holen. Jetzt. Wegen der DNA.« Schlüter atmete auf.

Anahid Bedrosian wohnte am Rand der Auewiesen in einer Reihenhaussiedlung aus den Siebzigern, im Süden der Stadt, nicht weit vom Krankenhaus entfernt am Fuß eines Geestbergs, den die nordeuropäischen Eismassen vor zwölftausend Jahren aufgeschoben hatten.

Schlüter wies seine Mandantin an, die Kleidung in einen neuen Müllsack zu stecken. Er parkte den Wagen vorm Haus, folgte ihr bis zur Gartenpforte und wartete dort, bis sie mit blassem Gesicht wiederauftauchte, einen blauen Müllbeutel in der Hand, und beobachtete, wie sie den Deckel der Mülltonne in der Garage vor dem Haus aufklappte, einen zweifelnden

Blick hineinwarf, hineinlangte und schließlich die weggeworfenen Kleidungsstücke mit spitzen Fingern hervorzog und in den Beutel fallen ließ.

»Auf geht's«, verkündete Schlüter.

Nach wenigen Minuten waren sie an der Kreuzung der beiden Bundesstraßen, wo Schlüter Richtung Hamburg abbog. Das Wetter war umgeschlagen. Es gab nichts zu sehen außer den Nebeldrachen, die den Lastwagen nachwirbelten, und den Milchaugen der Fahrzeuge. Es gab keine grünen Wiesen, keine Obstplantagen, keine Waldränder und keine Blicke auf die Niederungen der Elbmarschen. Alles war im Dunst verschwunden, alles war nass und grau und mehr Winter als Frühling. Und doch saßen sie trocken im Auto.

Schlüter erklärte seiner Mandantin, weshalb er mit ihr über die Straftat nicht reden wolle und warum es das Beste sei, wenn sie mit niemandem sonst darüber spräche, auch nicht mit nahestehenden Personen, es sei denn, sie entschlösse sich, endgültig und unwiderruflich von einer Strafanzeige abzusehen. Das Dilemma des Opfers. Einerseits half es, wenn man erzählen durfte, was einem widerfahren war. Andererseits war die Erinnerung ein unzuverlässiger Freund, denn mit jedem Wort, das man daherredete, verschob sie sich ein wenig.

Besonders wenn du engagierte Zuhörer hast, die fleißig nicken und dich bestätigen. Je öfter und mit je mehr Leuten du darüber sprichst, desto weniger wirst du dich erinnern können an das, was tatsächlich geschehen ist. Zuletzt erzählst du nur noch, was du dir selbst erzählt hast, du betonst, was bei deinen Zuhörern besonders gut angekommen ist, du kannst flüssig berichten, aber dein Bericht enthält nichts Authentisches mehr. Ein Richter hat keine Lebenserfahrung, denn er kennt nur den Gerichtssaal und verwechselt ihn mit dem Leben draußen. Er freut sich über deine glatte Aussage, nur wehe, es gibt einen Verteidiger, der dich auseinandernimmt, und einen Gutachter, der dich seziert. Im Zweifel für den Angeklagten. Dem Strafgesetzbuch ist das Opfer egal, es kümmert sich nur um den Täter, es schützt ihn vor Willkür. Das Opfer muss sich selbst helfen. Opfer sind noch unbeliebter als Täter. Und das Ganze nennt man ›Gerechtigkeit‹.

Anahid Bedrosian würde lange schweigen müssen, denn der Staat hatte zwar das Monopol übernommen, die Übeltäter zu bestrafen, ließ sich allerdings eine Menge Zeit dabei. Zeit, in der das Opfer in der Macht des Täters stand. Nicht einmal eine vielleicht notwendige Therapie sei möglich, erläuterte Schlüter. Denn eine wahrheitsgemäße und authentische Zeugenaussage müsse, wolle sie Erfolg haben, die erste Priorität sein. Auch in der Therapie müsse sie über das Geschehen sprechen, und das könne das Erinnern vernebeln, verändern, verfälschen, verschieben. Warten also, die Pein ertragen. Das Opfer sei der Wirt des verbrecherischen Bandwurms, es müsse ihn an seinen Innereien fressen lassen, bis nach der Zeugenaussage im Hauptverfahren. Ein Hauptverhandlungstermin würde womöglich lange auf sich warten lassen, selbst wenn Anahid Bedrosian schon morgen Strafantrag stellen würde. Besser, darüber ebenso zu schweigen, zunächst. Er bat sie nur, einen schriftlichen Bericht anzufertigen, möglichst bald, für alle Fälle, und dafür, wenn nötig, auf die letzten Kräfte zu setzen.

Also schwiegen sie.

Da das Leben bunt und vielfältig war, hätten sie über alles Mögliche reden können. Über das Wetter, den letzten Urlaub oder die halb fertige Autobahn, auf der sie jetzt nicht fahren durften, denn man hatte vor wenigen Monaten nur die Gegenrichtung freigegeben, nach fünfzigjähriger Planungs- und Bauzeit, mit feierlicher Einweihung und einer Höchstgeschwindigkeit von fünfzig Stundenkilometern. In Richtung Hamburg musste man sich immer noch auf der Bundesstraße in langen Kolonnen durch die Dörfer quälen, die die Elbe säumten. Denn die Hamburger Pfeffersäcke wollten die Autobahn nicht, weil man darauf nicht nur hin-, sondern auch wegfahren konnte, zu billigeren Gewerbegrundstücken. Sie trauten sich bloß nicht, das zu sagen, sie planten und planten. Doch es war, als hätte Schlüters Schweigeverdikt alle anderen Themen erstickt, denn Anahid Bedrosian schwieg und Schlüter konnte in den Tiefen seiner Gedanken versinken.

Er dachte darüber nach, wann er heute Abend etwas zu essen bekommen würde oder wenigstens eine Tasse Tee, wann der Lastwagen vor ihm endlich abbiegen würde und wie viele Wochen es noch bis Pfingsten waren und wann er den Professor kennengelernt hatte. Vor Jahren in einer Strafsache. Schlüter hatte in der Nebenklage einen Vierzehnjährigen vertreten, der vom Nachbarn missbraucht worden war. Grässliche Geschichte. Die Verteidigerin hatte behauptet, das Glied eines erwachsenen Mannes hätte den Anus des Knaben wenigstens anreißen müssen. Der sei aber unversehrt gewesen. Deshalb könne der Angeklagte die Tat nicht begangen haben.

»Was meinen Sie, was da alles reingeht«, hatte der Sachverständige geantwortet und sich nicht von dem überdimensionalen Dildo abschrecken lassen, den die Verteidigerin des Angeklagten daraufhin aus ihrer Handtasche hervorgeholt und in der Luft geschwenkt hatte, vor den Augen der Schöffinnen, die Mühe hatten, ihr Entsetzen zu verbergen. Immerhin hatte dieser Prozess der Verteidigerin den Kosenamen ›Dildo-Berthold‹ eingetragen, ein Name, der bleiben und ihren Ruhm der Nachwelt überliefern würde.

»Kennen Sie sich in Hamburg aus?«, verscheuchte Schlüter seine Gedanken.

»Ja, einigermaßen.«

»Ich nicht.«

»Haben Sie kein Navi?«

»Nein, ich trau den Dingern nicht, und außerdem … Butenfeld heißt das da. Im Handschuhfach ist eine Karte.«

Schlüter war schon lange nicht mehr mit dem Auto nach Hamburg gefahren. Vor einigen Jahren hatte Hemmstedt einen S-Bahn-Anschluss und ein zweites Gleis bekommen und man war nicht mehr auf die bemalten Kartoffelkisten der Bundesbahn angewiesen.

Nach knapp zwei Stunden bog Schlüter auf das Klinikgelände ab. Nach einer weiteren Viertelstunde saß er allein unter dem gleißenden Neonlicht eines Wartezimmers und las in einer zwei Jahre alten Zeitschrift einen Artikel über die suizidale und akzidentielle Kohlenmonoxidintoxikation durch das Abbrennen von Holzkohle in geschlossenen Räumen.

7

Schlüter mühte sich, die Unterhaltssache Rimmel gegen Rimmel in den Griff zu kriegen, während der Gerechte zum Termin bei Gericht war. Heute war Gerichtstag, am Mittwoch fanden die meisten Verhandlungen statt. Er konnte sich nicht konzentrieren, der gestrige Tag hatte zu lange gedauert. Er war erst abends gegen zehn Uhr von Hamburg nach Hause zurückgekehrt. Nachmittags würde er freimachen. Hoffentlich verlangte Christa nicht, dass er ihr im Garten half. So würde er vielleicht zum Lesen kommen. Er würde seine abseitige Lektüre fortsetzen und Knut Hamsuns Buch studieren, das der Mann als über Achtzigjähriger im Knast geschrieben hatte, nachdem er wegen Hochverrats verurteilt worden war. Er hatte die Nazis toll gefunden. Hamsun war der Beweis, dass Schriftsteller gleichzeitig dumm und genial sein können, sehr interessant.

Das Telefon klingelte, Angela stellte Staschinsky durch und der fragte, ob er vorbeikommen könne, es gebe neue Erkenntnisse. Schlüter sagte zu.

Der Tag war gelaufen. Schlüters Elan, die Klageerwiderung zu diktieren, erlahmte schlagartig. Ich muss aufhören, Familiensachen zu machen, dachte er. Es gab so viel Elend unter den Dächern Hemmstedts und Umgebung. Unter jedem Dach ein Ach, so hieß es. Wo liegen Himmel und Hölle am dichtesten beieinander? In der Familie. Liebe und Hass. Himmelhoch, abgrundtief. Dazwischen nur ein dünner Vorhang, durchsichtig natürlich. Jeder Tag bot die Gelegenheit zum Wechsel. Familiensachen zogen ihn tief hinunter. Aber was blieb ihm übrig, nachdem er sich schon seit vielen Jahren weigerte, Strafverteidigungen zu übernehmen? Nicht dass er etwas gegen Straftäter hatte oder, wenn man vorurteilsfrei denken wollte, solche, die einer Straftat verdächtig waren. Das waren, wie er gelernt hatte, Menschen wie du und ich. Nur hatten sie in einem unbedachten Moment die falsche Entscheidung getroffen oder sich nicht unter Kontrolle gehabt. Wer konnte von sich behaupten, er hätte sich stets unter Kontrolle? Mörder konnten sehr nett sein. Besonders die mit der kalten Scheidung. Die ihre Frau getötet hatten. Auf dem Gebiet brach das Patriarchat durch. Der Grund allen Übels, die ungehorsame Frau, sie war beseitigt, es konnte Frieden einkehren. Der Mann hatte seine Ruhe, und was will ein Mann mehr? Er bereute natürlich, wie es sich gehörte im christlichen Abendland. Das nächste Mal würde er eine bessere nehmen. Die anderen aber, die noch im Streit lebten und den Menschen, den sie hassten, vorerst weiter ertrugen, waren nicht milde, sondern ungeduldig, aggressiv, rechthaberisch und kleinlich.

»Damit soll sie nicht durchkommen. Ich sehe nicht ein, dass ...«

Und Herr Rimmel war partout nicht bereit, der Frau, die ihm nicht mehr zu Willen war, den ihr zustehenden Trennungsunterhalt zu zahlen. Und natürlich war er der betrogenste Ehemann der Welt, einzigartig und unwiederholbar, er trug das längste Horn auf seiner Stirn. Herr Rimmel arbeitete in dem großen amerikanischen Chemiekonzern, der mit seiner Filiale an der Elbe das einst freundliche Gesicht von Hemmstedt in einen Hintern verwandelt hatte, aus dem die Abgase in den Himmel stiegen. Obwohl mit den einfließenden Gewerbesteuern die Altstadt renoviert worden war.

Die Welt war voller Rimmels.

Schlüter warf die Akte zurück auf seinen Sorgenstapel und stand auf, um sich einen Tee zu kochen, während er sich fragte, ob das, was er heute im Büro tat, wirklich sein freier Wille war.

»Wollen Sie auch einen?«, fragte er Staschinsky, als der eingetroffen war.

»Nee, danke. Aber wenn Sie Kaffee haben ...«

»Beamtenkaffee oder einen, den man trinken kann?«

»Quälen Sie mich nicht!«

Schlüter klingelte bei Angela durch und bat sie, für Kaffee zu sorgen. Frischen Kaffee hatte der Polizist wahrscheinlich seit Monaten nicht getrunken, nur diese Behördenplörre. Er selbst würde Tee trinken, Ostfriesentee, wie immer, aus einer großen Tasse, in die man die Nase stecken konnte.

»Was gibt's Neues?«, erkundigte sich Schlüter.

»Nichts. Wir wissen immer noch nicht, wer der Tote ist. Keine Vermisstenmeldung. Als hätte er nie existiert.«

»Mhm«, machte Schlüter. »Haben Sie in England nachgefragt?«

»Klar. Nichts.« Staschinsky zog eine Klarsichtfolie aus der Mappe. »Aber sehen Sie hier. Ich habe eine Kopie machen lassen. Vergrößert. Und da ist die Übersetzung. Die Krückstöcke sind entziffert. Gratuliere, das ist tatsächlich Armenisch.« Er schob zwei Blätter über den Schreibtisch.

Schlüter las:

35. *Krikoris Berberjan, Yozgat*
36. *Hagop Svazlian, Van*
37. *Mikajel Jardemjan, Sebastia*
38. *Sarkis Vartanian, Al Tevle*
39. *Harutjun Chajacanjan, Harput*
 0. *Torkom Incerabejan, Sancak*
                           Leben

»Eine Namensliste und Orte. Kenne ich nicht alle.«

Staschinsky nickte. »Blöd sind wir nicht. Immerhin haben wir zwei herausbekommen, Yozgat und Van mit V. Städte in der Türkei. Die anderen nicht: Sebastia, Al Tevle, Harput und Sancak. Wahrscheinlich Orte, die nirgendwo auf den Karten stehen.«

»Harput, das ist heute Elazığ. Große Stadt, das. Halbe Million Einwohner. Türken, Kurden, hauptsächlich Zaza.«

»Zaza? Ach, ich weiß, Sie meinen diese Leute, die …«

»Genau. Aber das ist egal hier. Die beiden anderen sind wahrscheinlich Namen, die es nicht mehr gibt.«

Schlüter erklärte dem Polizisten, dass in der Türkei alle Orte umbenannt worden seien, eine der vielen Maßnahmen von Herrn Atatürk zur Zerstörung der Kultur des Landes, der Kurden, Zaza und aller anderen Minderheiten. Ein Land, eine Sprache, eine Religion, eine Rasse. Allen Menschen, die noch keinen Nachnamen hatten, und das waren die meisten, wurde ab 1934 ein neuer türkischer Nachname verordnet.

»Sie wurden regelrecht umgetürkt. Zum Beispiel Öztürk, das bedeutet so viel wie reinrassiger Türke, wahrer Türke. Ein Mann, der nur türkisches Blut hat. Oder Aktürk: makelloser Türke. Davon haben die massenhaft. Das ist wie Schulze und Müller.« Schlüter zog das Blatt mit der Übersetzung heran. »Sancak liegt in den Bergen nördlich von Bingöl«, ergänzte er. »Ein paar Hundert Kilometer vor der irakischen Grenze. Ein armseliges Kaff, in dem es nur Steine und gestapelte Schafscheiße gibt.«

»Mann, Sie kennen sich aus. Sie sind ja der reinste Experte!«

»Nee, bin ich nicht«, widersprach Schlüter. »Ich bin ein Opfer und habe eine posttraumatische Belastungsstörung.« Er grinste gequält. »Kriegszittern hieß das früher.«

»Haha.«

Schlüter beließ es dabei. Man soll die Wahrheit sagen, dachte er, auch wenn es keiner glaubt.

»Al Tevle und Sebastia kenne ich nicht. Und das letzte Wort?«, fragte er, noch unsicher in der Stimme. »Leben. Was soll das?«

»Da ist der Zettel abgerissen. Wir haben nur einen Teil eines Wortes. So wie die unterste Zahl, das war wohl die Vierzig. Der Übersetzer sagt, dass das wahrscheinlich ›Leben‹ bedeutet. Es fehlt dazu aber ein armenischer Buchstabe. Sicher ist er sich nicht. Darauf können wir uns bislang noch keinen Reim machen.«

Sie saßen beidseits des Schreibtischs und starrten auf die Zettel, als müssten sie nur still sein und die Zettel würden anfangen zu sprechen und ihre Geschichte erzählen.

»Diese Namensliste«, sinnierte Staschinsky, »die war dem Toten so wichtig, dass er mit dem Mörder darum gekämpft hat. Im Sterben hat er diesen Schnipsel gerettet. Ich könnte mir denken, er wollte Ihnen die Liste geben und Sie sollten etwas tun im Zusammenhang damit. Nur was?«

Schlüter nahm einen langen Schluck aus seiner Tasse. Dann stand er auf, drehte Staschinsky den Rücken zu und starrte an die Wand. Atmete fünfmal tief durch. Das half manchmal, wenn die Angst nach ihm griff.

»Ist was?«

»Und ob«, antwortete Schlüter. »In Elazığ war ich mal. Und an anderen Orten. Unter sehr hässlichen Umständen. Ich …«
Er schnappte nach Luft und zwang sich, einen weiteren Schluck Tee zu nehmen. Atmete wieder fünfmal tief durch. Schüttelte stumm den Kopf.

»Ist was?«, fragte Staschinsky noch einmal.

»Ich muss pinkeln«, sagte Schlüter mit halber Stimme und verließ den Raum. Durchquerte den Flur. Öffnete die Tür zu seinem ehemaligen Arbeitszimmer, das er an den Gerechten abgetreten hatte. Der war vom Termin zurück und saß hinter seinem Drei-Quadratmeter-Schreibtisch und reckte sich im Drehsessel, als er seinen Senior sah. Ein munterer Bursche ohne Falten, innerlich wie äußerlich. Unangefochten und ansteckend optimistisch. Nur drei Akten, wie machte der Kerl das nur?

»Zu Diensten!«, sagte der Gerechte und deutete einen Soldatengruß an. »Ist was?«

Schlüter blieb stumm. Lehnte schief an der Türfüllung. Ließ

den Atem ausstreichen. Zog die Hände aus den Hosentaschen. Sie zitterten nicht mehr. Sah sich lange das fröhliche Gesicht des Gerechten an. Wunderte sich, wie man nach zwei Staatsexamen so jung und unverbraucht aussehen konnte, wie im fünften Semester.

»Ich habe eine Frage«, sagte Schlüter.

»Geht es dir nicht gut? Du bist ziemlich blass, wenn ich mir die Bemerkung erlauben darf. Deine Stimme …«

Schlüter schüttelte den Kopf. »Ich leide mal wieder. Ab und zu erlaube ich mir, mich zu wichtig zu nehmen. Danke dir. Und du? Was macht die Herzdame in Hamburg?«

»Welche Herzdame?«, fragte Martens mit düsterem Gesicht.

»Ach du Sch…«

»Vergiss es.« Martens wurde unwirsch. »Das Leben geht weiter.«

Schlüter überlegte, ob es daran gelegen hatte, dass Martens aussah, als hätte er noch die Eierschalen an den Ohren. Frauen wollten Kerle, keine Grünschnäbel. Dachten jedenfalls die Männer.

»Deine Frage?«

»Kannst du mit dem Namen ›Sebastia‹ was anfangen? Könnte ein Ort sein.«

Matthias der Gerechte wandte sich dem Rechner zu, zog die Tastatur heran, tippte, tanzte mit der Maus und sagte nach kaum einer Minute: »Könnte ein Dorf in den palästinensischen Autonomiegebieten sein, bei Nablus, viertausendfünfhundert Einwohner. Oder, Moment, ein Stadtteil von Jerewan, Armenien. Oder es ist der armenische Name von Sivas, Anatolien, Türkei.«

Schlüter konnte wieder grinsen. »Wieso bist du eigentlich nicht zur Polizei gegangen?«

Bevor der Gerechte antworten konnte, machte Schlüter die Tür zu und kehrte zu Staschinsky zurück, langte nach der Folie, in der der Krückstockzettel lag und die Übersetzung, und verließ sein Arbeitszimmer ein zweites Mal mit der Bemerkung: »Muss ich meinem Junior zeigen.«

Er eilte zu Angela, warf die Krückstöcke auf den Kopierer und erlaubte sich einen Blick auf die Kakteen.

»Verwahren Sie das bitte für mich«, bat er und ging langsam zurück.

Er setzte sich nicht hinter seinen Schreibtisch, sondern auf einen der Besucherstühle, neben den Polizisten. Er berichtete von der Kurzrecherche seines Kompagnons.

»Ein paar Computerfritzen würden euch guttun«, sagte er. »Wenn Sie mich fragen, liegen die Orte alle in der Türkei. Al Tevle sicher auch. Der Name ›Jardemjan‹ gehört zu Sivas. Der armenische Name der Stadt war Sebastia. Jardemjan aus Sivas. Ich war mal da im Zusammenhang mit – einem Völkermord. Einem – anderen Völkermord. Das ist, wie ich schon sagte, eine andere Geschichte. Vielleicht wissen Sie, dass die Armenier von den Türken massakriert worden sind. 1915. Mindestens eine Million Menschen …«

»Ich habe mal davon gehört.«

Leben.

»Es geht um Leben auf diesem Zettel. Und um Tod.«

Um Namen auf einem Zettel, die dem Mörder wichtiger waren als das Leben des Toten.

»Ansprüche«, murmelte Schlüter. »Rechtsanwälte verteidigen Straftäter und sie zeigen welche an. Ich nicht mehr, damit das klar ist. Damit bin ich durch. Das scheidet sowieso aus, denke ich. Ansprüche, darum geht es. Rechtsanwälte machen Ansprüche geltend. Sie verlangen Schadensersatz, sie erheben Forderungen. Sie wollen Geld. Der Mann wollte zu mir wegen Geld. Er hatte Forderungen.«

»Wie? Und von wem? Wir müssen wissen, wer der Tote war. Vielleicht finden wir dann ein Motiv. Und dann finden wir vielleicht den Mörder.«

»Haben Sie DNA?«

»Klar. Immer jetzt. Massenhaft. Die Maschinerie läuft. Dauert noch. Aber wir wissen nicht, wo wir nach Vergleichsmaterial suchen müssen. Da hilft die beste DNA nichts.«

»Was bedeutet das?«

»Nichts. Erst mal. Wir brauchen Zeit.«

»Die Schrift sagt uns, dass der Tote möglicherweise Armenier war. Doch er sprach perfektes Englisch und in der Türkei gibt es keine Armenier mehr«, überlegte Schlüter laut. »Oder so gut wie keine. Und die letzten werden drangsaliert. Oder gleich umgebracht. Haben Sie mal was von Hrant Dink gehört?«

Staschinsky schüttelte den Kopf. Schlüter berichtete, was Anahid Bedrosian ihm erzählt hatte. Ein Sechzehnjähriger mit Namen Ogün Samast habe den armenischen Schriftsteller und Verleger im Januar auf offener Straße in Istanbul erschossen. Eine auf Versöhnung und Aufklärung bedachte Stimme Armeniens sei für immer verstummt. Der Täter sei verurteilt worden, aber die Hintermänner, die den Mordauftrag erteilt hätten, liefen frei herum. Dass es Hintermänner gebe, sei klar. Als Vollstrecker würden Minderjährige benutzt werden, sie bekämen eine geringere Strafe. Altes Mafiaprinzip. Taugt zur Mannwerdung. Der Initiationsritus des Bösen. Als die Polizisten den Jungen verhafteten, hätten sie zuerst ein Erinnerungsfoto gemacht, sie selbst mit Samast und dessen Eltern, allesamt unter der türkischen Flagge.

»Sie haben mit Samast posiert, auch die Leute vom Geheimdienst. Sie haben ihm den Rücken geklopft. Alle lächelten stolz, herausgedrückte Brust. Die Polizisten sind alle noch im Dienst!«

»Nicht so laut!«, bat Staschinsky und legte die Hände an die Ohren. »Und mit denen verhandeln sie über Europa. Wie soll das gehen?«

»Nie«, grunzte Schlüter. »Nicht in meinem Leben. Nicht

in zweihundert Jahren. Ein Staat, der seine christlichen Minderheiten ausrottet und seine eigene Geschichte leugnet, ist kein zivilisierter Staat! Lügen als Staatsräson! Dieses Land hat ein verfaultes Fundament! Das ist ohne Beispiel in der ganzen Weltgeschichte. Abgesehen von dem Massenmord an den Kommunisten Indonesiens.«

Staschinsky hatte schon wieder seine Ohren angelegt. »Wir werden nie im Paradies sein«, flüsterte er. »Wahrscheinlich brauchen wir eine zweite Sintflut.«

Schlüter holte Luft und machte den Mund wieder zu. »Kriegen wir ja vielleicht. Was bedeuten diese Namen?«

»Mhm«, machte Staschinsky. »Keine Ahnung. Jedenfalls riecht das Ganze nach internationalen Verwicklungen. Können wir das?«

Schlüter klappte die Arme auseinander. »Ich weiß nicht.«

»Apropos ›können‹. Der Übersetzer hatte Schwierigkeiten. Er sagt, dass einige der Namen und Orte falsch geschrieben sind. Hier ist sein Kommentar.« Er zog ein Blatt aus seiner Tasche. »Bitte.«

Schlüter überflog den Text. Der Übersetzer, ein Mann namens Acatyan, teilte mit, dass etliche Buchstaben falsch geschrieben seien und einige fehlten und der Urheber des Textes entweder die armenische Schrift nur unvollkommen beherrsche oder Legastheniker sei, was er mangels Fachkenntnis nicht entscheiden könne. Es folgte ein gelehrter Kommentar zum armenischen Alphabet.

»Auch das noch«, seufzte Schlüter. »Vielleicht ist unser Mann kein Armenier. Vielleicht hat er den Text abgeschrieben und sich dabei verhauen und in Wahrheit nichts davon selbst verstanden.«

»Eine Frage noch«, sagte Staschinsky. »Die Stimmen am Telefon. Die englische Stimme haben Sie beschrieben. Akzentfrei. Aber die andere, wie ordnen Sie die zu?«

Schlüter dachte nach. Die andere Sprache habe er nicht verstanden. Vor allem habe er zu wenig davon gehört. Die könne er nirgendwo zuordnen.

Dann saßen sie und schwiegen und sinnierten. Schlüter nutzte die Sendepause, um ihre Becher mit Kaffee und Tee zu füllen, und als sich seine Beine bewegten, kam auch sein Geist wieder in Schwung. Der Mensch muss gehen, Sitzen macht dumm.

»Was ist mit dem Zettel?«, fragte er, als er wieder zur Tür hereinkam, mit vollen Tassen. »Diese Quittung oder was Sie neulich auf der Dienststelle hatten.«

»Das Beste kommt zuletzt«, freute sich Staschinsky. »Tja, was soll ich sagen? Das ist tatsächlich eine Quittung. Ein Restaurant. Unser Mann hat gespeist. In, äh, Täbris.«

»Wo?«

»Täbris. Das liegt im Iran. Haben Sie eine Karte?«

Schlüter stand auf, umrundete seinen Schreibtisch, klickte sich ins Netz und holte die Karte von Täbris auf den Bildschirm. Drehte ihn um und setzte sich neben den Polizisten.

»Du heilige Scheiße«, murmelte Schlüter. »Da können wir lange warten, bis die uns den gemeldet haben. Achse des Bösen.«

»Und für mich besonders böse. Ich kriege den Mord nicht aufgeklärt, wenn ich aus dem Iran nichts bekomme. Angeblich arbeiten die mit Interpol gut zusammen. Der Generalstaatsanwalt hat den schönen Namen Ghorbanali Dorri-Najafabadi. Das habe ich schon mal ermittelt, tolle Wurst. Den werden wir fragen. Und in sechs Monaten eine Antwort kriegen. Vielleicht.« Staschinskys kleine Gestalt sackte zusammen. »Ich hasse unaufgeklärte Morde«, schimpfte er.

Warum hatte der Tote Schlüter die Liste mit den Namen zeigen wollen? Und warum war er ermordet worden? Welchen Auftrag hatte er Schlüter erteilen wollen? Diese Fragen würden vermutlich nie beantwortet werden.

»Und welches Restaurant?«, erkundigte sich Schlüter.

»*Leo Café Restaurant* heißt der Laden.« Staschinsky legte eine weitere Klarsichthülle auf den Schreibtisch. »Persisch. Haben wir ebenfalls übersetzen lassen. Der Mann hat am 11. Januar 1386 um zwanzig Uhr vier seine Rechnung bezahlt.«

»1386?«

»Islamische Zeitrechnung.« Staschinsky zog ein Notizbuch aus dem Jackett und schlug es auf. »Sie müssen von unserem Jahr sechshunderteinundzwanzig Jahre abziehen. Dann kommen Sie auf 1386.«

»Und wieso sechshunderteinundzwanzig Jahre?«, wollte Schlüter wissen. »Ist Mohammed da geboren?«

»Nein. Aber in dem Jahr – also in unserem Jahr 621 – ist Mohammed mit seinem Gefolge aus Mekka nach Medina geflohen. Das nennen sie die ›Hidschra‹, sagt der Übersetzer. Ein wichtiges Datum. Damit fing wohl der Islam an und deshalb fangen die von da an neu zu zählen.«

»Und wieso Januar?«

Staschinsky wedelte die Frage weg. »Spielt keine Rolle. Ich erkläre es trotzdem. Hab ich den Übersetzer auch gefragt. Das Jahr fängt im Iran mit dem Frühling an und das ist der 20. März. Ergibt doch Sinn. Der 11. Januar im Iran ist deshalb bei uns der 31. März. Der Mann war am 31. März in Täbris. Jedenfalls glaube ich das jetzt. Genau vierzehn Tage vor seinem Tod.«

»Diese Mullahs!«, stöhnte Schlüter.

»Das waren nicht die Mullahs. Unser Übersetzer hat gesagt, dass der iranische Kalender seit 1925 gilt, als das Land noch Persien hieß.«

»Meine Landeskenntnis beschränkt sich auf ein paar Namen. Den Schah Reza, seine Frau Farah Diba und den Mullah Khomeini. Die Besetzung der amerikanischen Botschaft. Achse des Bösen. Ach, Benno Ohnesorg fällt mir noch ein. Den einer Ihrer Kollegen am 2. Juni 1967 in Berlin erschossen hat, am

79

Rand einer Demonstration gegen den Schah. Damit fing bei uns auch eine neue Zeitrechnung an.«

»Danke. Übrigens, der Übersetzer sagt, Iran heißt ›Land der Arier‹.«

»Im Ernst?«

Staschinsky nickte.

»Wenn das die Nazis wüssten! Müsste man denen mal klarmachen. Sind sowieso schlechte Zeiten für Nazis, seit wir wissen, dass wir hier in Europa nur degenerierte Afrikaner sind, die sich mit den zurückgebliebenen Neandertalern vermischt haben. Aber Spaß beiseite. Also vorletzte Woche war der Mann in Täbris?«

Staschinsky nahm sich die Übersetzung vor. »Ja. Einen *sezer salad* hat er gegessen. Also einen Caesar Salad. Für hunderttausend Rial. Und drei *chiz chips*, also Cheese Chips, für zweihundertvierzigtausend Rial, dreihundertvierzigtausend Rial hat er insgesamt bezahlt.«

»Ganz schön teuer«, wunderte sich Schlüter.

»Keine Ahnung, was das in Euro ist.«

»Caesar Salad. Chips. In Täbris. Soso.«

»Wir wissen sogar, wo das Lokal liegt. In der Straße Valman Nummer dreiundzwanzig. Zeigen Sie mal.«

Schlüter gab die Adresse ein, mit zwei Fingern wie üblich, die Karte schnurrte zusammen auf einen Stadtteil von Täbris, ein roter Pfeil erschien.

»Da ist es«, sagte Staschinsky. »Da muss er gewesen sein.«

»So nah und doch so verdammt fern.«

»Wenn ich da hinkönnte«, murmelte Staschinsky. »Ich müsste bekloppt sein, wenn ich dann nicht weiterkäme mit meinen Ermittlungen.«

»Täbris und Armenier«, sinnierte Schlüter. »Gibt's da welche?«

»Woher soll ich das wissen?«

Armenische Namen. *Leben.* Täbris. Ein unbekannter Toter am Burggraben von Hemmstedt. Was hatte er, Schlüter, damit zu tun?

»Sarkis Vartanian, Al Tevle«, sagte er. »Wieso ist das unterstrichen?«

Als Staschinsky gegangen war, holte Schlüter die Kopie der armenischen Schrift, legte sie auf seinen Schreibtisch, setzte sich dahinter auf seinen Stuhl und starrte das Papier an, als wollte er es zwingen, sein Geheimnis preiszugeben.

8

»Ich habe mich entschlossen, Strafanzeige zu erstatten«, sagte Anahid Bedrosian.

Es war, als sitze eine andere Frau vor Schlüter als neulich im April, vor fast einem Monat, bei ihrem ersten Besuch in seinem Büro. Zwar hatte sie noch dunkle Ringe unter den Augen, aber keinen Teig mehr im Gesicht, ihre Haare waren straff nach hinten gespannt und fielen ihr in einem Pferdeschwanz lang auf den Rücken. Und sie hockte nicht, sondern saß aufrecht auf dem Besucherstuhl. Vielleicht stimmte der Spruch, dass der Mai alles neu macht.

»Sie sind eine mutige Frau«, erwiderte Schlüter. »Und ich bin ein schlaues Kerlchen, weil ich Sie zu Püschel gefahren habe.«

Sie lachte. »Ich habe erkannt, dass ich wahrscheinlich mehr darunter leide, nichts zu tun, als eine Strafanzeige zu erstatten.«

»Tja«, machte Schlüter. »Aber es kann hart werden.«

Schlüter vertiefte seinen Vortrag über den Strafprozess, den er auf der gemeinsamen Fahrt nach Hamburg gehalten hatte. Falls man einen Täter finden würde, komme es darauf an, welchen Verteidiger sich der nehme. Zum Beispiel diesen Hümmelsee, der in karierten Hosen umherlaufe und sich im größten Auto von Hemmstedt vorzeige, auch wenn er mitunter die Inspektionskosten nicht bezahlen könne. Dass sich der Mann von manchen Mandantinnen die Kosten in Naturalien zahlen ließ, verschwieg Schlüter, davon hatte ihm eine Mandantin berichtet und darüber machten ein paar männliche Kollegen schmierige Witze. Oder der Kompagnon dieses Mannes, der mit hohen Absätzen und hochgegelten Haaren seiner Mickrigkeit aufzuhelfen suche. Diese beiden Justizhuren hätten eine perfide Art, die Opfer zu quälen, es könne sein, dass sie, Anahid Bedrosian, in Weißglut oder Verzweiflung gerate, jedenfalls aus der Fassung, und es sei schwer, normale Zeugin in eigener Sache zu bleiben. Der Verteidiger dürfe für den Angeklagten sprechen, während sie, die Zeugin, selbst aussagen müsse. Andererseits, bei diesem Verteidiger wisse das Gericht schon vor der Hauptverhandlung, dass die Anklage zutreffe. Und man dürfe hoffen, dass der Täter einen Verteidigerzuschlag bekäme.

»Richter sind auch nur Menschen«, schloss Schlüter seinen Vortrag und erlaubte sich ein mokantes Hüsteln.

»Und – diese Verteidiger: Haben die gar kein Gewissen?«, wollte Anahid Bedrosian wissen.

»Haben Juristen normalerweise nicht. Wo bei anderen das Gewissen sitzt, ist bei denen das Gesetzbuch. Sie vollziehen ja nur Gesetze. Da brauchen sie sich nicht mit einem Gewissen zu belasten. Hat Tradition. War bei den Nazis nicht anders. Massenhaft Juristen in Gestapo und SS. Ein Verteidiger redet sich damit raus, dass er dem Täter ja nur die Option auf Freispruch zu erhalten habe.«

»Den Tätern«, sagte Anahid Bedrosian.

»Wie bitte?«

»Es waren drei.« Die junge Frau blickte Schlüter gerade ins Gesicht.

»Mein Gott!«

»Wo der zu dem Zeitpunkt gewesen ist, frage ich mich auch. Nicht das erste Mal übrigens. Das fragen sich viele auf der Welt. Aber es gibt keine Antwort, ich weiß.«

»Scheiße.«

Mehr war dazu nicht zu sagen. Es blieb dabei, dass sich der Große Chef nicht um die Belange seiner Schöpflinge kümmerte. Da konnten sie noch so viel beten und jammern und glauben, sie würden geprüft oder bestraft, was auch immer, sie würden es nie herausbekommen. Es ergab keinen Sinn, warum Gott sein Ebenbild, seine Kinderchen, die er doch selbst in seiner Allmacht und Allfähigkeit und Unfehlbarkeit so fehlbar geschaffen hatte, ständig prüfen und strafen musste. Nein – die Wahrheit war: Er überließ sie dem blinden Schicksal, den Launen der Natur und dem Bösen, das in einem jeden von ihnen steckte. Er ließ es zu, dass Unschuldige starben, in Gaskammern, auf Folterbänken und Scheiterhaufen, vor Maschinengewehren und in Wüsten. Ihre Mörder dagegen, nachdem sie ihre Opfer vergast, erwürgt, verbrannt, ertränkt, vergewaltigt, verhungern lassen oder erschossen hatten, kamen ungeschoren davon, führten ein Leben in Saus und Braus und starben einen sanften Tod, hoch geachtet, mit gutem Gewissen und im Kreis einer trauernden Familie. Vielleicht war diese Unbegreiflichkeit der Grund dafür, dass der Mensch die Hölle erfunden hatte, damit er sich einbilden konnte, der Schuldige werde, wenn nicht auf Erden, wenigstens dort seine gerechte Strafe erhalten.

Nachdem sie zu Ende geschwiegen hatten, sagte Schlüter: »Ich brauche Ihre Aussage, am besten …«

Anahid Bedrosian beugte sich zu ihrer Handtasche und zog eine Klarsichtfolie hervor, befreite daraus drei Blatt Papier und schob sie Schlüter über den Tisch.

»Ihre Aussage?«

Überflüssige Frage.

Die Frau nickte. »Dafür habe ich drei Tage gebraucht. Drei scheißige Tage. Schicken Sie es ab. Die Kerle haben sich einen Teil von mir genommen, ich will den wiederhaben.«

»Sie sind eine mutige Frau.«

»Sagten Sie schon. Ich weiß nicht. Ich habe kaum geschlafen, viel geduscht und ein paarmal gekotzt.«

»Ich werde es jetzt durchlesen müssen. Und prüfen, ob alles drinsteht, was notwendig ist.«

Schlüter vermied es, den Text zu überfliegen, bevor er richtig las. Er begann vorn. Wort für Wort, Zeile für Zeile. Anahid Bedrosian schilderte, wie sie an jenem Freitagabend im April zu der Veranstaltung gegangen war, die dieser Söylemezoğlu

84

organisiert hatte, um die Ausrottung des armenischen Volkes von Anatolien zu leugnen, sie schilderte den Verlauf der Veranstaltung, ihre Wortbeiträge, teilweise waren sie in wörtlicher Rede wiedergegeben. Und sie schilderte, was danach geschehen war.

Dann verließ ich die Veranstaltung, erstens, weil ich die Gegenwart dieses Mannes auf dem Podium und seiner Kumpane im Publikum nicht mehr ertragen konnte, zweitens, weil ich meine Aufgabe, die ich mir für diesen Abend gestellt hatte, als erfüllt ansah, und drittens, weil mir übel war und ich dringend an die frische Luft musste. Ich wollte nach Hause. Ich gehe immer durch die Stadt und die Auewiesen. Ich lege eine Skizze bei. Meinen Weg habe ich eingezeichnet. Es sind knapp zwei Kilometer und er dauert ungefähr zwanzig Minuten. In Höhe des Kultureum, *ungefähr dort, wo die Aue in den Burggraben mündet, also zwischen Brücke und Bundesstraße, hörte ich ein Knirschen hinter mir. Ich sah mich um, bemerkte aber niemanden und vergaß es wieder. An der Bundesstraße bog ich ab Richtung Auewiesen. Der Weg führt ein Stück an der Aue entlang. Es war dunkel. Als ich von der Aue abbiegen wollte, zu meiner Straße, in der ich wohne, hörte ich ein Knacken und im nächsten Augenblick lag ich auf dem Boden. Ich wurde von mehreren Fäusten gepackt und vom Weg fortgezogen hinter die Reihe von Büschen und Bäumen, die den Weg säumen. Und dann fingen sie an. Es waren drei Männer, das habe ich gesehen, weil es wegen des Mondlichts nicht stockdunkel war. Sie müssen mir aufgelauert haben, denn sie waren vor mir da. Sie müssen gewusst haben, wohin ich gehe. Dann konnte ich nichts mehr sehen, weil sie mir die Bluse hochzogen und mir übers*

*Gesicht spannten, so fest, dass ich nicht atmen konnte und
Panik hatte, dass ich ersticke. Deswegen konnte ich nicht
schreien. Ich strampelte wie verrückt, aber ich wurde
von ihren Fäusten niedergehalten. Einer sagte: »Das,
was unsere Großväter begonnen haben, das werden wir
vollenden!« Das sagte er auf Türkisch. Sie rissen mir die
Schuhe ab und die Hose herunter. Sie hielten mich an
den Haaren. Und dann …*

Schlüter ließ sein Herz und das Papier sinken.

»Bitte«, sagte er. »Darf ich das später lesen? Es ist … Ich
kann es nicht lesen, wenn Sie da sitzen. Ich muss es aber lesen.
Ich mache das später, mit Ihrer Erlaubnis. Wenn ich meine, dass
etwas Wichtiges fehlt, also vom reinen Geschehensablauf, sage
ich es Ihnen und Sie können es ergänzen. Wenn nicht, schicke
ich es ab, einverstanden?«

Anahid Bedrosian nickte. »Sind wir durch?«, fragte sie, als
ginge es um einen Mietvertrag.

»Ja. Sind wir.«

Schlüter zog eine Vollmacht aus der Schublade, füllte sie
aus mit *Vorfall vom* und dem Datum des Geschehens, setzte
unten das Tagesdatum ein, drehte das Formular um und bat die
Mandantin um Unterschrift.

Anahid Bedrosian studierte den Zettel, strich das Wort *Vorfall* durch und ersetzte es durch *Vergewaltigung*. Sie unterschrieb und schob den Zettel zurück.

»Ich bin für klare Worte«, sagte sie und fügte hinzu: »Wir
Armenier sind für genaue Sprache. Das Wort ist das Einzige,
das wir haben, um uns zu behaupten. Wir haben keine Gewehre
und oft nicht einmal Gesetze. Nur das Wort.« Sie nahm ihre
Handtasche und schickte sich an zu gehen, hielt jedoch inne.
»Darf ich Ihnen noch eine Frage stellen? Kennen Sie sich aus
im Ausländerrecht?«

»Nee.«

Seit der Sache mit Gül und Cengi, die fast zehn Jahre zurücklag, war es Schlüter gelungen, Ausländersachen zu meiden. Ein Rechtsgebiet, das spezielle Kenntnisse verlangte. Die gingen einem Zivilrechtsanwalt ab, der meistens Familiensachen bearbeitete.

»Ich bin nach einem Anwalt gefragt worden. Ein armenisches Schicksal. Ein anderes. Es ist dringend.«

Dringend. Wie oft hatte er dieses Wort schon gehört? Doch aus dem Mund dieser malträtierten Frau klang es nach dem, was es bedeutete.

»Berichten Sie. Bitte nehmen Sie wieder Platz.«

Eine Freundin habe sich an sie gewandt. Eine armenische Familie, die in Jesteburg lebe, brauche Hilfe. Ein Ehepaar, das mit ihrem Sohn vor gut zehn Jahren aus Aserbaidschan nach Deutschland geflohen sei, nachdem einer ihrer Söhne beim Militär zu Tode gekommen sei. Der zweite Sohn, mittlerweile erwachsen, habe mit einer deutschen Frau ein Kind. Der Asylantrag der Eltern sei rechtskräftig abgelehnt, der Aufenthalt stets nur befristet genehmigt worden, im Verlauf des letzten Jahres immer nur für einen Monat. Und neulich habe man den Vater verhaftet und in Abschiebehaft nach Hannover gebracht. Dort habe er sich nach drei Tagen erhängt.

»Was?«, fuhr Schlüter auf.

»Ja. Er hat sich erhängt. Mit dem Kabel seines Wasserkochers.«

»Fürchterlich.« Fast hätte Schlüter gefragt: Geht das? Er schüttelte den Kopf und stellte sich den Wasserkocher in seiner Teeküche vor. Konnte man sich mit so einer Schnur erhängen? Offensichtlich ja. Wie lange dauerte es, bis man ohnmächtig wurde? Würde man nach Luft ringen?

»Und warum?«, fragte er. »Ich meine, die Abschiebung, war das der Grund?«

»Ich weiß es nicht«, antwortete Anahid Bedrosian. »Ich glaube, er hat keinen Abschiedsbrief hinterlassen. Aber es liegt auf der Hand, finde ich. Die Familie ist völlig fertig, besonders die Frau. Sie hat jetzt Angst, dass sie auch abgeschoben wird, trotz dieser – Geschichte.«

»Ich habe davon null Ahnung«, warnte Schlüter.

Er hatte solche Anfragen stets an den Kollegen Muth verwiesen, der anständig war und den Leuten nichts vorgaukelte. Doch Muth war vor zwei Jahren in Rente gegangen und in die Lücke auf dem Paragrafenmarkt war der Kollege Köthe-rau gestoßen, der sich sonst als Strafverteidiger von Drogen- und Kleinkriminellen verdingte, deren Ausbeutung sich für Hümmelsee nicht lohnte. Hümmelsee wollte fettes Brot, keine Krumen. Er wollte lange Verfahren, die ihm ein kalkulierbares Staatseinkommen als Pflichtverteidiger boten.

Schlüter kannte Kötherau kaum, hatte allerdings von Genta, der kosovarischen Putzfrau, die zu Hause im Hollenflether Moor aushalf, nichts Gutes gehört. Kötherau ließ sich hohe Vorschüsse zahlen und kassierte außerdem Prozesskostenhilfe ab, was ungesetzlich und sogar strafbar war. Vorschüsse, die sich die abschiebungsbedrohten Mandanten von der Sozialhilfe, also vom Munde absparen mussten, denn selten hatte einer von ihnen eine Arbeitserlaubnis und konnte verdienen.

»Würden Sie sich die Papiere trotzdem einmal ansehen? Übrigens, das ist am selben Tag geschehen, als ich – vergewaltigt wurde.«

Sie umschrieb es nicht, sie wich dem Wort nicht aus.

»Moment«, rief Schlüter. »Ich bin ja so dumm!« Ihm war eingefallen, dass seine Kanzlei *Schlüter & Martens* hieß. Er drückte auf den Telefonknopf. Matthias meldete sich, Schlüter bat ihn, kurz vorbeizuschauen, und nach einer Minute stand er in der Tür, mit seinem exakt gescheitelten und über der Stirn dezent mit Gel veredelten Kurzhaar. Er sah zwar aus wie ein Klugscheißer im fünften Semester, doch er war tatsächlich ziemlich klug und in Wirklichkeit schon fünfunddreißig. Vielleicht verdankte er seine Erscheinung der Tatsache, dass er nicht rauchte, keinen Tropfen Alkohol trank und Optimist war.

»Was liegt an?«, fragte Matthias der Gerechte. Er hatte die Gabe, stets guter Laune zu sein, trotz seines fanatischen Gerechtigkeitssinns, der, so wie die Welt nun einmal war, häufig zu Enttäuschung und dem Gefühl von Ohnmacht führen musste, ganz abgesehen von dem Ärger, den verlorene Prozesse einbrachten. Wer Rechtsanwalt war, musste verlieren können, denn das Blatt, mit dem man spielte, hatten stets andere gemischt.

»Wir müssen dir die Laune verderben«, sagte Schlüter. Er berichtete. Martens' Gesicht wurde ernst. Das stand ihm nicht schlecht, denn jetzt sah er aus wie im neunten Semester. Vielleicht würde er es nach ein paar verlorenen Prozessen so weit bringen, dass er so alt aussah, wie er war.

»Seit mehr als zehn Jahren in Deutschland?«, vergewisserte sich der Gerechte.

Anahid Bedrosian nickte.

»Und nichts Böses getan?«

Sie schüttelte den Kopf.

Martens stand mit seinen bunten Schuhen in der Tür. Die hatte er sich in Hamburg gekauft, hatte er berichtet. Grün, blau und rot. ›Papageienschuhe‹ hatte Schlüter sie genannt, um den Kollegen ein wenig zu ärgern. Angela finde sie »geil«, hatte Martens erwidert.

»Und woher kommen die?«, fragte Martens und stellte sich ins Zimmer.

»Aus Nachitschewan. Aus Julfa«, klärte Anahid Bedrosian auf, als hätte es sich um ein Land wie Dänemark und eine Stadt wie Kolding gehandelt.

»Hä? Wo ist das denn?«, wunderte sich der Gerechte und wippte auf seinen Buntschuhen. »Das klingt wie Transnistrien oder Kabardino-Balkarien und riecht nach Gesetzlosigkeit.«

»Richtig. Auf jeden Fall, was die Armenier dort betrifft. Das gehört zu Aserbaidschan. Aber die Einzelheiten … Das führt jetzt vielleicht …«

»Wo liegt das?«, insistierte Martens. »Zeig mir das mal«, wandte er sich Schlüter zu.

Schlüter tippte den Namen des Landes ein. »Da«, sagte er und drehte den Bildschirm so, dass die anderen sehen konnten.

Martens beugte den Kopf. »Hab ich nie gehört.«

»Ich auch nicht.« Schlüter drückte auf die Satellitenfunktion.

Ein schmaler Landstrich, gebirgig und eingeklemmt zwischen dem Iran und Armenien, mit einem Flaschenhals Richtung Türkei.

»Nachitschewan gehört zu Aserbaidschan«, erläuterte Anahid Bedrosian. »Eine Exklave. Da ist Jerewan.« Sie zeigte auf den Monitor. »Armenien. Dahin wollten sie den Mann abschieben. Allein.«

»Nach Armenien? Obwohl er aus Aserbaidschan kam? Da stimmt was nicht! Das kann doch wohl nicht wahr sein!«, legte Martens los. »Zehn Jahre und immer noch keine Klarheit? Und dann Selbstmord? Was machen die Behördenfritzen mit den Menschen? Natürlich müssen die anderen hierbleiben, was sonst! Ich übernehme den Fall!«

Anahid Bedrosian warf einen erstaunten Blick auf Schlüter und einen dankbaren auf Martens, der an seinen Papageienschuhen kleben blieb.

»Na ja«, meinte Schlüter. »Ich rege mich eher im Stillen auf, ich …«

»Das muss raus!«, rief Matthias der Gerechte. »Selbstmord, Herr Kollege!«

Anahid Bedrosian winkte ab. Das sei unwichtig, sagte sie,

ob und wie sich einer aufrege. Sie versprach, die Papiere der armenischen Familie aus Jesteburg so schnell wie möglich zu besorgen und Herrn Martens vorzulegen. Sie würde dafür sorgen, dass sich die Leute meldeten.

»Ich hol 'nen Kaffee«, verkündete Martens. »Wollen Sie auch einen?«

Sie nickte, Martens verschwand.

»Netter Kollege, den Sie da haben.«

»Darf ich Sie etwas fragen?«, sagte Schlüter. »Entschuldigung, dass ich ... Gibt es Armenier in Täbris? Das liegt im Iran.«

»Ich weiß, wo das ist«, antwortete Anahid Bedrosian. »Natürlich gibt es dort Armenier. Seit Jahrhunderten.« Das Gebiet sei seit Urzeiten, ebenso wie ganz Anatolien, Siedlungsgebiet der Armenier gewesen, nicht nur der Kaukasus. Immerhin habe es einmal ein großarmenisches Reich gegeben, vom Schwarzen bis zum Mittelmeer. Viele Bauwerke würden im Iran von alter armenischer Kultur und Baukunst zeugen. »Haben Sie einmal etwas von der Thaddäus-Klosterkirche gehört? Man nennt sie die ›Schwarze Kirche‹.«

Schlüter schüttelte den Kopf. Wie sollte er?

»Das liegt im nordwestlichen Zipfel vom Iran.« Sie stand auf und deutete auf einen Fleck unterhalb von Nachitschewan. »Da ungefähr ist es. Das ist die älteste Kirche der Christenheit, die allererste in der Welt. Ich war mal dort«, sagte sie stolz und lächelte das erste Mal. So große schöne Augen. Diese Kirche, berichtete sie, die allererste, auf deren Ruinen die heutige stehe, sei schon im Jahr 68 errichtet worden, zu Ehren des Apostels Thaddäus, der dort als Märtyrer gestorben sei, ermordet wegen seines Glaubens, wie so viele nach ihm. Diese Kirche sei ein Wallfahrtsort nicht nur für die Armenier im Iran, sondern auch für die aus der Türkei, aus Armenien und der ganzen Welt, manche kämen sogar von Kalifornien her, wie die Tochter des verstorbenen Herrn Hakobyan. Die habe sie da kennengelernt, seither stünden sie in Verbindung, von ihr sei sie um Hilfe gebeten worden. Jedes Jahr finde in den Bergen des nordwestlichen Iran und nur einige Fahrstunden von Täbris entfernt ein Festival statt, drei Tage lang. Essen, trinken, feiern, Gottesdienst, man tanze und lache zusammen, Buden und Zelte rings um das Kloster, wie auf einem lustigen Jahrmarkt. Viele ließen sich taufen, denn es heiße, wer in der Schwarzen Kirche des Thaddäus getauft sei, werde besonders festen Glaubens. Das sei sehr bewegend, besonders, wenn sich ein Erwachsener taufen lasse. »Und wenn ich einmal Kinder habe, werde ich versuchen, sie dort taufen zu lassen.«

Taufen im Iran?, wunderte sich Schlüter. Wie sei das denn möglich?

»Die Armenier haben es im Iran jedenfalls besser als in der Türkei. Sie haben ihre Kirchen. Sie haben ein Kreuz obendrauf und die Glocken läuten zum Gottesdienst. Sie können ihren Glauben leben, wenn sie wollen.«

»Ich dachte, die Mullahs würden …«

»Das weiß keiner. In welcher Kirche sind Sie?«

»In keiner«, erwiderte Schlüter. Irgendwie kam er sich klein vor bei dieser Antwort. Es klang wie ein Persönlichkeitsmakel.

»Das können Sie sich leisten? Und weshalb haben Sie mich nach Täbris gefragt? Kennen Sie dort jemanden?«

»Äh, nein«, gab er zurück.

»Mich hat noch nie jemand auf Täbris angesprochen. Weshalb fragen Sie?«

Schlüter zögerte. Jetzt kehrte Martens mit drei Tassen zurück und schob die Tür mit dem Fuß hinter sich zu. Tee für Schlüter und zwei Tassen Kaffee. Er setzte sich auf einen der Besucherstühle.

»Wir reden über … über den Iran«, klärte Schlüter seinen Kompagnon auf. »Wo wir nun gerade Geografiestunde machen.«

Dann fragte er die Mandantin, ob sie Zeitung gelesen habe. Hatte sie nicht. Sie lese keine deutschen Zeitungen. Nur türkische, arabische und armenische, mitunter englische, für deutsche habe sie keine Zeit. Und da sie, »seit ich vergewaltigt worden bin«, krankgeschrieben sei, habe sie auch keine Lust dazu. Schlüter berichtete von dem Mord an dem Unbekannten, den man einen Tag später in der Nähe des Burggrabens gefunden habe. Ja, davon habe sie gehört, eine Kollegin habe ihr davon am Telefon erzählt und sie habe gemerkt, dass dieser Mord an jenem Abend geschehen sein müsse.

»Der Mann hatte eine Quittung in der Tasche, von einem Café in Täbris. Und man hat einen Zettel im Gebüsch gefunden, den man ihm zuordnet.«

Die Augen der Frau waren noch größer geworden. Schlüter zog die Schublade seines Schreibtischs auf und legte die Kopie des Zettels darauf, auf dem die armenischen Namen standen.

»Aber das ist ja …!«

»… armenische Schrift.«

Sie las und murmelte die Namen wie ein Gebet.

»Er konnte nicht richtig Armenisch«, sagte sie. »Es sind Fehler drin. Er hat Buchstaben verwechselt.«

»Oder er war ein Legastheniker.«

»Nein. Es sieht so aus, als sei er nur ungeübt gewesen.«

Schlüter fragte sie, ob man in der armenischen Szene über den Mann gesprochen habe, ob er dort vielleicht bekannt sei. Anahid Bedrosian schüttelte den Kopf. Sie kenne alle Armenier in Hemmstedt. Das seien nicht viele. Genau genommen nur zwei, nämlich sie selbst und eine weitere Frau, die mit einem Kurden verheiratet sei und seit Langem in Hemmstedt lebe. Dann eher Hamburg, sie werde sich dort umhören. Der Ehemann ihrer Freundin könne nicht das Opfer sein, dann hätte die Witwe sie sofort informiert.

»Der Mann wollte zu mir.«

»Und was wollte er von Ihnen?«

»Das ist es ja! Wir wissen es nicht. Er wollte mir vielleicht diesen Zettel mit den Namen geben. Aber was bedeuten die Namen? Welchen Auftrag wollte er mir geben? Damit könnte man dem Täter auf die Spur kommen.«

»Ich rieche, das sind Menschen, die leben nicht mehr«, flüsterte Anahid Bedrosian. »Schon lange nicht mehr. Es gibt nur noch wenige Armenier in der Türkei! Und die meisten leben in Istanbul, in der Anonymität der Großstadt. Das sind Namen von Menschen, die 1915 ermordet wurden. Und dann«, fügte sie nachdenklich hinzu, »dieses letzte Wort. Wenn es ›Leben‹ bedeutet, was sagt es uns?«

»Wenn wir das wüssten«, sinnierte Martens, der genau zugehört hatte, »dann wären wir ein Stück weiter.«

»Was macht übrigens die Tochter in Kalifornien?«, erkundigte sich Schlüter.

»Rechtsanwältin. Sie hat es geschafft«, antwortete Anahid Bedrosian.

»Kollegin«, bemerkte Martens. Er nahm seine Tasse. »Entschuldigen Sie, ich muss noch zwei Klagen abdiktieren, die sollten heute raus, das habe ich den Mandanten versprochen.« Er war produktiv und nutzte seine Zeit.

»Feine Schuhe haben Sie.« Anahid Bedrosian lächelte.

»Siehste«, triumphierte Martens. »Sag ich doch.«

Als sie wieder allein waren, fragte Schlüter: »Können Sie eigentlich vorübergehend woanders wohnen, wenn ich die Strafanzeige abgeschickt habe?« Er dachte an den letzten Satz, den der unbekannte Diskutant der Mandantin über das Netz geschrieben hatte. Wenn der …

»Ich war schon die ganze Zeit bei einer Freundin. Ich will nicht auf der Flucht sein!«

»Aber es könnte …«

9

Er hätte sich wehren müssen. Gegen diese Wahnsinnsidee. Darüber überhaupt zu diskutieren, konsequent und von Beginn an. Doch nun saßen sie hier. Die Tür war halb offen und man kriegte sie nicht wieder zu, ohne jemandem die Füße zu zerquetschen.

Wer nicht Nein sagen konnte, bekam gratis ein schlechtes Gewissen. Schlüter fühlte sich wie ein Versager. Es war seine Schuld, dass sie an diesem Samstag, eine gute Woche später, beisammensaßen, im Hollenflether Moor, im großen Wohnzimmer. Staschinsky, der kleine wütende Polizist, Anahid Bedrosian, die armenische Unbekannte, Christa und Peter Schlüter. Und Kater Gustav, der nichts zu sagen hatte und nur auf seinem Stuhlkissen schnurrte.

Schlüter lehnte es ab, sein Privatleben mit dem Beruf zu vermischen. Deshalb lebte er noch. Die zwanzig Minuten Autofahrt reichten, um das Büro zu vergessen. Er hatte Christa jedoch nicht zu einem Gespräch im Büro überreden wollen und erstaunlicherweise war sie sofort mit dem Vorschlag einverstanden gewesen, das »arme Mädchen« und den »wilden Polizisten« ins Moor einzuladen. Sie hatten das *Hemmstedter Tageblatt* nicht abonniert, daher hatte Schlüter ihr von dem Mord an dem Beinahemandanten und Staschinskys Zettelwirtschaft erzählt, am Ende auch von Anahid Bedrosians Unglück. Und schließlich von ihrem Vorschlag, nach Täbris zu fahren, »und am liebsten hätte sie mich dabei«.

Es war vor zwei Tagen gewesen, als Anahid Bedrosian ihn im Büro angerufen hatte, während Schlüter am Schreibtisch saß und im *Palandt* nachlas, ob Heizöl im Tank eines Hauses Zubehör im Sinne des Gesetzes war. Die Sache mit dem Ermordeten habe sie nicht ruhen lassen und noch weniger der Zettel mit armenischer Schrift, den er bei sich getragen habe. Es müsse möglich sein zu ermitteln, weshalb der Mann Schlüter habe aufsuchen wollen. Man müsse mit den Armeniern in Täbris in Kontakt treten, vielleicht bekomme man dort etwas heraus über seine Pläne, die er nicht mehr habe umsetzen können. Und dann …

»Und wie wollen Sie das machen?«, hatte Schlüter etwas überheblich gefragt.

»Hinfahren und fragen.«

»Aha«, erwiderte Schlüter. Nachdem die Zeit, in der ihm nichts weiter einfiel, verstrichen war, schlug er ein Treffen mit dem Kriminalkommissar Staschinsky vor, der ermittle schließlich den Sachverhalt.

»Aha«, kam es von der anderen Seite. »Ich würde sagen, wir verabreden uns lieber mit Ihrer Frau.«

»Wieso das denn?«

»Damit sie Ihnen die Erlaubnis gibt, mit mir nach Täbris zu fliegen.«

»Sind Sie verrückt geworden?«, entfuhr es Schlüter. »Wie soll das gehen?«

»Man fliegt hin und dann ist man da.«

»Machen Sie keine Witze. Ich bin Rechtsanwalt und Notar und sitze hinter meinem Schreibtisch. Da fühle ich mich wohl. Ich bin kein ambulanter Privatdetektiv. Schon gar nicht irgendwo im Orient.«

Das wisse sie, erklärte Anahid Bedrosian, das sei ihr aus umfassendem Literaturstudium bekannt. Zum Privatdetektiv qualifiziere sich Schlüter weder durch Neurosen oder Psychosen, von Allergien habe sie ebenfalls nichts bemerkt. Er sei weder halbkriminell noch gescheiterter Polizist oder Sozialarbeiter, auch nicht ständig pleite und kein Alkoholiker. Seine Eltern seien vermutlich nicht umgekommen, als er noch Kind gewesen sei, weder in Himmelsfall noch anderswo, sondern, wenn sie nicht mehr lebten, normal gestorben, mit Verlaub. Außerdem sei er verheiratet, vermutlich lange, also nicht geschieden, nicht einmal getrennt lebend, und womöglich habe er sogar Kinder, was ja nun gar nicht gehe für einen einsamen Wolf und Privatdetektiv. Dem sei höchstens ein Neffe erlaubt, der einmal im Jahr zu Besuch komme, am besten habe ein Privatdetektiv null Familie. Schlüter sei das totale Gegenteil. Und er sehe ziemlich normal aus. Bis auf die grauen Klamotten. Wahrscheinlich wolle er nicht auffallen.

Eine Spottrede zwar, doch leider stimmte einiges. Schlüter wollte unauffällig durchs Leben kommen, er hasste Aufmerksamkeit, Fremde begrüßte er nur im Büro. Draußen war er Autist, neue Erfahrungen mied er. Und er hatte drei Kinder, wenn auch sehr ferne. Shanghai, München und Sydney. Sogar Enkelkinder, mittlerweile. Die fast immerwährende Abwesenheit, der dauerhafte halbe Verlust hatten ihn melancholisch werden lassen. Oder ob es die vielen Blicke in die seelischen Abgründe seiner Mitmenschen waren? Oder nur der Mangel an Bewegung? Das saure Gesäßfleisch?

»Aber ich habe ein posttraumatisches Belastungssyndrom«, trumpfte er auf. »Das habe ich nicht richtig im Griff. Manchmal …«

»Habe ich auch«, unterbrach sie ihn. »Und wie, kann ich Ihnen sagen. In der vierten Generation! Kommen Sie garantiert nicht mit. Wir sind das perfekte Gespann, um Sachen rauszukriegen. Außerdem haben Sie gesagt, ich soll mal woanders wohnen. Und Sie müssen mal raus.«

»Kommt gar nicht infrage!«, beharrte Schlüter.

»Haben Sie Angst?«

»Nein!«

»Was denn?«

»Nichts! Ich bin nur vernünftig.«

»Nein, Sie haben Angst.«

»Sie sollen keine Witze machen, ich bitte Sie.« Sollte er wütend werden?

Anahid Bedrosian beteuerte, sie mache keine Witze und sie sei durchaus vernünftig. Sie überlege nur, was sie tun könnten, und schlug vor, dass sie sich zusammensetzten, um die Angelegenheit in Ruhe von Angesicht zu Angesicht miteinander zu besprechen. Und dann hatte er nachgegeben und sich eingebildet, er werde ihr den Plan schon noch ausreden. Christa würde garantiert nicht zustimmen.

Als er nach diesem Gespräch zur Toilette gegangen war, um den Ostfriesentee wegzubringen, wusch er sich die Hände und blieb vor dem Spiegel stehen. Sah sich an. Graues Gesicht, Tränensäcke, Schlupflider, Reste grauen Haars, tiefe Kerben entlang der Nase, bis zum Kinn. Falten an der Stirn. Einige Flecke auf der Haut, Altersflecke oder das erste Stadium von Hautkrebs, malignes Melanom. Angefressene Zähne, eierschalenfarben.

Sieht so ein Angsthase aus?

Ihm wurde klar, dass sie ihn in eine Falle gelockt hatte mit der *Angst*. Und dass er Angst hatte. Iran! Wer war so verrückt, in dieses Land zu fahren! Angst war ein Gefühl, dass der Mensch zum Überleben brauchte, damit er die Gefahren rechtzeitig erkannte. Angst war nichts, wofür sich ein Mann schämen musste. Höchstens für Feigheit.

Bin ich ein feiger Hund? Er sah an sich hinunter: alles grau. Wieso trage ich Grau?

»Angela, was ist ein feiger Hund?«

Seine Angestellte ließ ihre Finger überrascht auf der Tastatur ruhen und schüttelte die Mähne.

»Ein feiger Hund ist einer, der sich seiner Verantwortung nicht stellt. Oder einer, der was nicht tut, was aber getan werden muss.«

»Und wenn etwas gefährlich ist und er tut es deshalb nicht, ist er dann feige?«

»Kommt drauf an. Wenn der Mensch nichts macht, was

gefährlich ist, kommt er nicht voran. Dann hätte Kolumbus Amerika nicht entdeckt. Vielleicht würden wir dann noch auf Bäumen hocken.«

»Es gibt viele feige Hunde, wie?«

Sie nickte. »Das ganze Land ist voll davon. Besonders die Männer. Mein Herwart nicht!« Sie errötete. »Und Sie nicht.«

»Sicher?«

»Na ja, manchmal, wenn die Leute ihre Rechnungen nicht bezahlen, könnten Sie ein bisschen härter sein, finde ich. Da sind Sie ...«

»... feige?«

»Weiß ich nicht. Manchmal kann man Feigheit nicht von Weichherzigkeit unterscheiden bei Ihnen.«

»Haben Sie einen Tee für mich?«

Er hatte sich von ihr trösten lassen, mit einer Tasse Pfefferminztee, den er nur in Zeiten der Verzweiflung von ihr annahm. Hockte auf dem Reservestuhl seiner arbeitenden Angestellten gegenüber, schlürfte Tee, der ihm nicht schmeckte, betrachtete die Stapel abzulegender Akten und Angelas Kakteenzucht auf dem Fensterbrett und sah seinen Gedanken zu, wie sie einen sinnlosen Wirbel veranstalteten. Von diesem Gespräch hatte er Christa nichts erzählt.

Und nun saßen sie an diesem Maisamstagabend im Schlüter'schen Wohnzimmer, tranken Tee und smalltalkten. Über das kühle Wetter, den Garten, die Tomaten, die Christa am bodentiefen Südfenster vorzog und bisher nicht gewagt hatte, an die Südwand zu pflanzen. Welche Sorten sie aussäte, welche Temperatur die Pflanzen benötigten. Anahid Bedrosian hörte zu und fragte, ob auch Paprikas wachsen würden. Nein, würden sie nicht. Zu kalt.

Sie redeten drum herum, bis sich Staschinsky steif machte und sagte: »Liebe Anwesende, ich bin Polizist und ermittle in einer Mordsache. Der Täter läuft frei herum. Das ist ein

Zustand, den wir nicht hinnehmen können. Er muss gefasst werden. Das muss unser Ziel sein. Und soviel ich verstanden habe, haben wir uns getroffen, um zu besprechen, welche Möglichkeiten uns zur Verfügung stehen, dieses Ziel zu erreichen.«

Uns. Wir.

Nach einer Kunstpause, die Kater Gustav mit einem herzhaften Gähnen füllte, fuhr Staschinsky fort. Die Herkunft und Identität des Toten habe man nicht ermitteln können, nur, dass er sehr wahrscheinlich eine Verbindung zu der Stadt Täbris in die Islamische Republik Iran gehabt habe. Zwar bestehe die Möglichkeit, dass die Quittung von einer unbekannten Person stamme und zufällig in der Tasche des Toten gelandet sei, doch andere Spuren gebe es nicht. Es sei, mit anderen Worten, Stillstand eingetreten und Fortschritt nicht in Sicht. Man stehe vor einer Wand. Man habe das LKA gebeten, eine Black Notice über Interpol an den Iran herausgegeben, aber weder Gott noch Allah hätten Einfluss auf diese Tintenpisser, vielleicht weil es auch im Himmel Streit um Zuständigkeiten gebe, schließlich sei der Mensch das Ebenbild des Höchsten, gleich wie dieser heiße. Dabei wisse man genau, wo man mit Ermittlungen ansetzen könne.

»Wenn Täbris in Bayern liegen würde, würde ich verdammt noch mal hinfahren«, schloss er seine Rede und ballte die Hand zur Faust, als wollte er zur Revolution aufrufen.

»Können Sie aber nicht. Schließlich befinden wir uns in keinem Kriminalroman.« Anahid Bedrosian grinste. Sie wandte sich an Christa. »Und damit wären wir beim Thema. Ich habe Ihrem Mann vorgeschlagen, dass wir nach Täbris fliegen, er und ich, und uns umsehen. Wenn der Ermordete ein Armenier war, hatte er wahrscheinlich Kontakt zu irgendwelchen Armeniern in Täbris. Und das finden wir raus. Und wenn nicht, war es eben ein Urlaub.«

Christa sah die Besucherin mit großen Augen an. Schlüter war ihr dankbar, dass sie nicht ihn ansah, womöglich vorwurfsvoll. Man sollte die Eheprobleme dort lassen, wo man sie lösen konnte, alles andere führte zur Eskalation.

»Wahrscheinlich haben Sie Bedenken.«

»Wer hätte das nicht?«

Anahid Bedrosian nickte. »In der Tat.« Die Islamische Republik Iran sei kein gemütliches Land, erklärte sie. Zuerst hätten die Engländer und Amerikaner das Land ausgebeutet und die Politik mit ihren Geheimdiensten manipuliert, bis die Perser niemandem mehr vertraut hätten und als moralische Instanz einzig die Mullahs übrig geblieben seien.

Wie die Kirche in der DDR vor der Wiedervereinigung, dachte Schlüter. Wie die Kirche in Polen am Ende des Kommunismus.

Die Mullahs hätten die Macht im Lande übernommen, logisch, mit Zustimmung des Volkes. Und dann die Scharia eingeführt, ohne die Zustimmung des Volkes. Das jetzt als Achse des Bösen beschimpft werde.

»Und wenn Sie entführt werden? Darf ich rauchen?« Christa stand auf, ging zum Regal und zündete sich eine ihrer Filterlosen an. Normalerweise rauchte sie nur, wenn sie einen ihrer dicken englischen Schmöker aus dem 19. Jahrhundert las, Charles Dickens, Bulwer-Lytton, die Brontë-Schwestern, etwas in der Art. Schlüter rauchte nie, er mochte jedoch den Geruch einer frisch angezündeten Zigarette.

»Im Iran wird niemand entführt«, sagte Anahid Bedrosian. »Bis auf amerikanische Diplomaten, wenn man Geiselnahme dazurechnet, doch das ist über fünfundzwanzig Jahre her und wir sind keine Amerikaner.«

»Man hört so vieles«, zweifelte Christa.

»Nicht aus dem Iran. Afghanistan, Nordafrika, Philippinen, Jemen, Kolumbien ja. Aber nicht Iran.«

»Kann ich bestätigen«, sagte Staschinsky, der neben Anahid Bedrosian auf dem Sofa gegenüber saß. »Und ich muss es wissen«, fügte er hochnäsig hinzu.

Sie schwiegen. Der graue Rauch aus Christas Zigarette stieg apart neben ihren schwarzen Haaren auf. Schlüter hatte vor Jahren vorgeschlagen, sie solle einfach mit der Färberei aufhören. Ein dummer Vorschlag. Er sah, wie sich ihre Lippen um die Filterlose schlossen, wie sie ihr linkes Bein über das rechte schlug. Ihre Wimpern. Er hätte gern ihre Hand genommen. Die war immer so warm. Was sie wohl dachte? Nur manchmal konnte er ihre Gedanken erraten. Vermutlich würde er den Rest seines Lebens darauf verwenden, besser zu werden.

»Aber die Gesetze dort, wenn man die nicht so genau kennt?«, fragte sie.

»Frauen müssen einen Schleier, Männer dürfen keine kurzen Hosen tragen«, antwortete Anahid Bedrosian.

Christa warf Schlüter einen Seitenblick zu und kicherte verhalten. Was hatte das wieder zu bedeuten? Kater Gustav erhob sich von seinem Kissen, sprang auf den Teppich und setzte über auf das Besuchersofa, landete zwischen Anahid Bedrosian und Staschinsky, wo er sich der Körperpflege hingab.

»Und wenn man die Ehe nicht bricht und nicht schwul ist, wird man auch nicht hingerichtet«, ergänzte sie. »Also alles easy.« Ihre Hand lag jetzt auf Gustav und kraulte ihn.

»Durch Erhängen am Kranausleger«, grummelte Staschinsky und sah böse aus.

Christa schüttelte sich.

»Weshalb sich Iran mit den Hinrichtungen regelmäßig die Silbermedaille verdient. Die Goldmedaille kriegt China«, sagte Anahid Bedrosian kalt. Gustav bestieg ihren Schoß und machte es sich nach drei Umdrehungen gemütlich. Ihre Fingerspitzen versanken in seinem Fell. Christa sah der Prozedur zu, ihr Gesicht war weich geworden.

»Und was sagst du?«, wandte sie sich an Schlüter.

»Gibt's Leute, die da Urlaub machen?«, fragte er, nicht ohne Bedacht.

»Ich war da«, antwortete die Armenierin. Sie erzählte wieder vom Pilgerfest am Thaddäus-Kloster, zu dem sie vor drei Jahren gereist sei, übrigens das fünfzigste. Um die fünftausend Armenier aus aller Welt hätten sich dort getroffen und viele seien über Täbris angereist, das ungefähr hundert Kilometer entfernt liege. Sie schwärmte von der einzigartigen Lage des Klosters in völliger Einsamkeit, umgeben von kahlem Gebirge und weitab von Siedlungen, abgesehen von einem kleinen kurdischen Dorf, in unmittelbarer Nachbarschaft des Klosters. Die Bewohner des Dorfes würden die Kirche bewachen, obwohl sie anderen Glaubens seien, der Staat bezahle sie dafür, denn die Kirche sei Weltkulturerbe, die Kosten für die Restauration wolle man nicht umsonst aufwenden. Sie berichtete mit leuchtenden Augen von den Veranstaltungen, von den gemeinsamen Gebeten, Gesängen, Konzerten und Tänzen, den bunten Zelten, den rollenden Bäckereien und den nächtlichen Grillfeuern. Sie habe schon überlegt, ob sie in diesem Jahr wieder hinfahren sollte. Aber …

»Fünftausend, sagen Sie? Fünftausend Christen?«, fragte Christa nach. »Wie kann das sein?«

»Sie fahren eben hin!«

»Und das dürfen die?«

Anahid Bedrosian nickte. Im Iran gebe es mehr Religionsfreiheit als in fast allen anderen muslimischen Ländern, erklärte sie. Die Armenier könnten ihre Kirchen besuchen, ohne Probleme. Und auch die syrischen Christen.

»In der Türkei wäre so etwas undenkbar. Die haben panische Angst vor dem Christentum im Allgemeinen und vor uns im Besonderen. Seit sie uns umgebracht haben, können sie an nichts anderes mehr denken, das ist wie die Zunge, die immer am Zahnloch leckt. Sie denken, jetzt kommen die Armenier wieder und nehmen Rache. Wenn fünftausend Armenier in der Türkei zu einem Gottesdienst anreisen würden! In Ohnmacht würden sie fallen, die Türken! Die sind von ihrer Lügerei schon richtig krank. Lügen macht paranoid. Wer lügt, hat Tag und Nacht Angst davor, enttarnt zu werden. Das erklärt die ganze Kurdenpolitik der Türkei. Das ist pure Schizophrenie. Deshalb verkaufen sie den einen Gottesdienst, den sie uns auf Achtamar erlaubt haben, den ersten seit 1915, ja gleich als totale Religionsfreiheit und verlangen, sofort in die EU aufgenommen zu werden, und dann sind sie beleidigt, wenn das nicht passiert.«

Kollektives Lügen, sagte sie, verderbe die Moral. »Das ist, als würde einer Müll auf die Straße schmeißen. Es dauert nicht lange und es liegt ein großer Müllhaufen da. Und so ist es mit dem Lügen. Man gewöhnt sich daran, dass man lügen darf. Vor allem aber: Man lernt, sich selbst zu belügen. Und wenn sogar die Regierung lügt, können Sie sich vorstellen, wie das Volk es mit der Wahrheit hält.« Von einem Land, fügte sie hinzu, in dem bis vor ein paar Generationen nur Thronfolger wurde, wer all seine Brüder hatte erwürgen lassen, mit Seidentüchern, könne man keine großen demokratischen Sprünge erwarten. Der Weg zur Zivilisation sei eben lang. Der Iran habe da ein paar Tausend Jahre Vorsprung. »Wenn es um Religionsfreiheit geht, könnten wir den Iran eher in die EU aufnehmen als die Türkei.«

»Steile These«, bemerkte Staschinsky.

»Ich war da«, argumentierte Anahid Bedrosian. Ihre Augen funkelten.

»Sie mögen die Türken wohl nicht, wie?«, bemerkte der Polizist.

»Ich möchte sie mögen. Ich habe türkische Freunde. Ich verdanke meine Existenz der Tatsache, dass türkische Leute meine Urgroßmutter vor dem Tod bewahrt haben. Ich vertraue darauf, dass es ein Gewissen gibt. Jeder Mensch hat ein Gewissen. Gott hat es uns gegeben. Jeder Mensch lebt lieber mit der Wahrheit als mit der Lüge. Niemand möchte auf Dauer krank sein. Wahrheit kann man nicht verbieten, so einfach ist das. Sie wird immer wieder durchkommen.«

Kater Gustav schnurrte und fuhr seine Krallen aus und ein. Deshalb vergaßen sie zu fragen, wo Achtamar lag.

Anahid Bedrosian erläuterte, dass der Nordwesten des Iran hauptsächlich von Aseris bewohnt sei, einem Turkvolk, das auch Aserbaidschan bewohne. In Täbris werde Aseri gesprochen, eine dem Türkischen sehr ähnliche Sprache. Sie spreche Türkisch, das habe sie von ihrer Großmutter gelernt, sie könne alles dolmetschen. Man müsse nur ein wenig vorsichtig sein, das sei alles. Und wenn sie nichts herausbekommen würden, wäre die Reise zwar umsonst gewesen, aber sie hätten es wenigstens versucht. Und darum ginge es ja im Leben: versuchen. Wenn man immer nur das täte, von dem man wisse, dass es gelinge, käme man nie von der Stelle, nicht wahr?

Während sie plädierte, streckte sich Kater Gustav auf ihrem Schoß, er reckte seinen langen, gelb-weiß gestreiften geschmeidigen Leib, so lang er konnte, und streckte die Pfoten, bis er langsam am Schenkel seiner Menschencouch herabglitt und zwischen den beiden Besuchern zu liegen kam. Staschinsky legte die Hand amüsiert auf den Rücken des Katers und begann ihn zu streicheln.

»So entspannt möchte ich auch mal sein«, sagte er und seufzte. »Das Leben ist so schwer, wenn einem nicht alles egal ist.«

Kater Gustav war nämlich alles egal. Jedenfalls solange er Mäuse fangen konnte und Futter bekam, wenn es mit der Selbstversorgung mal nicht klappte.

»Was sagst du?«, fragte Christa. Sie hatte ausgeraucht und

streichelte Schlüters Arm. Ihre weiche Hand. Alles war weich geworden. Sogar die harten Gleise des Lebens, auf denen man fuhr. Und nicht wusste, wer die Weichen stellte.

»Ich sollte fahren«, hörte er sich sagen. »Und was sagst du?«

Anstelle einer Antwort stand Christa auf und verschwand. Die drei Verbliebenen schwiegen, während Gustav schnurrte, das Sofa schien zu vibrieren. Er hatte sich eingerollt und den Schwanz über die Nasenspitze gelegt. Christa erschien mit einer Flasche Wein, öffnete sie, holte Gläser aus dem Schrank, schenkte ein, stellte die Gläser auf die Tischchen, die zwischen ihnen standen, und setzte sich wieder.

Sie hob ihr Glas. »Wat mutt, dat mutt. Auf gutes Gelingen!«

»Prost!«, sagte Anahid Bedrosian. »Auf Alkohol stehen übrigens Peitschenhiebe. Mindestens fünf, wenn ich das richtig weiß.«

»Prost«, sagte Schlüter. »Ist nicht gerade Fastenzeit?«

Und damit war die Sache entschieden. Schlüter spürte zwar Erleichterung, weil er das Thema ›Feigheit‹ beim Pfefferminztee im Büro gelassen hatte, aber gleichzeitig die Angst, wie sie sich in seinem Brustkorb erhob, sich breitmachte und zu knurren begann, als trüge er ein wildes Tier in sich, das erwacht war. Er war nie weiter als bis Oslo gekommen. Er hatte sich nie in Verhältnisse begeben, die er nicht kontrollieren konnte. Mit einer Ausnahme: die Reise in die Türkei vor vielen Jahren. Von der er als ein anderer zurückgekehrt war, an deren Folgen er bis heute litt. Vielleicht war es an der Zeit, alle Angst abzuschütteln und wieder ein anderer zu werden, anstatt sich mit Unterhaltsfragen und Erbauseinandersetzungen abzugeben, seine Ängstlichkeiten zu pflegen und sich in seine schrumpfende Privatwelt zurückzuziehen.

Und dann besprachen sie, wann es losgehen sollte und was im Einzelnen zu beachten sei.

Später, als die Gäste gegangen waren, strich Christa ihm über den halb kahlen Kopf. »Wenn du es überlebst, wird es dir guttun.«

Er legte den Arm um sie und fragte: »Haben wir noch Wein?«

10

Endlich Montag. Das Wochenende war vorbei. Seit Martens wieder Single war, ertrug er diese beiden Tage nur mit Mühe. Allein wusste er nichts mit sich anzufangen. Schließlich konnte er nicht ewig Zeitung lesen oder Bücher. Spazieren gehen? Es war seit ungefähr drei Wochen Mai, eigentlich die beste Zeit des Jahres, um draußen zu sein. Nichts machte richtig Spaß und deshalb war es gut, dass er sich in die Arbeit stürzen konnte. Dann vergaß er für ein paar Stunden, dass er allein war. Wahrscheinlich ist es trotzdem gut, dass es aus ist mit Marion, dachte Martens. Sie hatte an ihm seinen Witz und seine Intelligenz gemocht, nicht jedoch seine Zurückhaltung und am wenigsten sein jugendliches Gesicht. Frauen wollten richtige Kerle, vermutete Martens, Männer mit Tätowierung, Bierfahne und Schwielen an den Fäusten. Kerle von der Sorte, die die Frauen schwängerten und sich anschließend aus dem Staub machten.

Die Woche fing gut an, aber gleich würde es schwierig werden. Martens hatte vier Stunden konzentriert gearbeitet, ab morgens um sieben, mit einem Flow, in dem er das Gespräch, das ihm jetzt bevorstand, vergessen hatte: komplizierte Schriftsätze, zwischendrin Telefonate mit Mandanten. Montagmorgen, Multitasking, die Gedankenpferde im Galopp wechseln, das liebte er.

Der Alte war noch nicht da, vielleicht hatte er heute keine Lust zum Arbeiten. Er war ein wenig merkwürdig in der letzten Zeit, schweigsam, schlecht gelaunt. Angela würde bald die Post des Tages bringen, dann gab es frische Arbeit. Martens war Leertischler, im Gegensatz zu Schlüter, der Volltischler war. Martens stand auf, reckte sich, brachte die Akten mit den Diktaten in Angelas Schreibzimmer und belohnte sich mit einem Kaffee. Als er in sein Zimmer zurückkehrte, lag nur noch eine einzige Akte auf seinem Schreibtisch: die Asylsache Hakobyan, bestehend aus drei Blatt Papier, nämlich einer kurzen Notiz und zwei Telefonvermerken. Dieses Drama. Gleich würden die Leute kommen. Die Akten vom Verwaltungsgericht waren allerdings noch nicht eingegangen, sodass er keine Gelegenheit mehr haben würde, sie vor dem Gespräch zu studieren. Er hatte den Leuten nicht absagen wollen. Martens hatte keine Erfahrung, wie man mit einer Frau sprach, deren Mann sich an der Elektroschnur eines Wasserkochers erhängt hatte. Er dachte an das Gespräch, das er in Schlüters Zimmer mit Anahid Bedrosian geführt hatte. Nachitschewan. Immerhin hatte sie seine Schuhe gut gefunden. Vielleicht hatte er sie gekauft, um die Leute von seiner jugendlichen Visage abzulenken.

Das Telefon klingelte und Angela meldete den Besuch an. Wenig später saß Frau Hakobyan vor Martens' Schreibtisch, untersetzt, mittelgroß, grauhaarig, graugesichtig und voller Gram, neben ihrem Sohn Lewon, einem Mann Mitte zwanzig. Er hatte einen großen Kopf, bauschige Locken und schmale Schultern. Beide waren ganz in Schwarz gekleidet.

Die Familie Hakobyan war, erfuhr Martens, vor ungefähr elf Jahren nach Deutschland gekommen. Vater Jezekiel, Mutter Antaram und der Sohn Lewon, der inzwischen Vater eines Kindes mit einer Deutschen geworden war. Die beiden Töchter der Familie, Lewons Schwestern, beide älter als er, hatten die Heimat schon früher verlassen, hatten geheiratet, die eine lebte in den USA, die andere in Kanada. Man stehe miteinander in Verbindung, besonders jetzt, nach dieser Katastrophe. Die eine der Töchter sei noch in Deutschland, die andere, die aus Kanada, wieder abgereist nach der Beerdigung auf dem Friedhof von Jesteburg.

Zuletzt habe der Rest der Familie in Gyal oder Gal gelebt, einem kleinen Dorf von etwa hundertzwanzig Seelen, das in der Provinz Julfa in Nachitschewan liege, nicht weit von der iranischen Grenze. Dieser Flecken Erde befand sich also zwischen dem Iran und Armenien, am Rand des Kaukasus, wie Martens inzwischen wusste. Er hatte, nachdem sie letzte Woche mit Anahid Bedrosian gesprochen hatten, mithilfe seines Rechners den Ort Gyal und die Provinz Julfa gefunden. Unmittelbar über der iranischen Grenze im Süden von Nachitschewan.

Martens war ein Fanatiker der Gerechtigkeit und folglich der Wahrheit, denn ohne Wahrheit gibt es keine Gerechtigkeit und wo gelogen wird, herrscht Willkür. Das war sein Grundgesetz. Und das des Alten, deshalb arbeitete er mit ihm zusammen. Er mied Risiken, indem er sie durch Wissen eingrenzte, und handelte erst, wenn er alle erreichbaren Fakten kannte.

Er wollte wissen, ob die Leute tatsächlich von dort geflohen waren oder ob sie es nur behaupteten. Die Töchter lebten auf dem amerikanischen Kontinent. Wie waren die dahingelangt? Warum waren die Eltern ihnen nicht gefolgt? Und wie hatte es sein können, dass man einen Mann, der Aserbaidschaner war oder das behauptete, nach Armenien abschieben konnte? Das war mit gültigen armenischen Papieren möglich! Hier war der Hund begraben. Das hatte Martens schon in dem Gespräch mit Anahid Bedrosian gemerkt.

Kamen die Leute tatsächlich aus diesem Nachitschewan? Beweisen konnten die Hakobyans das nicht, denn sie hatten keine Ausweispapiere, jedenfalls zunächst nicht. Kaum ein Asylsuchender hatte welche. Man habe die Papiere verloren, hieß es, oder man habe sie nicht für wichtig gehalten und zurückgelassen, sie seien unterwegs gestohlen worden und so weiter. Die Wahrheit aber war, dass man sie an einen Fälscher verkauft oder, was meistens der Fall war, schlicht weggeworfen hatte, um seine Herkunft zu verschleiern, damit man nicht dorthin abgeschoben werden konnte, woher man kam. Ein ungeschriebenes Gesetz unter allen Reisenden ohne Aufenthaltserlaubnis: Wer sein Glück in der Fremde suchte, durfte keinen Ausweis bei sich tragen. Weshalb kein Verwaltungsgericht diesen Ausreden glaubte.

Antaram Hakobyan brach in Tränen aus, als Martens sie nach den Ausweisen fragte und zur Wahrhaftigkeit mahnte, sie öffnete den Mund, um sich zu rechtfertigen, und ihr Sohn starrte ihn geradezu böse an.

Martens hob beide Hände. »Nehmen Sie es nicht persönlich, Frau Hakobyan, bitte. Erzählen Sie mir einfach, wie es bei Ihnen zu Hause ausgesehen hat. Beschreiben Sie es mir. Ich möchte es mir vorstellen können.«

So wahr sie hier säßen, erklärte die untersetzte Frau mit lauter Stimme, sie stammten aus dem Dorf Gyal in der Provinz Julfa von Nachitschewan und von nirgendwo anders her. Sie seien Aserbaidschaner, das heiße, sie seien einmal Bürger der UdSSR gewesen, bis sie 1991 Aserbaidschaner geworden seien, als Gorbatschow das sowjetische Großreich aufgelöst habe und das Land selbstständig geworden sei. Was ein großes Unglück gewesen sei. Man habe damals einen sowjetischen Pass gehabt, der sei jedoch über Nacht nichts mehr wert gewesen, einen aserbaidschanischen dagegen hätten sie nie bekommen. Nie. Das schwöre sie bei Jesus und der Heiligen Jungfrau Maria.

Im Norden des Dorfes habe es eine mittelalterliche Festung gegeben, am Fuße des Ilandağ-Bergs. Der Ort, so beschrieb sie ihn, bestehe nur aus ein paar staubigen Wegen mit armseligen steinernen Häusern, Steine gebe es genug in diesem Land, aber auch genug Boden, der die Menschen ernähre: Pfirsiche, Aprikosen, Pflaumen, Weintrauben, Feigen, Äpfel, vor allem Granatäpfel, die Äpfel des armenischen Volkes, seien gediehen auf den Feldern. Das Aprikosenholz dort sei das Beste für die *duduk*.

Martens kam nicht dazu zu fragen, was eine *duduk* sei.

Die Straße führe weiter in die Berge, ins Unwegsame, und ende im Nirgendwo. Sie seien die letzten Armenier in dem Ort gewesen, vielleicht in ganz Nachitschewan, denn von anderen hätten sie nicht gewusst. Die Kirche, sagte sie – und jetzt suchte sie nicht mehr nach Worten und ließ sie stolpern, durcheinander, übereinander her, fremde dazwischen –, die habe man schon in den Achtzigerjahren abgerissen, wie alle in Nachitschewan, da seien die Taliban nichts dagegen, alle regten sich über die Taliban auf, doch die Aserbaidschaner seien viel, viel schlimmer! Wenn die ein Kreuz gesehen hätten, sofort weg damit, kaputt machen, überall, wie in einem Rausch hätten die alles zerstört, was nach Christentum aussah, und sie hätten die Dinge nicht nur einfach zerstört, in Ruinen verwandelt, sondern zunichtegemacht, atomisiert, vollständig verschwinden lassen, damit nicht das kleinste Bröckchen mehr Zeugnis ablegen konnte. Die Zerstörung der Kirche von Gyal sei ein Einschnitt gewesen, obwohl sie vorher schon stark beschädigt gewesen sei und Gottesdienste darin lange nicht mehr stattgefunden hätten, ein Priester hätte sich dorthin nicht mehr getraut. Wenn die Kirche nicht mehr da sei, noch nicht einmal die Ruine, dann fehle ein Stück Heimat, und immer, wenn man aus dem Fenster sehe oder auf der Straße sei und dorthin blicke, wo die Kirche gestanden habe, wo ihr Turm die Sonne verdeckt und Schatten geworfen habe, empfinde man das, als fehlte einem ein Teil des Körpers, und dann werde man traurig und sehne sich fort, ja, dann beginne man sogar, den Ort zu hassen, der einmal Heimat gewesen sei. Jezekiel habe besonders gelitten darunter, er habe nicht begreifen können, wie man Straßenschotter aus einer Kirche machen könne, das sei barbarisch, eines denkenden Menschen unwürdig. Man sehne sich fort von solch einem Ort, dem die Seele genommen worden sei. Die Kirche sei auf Anordnung von oben zerstört worden, die Leute im Dorf hätten nicht mitgetan, nein, sie hätten sogar gesagt, es tue ihnen leid, doch das hätten sie nur geflüstert, wenn man mit ihnen allein gewesen sei, nie laut gesagt vor anderen, so mutig seien sie nicht gewesen. Sie hätten in dem Ort nur überleben können, erklärte Frau Hakobyan, weil er so klein gewesen sei. Denn jeder habe jeden gekannt, die Vernünftigen seien in der Mehrzahl gewesen, auch wenn vielen der Mut gefehlt habe, offen zu der armenischen Familie zu stehen, und die Unvernünftigen hätten sich deshalb nicht getraut, ihnen etwas anzutun, die seien feige gewesen, noch feiger.

»Unvernunft und Feigheit, das sind Geschwister!«, rief sie.

Weil jeder jeden kannte, sei man dort nicht ermordet worden, so wie die Leute drüben in Baku oder Sumgait. Ob der Herr Rechtsanwalt wisse, dass man in Sumgait die Armenier auf offener Straße mit Benzin übergossen und angezündet habe? Vor gar nicht langer Zeit, nämlich am 27. Februar 1988 und in Baku am 20. Januar 1990. Der aserbaidschanische Mob habe systematisch die armenischen Leute aus den Häusern geholt. Die Listen mit den Namen hätten sie zuvor von der Stadtverwaltung erhalten. Dann seien die armen Christen totgeschlagen worden, auf offener Straße, oder eben verbrannt, die Frauen und Mädchen habe man vergewaltigt, die Männer verstümmelt, die Überlebenden seien in den Krankenhäusern nicht behandelt worden, sondern vor der Tür auf der Straße gestorben.

»Stellen Sie sich das vor!«

Alle Armenier von Baku und Sumgait, die noch übrig waren, hätten ihre Häuser verlassen und seien geflohen, Hals über Kopf, nach Armenien und anderswohin, irgendwohin. Das sei der Zweck der Gräueltaten gewesen. Kein Armenier sollte sich mehr sicher fühlen. Die Polizei sei nicht eingeschritten, die sei entweder gar nicht gekommen oder habe zugeschaut, und gerade das habe die Mordbanden erst recht mutig gemacht und angestachelt. Das Böse verdopple sich mit Ungesetzlichkeit und

Sittenleere. Aber in Gyal seien sie relativ sicher gewesen, nur: Wann, so hätten sie gedacht, würde es eine Anordnung geben, eine Deportation? Sie hätten nicht fortkönnen, da sie überall hätten befürchten müssen, angegriffen zu werden. Einen Ausweis jedoch, den hätten sie nicht gekriegt. Anträge seien nicht beantwortet worden, Bestechungsgeld hätten sie nicht gehabt. Nachitschewan sei in der Zeit des Karabach-Kriegs Anfang der Neunzigerjahre vollständig von der Außenwelt abgeschnitten gewesen. Gefangen in diesem Flecken Erde, eingeklemmt zwischen Armenien und dem Iran, hätten sie sich gefühlt wie in der Todeszelle, wenn man den Termin der Hinrichtung nicht kenne.

Erschöpft hielt die Frau inne und wischte sich die Tränen aus dem Gesicht. Ihr Sohn starrte auf seine Hände, die er im Schoß gefaltet hatte.

Martens beschloss nachzulesen, was es mit dem Karabach-Krieg auf sich hatte. Damals hatte er sich noch nicht für Politik interessiert.

»Ich verstehe«, murmelte er. Und doch hockte noch der Zweifel am Grund seines Bewusstseins, denn Tatsachen sind maßgeblich, nicht Gefühle, die Irrlichter sind. Mit genug Gefühl war man für den totalen Krieg. Seine Mutter war als Kleinkind mit ihrer Mutter, seiner Großmutter, Kathrine Urbigkeit, aus Ostpreußen geflohen, im Januar 1945. »Wo waren wir stehen geblieben?«, fragte er.

»Sie baten uns darum, den Ort zu beschreiben«, antwortete Lewon Hakobyan.

»Ach ja«, sagte die Mutter und seufzte. Sie hob den Blick und beschrieb den Ilandağ, den Schlangenberg hinter dem Dorf, der sei der schönste der Welt, besonders jetzt, im Mai, wenn die roten Mohnblumen weit über die Landschaft leuchteten, und seine beiden ovalen Gipfel, der nackte, in der Abendsonne rötlich widerscheinende Fels. Als sie das sagte, lächelte

114

sie und wieder liefen ihr Tränen über das graue Gesicht. »Es ist so schön dort.« Wenn auch Noahs Arche dort nicht gelandet sei, wie die Aseris in Nachitschewan jetzt behaupteten, damit sie irgendetwas Historisches vorweisen könnten, was nichts mit den Armeniern zu tun habe. Obwohl Nachitschewan ein Wort armenischen Ursprungs sei und ›erste Herberge‹ bedeute. Noah sei auf dem Ararat gelandet, das sei doch wohl klar. Und Nachitschewan sei jetzt ein Land ohne Vergangenheit und damit ein Land ohne Zukunft, es sei ein verfluchtes Land, das von Lügnern bewohnt sei, nichts Wahres mehr sei übrig geblieben und ohne Wahrheit könne ein Mensch nicht leben. Nachitschewan sei nun unbewohnbar.

»Wir sind zurechtgekommen«, sagte sie. »Aber als Artem nicht wiederkam, da wollten wir nicht bleiben. Wir durften nicht mehr bleiben. Wir wollten nicht auch noch unseren zweiten Sohn verlieren. Wir hatten furchtbare Angst.« Sie warf einen Seitenblick auf ihren Sohn, der immer noch schweigend und mit gesenktem Kopf zuhörte.

»Artem – Ihr Sohn?«

Das Gesicht der Frau verzerrte sich, sie schniefte, ihr Atem stockte und ihre Schultern zuckten.

»Alles Scheiße«, sagte Martens, etwas Besseres fiel ihm nicht ein. Man ist nicht gemacht fürs Weinen, dachte er. So viele Tränen gibt es gar nicht.

Der Sohn legte der Mutter sanft und schüchtern eine Hand auf die Schulter und sprach ihr begütigend zu, auf Armenisch, denn Martens verstand kein Wort.

»Mein Bruder war beim Militär«, sagte er schließlich. »Er war an der Grenze eingesetzt, unten am Aras, wo auf der anderen Seite der Iran ist. Es war damals, bevor wir ausgereist sind, als wir die Nachricht erhielten, dass er – verstorben ist. Es soll ein Unfall gewesen sein. Er soll beim Klettern von einem Felsen gestürzt sein. Aber das kann nicht sein. Artem war ein

115

guter Kletterer. Er war oft am Ilandağ unterwegs, trotz der vielen Schlangen, und dort ist es sehr steil. Wir glauben, dass er umgebracht wurde.«

»Und das haben Sie bei der Anhörung berichtet?«

Beide nickten ausgiebig.

»Warum dieser Hass?«, fragte Martens. »Ist das – wegen der Religion?«

»Haben Sie mal etwas von Ramil Safarow gehört?«, fragte der Sohn statt einer Antwort.

Martens schüttelte den Kopf.

»Wenn Sie die Geschichte mit Safarow kennen«, sagte der Sohn, »verstehen Sie vielleicht. Jedenfalls, wie es uns geht da drüben. Ramil Safarow.«

Martens schrieb sich den Namen auf. Er würde das recherchieren. Dann sah er verstohlen auf das Display seines Telefons. Noch eine halbe Stunde Zeit.

»Erzählen Sie«, bat er.

Der Sohn berichtete und Martens hörte zu. Immer wieder schüttelte er den Kopf.

»Ist das alles wahr?«, fragte Martens, als der Sohn geendet hatte. »Das kann nicht wahr sein! Sind die verrückt geworden? Das ist Wahnsinn!«

»Ja. Sie sind wahnsinnig. Und Sie können das alles nachlesen. Zeitungen und so.«

»Darauf können Sie Gift nehmen, dass ich das machen werde!«, rief Martens und blickte erneut auf seine Uhr. Er versprach, die Akten, sobald sie eingegangen seien, genau zu studieren und zu prüfen, was zu machen sei. Anschließend werde er sich melden.

»Wir können nicht wieder zurück«, sagte der Sohn. »Das ist ausgeschlossen. Keinen Tag würden wir überleben. Es gibt eine Menge Safarows in Aserbaidschan. Die werden da gezüchtet. Wir wollen auch nicht nach Armenien. Vater wollte nicht dorthin. Er wollte ganz fort aus der Gegend. Nun ist er in Deutschland begraben. Und wir wollen bei ihm bleiben. Unsere Zukunft muss hier sein. Ich habe eine Tochter. Sie ist Deutsche, sie ist zwei Jahre alt, und ich will Deutscher werden wie sie. Ich werde heiraten. Deutschland ist unsere neue Heimat. Ich will, dass meine Kinder das alles nicht wissen! Sie sollen aufwachsen ohne diesen Stein am Hals! Sie sollen nicht den Friedhof ihrer Vorfahren auf dem Rücken schleppen! Nie werde ich ihnen ein Wort davon sagen!«

Martens begriff, warum seine Großmutter, die vor fünf Jahren gestorben war, nie ein einziges Wort über ihre Flucht und die alte Heimat Ostpreußen gesprochen hatte. Sie hatte sich gezwungen, nicht mehr daran zu denken. Sie hatte die Vergangenheit in die schwarze Nacht des Schweigens verbannt und ihre Wurzeln gewaltsam in die neue Erde des Westens getrieben. Martens fragte sich, was geschehen wäre, wenn sie auch diese zweite Heimat verloren hätte und noch einmal hätte fortmüssen. Wie Jezekiel Hakobyan, der sich an der Schnur seines Wasserkochers erhängt hatte.

Und doch …

Es klopfte und Angela kam herein, ohne eine Antwort abzuwarten.

»Die Akten«, sagte sie und reichte Martens einen Packen Papier. »Sie sind gerade eingetroffen. Ich dachte …«

»Vielen Dank.« Martens legte den Stapel vor sich auf den Tisch. »Es wird wenig Sinn machen, wenn ich das jetzt durchgehe. Ich habe eigentlich nicht mehr viel Zeit. Ich will nur mal sehen, ob …« Er blätterte aufs Geratewohl. Der Asylvorgang. Der Abschiebevorgang. Hier war …

Martens drehte die Akte um und schob sie über den Schreibtisch.

»Das ist der Ausweis, mit dem man Ihren Mann abschieben wollte.«

Mutter und Sohn starrten das Dokument an.

»Das ist er nicht«, flüsterte Lewon Hakobyan und schüttelte heftig den Kopf. Und dann stand er auf, seine Lippen zitterten und er schrie: »Das ist er nicht! Das ist er doch nicht!«

Klag über Trennung nicht, mein Herz,
Es wechselt auf der Erde
Bald Gram, bald Lust, bald Ros', bald Dorn
Hinauf und jetzt hinunter.

Mohammed Schemsed-din Hafis (1320–1389),
Der Diwan

11

Daraschamb, Republik Iran

Es war einer der ersten heißen Tage, dieser Montag im Mai. Das Quecksilber stand auf über dreißig Grad und es hatte drei Wochen lang nicht geregnet. Bald würde alles verdorren, Gras, Gestrüpp, Disteln, und der Frühling würde eine ferne Erinnerung sein. Der Sommer brachte den Tod, nicht der Winter, wie an anderen Orten der Erde. Nur drüben, der Wald nach Süden hin, der einzige auf Hunderten von Kilometern, blieb immer grün, als würde das Kloster, das er beschützte, ihm die Kraft geben, Sonne und Trockenheit zu trotzen.

Alles war staubig hier, schon jetzt, und alles hatte die Farbe von grau bestäubtem Zimt. Grau die schmale Straße, die Hügel, die Berge, die Steine hinunter zum Flussufer sowieso, und drüben, jenseits der Grenze, sogar die Berge von Julfa schienen grau im Dunst der Hitze, obwohl sie eigentlich rot waren. Auch grau die Gewehre, wenn man sie nicht ständig putzte, und die Uniformen waren grau, als wären sie nicht frisch gewaschen.

Die Sonne saugte den letzten Tropfen Flüssigkeit aus dem Boden und aus dem Leib. Keine Menschen mehr jenseits des Kontrollpostens, nur ein paar Schäfer mit ihren Herden.

Sie standen im schmalen Schatten des vorstehenden Daches, sechs Soldaten. Zwei für den Checkpoint, die anderen vier liefen Patrouille am Grenzfluss Aras, eigentlich im letzten Zipfel der Islamischen Republik Iran. Nur noch die Schafhirten kamen hier durch, seit vor Jahrzehnten die Menschen, die dort gewohnt hatten, fortgegangen waren.

»He, Leute, wollen wir schwimmen gehen?«, rief der Neue. Er hieß Yilmaz und war erst seit zwei Wochen am Posten, ein kurzer, kräftiger Kerl. »Es ist so verdammt heiß.«

»Sollten wir«, sagte Adnan, den sie alle nur ›den Arier‹ nannten, wegen seiner stahlblauen Augen.

Eine verlockende Idee.

»Wäre nicht schlecht«, meinte Demir, ein hagerer Kerl, schmal wie die Flinte, die er an die Wand gelehnt hatte. »Dürfen wir aber nicht.«

»Tja, leider«, stimmte Gültekin zu. »Wenn wir hier zu sechst rumstehen, ist das schon gegen die Vorschrift.« Er wischte sich den Schweiß aus dem Gesicht. Sein Uniformhemd hing ihm aus der Hose.

»Yavaş hat recht«, sagte Hikmet. Alle nannten Gültekin nur ›Yavaş‹, weil er langsam und bedächtig war. Er machte seinem wirklichen Namen wenig Ehre, denn der stammte von dem Feldherrn Kül Tigin, der vor mehr als tausend Jahren in der Mongolei sein Unwesen getrieben hatte und ein Urvater des Türkentums war. Jedenfalls bildeten sich die Türken das ein.

»Feige Säcke«, widersprach der Neue und lachte. »Wenn keiner von uns was erzählt, bleibt es unter uns. He, was sagst du, Areg?«

Areg hatte geschwiegen, er wartete ab. »Wir können den Posten nicht verlassen«, antwortete er. »Wenn hier einer durchkommt und vorn Bescheid sagt, sind wir geliefert.«

»Scheinst Angst zu haben, wie?«, meinte der Neue.

»Ihr könnt ja runtergehen. Ich bleibe solange hier und halte die Stellung.«

»Und verpfeifst uns hinterher«, erwiderte Yilmaz. »Das könnte dir so passen.«

»Areg verpfeift keinen«, widersprach Hikmet.

Areg vermied es, dem Kameraden einen dankbaren Blick zuzuwerfen. Er würde eine Gelegenheit finden, sich zu revanchieren. Hikmets Eltern waren Teppichhändler in Täbris, an den freien Tagen fuhr Areg mit ihm heim.

»Also, kommt ihr?«, rief der Neue und rieb sich die Hände.

Er ist ziemlich klein, dachte Areg. Es geht ihm nicht um das Bad. Er will Macht über uns. Besonders über mich. Es sieht nur aus wie ein Spiel. Gleich am zweiten Tag hatte der Neue mit seiner Kraft angegeben und sich waagerecht an die Stange geklebt, die neben dem Schlagbaum im staubgelben Boden stand, mit steifen Armen und gerade wie ein Pfeil. Nach gefühlten zehn Sekunden hatte er sich wieder zu Boden gelassen und die Hände gerieben, wie gerade jetzt. Im Zweikampf war der Neue vermutlich der ganzen Mannschaft überlegen.

»Meinetwegen können wir baden«, sagte Areg.

Nicht, weil er mitwollte, sondern weil er wusste, dass die anderen mitgehen würden. Adnan wegen seiner stahlblauen Augen, um keine Sprüche zu hören, dass er sich auf seine Herkunft etwas einbilden würde. Demir und Hikmet, weil sie keine Feiglinge sein wollten. Und Gültekin, weil er Lust zum Baden hatte. Er selbst würde dann auch mitgehen müssen. Und wenn es auffliegen würde, dass sie ihren Posten verlassen hatten, würden die anderen eine Strafpredigt bekommen und er, Areg, zwei Monate Verbot, an dienstfreien Tagen zur Familie zu fahren. An dienstfreien Tagen konnte viel passieren, mehr als im Dienst.

Wenn die anderen ein Problem haben, habe ich zwei.

»Lasst uns zwei Stunden warten«, schlug Areg vor. »Wir gehen runter, wenn wir abgelöst worden sind. So kriegen wir garantiert keinen Anschiss.«

»Mensch, Melkonian, bist du schlau«, erwiderte der Neue. Er war der Einzige, der Areg mit seinem Nachnamen ansprach. Vielleicht nur, um zu betonen, dass Areg ein Armenier war.

»Er hat recht«, warf der Arier ein. »Zwei Stunden sind bald rum, das halten wir aus. Wenn einer von den Schäfern bei dem Posten vorn an der Karawanserei Bescheid gibt, dass er hier ohne Kontrolle durchfahren konnte, so dicht an der Grenze – Mann, denk mal nach. Mit Muckis allein kommst du nicht durch, ein bisschen Grips musst du schon haben!«

Der Neue warf Areg einen wütenden Blick zu. Habe ich ihm die Show vermasselt?, dachte der. Er wird es mir heimzahlen. Doch es war gut, dass der Arier das gesagt hatte.

Als die sechs Leute aus der Kompanie zur Ablösung gekommen waren und sie die Papiere ausgetauscht hatten, deponierten sie ihre Waffen im Pförtnerhäuschen und machten sich auf den Weg, einen steinigen Pfad, der zwischen Geröllbrocken hindurch hinunter zum Flussufer führte, das keine zweihundert Schritte entfernt lag. Areg warf verstohlene Blicke nach Osten. Dort wusste er, Steine zwischen Steinen und fast unsichtbar, die zerborstene Kuppel der kleinen Kirche, die, wie so viele, Marienkirche hieß. Man hatte entlang der Straße einen Zaun gezogen, mit Stacheldraht obendrauf, hinunter bis zum Fluss durften nur die Grenzsoldaten und niemand mehr zur Kirche.

Am liebsten hätte sich Areg bekreuzigt, um den Alten von Julfa, die sie vor vielen Jahrhunderten gebaut hatten, eine Reverenz zu erweisen. Er wäre gern einmal hingegangen, um dort allein zu sitzen, zu beten und der vergangenen Zeiten zu gedenken. Man redete davon, dass ihre Grundmauern aufgebrochen seien. Merkwürdigerweise waren alle Aseris davon überzeugt, dass in armenischen Kirchen Gold oder wenigstens Silber und andere Kostbarkeiten vergraben sein müssten. Denn auch in der Hirtenkapelle, die nach Osten hin lag, kurz vor der Karawanserei, auf einem Hügel unter dem Berg südlich der Straße, war in der hinteren rechten Ecke das Fundament aufgebrochen, das hatte er selbst gesehen.

Als sie sich dem Fluss näherten, tauchten am anderen Ufer, das zu Nachitschewan gehörte, zwei Soldaten in sandfarbenem Flecktarn auf. Der Neue rief der Patrouille ein Hallo hinüber und winkte und sie winkten zurück.

»Ich frag mich manchmal, weshalb wir hier Wache schieben«, meinte Hikmet. »Die da drüben sind die Gleichen wie wir.«

»Ach, Politik«, sagte der Arier nur und damit war das Thema beendet.

Sie waren am Ufer angelangt. Natürlich hatten sie keine Badehosen mit und als Areg sich noch fragte, ob sie nackt oder in Unterzeug baden würden, riss sich der Neue alle Kleidung vom Leib.

Er will sich zeigen.

Die anderen schnürten an ihren Stiefeln herum, Areg aber warf Stiefel, Hose und Hemd fort und beeilte sich, nur in Unterhose als Erster ins Wasser zu kommen. Der Neue war stehen geblieben. Seine Muskeln glänzten. Er war nackt. Sein Glied pendelte zwischen den Schenkeln, eine bleiche Schnecke.

Und dann waren sie alle im Wasser, das auf dieser Seite des Flusses klar und auf der anderen schlammrötlich floss. Der Aras war zweifarbig geteilt, denn drüben gab es einen Zufluss, der den rötlichen Gesteinsstaub aus den Bergen Nachitschewans transportierte. Das klare Wasser kam aus der Türkei und es war am heiligen Ararat vorbeigeflossen. *Da gedachte Gott an Noah und an alles wilde Getier und an alles Vieh, das mit ihm in der Arche war, und ließ Wind auf Erden kommen und die Wasser fielen. Und die Brunnen der Tiefe wurden verstopft samt den Fenstern des Himmels, und dem Regen vom Himmel wurde gewehrt. Da verliefen sich die Wasser von der Erde und nahmen ab nach hundertfünfzig Tagen. Am siebzehnten Tag des siebenten Monats ließ sich die Arche nieder auf das Gebirge Ararat.* Ein wenig vom Staub des Bergs würde bis hierher fließen und weiter nach Osten ins Kaspische Meer.

»Herrlich«, schnaubte Demir und warf seinen Körper wie einen Speer ins Wasser.

»He«, rief der Neue. »Seht ihr? Die Kollegen von drüben!«

Drei Soldaten hatten sich am jenseitigen Flussufer ihrer Uniformen entledigt und kletterten die steile Böschung hinab.

»Sie kommen!«

Wie tief der Fluss war, wusste Areg nicht. Es gab kraut-
bewachsene Inseln und flache Stellen, aber auch grundloses
Wasser mit schneller Strömung, tief genug zum Ertrinken.
Denn als der Schah Abbas im Winter 1603 die Armenier von
ganz Nachitschewan, mehr als vierhunderttausend, binnen
drei Tagen in verschiedene Regionen des Iran, die Armenier
von Julfa dagegen, fünfzigtausend an der Zahl, nach Isfahan in
den Süden deportieren ließ, waren Tausende von ihnen genau
hier im eisigen Wasser des Aras ertrunken. Die Toten retteten
den Nachkommenden das Leben, weil diese über deren Leiber
wateten. Alle Dörfer, Städte und Felder Nachitschewans waren verbrannt, das Vieh abgeschlachtet. Wer zu schwach zum
Gehen war, wurde erschlagen, erfror oder verhungerte. Nur
die Hälfte überlebte.

Das war nur vierhundert Jahre her, nicht lange genug, als dass
man nicht immerzu daran denken musste, wenn man hier war.
Der Schah kannte keine Barmherzigkeit, einen seiner Söhne
hatte er töten, die übrigen blenden lassen, aus Angst, sie trach-
teten nach seinem Thron, und er hatte die Sufis verfolgt, die
tanzten und ohne Hilfe der Mullahs mit Gott sprachen. Die
Chatschkare von Julfa, die Grabsteine des Friedhofs der verlas-
senen Stadt, sie waren das letzte Zeugnis, dass hier armenisches
Leben gewesen war. Fünfhundert waren übrig, zehntausend
waren es einst gewesen.

Nachts schossen die Aseris von drüben auf die Hirtenkapelle, man konnte die Löcher von den Kugeln in den Steinen
sehen. Vermutlich schossen sie auch auf die Marienkirche, aber
man durfte nicht dorthin, um nachzusehen. Auf der anderen
Seite des Flusses, in Nachitschewan, hatte es eine zweite Hirtenkapelle gegeben. Sie war längst abgerissen, ihre Steine zermalmt
und verstreut.

Die drei Soldaten kannten sich wohl gut aus mit dem Grenzfluss. Sie schwammen zuerst, doch dann standen sie, fast in der Mitte des Flusses, plötzlich auf dem Grund, das Wasser reichte ihnen nur bis zur Hüfte.

»Na, Leute, wie geht's euch da drüben?«, riefen sie.

»Alles prima, Scheißdienst.« Demir lachte. »Wir passen auf euch auf!« Er war der Längste und ragte weit aus dem Wasser.

Zwanzig Meter tiefes strömendes Wasser trennte die iranischen von den aserbaidschanischen Grenzsoldaten. Sie warfen sich gegenseitig Fragen und Sprüche zu, sie lachten und versuchten, sich mit Wasser zu bespritzen. Yavaş rieb sich den vorstehenden Bauch.

»He«, rief plötzlich einer der Aserbaidschaner. »Habt ihr Armenier bei euch?«

Areg zeigte ein lachendes Gesicht. Er hatte sich gedreht, um seine Tätowierung vor den Aseris von drüben zu verbergen.

Der Neue sah sich zu ihm um. Bevor er etwas sagen konnte, antwortete Yavaş mit ruhiger Stimme: »Nee, haben wir nicht.«

»Dann seid froh, das sind alles Verbrecher und Teufel, diese Armenier. Vor zwei Wochen haben sie wieder einen von uns umgebracht, drüben bei Karabach. Abgeknallt, einen Unschuldigen einfach so abgeknallt!«

»Schweinerei, sage ich«, gab der Neue zurück – und warf Areg einen kurzen Blick zu.

»Seid ihr sicher, dass keiner von euch Armenier ist? Zeigt mal eure Schwänze, dann wissen wir gleich Bescheid!«

Yavaş war ein paar Züge geschwommen und hatte sich neben den Neuen gestellt. »Bist du etwa schwul, Mann?«, rief er. »Pimmel glotzen? Meinen zeige ich dir jedenfalls nicht!« Während der Neue rot wurde, lachte Yavaş laut auf und spritzte mit Wasser. »Zum Glück haben wir keinen, aber wir sagen euch Bescheid, wenn es anders kommt.«

»Wenn ihr einen habt, müsst ihr ihn umbringen«, rief der vorderste der Aserbaidschaner. »Diese Teufel haben es nicht verdient zu leben. Macht es wie Safarow, dann kriegt ihr einen Orden!«

»Einfach so umbringen?«, fragte Hikmet. »Spinnt ihr? Das geht bei uns nicht.«

»Na klar geht das. Ihr seid irgendwann allein mit so einem Kerl, zu zweit oder zu dritt, und dann macht ihr ihn kalt.«

»Haben wir auch gemacht«, warf der Zweite eifrig dazwischen und zuckte mit dem nassen Kopf in Richtung Nachitschewan. »Damals. Sie sind mit ihm rauf auf den Berg da drüben. Und an einer passenden Stelle haben sie ihn runtergeschmissen. Unfall.« Er grinste und sah den Dritten erwartungsvoll an.

»Warst du doch gar nicht dabei«, sagte der und spreizte sich stolz, ein Älterer, mit ersten grauen Haaren, der wohl das Sagen hatte. »Wir hätten es melden sollen. Und sagen sollen, dass er uns bedroht hat oder irgendwas. Oder wir hätten gesagt, dass er ein Armenier war. Dann hätten wir einen Orden gekriegt, wie der Safarow. Der hat dem armenischen Schwein den Kopf abgehackt, einfach so, mit einer Axt, mitten in der Nacht.«

Alle kannten die Geschichte. Das Fernsehen aus dem Nachbarland konnte man bis Täbris und weiter empfangen und noch lange war die Heldentat des Majors Safarow in Budapest Gesprächsthema unter den Aseris im Iran gewesen. Auch unter den Armeniern. Die Aseris lachten, die Armenier aber sorgten sich. Safarow, der in Budapest einen Armenier geköpft hatte, einen Soldaten, mit dem er in der Kaserne zusammen Englisch gelernt hatte.

»Wie hieß der Scheißkerl noch gleich, den ihr vom Berg geschmissen habt?«, fragte der Zweite.

»Weiß ich doch nicht«, antwortete der Grauhaarige. »Ist schon so lange her. Über zehn Jahre. Wir haben jetzt keine Armenier mehr. Alle weg, Allah sei Dank. Und ihre Scheißnamen kann ich mir sowieso nicht merken!«

»Hakobyan«, sagte der Erste. »So hieß er, hast du gesagt. Artem Hakobyan.«

»Pfui«, sagte der Dritte und spuckte aus. »Dann hieß er eben so. Ist doch egal. Ich merk mir nicht die Namen von toten Armeniern. Nur die von den lebendigen. He«, rief er plötzlich. »Seid ihr morgen auch hier?«

»Nee«, rief der Neue zurück. »Ablösung. Warum?«

»Weil hier morgen Aktion ist! Ich bin dabei!«

»Welche Aktion?«

»Quatsch nicht rum«, warnte der Graue. »Dürfen wir nicht verraten.« Er machte einen weiten Schwung mit dem Arm. »Ich sag nur eins: Seht euch gut die Gegend an. Ihr werdet sie nicht wiedererkennen!«

Die iranischen Soldaten sahen sich an. Sie verstanden nicht. Nur Areg. Ich muss Bescheid geben, dachte er. Wie mache ich das bloß?

12

Martens verließ die S-Bahn-Station Landungsbrücken und machte sich auf den Weg zum Treffpunkt oben an der Bernhard-Nocht-Straße. Er hatte das Café am Ufer vorgeschlagen, weil es in der Nähe des Tagungshotels lag, in dem er im letzten Sommer seinen Fachanwaltskursus für Verkehrsrecht absolviert hatte. Man hatte von dort einen guten Ausblick.

Schwestern wussten manchmal mehr, besonders große Schwestern. Martens hatte die Gelegenheit beim Schopf gepackt, als er vorgestern mit den Hakobyans gesprochen hatte.

»Ihre Schwester«, hatte er die Leute zuletzt gefragt. »Ihre Tochter, ich habe gehört, dass die in Kalifornien lebt. Ist sie noch in Deutschland?«

Ja, war sie, aber nur noch wenige Tage. Er hatte sich ihre Handynummer geben lassen und sich gleich für den übernächsten Tag mit ihr verabredet. Sie habe in Hamburg etwas zu erledigen, hatte sie gesagt. Den Terminkalender hatte Angela freigeräumt.

Es waren nur einige Hundert Meter zu Fuß, bis oberhalb der St.-Pauli-Hafenstraße, vorbei an den Obdachlosen, die auf den Bänken saßen und ihr Nachmittagsbier tranken, das Hab und Gut in Plastiktüten und Tragetaschen neben sich. Die Sache mit Safarow ging Martens nicht aus dem Kopf. Nach dem Gespräch mit den Hakobyans hatte er die Sache nachgelesen. Das war, als würde man eine Tür aufstoßen und in einer anderen Welt stehen. Im Kaukasus nämlich.

Alles, was die Hakobyans erzählt hatten, war offenbar die Wahrheit gewesen. Zwei Armenier hatte Safarow in Budapest getroffen, im Rahmen eines NATO-Programms mit dem Namen *Partnerschaft für den Frieden*. Einen der beiden, Gurgen Margaryan, hatte er mit einer Axt getötet. Er hatte sie in Budapest gekauft und während eines Ausflugs der Kameraden geschärft, nachdem er penibel seine englischen Hausaufgaben verfertigt hatte. Er hatte ihn fast geköpft. Der Zimmerkollege des Armeniers war, wenn auch zu spät, aufgewacht und dazwischengegangen, hatte um Hilfe gerufen und mit weiteren Kameraden verhindert, dass Safarow noch den zweiten Armenier tötete.

Martens hatte Bilder von dem Mörder betrachtet und sich gefragt, ob ein Fanatiker so aussah. Er hatte schwarze Brauen wie zwei Balken auf der Stirn und ein Kinn, das fast ein Drittel seines flächigen Gesichts einnahm und auf einen starken Willen hindeutete, vielleicht aber nur auf Sturheit, Uneinsichtigkeit oder Ichsucht – hinterher konnte man allerhand in solch ein Gesicht hineindeuten, worauf man vorher, also bevor Safarow den Armenier Gurgen Margaryan umgebracht hatte, nicht gekommen wäre. Wenn Safarow lächelte, blieben seine dunklen Augen ernst. Warum hatte er den armenischen Kameraden ermordet? Später, aus seiner Haft in Ungarn nach sieben oder acht Jahren freigekauft und zurück in Aserbaidschan, nachdem ihm der höchste Staatsorden verliehen worden war, nachdem er der Held aller Aseris in Aserbaidschan und im Iran geworden war, nachdem der Präsident ihm ein Haus geschenkt und ihm den Wehrsold für die im ungarischen Gefängnis verbrachten Jahre ausgezahlt hatte und nachdem seine Hochzeit live im Staatsfernsehen übertragen worden war, als sich Tulpensträuße von Mikrofonen auf sein breites Kinn richteten, da sagte er, ein Aseri könne niemals in Ruhe leben, solange es Armenier auf der Welt gebe.

Zuvor, im Prozess, nach der Tat, behaupteten Safarows Verteidiger, er sei traumatisiert gewesen, er habe am Krieg um Berg-Karabach teilgenommen, einige seiner Kameraden seien von Armeniern getötet worden, womöglich sei er in armenischer Gefangenschaft gewesen, habe dort Schreckliches erlebt. Posttraumatisches Belastungssyndrom, das hörte sich gut an.

Das alles aber stimmte nicht, denn in Wahrheit hatte er in der fraglichen Zeit, als der Krieg um Berg-Karabach tobte, Anfang 1992 bis Mai 1994, in der Türkei und in Baku studiert und ein privilegiertes Leben in Freiheit geführt. Zwar war das Städtchen Cabrayıl, wo er geboren war, im Zuge des Kriegs von Armeniern besetzt worden, doch das war lange nachdem Safarow von dort fortgegangen war. Schon gar nicht hatte Safarow eine persönliche Verbindung zu dem Ereignis, das als das ›Massaker von Chodschali‹ bekannt und im Strafprozess in Ungarn von der Verteidigung instrumentalisiert worden war. Safarow war also ein durch und durch normal aufgewachsener aserbaidschanischer Staatsbürger in Uniform.

Dieser Krieg, in Europa schon vergessen, war in Gestalt der Hakobyans auf Martens' Schreibtisch gelandet. Alles hängt mit allem zusammen, hätte der Alte gesagt, und bevor man es begreifen kann, muss man eben alles wissen. Je mehr man weiß, dachte Martens, desto besser kann man entscheiden.

Jedenfalls war dieser Krieg längst nicht zu Ende. Er wirkte im Geflecht der Schicksale fort, noch viele Jahre.

Die Region Berg-Karabach war zu Sowjetzeiten ein autonomes armenisches Gebiet gewesen, das sich 1991, nach dem Verschwinden des Kommunismus und der plötzlichen Selbstständigkeit der Kaukasusstaaten, mitten in Aserbaidschan wiederfand, abgeschnitten vom Staat Armenien, wenn auch nicht weit davon entfernt, und zu neunzig Prozent von Armeniern bewohnt. Die beiden Völker bekamen Angst voreinander, hauptsächlich natürlich die Minderheit vor der Mehrheit, nämlich die eingekesselten Armenier vor den Aseris, zumal viele der Armenier Vorfahren hatten, die dem Völkermord in der Türkei entkommen und hierhergeflohen waren. Misstrauen ist sehr mächtig. Es ist ein Gefühl, das schnell Bestätigung findet. Einige Jahre zuvor hatte es Massaker an Armeniern in Baku und Sumgait am Kaspischen Meer gegeben.

Davon hatten die Hakobyans berichtet, alles stimmte. Die Armenier von Berg-Karabach beschlossen, dieses Mal nicht auf Mordbanden oder den Deportationsbefehl zu warten. Sie wollten sich weder vertreiben noch verbrennen oder häuten lassen. Nie wieder schwach sein wollten sie, sich nie wieder als Lamm auf die Opferbank führen lassen, das war die Devise. Die Armenier von Berg-Karabach griffen zur Waffe. Und die von Nachitschewan, die wenigen, die übrig geblieben waren, mussten sich verstecken.

Chodschali war eine Kleinstadt in Berg-Karabach, knapp siebentausend Einwohner, die wiederum hauptsächlich von Aseris bewohnt war, eine Exklave in der Exklave sozusagen. Am 25. und 26. Februar 1992 wurde Chodschali von armenischen Freischärlern erobert. Am Ende waren viele Zivilisten tot, unter ihnen Frauen, Kinder und Alte. Die Schuld an dem Massentod schoben sich die beiden Völkerschaften gegenseitig zu. Die Armenier behaupteten, es seien nur ungefähr hundert Menschen getötet worden, und zwar durch aserische Hand, während die Aseris behaupteten, die Armenier hätten sechshundertdreizehn Zivilisten umgebracht. Aufgeklärt wurde das Massaker, denn das war es offenbar, nie. Für die aserische Seite waren die Toten gar Opfer eines Völkermords. Vielleicht, um die gleiche Höhe beim Opferstatus zu erreichen? Bei wie vielen Toten fing ein Völkermord an?

Am Ende des Kriegs, der nur ein kalter Waffenstillstand war, hatten die Armenier gewonnen, nicht zuletzt mithilfe der Russen und ihrer Panzer, und hielten dreizehn Prozent des aserbaidschanischen Staatsgebiets besetzt, das armenische Westjordanland. Es kam zu einem Bevölkerungsaustausch gigantischen Ausmaßes: Mehr als eine Million Menschen musste das Land wechseln, Armenier nach Armenien, Aseris nach Aserbaidschan. Es entstanden die ethnisch reinsten Länder, die der Kaukasus je gesehen hatte, eine Weltgegend, die nur so

132

wimmelte von Ethnien und Sprachen. Der Nationalismus fraß sie alle auf.

Martens fragte sich, ob er zu misstrauisch war. Vielleicht war dieses Treffen mit Sona Hakobyan gar nicht notwendig. Aserbaidschan war ein weiterer unzivilisierter Staat, in dem alles geschehen konnte, sogar das Undenkbare, dass man einem Mörder Orden verlieh und ihn bejubelte. In dem Lüge und Schizophrenie Staatsräson waren. Das stand fest. Die Geschichte der Hakobyans fügte sich nahtlos ein. Aber dennoch, Martens brauchte Gewissheit, eine letzte Bestätigung, nachdem er das Asylurteil des Oberverwaltungsgerichts Lüneburg gelesen hatte.

Da die Kläger keinerlei Personalpapiere vorgelegt haben und ihre Identität auch sonst nicht überprüft worden ist, ist der Senat nicht davon überzeugt, dass die Kläger tatsächlich in Aserbaidschan aufgewachsen sind. Die Angaben der Kläger beim Bundesamt, beim Verwaltungsgericht und in der mündlichen Verhandlung vor dem Senat sind nicht geeignet, dem Senat die Überzeugung der Herkunft aus Nachitschewan zu vermitteln. Die Kläger haben ihre Behauptung, sie hätten trotz Antrags keine aserbaidschanischen Personalpapiere erhalten, nicht in einer durchgreifende Zweifel ausräumenden Deutlichkeit vorgetragen, insbesondere nicht, wann sie Anträge gestellt haben wollen.

Martens war Wahrheitsfanatiker und traute seinem Bauch nicht.

Niemand konnte Jezekiel Hakobyan wieder lebendig machen. Sein Verfahren war beendet, durch Tod abgeschlossen. Tote hatten keine Rechtsmittel. Irgendwelche Anträge konnte man sich sparen, es sei denn, sie betrafen seine Witwe Antaram. Es musste verhindert werden, dass auch sie nach Armenien

abgeschoben wurde. Martens befürchtete, dass die Ausländerbehörde genau das versuchen würde, auf Biegen und Brechen,
schon allein, um nach dem Selbstmord des Ehemanns recht zu
haben. Nur der Sohn war in Sicherheit, ihm hatte man seines
Kindes wegen den Aufenthalt erlaubt.

Schlüter hatte Martens gewarnt. Die Chancen in Asylsachen
vor dem Oberverwaltungsgericht in Lüneburg könne man exakt berechnen, seines Wissens so exakt wie bei keinem anderen
deutschen Gericht: null Komma null. Dort galt der Grundsatz,
den der Vorsitzende Richter der Asylkammer einst im Privat-
gespräch verkündet hatte.

»Solange ich Vorsitzender bin, gibt es bei uns kein Asyl.«

So jedenfalls wurde es in Hemmstedter Justizkreisen kol-
portiert. Es schien zu stimmen, denn die Hemmstedter Ver-
waltungsrichter wiesen in vorauseilendem Gehorsam fast alle
Asylklagen ab. Nichts fürchtete ein Richter mehr, als ›aufgehoben‹ zu werden, Unabhängigkeit hin oder her. Das schadete
der Reputation und dem Fortkommen. Ein zartes System der
Unterwerfung, dem sich besonders die gern fügten, deren Mut
mangels Betätigung an Muskelschwund litt. So hatte der Alte
das formuliert.

»Courage muss man lernen«, hatte er gesagt, »und Beamte
lernen das nicht. Jeder Obdachlose hat mehr Courage als ein
durchschnittlicher Beamter!«

Entsprechend war es den Hakobyans ergangen. Sie wurden
vom Gericht in gedrechselter Juristensprache auf die »inlän-
dische Fluchtalternative« Berg-Karabach verwiesen, ein Gebiet, das zwar staatsrechtlich zu Aserbaidschan gehörte, jedoch
von Armeniern kontrolliert wurde. Dorthin, so das Gericht,
hätten die Hakobyans fliehen können. Oder sie hätten von
Deutschland aus ein Einreisevisum oder einen Pass der Republik Berg-Karabach beantragen können. Den Klägern sei
die Reise dorthin zumutbar gewesen, stand in dem Urteil. In

Berg-Karabach seien sie vor Verfolgung sicher. Es habe zwar jüngst Kampfhandlungen an der Grenze mit mehreren Toten auf beiden Seiten gegeben, diese ließen aber die Zumutbarkeit nicht entfallen. Die bloße abstrakte Möglichkeit, der Konflikt könnte in absehbarer Zeit in einer Weise eskalieren, dass auch die Sicherheit und das Lebensniveau im Inneren Berg-Karabachs bedroht seien, genüge nicht, um die »Zumutbarkeit der Fluchtalternative auszuschließen«.

Wo war »das Innere eines Landes«, das man mit ein paar Flintenschüssen durchqueren konnte? Die Fläche von Berg-Karabach entsprach ungefähr einem Zehntel von Niedersachsen. Es war nicht einmal halb so groß wie das Weser-Elbe-Dreieck. Dieser verfluchte Teil Aserbaidschans war ganze viertausendvierhundert Quadratkilometer klein. Konnten die Behörden auf diesem Flecken Erde, der von keinem Land der Welt als Staat anerkannt wurde, überhaupt Pässe ausstellen?

Die Hakobyans hatten Berufung eingelegt, erfolglos. In dem Lüneburger Urteil stand:

> *Die Behauptung der Kläger, ihr Sohn Artem sei bei seinem Militärdienst ermordet worden, ist letztlich eine reine Vermutung und genügt den Anforderungen an substantiierten Vortrag nicht. Der Tod kann sowohl durch einen Unfall als auch durch eine rein persönliche Auseinandersetzung verursacht worden sein. Selbst wenn die Behauptung den Tatsachen entspräche, wäre damit eine zielgerichtete Gruppenverfolgung im Sinne des Asylrechts keineswegs belegt.*

Da fiel es später nicht weiter auf, dass plötzlich ein armenischer Pass zur Hand war. Das Ziel der Rechtsprechung war, das Asylrecht abzuschaffen, und das Oberverwaltungsgericht Lüneburg war auf dem Weg dahin am weitesten gekommen.

Juristen zerlegten das Leben in so viele Einzelteile, bis sie den Zusammenhang nicht mehr begriffen.

Es lag ein Geruch von Dieselabgasen in der zitternden Luft. Wahrscheinlich galten die Bestimmungen für reine Luft in Häfen nicht. Oder man kümmerte sich einfach nicht darum, weil es zu kompliziert war, alle Gesetze auf einmal zu befolgen.

Martens ließ das Tagungshotel rechts liegen, überquerte die Straße und trat ins Café. Er sah gleich die Frau mit dunklem Teint am Fenster sitzen. Sona Hakobyan trug einen schweren schwarzen Zopf vor der linken Brust und hatte Papiere auf dem Tisch liegen, die sie jetzt auf einen Stapel legte und zur Seite schob. Sie stand auf.

Sie sprachen Englisch.

Martens stellte sich vor, während er sich fragte, ob alle armenischen Frauen so schön waren.

»Ich dachte, Sie wären der Rechtsanwalt.«

»Bin ich.«

»Aber …« Sie schaute ihn verwirrt an.

Martens zog Personal- und Anwaltsausweis aus der Tasche und legte beides auf den Tisch, wie beim Kartenspielen, wenn man ein Ass hat. Für solche Fälle führte er die Dokumente stets bei sich. Er fühlte sich allerdings nicht wie ein Gewinner.

»Ich bin fünfunddreißig Jahre alt. Volljurist. Rechtsanwalt. Okay?«

Die Frau war rot geworden und stotterte eine Entschuldigung, die Martens mit einer Handbewegung unter den Tisch entsorgte. Er hatte alle Varianten derartiger Gespräche durch. Er hatte keine Lust mehr auf Erklärungen oder halb gare Witze auf eigene Kosten. Deshalb wartete er schweigend ab und betrachtete das Dock 10 drüben im Hafen, bis sich Sona Hakobyan von dem Schock erholt hatte.

»Sie wollen meiner Mutter helfen, in Deutschland zu bleiben?«, fragte sie. Das amerikanische Englisch hörte sich noch merkwürdiger an als das englische. Als würden die Leute mit vollem Mund reden.

Martens nickte. Er hatte seine Englischkenntnisse in Dublin vertieft, im Referendariat, endlich konnte er das juristische Vokabular einsetzen. Er verzichtete nur auf den irischen Akzent.

»Und was brauchen Sie dafür?«

»Ihren Bericht zunächst, bitte.«

Martens bestellte Cappuccino und ein kleines Frühstück und nachdem beides gebracht worden war, fragte er die Frau nach ihrer Kindheit aus. Während sich Martens ein Brötchen schmierte, erzählte auch sie von dem Dorf Gyal und von der aserischen Nachbarschaft, von der man ziemlich isoliert gelebt habe. Sie geriet ins Schwärmen, als sie vom Ilandağ erzählte, wo sie als Kinder Schlangen gefangen hatten, die grüne Kaukasusotter, gemeinsam mit ihrem verschwundenen Bruder Artem. An einen Stock gebunden hätten sie sie nach Hause gebracht, zum Leidwesen der Mutter, denn die Schlange sei immerhin »ein bisschen« giftig. Sie lachte sogar ein wenig, bis sie Tränen in den Augen hatte und weinte.

Wie sie nach Kalifornien gelangt sei?, fragte Martens.

Zufall. Natürlich hatte ein Zufall über ihr Leben entschieden. So ist es ja immer. Es sei einfacher gewesen, einen Besuch bei den Armeniern von Täbris zu machen und dort das Fest der Wiederauferstehung zu feiern als in Armenien, da die Grenzen zu diesem armseligen Land dicht waren und man weder mit dem Auto noch mit Zug oder Flugzeug von Nachitschewan aus dorthin gelangen konnte. So hatte sie an einem Osterfest ihren Mann in Täbris kennengelernt, den Sohn eines Silberschmieds, der keine Lust hatte, bis zum Lebensende im Keller des Ladens silberne Koranhalter, aber keine Kreuze zu fertigen, nur um zu beweisen, dass er sich nicht in politische Angelegenheiten einzumischen gedachte. Ihre Blicke hatten sich gekreuzt im Eingang zur Kirche, als sie beide die friedlich brütende Taube betrachtet hatten, die dort, ausgerechnet auf dem Kronleuchter, unter dem alles Volk hindurchging, ihr Nest gebaut hatte. Mit diesem entschlossenen Mann war sie bald nach Kalifornien ausgewandert, mithilfe anderer Armenier und entfernt Verwandter, denn in Los Angeles lebten viele Armenier. Die ersten waren Ende des 19. Jahrhunderts aus der Türkei gekommen, auf der Flucht vor den Massakern des Sultans Abdul Hamid, weitere nach 1909 nach dem Massaker von Adana, die meisten aber nach 1915, Überlebende des *aghet*, und neuerdings Armenier aus Armenien, die die Nase von Korruption und Stillstand voll hatten. Aus Kalifornien kam dann das Geld, das in Armenien selbst zum Überleben benötigt wurde, und besonders das, das nach Arzach ging, in die Republik Berg-Karabach, zum Wiederaufbau nach der *Befreiung*.

»Und Ihre Schwester?« Martens mochte keine Abschweifungen.

»Lebt in Toronto, Kanada. Sie ist übrigens zurückgeflogen. Sie hat auch geheiratet. Einen Mann, der das Pogrom von Sumgait überlebt hat, einen Witwer, dessen Frau ermordet wurde. Man zog sie aus, zwang sie zum Tanzen auf der Straße, das heulende Pack drum herum, dann stach man ihr Messer in die Brüste und vergewaltigte sie. Ihr Vater hat sie an einer Narbe am kleinen Finger identifiziert. Er hat viele Leichenstapel durchsuchen müssen. Ihr Gesicht war unkenntlich. Ihr Mann hat knapp überlebt und ist sofort nach Armenien geflüchtet und von dort nach Kanada. In Toronto gibt es eine Menge Armenier.«

Martens starrte sein halb gegessenes Brötchen an. »Sumgait«, sagte er schließlich. »Ich habe darüber gelesen …«

»Tut mir leid. Viele von uns haben solche Familiengeschichten.«

Martens' Zweifel an der Glaubwürdigkeit der Familie Hakobyan schwanden in dem Maß, in dem seine Zweifel am deutschen Rechtsstaat wuchsen und der Berg von Tatsachen, die er nicht verstand.

»Ich weiß«, sagte er. »Wussten Sie, dass der Tod Ihres Vaters durch Urkundenfälschung verursacht worden ist?«

»Also doch!«, rief sie. »Meine Mutter gestern und mein Bruder – sie haben gesagt, das Bild auf dem Ausweis …« Sona Hakobyan stemmte die Ellenbogen auf den Tisch.

»Der war gefälscht. Der Pass, mit dem Ihr Vater abgeschoben werden sollte.«

»Aber wie kann das sein? Wer hat …?« Sie richtete sich auf.

»Die Fälscherwerkstatt befand sich in Jerewan. Der Auftrag wurde vom Ausländeramt in Lüneburg erteilt.«

Martens berichtete. Das Bild hatte sich abgerundet, nachdem er die Akten gelesen hatte. Seit gestern hatte er an nichts anderes denken können. Als die Hakobyans den falschen Pass gesehen hatten, war ihnen etwas eingefallen.

»Ach ja«, hatte der Sohn gesagt. »Es gab da etwas Merkwürdiges. Das konnten wir nicht einordnen.«

Einige Monate vor dem Tod seines Vaters sei der in die Zentrale Ausländerbehörde von Hamburg einbestellt worden. Gehorsam war er hingefahren, denn gehorsam sei er stets gewesen, sein Vater. Er habe geglaubt, man müsse immer höflich sein, die Gesetze und Anordnungen befolgen, fleißig Deutsch lernen und sich integrieren. Dann werde es schon klappen, schließlich sei Deutschland ein christliches Land, wie Armenien. Lewon habe ihn also in die Hammer Straße in Hamburg gebracht. Dort sei er, so habe der Vater hinterher erzählt, in ein kahles Zimmer geführt worden, darin hätten nur zwei Tische und drei oder vier Stühle gestanden. Zwei Männer mit quadratischen Köpfen seien erschienen und hätten den Vater auf Armenisch angesprochen. Der habe auf Armenisch geantwortet, wie es sich gehöre, einen Guten Tag gewünscht. Man habe einige belanglose Höflichkeiten ausgetauscht und nach wenigen Minuten habe man Hakobyan erklärt, die Angelegenheit sei erledigt, er könne wieder nach Hause fahren. Nach Hause!

»Ihr Bruder hat Ihren Vater gefragt, was das für eine Veranstaltung war. Er wusste es nicht.«

Was hatte ein abgelehnter armenischer Asylbewerber, für den der Landkreis Lüneburg zuständig war, in einer Hamburger Behörde verloren?

Das Ausländeramt hatte in Baku um ein neues Personalpapier für Jezekiel Hakobyan ersucht und die Antwort erhalten, einen Mann dieses Namens gebe es dort nicht, insbesondere nicht in Nachitschewan und schon gar nicht in Gyal. Niemand war auf die Idee gekommen, dass die Aserbaidschaner ihre armenischstämmigen Staatsbürger loswerden wollten und die Auskunft deshalb schlicht falsch war. Was objektiv betrachtet jedenfalls zu erwarten war. Man hatte es vorgezogen, in den Räumen der Hamburger Behörde eine ›Botschaftsanhörung‹ durchzuführen, so nannte man dieses ominöse Gespräch mit den zwei Quadratköpfen. Nachdem diese erklärt hatten, der Mann sei Armenier, ganz zweifelsfrei, denn er spreche schließlich fehlerfreies Armenisch, hatte man die gleiche Anfrage an Jerewan gerichtet: ob man Personalpapiere schicken könne?

Wochen später war von der armenischen Botschaft in Berlin ein Schreiben vom Einwohneramt in Jerewan bei der Ausländerbehörde in Lüneburg eingetroffen. Jawohl, der Mann sei Armenier, stand darin, das habe die Anhörung zweifelsfrei ergeben, anbei Pass. Man bitte um Überweisung des vereinbarten Betrags von zweitausendfünfhundert Euro. Jetzt also konnte man den Mann abschieben. Praktischerweise nach Armenien, mit dem es im Gegensatz zu Aserbaidschan ein Rücknahmeabkommen gab. Es fehlte nur der Haftbefehl. Den hatte ein Richter ausgestellt, obwohl keine Fluchtgefahr bestand, denn Hakobyan war stets allen behördlichen Anordnungen brav gefolgt.

Wer die Herren in der Hammer Straße gewesen waren, stand nicht in der Akte. Ob sie zum Botschaftspersonal gehörten, ob sie vom armenischen Staat beauftragt worden waren, ob und gegebenenfalls in welcher amtlichen Funktion sie gehandelt hatten – nichts. Die Quadratköpfe blieben anonym. Sie wurden gut bezahlt. Zweitausendfünfhundert Euro waren in Armenien ein Vermögen. Dafür lohnte es sich, einen Ausländer zum eigenen Staatsbürger zu machen. Er würde eingereist werden und musste sich von da an um sich selbst kümmern. Es sei denn, er hängte sich rechtzeitig auf. Am Elektrokabel seines Wasserkochers.

Sona Hakobyan hatte schweigend zugehört, die Faust unter dem Kinn, und jetzt liefen ihr die Tränen über die Wangen. Sie biss die Zähne zusammen und schüttelte heftig den Kopf.

Martens erklärte, dass der Asylantrag der Mutter rechtskräftig abgewiesen sei. Er habe nur die Möglichkeit, einen zweiten Antrag zu stellen, ›Folgeantrag‹ genannt, und diesen mit neuen Tatsachen zu begründen. Vielleicht könne man humanitäre Gründe anbringen, der Suizid des Ehemanns, die Trennung vom Sohn und seiner Familie. Vor allem jedoch: der gefälschte Ausweis.

»Jerewan«, stöhnte Sona Hakobyan. »Da ist alles möglich. Es läuft wie in Russland. Bestechung, Beziehungen, Partei. Das weiß ich. Aber in Deutschland? Ich habe es nicht für möglich gehalten, dass so etwas in Deutschland passiert. Ich dachte immer …«

»In Deutschland sind schon ganz andere Sachen passiert«, sagte Martens und fegte seine Rechtgläubigkeit vom Tisch. »Von Weitem zu erkennen, dass es nicht das Bild Ihres Vaters war. Das war kein Versehen. Das war Vorsatz. Nur das Geburtsdatum, das stimmte.« Er zog seine Tasche unter dem Tisch hervor. Er hatte die Papiere mitgebracht, da er sie erst Donnerstag wieder zurücksenden musste. »Hier«, sagte er und schlug die Akte dort auf, wo der Pass in einer Klarsichtfolie eingeheftet war. Er nahm ihn heraus.

»Das ist er nicht!«, rief Sona Hakobyan, fast so laut wie ihr Bruder vorgestern. »Das hätte jeder merken müssen, der mit meinem Vater zu tun hatte! Jeder, der ihn gesehen hat! Jeder Richter. Jeder Verwaltungsbeamte! Und der Name! Er ist falsch! Hier steht: *Jesaji* und nicht Jezekiel.« Sie buchstabierte es. »Nur der Nachname stimmt und das Geburtsdatum.«

»Ihrem Vater kann ich nicht mehr helfen.«

»Aber meiner Mutter! Tun Sie alles, was möglich ist«, sagte die Frau. »Ich bitte Sie! Wenn Sie Honorar …«

Martens schnitt ihr den Satz ab. »Ich werde alles in meiner Macht Stehende tun, darauf können Sie sich verlassen.« Er schlug seinem Ei den Kopf ein.

»Danke«, sagte die Armenierin und legte eine Hand auf die von Martens. Diesmal wurde er rot. Man ist nichts gewohnt, dachte er. Eine warme Hand. Er war lange nicht berührt worden.

»Sie sind lieb«, ergänzte die Armenierin.

Martens überlegte kurz, ob er ihre Hand jetzt anfassen sollte, ließ jedoch seine wie tot unter ihrer liegen. Sie war ja verheiratet und außerdem: Kalifornien!

»Das sagt meine Freundin auch. Anahid, Sie wissen. Wir hatten uns lange nicht gesehen. Und dann solche Umstände. Schrecklich, was ihr passiert ist.« Sona Hakobyan legte die zweite Hand auf seine. »Bitte kümmern Sie sich um sie. Sie ist so allein.«

»Sie ist mit meinem Senior in den Iran gereist.« Martens klärte sie auf.

Sona Hakobyan fand an der Reise nichts Besonderes. »Wenn sie wieder zurück ist«, sagte sie. »Dann kümmern Sie sich, versprochen?«

»Versprochen.«

142

Sie nahm ihre Hände wieder weg. »Mein Vater. Er hat keinen Abschiedsbrief hinterlassen. Und ich frage mich, warum nicht. Ich werde das Gefühl nicht los, dass er sich hat aufopfern wollen. Für meine Mutter. Sie wenigstens sollte in Deutschland bleiben können, bei ihrem Sohn und ihrem Enkelkind. Er sah in seinem eigenen Leben keinen Sinn mehr. Und wenn er einen Brief hinterlassen hätte, hätte er den Behörden vielleicht ein Argument für die Abschiebung meiner Mutter gegeben. Oder er glaubte das.«

Ein Rätsel, das sie nicht würden lösen können.

»Ohne ein Wort ist er gegangen. Wie Artem. Für meine Mutter ist das furchtbar. Sie wird daran zugrunde gehen.«

Sie bestellten einen zweiten Cappuccino und sahen den Schiffen im Hafen zu.

Es war ein schöner Maitag. Martens fühlte sich plötzlich gut, trotz alledem.

»Unfassbar.« Sona Hakobyan schüttelte den Kopf. »Die Welt ist voller Unfassbarkeiten. Incomprehensibilities.«

»Wie meinen Sie das?«

»Ach«, sagte sie nur und warf einen Seitenblick auf die Papiere, die neben ihr auf dem Tisch lagen. »Ich frage mich, wie unfassbar lange es dauert, Gerechtigkeit zu schaffen, eine Chance dafür zu erhalten, wenigstens ein bisschen.«

Martens wartete.

»Ich bin auch Rechtsanwältin«, fuhr sie fort. »Wir sind Kollegen.«

»Weiß ich.«

»Ich arbeite für ein armenisches Anwaltsbüro in Los Angeles. Genauer gesagt, ich arbeite für Vartkes Yeghiayan. Ein toller Mann.«

Martens hatte den Namen nie zuvor gehört. »Na dann! Und womit beschäftigen Sie sich, wenn ich fragen darf?«

An Stelle einer Antwort schob sie ihm die Papiere über den

Tisch. Obenauf lag ein Blatt, eine Art Formular, auf dem Martens las:

AXA settlement claim fund. April 1st, 2007. Dear Claimant, please complete all the pages of this notice of claim form to the best of your ability ... Policy number you are claiming for ... Insured's name as it appears on the policy ... name of policy. Issuing number ... you find the searchable database of the AXA Insurance policyholders on our website at www.ArmenianInsuranceSettlementAXA.com.

»What is that?«

»We are preparing a class action lawsuit«, antwortete sie. Wir bereiten eine Sammelklage vor.

Insurance. »Was ist das für eine Versicherung?«, fragte Martens.

»Eine Lebensversicherung.«

Die Mailuft draußen zitterte und man hörte das Brummen eines Schleppers, der das Wasser zwischen Landungsbrücken und Fährkanal kreuzte. Die Sonne setzte den schwarzen Wellen ihre silbernen Pailletten auf. Unten hatte ein Katamaran festgemacht, mit grün-roter Farbe. Vielleicht würde er nach Helgoland fahren.

»Leben ...«, murmelte Martens. »Leben ...«

»Excuse me?«

»I am thinking aloud.« Martens zeigte auf den kleinen Stapel Papiere. »Sie müssen mir das erklären.«

»Ich bin Armenierin«, erwiderte Sona Hakobyan. »Und Amerikanerin. Aber zuerst bin ich Armenierin. Ich lebe in dem freiesten Land der Welt. In einem Land, das nicht nur mir, sondern auch vielen anderen Menschen ein neues Leben und Hoffnung auf Würde und Glück gegeben hat. Dazu gehört in erster Linie Gerechtigkeit. Ich fühle meine Verpflichtung, mit all meiner Kraft für gerechte Verhältnisse zu sorgen, als Armenierin und als Amerikanerin. Sie kennen die armenische Geschichte in der Türkei?« You know the Armenian history in Turkey?

Martens nickte. »A little. I know about the genocide.« Viel war es nicht. *Very* little.

Die Armenier in der Türkei seien reich gewesen, jedenfalls im Durchschnitt, fuhr die Frau fort. Sie seien gebildet gewesen, als Handwerker und Intellektuelle. Und wer reich sei, der denke über den Tag hinaus, der sorge für die Zukunft, für die Kinder. Der schließe Lebensversicherungen ab. Westliche Versicherungsunternehmen hätten damals Filialen in der Türkei gegründet, die *New York Life Insurance*, die *Equitable Life of New York* und eben auch der französische Versicherungskonzern *AXA*. Diese Versicherungen hätten viele Tausend Lebensversicherungen an die Armenier Anatoliens verkauft, jedoch hätten sie mit Beginn des Ersten Weltkriegs ihre Tätigkeit dort einstellen müssen. Doch schon im Sommer 1915, als die Massentötungen, Deportationen und Hungermärsche noch in vollem Gange gewesen seien, habe die osmanische Regierung erste offizielle Schritte unternommen, um an die Versicherungssummen zu kommen. Das Handels- und Wirtschaftsministerium habe auf Anweisung des Innenministeriums von der US-Regierung und den Versicherungsunternehmen die Namenslisten der armenischen Versicherten angefordert. Die entsprechenden Briefe lägen in amerikanischen Archiven.

»Hier«, sagte sie und zog ein Blatt Papier hervor. »Look at this!« Die Kopie eines Schreibens des osmanischen Handels- und Wirtschaftsministeriums.

Martens las das Datum: *10. März 1916*. Und den Adressaten: *La federale Insurance Company*. Eine Versicherung, die ihren Sitz in der Schweiz hatte. Unterzeichnet von einem Herrn Mustafa, Sekretär des Ministeriums. Er verlangte eine Liste der Versicherten und zählte die Gebiete auf, in denen Armenier gelebt hätten: Orte in Anatolien von West nach Ost, Nord und Süd, das ganze Gebiet, das die Armenier ›Westarmenien‹ nannten. Das Schriftstück stamme aus dem Nationalarchiv der USA, erklärte Sona Hakobyan. Bestand RG 84, Akte 850.6. Der interne Schriftverkehr der Schweizer Versicherung.

»Perhaps you know the Memoirs of the Ambassador Henry Morgenthau?«

Martens schüttelte den Kopf.

Morgenthau sei von 1913 bis 1916 Botschafter der Vereinigten Staaten in Istanbul gewesen, damals ja noch Konstantinopel und die Hauptstadt des Osmanischen Reichs. In seinen Memoiren stehe, dass der Innenminister der sogenannten jungtürkischen Regierung den Botschafter habe zu sich kommen lassen.

»Das war am 7. oder 8. Juni 1916. Wissen Sie, was der Minister den Botschafter gefragt hat?«

Martens schüttelte den Kopf.

»Ich kann es fast auswendig. Er hat gesagt: ›Ich wünsche, dass Sie mir von den amerikanischen Lebensversicherern eine Liste aller armenischen Versicherten zur Verfügung stellen. Name, Adresse, Summe. Alles, was man braucht, um die Ansprüche geltend zu machen. Die Armenier sind ja nun praktisch alle tot. Sie haben keine Erben, die das Geld einfordern könnten. Die sind auch alle tot. Natürlich ist der Staat jetzt der Begünstigte. Würden Sie das für mich tun?‹ Genau das hat er gesagt.«

»Und Morgenthau?«

»Er hat abgelehnt. Natürlich. ›Eine solche Liste werden Sie von mir nicht bekommen‹, hat er gesagt. Und das war es dann. Er hat geschrieben, an diesem Punkt sei die Diplomatie endgültig erledigt gewesen. Und jetzt, nach bald hundert Jahren, arbeiten wir immer noch an diesem Thema.«

Die Memoiren des Henry Morgenthau seien kurz nach 1916 als Buch erschienen und seitdem wisse die Welt, was mit den Armeniern in der heutigen Türkei geschehen sei. Sie empfehle dem Kollegen, das einmal zu lesen. Man könne sich das im Netz herunterladen. Martens nahm sich vor, dem Ratschlag zu folgen, und machte sich eine Notiz. Man konnte sich Dummheit nicht leisten, wenn man wie ein Fünftsemester aussah. Und außerdem hatte er dann etwas zu tun am nächsten Wochenende.

»Ist das nicht alles verjährt?«, fragte er. »Bei uns …«

»Wir haben ein Gesetz in Kalifornien, wonach Ansprüche, die aus einem Völkermord herrühren, unverjährbar sind.« Dieses wunderbare Gesetz sei geschaffen worden, um den Juden ihre Ansprüche aus dem Holocaust zu erhalten. »Und wir haben den Beschluss unseres Parlaments, dass es sich bei den Massakern an den Armeniern 1915 in der heutigen Türkei um einen Völkermord handelt. Und schließlich haben wir ein zweites Gesetz, das die Versicherer bei Ansprüchen aus Völkermord verpflichtet, ihre Listen an jeden Kläger herauszugeben, der das verlangt und eigene Ansprüche glaubhaft machen kann. Wir benötigen dafür nur eine einzige Police.«

Und das, erklärte Sona Hakobyan mit einem ernsten Lächeln, sei ihrer Kanzlei vor einigen Jahren endlich gelungen, das sei fast ein Wunder gewesen. Es habe nämlich einmal einen vorausschauenden Mann namens Setrak Cheytanian gegeben, der habe in Kharpert gelebt, der armenische Name des heutigen Elazığ im Osten der Türkei, damals manchmal auch ›Harput‹ genannt. Heute gebe es dort keine Armenier mehr. Natürlich nicht. Dieser Mann habe 1910 in weiser Voraussicht eine Lebensversicherung bei der *New York Life Insurance* abgeschlossen. Die jährliche Prämie habe 155,73 Francs betragen, die Versicherung habe sich verpflichtet, bei Cheytanians

Tod dreitausend Francs an seine Hinterbliebenen zu zahlen, damals fünfhundertachtzig Dollar wert. Cheytanian deutete die Zeichen der Zeit richtig. Er habe seine Schwägerin Yegsa Marootian gedrängt, mit ihrer neunjährigen Tochter Alice die Stadt zu verlassen.

»Sie gingen nach New York und nahmen die Police mit, weil Cheytanian der Überzeugung war, dass man dort, am Sitz der Versicherung, die Ansprüche leichter geltend machen könne. Yegsa Marootian erfuhr erst Mitte der Zwanzigerjahre, dass ihr Schwager und alle anderen Verwandten umgebracht worden waren. Sie verlangte die Auszahlung des Versicherungsbetrags, konnte aber weder Sterbeurkunde noch Erbnachweis beibringen, weshalb sie die Sache auf sich beruhen ließ. Viele Jahre. Mitte der Fünfziger zog sie nach Los Angeles um. Dort starb sie. Ihre Tochter Alice erbte die Police. Sie verwahrte sie mit alten Familiendokumenten in einem Schuhkarton. Und von der haben wir die Police bekommen«, beendete Sona Hakobyan den Bericht. »So hatten wir endlich eine Klägerin.« Eine hochbetagte Frau.

»Fantastisch!«, freute sich Martens. »Solche Gesetze bräuchten wir hier auch!«

»Mein Chef hat zwanzig Millionen rausgeholt«, erklärte sie. »Er hat hoch gepokert. Ein Riesenerfolg!« Es komme nicht auf Geld für den einzelnen Erben an, fuhr sie fort. Es komme auf den Sieg der Wahrheit über die Lüge an. Das sei viel wichtiger für die Nachfahren. Bei der französischen *AXA* habe er siebzehn Millionen herausgeschlagen.

»Und jetzt haben wir uns die deutsche *AXA* vorgenommen«, fuhr sie fort. »Ich habe diese Sachen mitgebracht, weil ich, wenn ich schon einmal hier sein muss, bei der armenischen Gemeinde in Hamburg für die Sammelklage werben wollte. Ich werde nachher hingehen. Es müssen auch hier Armenier sein, deren Vorfahren Lebensversicherungen abgeschlossen haben. In Deutschland ist unser Aufruf nicht so richtig wahrgenommen worden. Das hat kaum einer mitbekommen. Je mehr wir auf der Liste haben, desto besser können wir verhandeln. Desto besser können wir der Welt vom armenischen Schicksal berichten. Jeder Rechtsstreit ist ein Beitrag zur Aufarbeitung der Geschichte. Übrigens wollen wir die Deutsche Bank haftbar machen, sie haben die Werte der Armenier damals einfach eingesackt. Konten und Schließfächer. Die stehen heute noch in ihren Bilanzen! Mein Chef war vor zwei Wochen in Berlin. Doch sie wollen nicht …«

Sie hielt inne, denn Martens schob den Stapel Papiere abwesend zur Seite.

»Haben Sie Kontakte nach Täbris im Iran?«, fragte er.

»Nachdem ich mit meinem Mann nach Kalifornien gegangen bin, war ich nur noch einmal da, vor drei Jahren, ich bin von dort aus zum Sommerfest an der Thaddäus-Kirche gefahren. Dort habe ich Anahid kennengelernt, die meine Mutter an Sie verwiesen hat.«

»Ich weiß«, sagte Martens. »Aber das habe ich nicht gemeint. Ich meine, suchen Sie Kläger für Ihre Sammelklage auch im Iran?«

»Nein«, antwortete Sona Hakobyan. »Direkte Kontakte haben wir nicht. Wir haben die Sammelklage, die wir einreichen wollen, über das Netz bekannt gemacht. Einsendeschluss ist der 1. Oktober. Ob man das im Iran zur Kenntnis genommen hat, weiß ich nicht. Es gibt Armenier in vielen Ländern, vor allem im Osten, im Libanon natürlich, viele in Syrien, besonders in Aleppo und Idlib, aber auch in Israel, in Russland, überall entlang der Seidenstraße, Südamerika und Australien. Und viele, die sich in der Türkei versteckt haben, die ihren Kopf nicht heben. Wieso fragen Sie?«

»What a coincidence …«, murmelte Martens, anstatt zu antworten. Was für ein Zufall.

Schlüter war schon fort ins Morgenland. Er konnte ihn nicht mehr erreichen.

Ein gelbes Schiff querte den Hafen. Es fuhr die Leute zur nächsten Vorstellung vom *König der Löwen*. Martens sehnte sich plötzlich nach anstrengungsloser Freizeit. Drüben saß eine Gesellschaft, aus der hin und wieder ein Lachen ertönte. Er hätte gern mitgelacht

13

Daraschamb, Republik Iran

Als Nerses Tosunian, der Bischof der armenischen Diözese Atrpatakan, an diesem Mittwoch zum Kloster des heiligen Stephanus fuhr und den letzten Checkpoint passiert hatte, warf er einen wehmütigen Blick nach Nordosten über den Grenzfluss Aras, hinüber auf die roten Felsen von Nachitschewan. Immer wenn er hier war, blickte er nach drüben und musste aufpassen, dass der Wagen dabei nicht von der Straße abkam. Heute war er auch deshalb hier, weil er Nachricht erhalten hatte, an der Grenze würde etwas passieren.

Obwohl er vorbereitet war, glaubte er, seine Augen spielten ihm einen Streich. War er verrückt geworden in diesen Zeiten, die so schwer waren wie alle Zeiten, die ein Armenier je erlebte? Heiß lief es ihm über Rücken und Gesicht und er packte das Steuerrad seines Khodro fester. Ruhig bleiben, ruhig. Was wimmelte dort drüben, zwischen den Chatschkaren von Julfa, auf den drei sanft vom Fluss aufsteigenden übereinanderliegenden staubbroten Hängen? Waren die gestürzten Chatschkare auferstanden und hatten angefangen zu tanzen, diese Steinsäulen? Viele von ihnen mehr als zwei Meter hoch, mehr als fünfhundert waren geblieben, einst hatte man zehntausend gezählt, sie alle gehauen, gemeißelt, mit filigranen Reliefs, ein ganzes Jahr lang, und aufgestellt von armenischen Künstlern, zum Gedenken an ihre Toten auf diesem Gräberfeld, das Einzige, das Letzte, was von Julfa geblieben war, dieser reichsten und schönsten der armenischen Städte, das Zentrum armenischen Handels und Werkens, bevor der Schah Abbas all ihre Einwohner nach Isfahan deportiert und sie niedergebrannt hatte.

Der Khodro Samand fing an zu stottern, Tosunian schaltete herunter in den zweiten Gang, den Blick nach rechts gewandt.

Jetzt sah er, dass es nicht die Steine waren, die tanzten, sondern Menschen. Viele Menschen auf dem Friedhof von Julfa, drüben in Nachitschewan, dem einsamsten Flecken Erde in dieser Gegend, nachdem die aserbaidschanischen Grenzen zu Armenien geschlossen worden waren. Nur wenige Hundert Meter trennten ihn von dem Geschehen, nur ein Steinfeld, der Fluss und die steile Böschung, an der jenseits die verrostete Bahnlinie verlief.

Tosunian hielt an und griff in das Handschuhfach, kurbelte das Beifahrerfenster hinunter. Er hatte sich eine Digitalkamera beschafft von dem Geld, das seine Diözese vom Katholikosat von Kilikien in Libanon zur Verfügung stellte, ein neumodisches kleines Wunderding, das ihn hoffen ließ, er könnte mit seiner Hilfe seinen Schwur einlösen: alle zweihundertachtunddreißig Kirchen und Sakralgebäude in seiner Diözese zu finden, sie aufzusuchen, ein Gebet zu beten, sie zu fotografieren und zu dokumentieren, bevor sie endgültig verfielen. Vielleicht würde man die eine oder andere Kirche retten können. Fotografieren war verboten, gerade vorhin am Checkpoint hatte er sich wieder über das große Schild geärgert, der Fotoapparat im roten Kreis und mit rotem Balken quer darüber. Außerdem durfte man nicht filmen und nicht angeln. Und natürlich nicht schießen. Ihm war das jetzt egal.

Tosunian sah durch das Kameraauge und zoomte das Geschehen heran. Dort wurde nicht getanzt. Mindestens hundert Menschen, schätzte er, wimmelten zwischen den Chatschkaren umher. Menschen in Uniformen. Soldaten. Auf höchste Anordnung. Von Talibov, dem Statthalter des Alijew-Clans in Nachitschewan. Hatte der alte Melkonian, Aregs Vater, der ihn gestern so hektisch aufgesucht hatte, also recht gehabt. Die Leute drüben trugen langstielige Hämmer oder Äxte, genau konnte er das nicht erkennen, doch mussten es Werkzeuge der Zerstörung sein, denn sie schlugen damit auf die Grabsteine ein, die in der trockenen armenischen Erde ausgeharrt hatten, einige von ihnen seit über tausend Jahren, und ohne einen Schrei zerbrachen. Wehrlos wie die Armenier selbst, die keine Armee hatten, sondern nur das Wort. Chatschkare aber schwiegen, gleich was man ihnen antat. Der Hass der Aserbaidschaner kannte keine Grenzen und wenn sie keinen leibhaftigen Armenier zwischen die Finger bekamen, mussten es die Grabsteine sein.

Die Soldaten warfen den Schutt den Hang hinunter, sie trugen oder traten und wälzten ihn bis zu einem Lastwagen, auf den sie ihn luden. Tosunian betätigte die Filmfunktion und zoomte sich heran, zwang sich zuzusehen, die Kamera möglichst ruhig zu halten, obwohl er keine Luft bekam und ihm schwarz wurde vor Wut und Erregung. Es war, als gälte jeder Schlag ihm und all den anderen, die verblieben waren auf der anderen Seite des Flusses, in der Islamischen Republik Iran.

»Diese aserischen Teufel«, schluchzte er.

Er würde nicht alles filmen können und drückte den Knopf. Er musste warten, selbst wenn ihm die Augen ausfielen. Er filmte erst weiter, als sich der Lastwagen in Bewegung setzte, er filmte, wie dieser zum Fluss hinunterfuhr, er filmte, wie dieser rückwärts über die Bahnschienen rumpelte, und er filmte, wie er die Last die Böschung des Flusses hinabkippte, auf die anderen Brocken, die dort schon lagen, eine Steinlawine. Der Wind trug das Knirschen und Rasseln herüber, er trug den aufsteigenden Staub in das rötliche Wasser des Flusses und hinüber zu ihm, Tosunian. Das letzte armenische Kulturgut in Nachitschewan, das der aserische Hass bisher verschont hatte, das man hatte retten und zum Weltkulturerbe erklären wollen. Dem war man nun zuvorgekommen. Es würde nichts mehr geben in Nachitschewan, was man dem Schutz der Weltgemeinschaft unterstellen könnte.

Das Kloster Karmir Vank, das Rote Kloster, das dort gestanden hatte, wo man über den Berg gehen konnte, war schon vor vielen Jahren verschwunden, sämtliche Kirchen Nachitschewans zerstört, zu Straßenschotter verarbeitet, allein in Ayli sieben an der Zahl. Nichts zeugte mehr von der armenischen Kultur, kein einziger Stein. Von über fünfzigtausend armenischen Objekten in Nachitschewan war nichts geblieben außer diesem einen Friedhof von Julfa. Und nun war dieser fort. Wie die Armenier, keinen einzigen gab es mehr in Nachitschewan, und Talibov, dieser Aktenträger des Alijew-Clans, behauptete bereits, es habe dort nie welche gegeben. Schizophrenie als Staatsräson. Und wenn es doch noch welche gäbe, hatte der Hund erklärt, würde er ihnen empfehlen, dorthin abzuhauen, woher sie gekommen seien, er könne für ihre Sicherheit nicht garantieren.

Aber woher waren die Armenier gekommen? Sie waren immer dort gewesen, heute waren sie verstreut in alle Welt. Und er, Tosunian, stammte aus Armenien, wohin seine Eltern ausgewandert waren, nachdem der kleine Bruder einem zufälligen Granatsplitter zum Opfer gefallen war, im Bürgerkrieg im Libanon, wohin seine Urgroßeltern geflohen waren vor den mörderischen Türken, damals, 1915, aus dem Süden der Türkei, wohin wiederum seine Urgroßeltern vom Vansee geflohen waren vor den Pogromen, die der letzte Sultan des Osmanischen Reichs, der blutdurstige Abdülhamid II., 1894 dort veranstaltet hatte.

Tosunian filmte, bis der Speicher der kleinen Kamera voll war. Er hatte nicht mehr die Kraft, sich den Rest anzusehen, bis der letzte der Grabsteine zu Geröll geworden war, außerdem musste er damit rechnen, dass Grenzsoldaten auftauchten, zur Ablösung vom oder zum nächsten Posten, der zwei Kilometer weiter direkt an der Abzweigung zum Kloster lag. Er lief Gefahr, dass seine Kamera beschlagnahmt wurde und mit ihr der Film, der die Vernichtung der letzten Chatschkare von Nachitschewan beweisen konnte.

Tosunian fühlte sich erschöpft, als habe er selbst die Chatsch-kare zerschlagen, er fühlte einen Berg von Hoffnungslosigkeit in seiner Brust. Sollte er umkehren, zurück nach Täbris in die Diözese? Nein, nun, wo er fast da war, wäre es unvernünftig umzukehren. Er musste an seine Pflichten denken, er wollte den Fortschritt der Renovierungsarbeiten prüfen, die armenische Handwerker unter der Aufsicht des iranischen Staats durch-führten, und er wollte beten. Er musste zur Ruhe kommen, entscheiden, was zu tun war.

Er würde nicht für seine Feinde beten, heute nicht, denn es war schwer, seine Feinde nicht zu hassen, und noch schwerer, sie zu lieben, und am allerschwersten, ihnen zu vergeben. Er würde beten für ein langes Leben des Revolutionsführers Chamenei, der den Armeniern Religionsfreiheit im Land garantierte. Die Christen, hatte er gesagt, seien schon immer hier gewesen, sie täten viel für das Land und sollten in Sicherheit sein. Solange er, der ein Aseri war, lebte, würden die Armenier im Iran nichts zu befürchten haben, jedenfalls nicht von den Aseris in und um Täbris und Urmia, wo es die meisten Armenier in Tosunians Diözese gab. Und er würde dafür beten, dass das Kloster bald unter den Schutz der UNESCO gestellt werden würde, wie es vorgesehen war. Und schließlich würde er Gott anflehen um einen Rat, was er mit dem Film anstellen sollte, der in diesem Wunderapparat im Handschuhfach gefangen lag.

Bischof Nerses Tosunian stand vor dem größten Problem, seit er nach Täbris ordiniert worden war. Seit dem letzten Jahr war er Bischof. Seine Heiligkeit Aram I., der Katholikos von Kilikien in Libanon, hatte ihm das orthodoxe Glaubensbe-kenntnis abgenommen, die Stirn und die rechte Hand mit dem heiligen Myron, dem Salböl, geweiht und den Ring des Bischofs übergestreift. Ein Bischof musste alles riskieren.

Reise!
Mühe dich ab! Denn die Süße des Lebens
besteht in der Mühe.
Das Stillesitzen, deucht mich, bringt weder
Ansehn noch Einsicht,
Nein, nur ein kümmerlich Dasein; drum lasse
die Heimat und ziehe!
Ich habe gesehen, wie die Ruhe des Wassers ihm
Fäulnis bringet;
Doch fließt es, so ist es frisch; wo nicht, bleibt's
trübe stehen.

Erzählungen aus den Tausendundein Nächten,
zwanzigste Nacht

14

Hitler, Goebbels, Himmler und Göring standen nebeneinander, groß wie Denkmäler, vor einer mit Farben verschmierten Wand und hielten ihre Schandreden, ohne etwas anderes zu bewegen als ihre Mäuler, als wären sie aus Stein. Sie sind wieder da, dachte Schlüter, das ist nicht möglich. Sie können nicht leben, es ist doch so lange her, sie … Er näherte sich ihnen, wie David sich Goliath genähert hatte, den Stein in der Schlaufe, er rief ihnen zu, sie sollten die Klappe halten. Sie gehorchten, sie fielen sogar um und waren wieder tot, wie sich das gehörte. Zufrieden drehte Schlüter ab, aber als er einen Blick zurückwarf, waren sie auferstanden zu ihrer übermenschlichen Größe und riefen ihre Propaganda.

»Verdammt soll ich sein«, murmelte Schlüter und näherte sich ihnen ein zweites Mal. »Haltet die Klappe!«, rief er, etwas lauter diesmal, mit gleichem Erfolg, und wieder entfernte er sich.

Kaum hatte er ihnen den Rücken zugedreht, standen sie abermals. Widerspenstiges Pack.

Schlüter trat Hitler entschlossen vor die Füße und brüllte den Riesen an: »Halte deine Klappe, habe ich gesagt, du bist tot!«

Da bückte sich Hitler herab, öffnete den Rachen und griff mit seiner riesigen steinernen Faust nach Schlüter. Der wollte fortlaufen, aber seine Beine bewegten sich nicht.

Sein Schrei weckte ihn. Er lag in einem dunklen Zimmer. Ein Traum, Hitler war tot, Gott sei Dank. Plötzlich ein auf- und abschwellendes Krächzen. Der Hilferuf eines alten Mannes, der stranguliert wurde? Oder nur eines krepierenden Hahns? Schlüter warf die Decke fort, brachte die Füße zu Boden und eilte zum Fenster. Er lüpfte die Gardine, ein stumpfes gelbes Tuch, das nur aus Staub zu bestehen schien, betastete das Fliegengitter, sog die kühle Nachtluft ein. Man konnte einen weißen von einem schwarzen Faden unterscheiden. Er versuchte zu begreifen. Ein kühler Wind trug den Ruf des Muezzins über die Dächer von Täbris.

Allahu-akbar, Allah ist am größten, Allah ist am größten, Allah ist am größten, ashhadu an la ilaha il-allah. Ich bezeuge, es gibt keinen Gott außer Allah …

Er schwitzte. Er hatte zu wenig geschlafen. Wenn überhaupt. Sein Herz machte Sprünge. Schlüter legte den Zeigefinger an die Stirnschlagader und fühlte keinen Puls. Er hatte Angst, so viel war klar. Der Morgen riss der Nacht die Binde von den Augen. Der Tag brach an. Welcher Tag? Donnerstag, der 25. Mai.

Der Heizkörper brannte am Knie. Er tastete sich zur Tür und schaltete das Licht ein. Fand den Hahn und drehte ihn zu. Schob die Gardine beiseite, öffnete das zweite Fenster auf Kipp und ließ sich auf die Bettkante sinken. Er sah sich um. Ein brauner Teppich, vor dem Fenster ein schwerer Ledersessel, davor ein gekachelter Couchtisch. Ein riesiger Kühlschrank auf einem Untergestell mit Rollen, eine hochbeinige Kommode mit drei geraden und einem schiefen Bein, darüber ein barockgroßer Spiegel, aus dem ihn ein verbitterter alter Mann anstarrte, der zusammengesunken auf der Bettkante saß. Die Wände ein unbestimmtes Gelb, die zum Badezimmer hin silberfarben gemustert. Das Ganze beleuchtet von vier gleißenden Glühbirnen hoch oben an der Decke. Ein abgebrauchter Raum, so müde wie die islamische Revolution und so karg wie das Büro von Philip Marlowe.

Er blickte auf die Uhr. Fünf. Sie hatten sich für neun im Frühstücksraum verabredet. Mehr als vier Stunden noch. Er nahm das Buch von Byron vom Nachttisch und klappte es auf. *Es war einer der Momente völligen Friedens, wenn der Körper entspannt ist, der Verstand keine Fragen stellt und die Welt ein Triumph ist.*

Haha. Schlüter spürte keinen Frieden, er spürte Ärger und noch mehr Angst. Ärger auf sich selbst und Angst vor dem, was kommen würde. Er konnte nicht lesen und nicht mehr schlafen. Sein Rücken schmerzte. Sein Verstand setzte aus. Weshalb bin ich hier? Was will ich hier? Was soll das Ganze? Komme ich da wieder raus? Warum bin ich nicht geblieben, wo ich war? Zu spät, mach das Beste draus. Was war das Beste?

Nach einem zweiten Versuch, in dem Reisebuch zu lesen, gab er auf. Er reckte sich. Der Mann im Spiegel sah jetzt besser aus, irgendwie entschlossener. Er zog den Schlafanzug aus und knüllte ihn aufs Bett. Der Kühlschrank seufzte. Er öffnete ihn. Eine kleine Flasche Wasser stand darin, einsam wie er selbst. Er drehte sie auf, trank einen Schluck, eiskalt, und ging duschen, er überschwemmte das Badezimmer, denn es gab keine Duschwanne, kleidete sich an und suchte eine Steckdose. Der Kühlschrank keuchte und gurgelte. Er zog den Stecker und machte sich mit dem Kocher, den Christa ihm aufgezwungen hatte, Wasser heiß für einen Schnellkaffee, Wiener Melange. Tee ging nicht, keine Milch.

Dieser Ort würde seine Heimat sein für die nächsten acht Tage und er würde keinen Tropfen Ostfriesentee bekommen. Mit dem Becher in der Hand stellte er sich vors Fenster. Ein Meer grauer Kuben hatte sich aus der Dunkelheit erhoben. Die Stadt erwachte, der Muezzin schwieg und Schlüter ließ seine Seele nachreisen.

Denn der Gebetsruf ist besser als der Schlaf. Wer zur falschen Zeit betet, dessen Gebet ist nicht gültig.

Nachtfahrt durch eine stille Stadt. Unsichtbare Konturen. Tote Ampeln, grauer Asphalt. Scheinwerfer jagen Dunkelheit, der Gesang der Reifen in den Kurven, keine Stoßdämpfer, und Ketten in der Waschmaschine.

»Welcome to Iran«, hatte der Taxifahrer gesagt. »How are you?« Und »No, no«, als Schlüter nach dem Sicherheitsgurt suchte. Und dann nichts mehr. Ein mageres Männchen, das Lenkrad vor der Stirn. Schnell wie Mohammed und der Erzengel Gabriel auf dem Buraq, dem geflügelten Fabelwesen, nach Jerusalem. Manchmal Leuchtreklame, weiß, korangrün und vor allem: blutrot.

»Sieht aus wie Bordelle«, hatte Schlüter bemerkt.

»Gibt's hier nicht«, kam Anahid Bedrosians Stimme von hinten. »Hier gibt's nur die Zeitehe.«

»Was ist das?«

»Nicht hier. Vorsichtig sein.«

»Hoffentlich fährt der nicht im Kreis, lange halte ich das nicht durch.«

»Probblämm?«, fragte der Taxifahrer.

»Hol Schnut«, kam es von hinten.

»No, no, it's okay«, sagte Schlüter und stemmte die Füße in den Bodenraum.

Schlüter legte sich aufs Bett, das Buch beiseite und die Brille auf den Nachttisch.

Um zwei Uhr Ortszeit waren sie angekommen. Draußen auf dem Flugfeld vier oder fünf schlafende Flugzeuge, riesige Insekten, das Licht der Scheinwerfer glänzte auf ihrem Chitin. Eine Halle wie für vier oder sechs Tennisplätze, gewölbtes Dach, Salz-und-Pfeffer-Fliesen, lichterbesäte silberfarbene Säulen, links der Ankunftsbereich, rechts der menschenleere Abflugbereich, getrennt durch eine gläserne Wand, graues Licht. Links an der Wand zwei große Bilder, darauf zwei Männer: Khomeini und Chamenei, ein weißer und ein schwarzer Bart, der Revolutionsführer und sein Nachfolger.

Ein kleiner Mann in braunem Anzug tauchte auf und bugsierte sie in einen Glaskasten, in dem ein Tisch, drei Stühle und ein Sofa standen. Links die einzige Wand, an der ein Bild hing, wieder die zwei bärtigen Männer.

»Welcome to Iran«, sagte der Beamte und lächelte.

161

Hinter dem Glaskasten drehte sich ein Gepäckband im Kreis wie sinnlose Gedanken und so kurz wie ihre Reiseplanung. Sie mussten ihre Berufe angeben, *lawyer*, er hoffte, es würde nicht schaden, und die Vornamen von Vater und Mutter, *Herrmann Claus Schlüter, Hermine Magdalene Schlüter*. Anahid Bedrosian trug als Beruf *teacher* ein, Schlüter bemerkte ihr Zögern bei den Elternnamen. Er hätte gern gefragt, wozu diese Information dienen sollte, denn seine Eltern waren seit vielen Jahren tot, doch er ließ es sein, er hatte schon orientalische Erfahrungen gemacht. Diskussionen mit Bürokraten führten zum Wahnsinn. Und manchmal zum Tod.

Es dauerte knapp eine Stunde, bis sie ihr Visum in der Hand und die Stempel im Pass hatten, wie es das Reisebüro versprochen hatte. Sie durften das Glashäuschen verlassen und erhielten ihre Koffer. Auf der anderen Seite der Halle tauschten sie an einem Automaten wenige Euroscheine gegen einen Stapel Rialscheine. Zwei bärtige Männer sahen ihnen von oben zu, ob wohlwollend, womöglich gar gütig, oder streng und kritisch, war nicht auszumachen. Anahid zupfte vorsorglich an ihrem Kopftuch. Dann begaben sie sich hinaus in die Dunkelheit der Islamischen Republik Iran.

Nach einer Fahrt, die Schlüter wie ein langer Ritt auf ungesatteltem Pferd erschienen war, aber nur eine halbe Stunde gedauert hatte, waren sie beim Hotel *Sina* angekommen, das Taxi rumpelte über einen Kantstein, passierte ein Gittertor und hielt. Die Ketten gaben Ruhe. Sie standen vor einer halbkreisenen Treppe, auf der ein roter Teppich in die Höhe führte. Der Taxifahrer war ausgestiegen, hatte ihr Gepäck aus dem Kofferraum geholt und lächelte von oben herab. Er sagte seinen Preis, Schlüter hielt ihm, nur halb bei Sinnen, das Bündel Banknoten entgegen und der Taxifahrer zupfte sich mehrere davon heraus. Anahid sagte etwas, woraufhin sich der Fahrer noch einen Schein nahm und Schlüter einen anderen wiedergab, den er aus der Tasche holte. Schlüter hielt den Schein in der Hand. Ein bärtiges Gesicht war darauf, das ihm nun schon bekannt vorkam. Der Taxifahrer war verschwunden. Er ritt zurück, von Jerusalem nach Mekka, mit Ketten in der Waschmaschine.

Sie standen in einer niedrigen Halle mit lauter Säulen und roten und weißen Sesseln, Sofas und gläsernen Tischen. Rechts die Rezeption, hinter dem Tresen ein Mann, dessen vernarbtes Gesicht sich zu einem schiefen Lächeln verschob.

»Welcome to Iran. We are very glad to see you, Mister Schlüter.« So oft war ein Rechtsanwalt lange nicht mehr willkommen geheißen worden.

Christas letztes Lächeln, ein letzter besorgter Blick. Ob sie ihn je wiedersehen würde? Ihre Hand auf seiner, ihre Lippen auf seinem Mund. Immerhin hatten sie sich auf die Notfallliste des Auswärtigen Amts setzen lassen.

Das Vibrieren des Flugzeugs. Er saß eingeklemmt und schon drehten sich die Gedanken im Kreis. Der Geist war es nicht gewohnt, nichts zu tun, er wollte Beschäftigung. *Dresden, Brno, Bratislava, Budapest,* war auf der Landkarte zu lesen, auf dem Display an der Rückenlehne, *Szeged, Temesvar, Arad.* Alles grün, als wäre Europa immer noch der grenzenlose Wald, der es einmal gewesen war, und bestünde nicht aus Ländern, sondern nur aus Landschaften, wie es einmal war und vielleicht wieder werden würde. Afrika und die Arabische Halbinsel weiß wie ewiges Eis, ebenso wie Grönland, die Alpen und die nordischen Gletscher. Schlüter drückte auf einen Knopf. *Sie können den Türnummer und die Zollflughafen von Ihrem Transferflug anzeigen,* stand dort.

Flughafen Istanbul, früher Konstantinopel, davor Byzanz, zweiundzwanzig Uhr zwanzig mitteleuropäischer Zeit. Afrikanerinnen in bunten Tüchern, wiegender Gang, ihre schlanken schwarzen Männer in bodenlangen braunen Stickgewändern, den Blick über die Wüste. ›Krähenweiber‹ nannte Anahid die komplett schwarz Gekleideten, nur ein schmaler Schlitz, man sah nur die Augen. Sie schwankten beim Gehen wie Bojen in der Elbmündung oder sie saßen mit gekreuzten Beinen auf den Bänken wie zu Hause auf dem Teppich, ein schwarzer Kloß.

Viele Sprachen. Turbane, Kopftücher, Wickeltücher, Pluderhosen, Kaftane, Saris, Tschadors, Nikabs, Hidschabs, Haarprachten und dunkle Augen. Und weiße Männer, in Latschen und im Bademantel. Sie befanden sich auf der *umrah*, klärte Anahid auf, das sei die Pilgerfahrt nach Mekka außerhalb des Ramadan, der Fastenzeit der Muslime. Im Ramadan heiße die Pilgerfahrt *hadsch*. Deutsche Muslime seien das, konvertierte, aus Köln, sie habe einen der Herren vorhin gefragt. Schlüter war müde, er schwitzte und fühlte sich ausgelaugt, zu schwach für einen Heiden, der nicht wusste, was Pfingsten bedeutet, und nun zum Religionswissenschaftler umgeschult wurde.

Licht-, Lärm- und Ladenzickzack, Parfümregale, Goldplunderhaufen, Zigarettenstapel, Handtaschenmosaike, Kaffee- und Essstationen, Sitzgruppen voller Menschen. Drüben, umgeben von Paketen, Schachteln und Koffern, eine dunkelhäutige Familie um einen runden Tisch, ein schnauzbärtiger Vater, zwei Jungen im Grundschulalter und seine Frau unter einem schwarzen Umhang, vor dem Gesicht einen schwarzen Schleier, der nur die Augen frei ließ. Sie aßen, die verschleierte Frau hantierte mit Messer und Gabel über einem Plastikteller. Blitzschnell zog sie mit der einen Hand den Schleier nach vorn und oben, bugsierte die beladene Gabel unter dem Schleier hindurch zum Mund. Für einen winzigen Augenblick hatte Schlüter ein kindliches Gesicht gesehen, eine runde Backe und einen Pickel darauf. Sein Blick traf auf die Augen des Ehemanns.

»Armes Kind«, murmelte Anahid.

Nach dem zweiten Einchecken in einem kleineren Flugzeug nach Täbris. Niemand aus dem Westen reiste in den Iran. Die Frauen: schöne Kleider, viel Rouge, viel Lippenstift, sehr viel Kajal, sehr dunkle Augen, üppige Frisuren, kein einziger Schleier, schon gar kein Krähenkaftan. Schlüter saß in der Mitte, links seine armenische Begleiterin, rechts eine schöne Dunkeläugige, die die beiden Neuankömmlinge lächelnd mit einem »Hello« begrüßte. Schlüter erwiderte den Gruß und quetschte sich neben sie. Sein Blick stürzte in ihr Dekolleté. *Schön bist du, meine Freundin, ja, du bist schön. Dein Geliebter ruht wie ein Beutel Myrrhe an deiner Brust, frisches Grün ist euer Lager, süß ist deine Stimme, lieblich dein Gesicht, rote Bänder sind deine Lippen, deine Brüste sind wie zwei Kitzlein, wie die Zwillinge einer Gazelle, die in den Lilien weiden, verzaubert hast du mich.*

Nach zwei Stunden die Ansage des Piloten, dass man sich Täbris nähere. Fünfzehn Grad, bedeckter Himmel, so viel war zu verstehen. Time of arrival: ten minutes.

Die Dame neben Schlüter, die mit geschlossenen Augen an die Innenwand des Flugzeugs gelehnt war, begann sich zu rühren, zog ein lilafarbenes Tuch aus der Handtasche und drapierte es über ihren Kopf, warf es zweimal um Hals und Schultern. Zog ein zweites Tuch hervor, diesmal ein schwarzes, legte es um die Schultern und verdeckte ihre Zwillinge. Schlüter hörte es überall rascheln. Er sah sich um. Alle Frauen an Bord waren damit beschäftigt, sich Kopftücher überzuziehen und sich züchtig zu bedecken, auch Anahid, mit Wut im Gesicht. Binnen Minuten waren alle Frisuren verschwunden, nur hier und da blickten vorn Haare unter den Kopftüchern hervor. Die Stewardessen aber, sie verbargen ihr Haar nicht, denn sie waren Bedienstete der Turkish Airlines und in der Türkei durfte sich eine Frau kleiden, wie sie wollte. Das wusste Schlüter. Mehr noch, in staatlichen Institutionen durfte sie weder Schleier noch Kopftuch tragen, nicht als Studentin an der Universität, nicht in der Schule, nicht als Bedienstete auf dem Einwohnermeldeamt und vermutlich ebenso wenig im Flugzeug einer türkischen

Fluggesellschaft. Im Iran jedoch, das wusste man, mussten Frauen Kopftücher tragen, sobald sie das Haus verließen.

Man soll nie in ein Land reisen, das eine andere Kultur hat, dessen Sprache man nicht spricht und von dem man so gut wie nichts weiß, dachte Schlüter. Man verliert die Kontrolle.

Es war das zweite Mal in seinem Leben, dass er sich schutzlos in die Fremde begab, das erste hatte übel geendet. Er hatte keine Ahnung von dem Land. Er glaubte, ein aufmerksamer Zeitgenosse und Zeitungsleser zu sein, und fand dort seine Orientierung. Doch er wusste – nichts. Auf einen Reiseführer hatte er verzichtet, weil er nicht wegen irgendwelcher Sehenswürdigkeiten und Steine in dieses Land gekommen war, auf einen Sprachführer, weil die vorgeschlagenen Sätze nicht dem Zweck der Reise entsprachen, und auf ein Wörterbuch, weil er die arabische Schrift nicht lesen konnte. Er war Analphabet. Christa hatte nach persischer Literatur gefahndet und war fündig geworden. Er hatte das Buch von Robert Byron dabei, *Der Weg nach Oxiana*. Das war alles. Er sprach leidlich Englisch, und das musste reichen, schließlich hatte das damals in der Türkei auch geklappt.

Plötzlich sah er diesen steinernen Hitler wieder. Er stand vor seiner dreckigen Wand, klopfte mit der Faust dagegen und grinste frech unter seiner Rotzbremse.

Schlüter fuhr hoch.

Es klopfte an der Tür. »Es ist schon nach neun!«, rief Anahid.

15

Alles war fremd und doch vertraut. Die Leute wohnten in Häusern und es gab Straßen, auf denen Autos fuhren, wie überall auf der Welt, wo der Mensch sesshaft war. Über der Stadt wölbte sich ein blauer Himmel, aus dem eine Sonne schien und kein Halbmond. Vor dem Hotel stand ein Taxi, genauso wie in Deutschland vor Hotels Taxis standen, nur mit dem Unterschied, dass der Fahrer hier eine garantiert billige Fahrt nach Kandovan anbot. Sie dankten, sie waren keine Touristen, und wo war Kandovan?

Im Hotel hatten sie einen Stadtplan erhalten, mit dem sie sich orientierten. Die Khomeini-Straße, auf der sie gingen, war besäumt von hohen Bäumen, vielleicht Platanen, und kleinen einbetonierten Wasserkanälen. Sie war vierspurig und hatte einen schmalen grünen Mittelstreifen. Autos sausten hin und her, viele davon gelbe Taxis. Die Männer waren dunkel gekleidet, meistens schwarz oder braun, sie trugen anständige Hosen und Jacketts. Frauen waren kaum unterwegs, und wenn, dann gingen sie zu zweit oder mit einem Mann, manchmal aber auch allein, und sie waren noch dunkler, noch schwärzer gekleidet als die Männer, in komplett schwarzen Umhängen. Anahid zupfte sich das ungewohnte Kopftuch zurecht, im Hotel auf jeder Halbetage an der Treppenwand ein großer Spiegel, in dem sie prüfen konnte, ob sie der Vorschrift gemäß gekleidet war. An Spiegeln war jedenfalls kein Mangel.

Es waren nicht viele Leute unterwegs, offenbar begann das Leben hier erst später. Manche der Männer, die ihnen begegneten, nickten ihnen freundlich zu, manche grüßten im Vorbeigehen, »Welcome to Iran«, sagten sie, einer drückte Schlüter die Hand und sagte nur: »Thank you.« Zweimal mussten sie stehen bleiben und Small Talk auf dem Bürgersteig abhalten, »Danke, dass Sie uns besuchen« oder »Hoffentlich sehen Sie, dass wir nicht so böse sind, wie man in der Welt sagt«. Und während sie an allerlei Läden vorübergingen, viele von ihnen noch geschlossen, spürte Schlüter den festen Händedrücken nach und fragte sich, ob das so weitergehen würde. Er fühlte sich weniger verzagt als vorhin, vor dem Frühstück.

Das armenische Zentrum war kaum mehr als zehn Minuten vom Hotel entfernt, es lag in der Shariati-Straße, die von der Imam-Khomeini abging. Sie konnten den Eingang nicht finden. Anahid sprach einen Mann an, der auf platten Füßen auf dem Bürgersteig hockte, was kein Europäer zustande brachte. Er bot bunte Tücher feil, die er auf einer Plastikplane ausgebreitet hatte, fein säuberlich schräg übereinander. Geduldig wartete er auf Kundschaft, obwohl kaum Leute unterwegs waren.

»Schöne Tücher«, sagte Anahid, hockte sich neben den Mann und prüfte den Stoff. »Sie könnten Ihrer Frau eins oder zwei davon mitbringen. Dann hätten Sie das schon mal erledigt.«

Schlüter war nicht nach bunten Tüchern zumute. Auf diesem Gebiet fehlte ihm der Sinn für Ästhetik. Der Tuchhändler zeigte über die Straße. Sie stiegen über die Wasserrinne, liefen zwischen den Autos hindurch auf die andere Seite und stiegen dort wieder über die Rinne. Auch auf dieser eine lange, nur eingeschossige Ladenzeile, aber zwischen zwei Läden befand sich ein Stück Wand aus grau gestrichenen vernieteten Eisenplatten, in die ein Tor eingelassen war, darüber armenische und persische Zeichen und die französische Aufschrift *Archeveche Armenien L'Azerbaijan.*

Schlüter drückte auf die Klingel neben der Tür, nach einem Augenblick summte es und das Schloss sprang auf. Sie traten durch das eiserne Tor. Ein Durchgang. Ein weißhaariger Pförtner mit mächtigem Schnauzbart kam links aus einem rundum befensterten Häuschen, darin eine Pritsche mit Decken, Stuhl und Tisch, mit einem Wasserglas, vielleicht wohnte er dort.

Sicher war er der Pförtner. Er begutachtete die Ankömmlinge aus flinken Augen, wechselte einige Worte mit Anahid, die Schlüter nicht verstand, der Schnauzbart des Mannes spreizte sich über einem Lächeln, er nickte den Besuchern freundlich zu und hieß sie mit einer Handbewegung weiterzugehen.

Ein weiter Innenhof öffnete sich, ein mit Asphalt bedeckter breiter Weg führte nach gegenüber, wo ein zweites stählernes Tor nach hinten zur Parallelstraße hinausführte. Rundherum, auf der Rückseite der Läden, eine Mauer mit Stacheldraht darauf, hier und dort blitzten Glasscherben in der Sonne. Eine Katze spazierte auf dem Flachdach und verbreitete friedliche Atmosphäre. Hohe Bäume, grüne Rasenflächen, neben der Asphaltbahn floss Wasser aus einem Schlauch, der an einem Hahn befestigt war, auf das Grün. Es war still. Sie waren in eine Oase gekommen und in eine Festung, die wie ein langes Handtuch zwischen zwei Straßen lag.

Anahid atmete auf und zog sich mit einem Ruck das Kopftuch fort. »Wir sind in Armenien angekommen!« Sie lachte. »Endlich sind wir zu Hause! Und jetzt fühle ich mich wieder wie ein Mensch, wie eine Frau und nicht wie ein Stück Vieh.«

Ein eisernes Tor nach Armenien, dachte Schlüter. Ein kleines Land, ein winziges. Rechts ein zweistöckiges hell getünchtes Gebäude, das wie ein Riegel den Innenhof von Mauer zu Mauer abschloss. Langsam gingen sie den asphaltierten Weg darauf zu.

»Was ist das?«, fragte Schlüter, als sie sich dem Eingang genähert hatten. Zwei steinerne Stelen standen rechts und links auf dem Treppenpodest, beide fast so hoch wie er selbst und bedeckt von einem fein ziselierten Flachrelief. Er trat näher. In der Mitte war ein geschwungenes Kreuz, umkränzt von Ranken und Tiermotiven. An einer Stelle entdeckte er Schriftzeichen, die denen auf der Namensliste des Ermordeten ähnelten.

»Das sind Chatschkare«, antwortete Anahid. »Könnte man mit Grabsteinen vergleichen. Wir stellen solche Steine auf unseren Friedhöfen auf, manchmal sind es auch nur Gedenksteine. Sie stehen hier, wo gar kein Friedhof ist, vermutlich sind sie vor der Zerstörung gerettet worden.«

Aber sie hatten keine Zeit, die Chatschkare zu betrachten, denn die Tür öffnete sich und ein kleiner Mann mit gelber Haut und grauem Schnauzbart kam heraus. Es gab hier wohl viele Schnauzbärte, der Taxifahrer hatte ebenfalls einen gehabt. Anahid wechselte einige fremde Worte mit dem Mann. Er hielt ihnen die Tür auf und sie traten ein. Ein breiter Flur führte geradeaus in das Gebäude. Auf der linken Seite hingen Bilder an der Wand, eine ganze Galerie gerahmter Porträts langbärtiger Männer, die meisten von ihnen mit einer schwarzen spitzen Kapuze auf dem Kopf und einige wenige nur mit einer Kappe. Sie sahen ernst, vielleicht sogar grimmig, jedenfalls gläubig aus. Rechts war eine Vitrine, hinter dem Glas standen dicke Bücher mit armenischen Aufschriften. Der kleine Mann war durch eine Tür am Ende des Flurs verschwunden, kehrte jedoch nach kurzer Zeit zurück, um gleich darauf, eine Zigarette in der Hand, nach draußen zu eilen.

»Der Bischof wird uns gleich empfangen«, übersetzte Anahid. »Wir haben Glück, dass er nicht unterwegs ist.«

Es dauerte nicht lange, da öffnete sich die Tür und Nerses Tosunian stand vor ihnen, mittelgroß, sein schwarzer Bart hatte graue Sprenkel und war viel kürzer als die auf den Bildern im Flur, er war gekleidet in einen blau glänzenden knöchellangen Mantel, der sich über dem Bauch etwas wölbte, die Arme amtsgemäß ausgebreitet wie zu einer Umarmung. Sein Gesicht war röter als nötig, fand Schlüter. Er mochte um die vierzig Jahre alt sein.

Sie stellten sich vor und als der Bischof hörte, dass sie aus Deutschland angereist waren, sagte er lächelnd: »Wir können gern Deutsch reden, sehr gern sogar. Die Sprache ist nur etwas eingerostet bei mir.«

Er erklärte, dass er in Leipzig Theologie studiert habe, und bat die Gäste, ihm in sein Dienstzimmer zu folgen, einen großen Raum, durch dessen Fenster sie den Innenhof der Diözese sehen konnten. Hier wohnten Bildung, Nachdenklichkeit und Beharren. Rechts ein dunkel gebeizter Schreibtisch wie eine Festung, dahinter ein raumhohes Regal mit Büchern, links ein flacher Tisch und kostbar geschnitzte Stühle, darüber an der Wand die beiden bärtigen Gesellen, die Schlüter im Flughafen kennengelernt hatte.

»Das muss so sein.« Tosunian war Schlüters Blick gefolgt und wies auf das Marienbild mit Jesuskind, das zwischen den Fenstern hing. »Aber Maria habe ich einige Zentimeterchen höher angebracht.«

Er lachte nicht und bot ihnen die Stühle an, während er selbst auf dem Bischofssitz Platz nahm, einem Stuhl am Kopfende des Tischs mit höherer Rückenlehne, der noch prächtiger und etwas breiter war als die anderen. Eine Frau erschien mit einem Tablett und servierte schweigend Tee in Gläsern, die in einem aus ziseliertem Silber gefertigten Halter standen.

»Womit kann ich helfen?«, fragte der Bischof. Er sprach mit tiefer Stimme, der man lange Predigten zutraute.

Schlüter begann zu erzählen von dem Anruf, den er vor nun fast zwei Monaten erhalten hatte, von dem Unbekannten, der ihn hatte aufsuchen wollen und der dann ermordet in den Parkanlagen von Hemmstedt aufgefunden worden war. Dass die Ermittlungen bisher zu nichts geführt hätten und es der deutschen Polizei nicht möglich sei, in fremden Ländern tätig zu werden. Und dass er, Schlüter, sich entschlossen habe, selbst nach dem Mann zu forschen.

Der Bischof saß ohne jede Bewegung und sah Schlüter aus ruhigen Augen an. Ein Mann, der zuhören konnte. Davon gab es nicht viele.

»Bestimmte Gründe legen es nahe, dass der Tote nicht lange

vor seinem Ende in Täbris gewesen ist und Kontakt zur armenischen Gemeinde hatte. Wenn er nicht gar selbst Armenier war.«

»Wir vermissen hier niemanden von den dreihunderteinundsechzig, äh, dreihundertneunundfünfzig Familien, die ich betreue. Niemand aus meiner Gemeinde ist verschwunden. Wenn das so wäre, ich wüsste es.«

Ohne weitere Umstände holte Schlüter das Bild des Toten aus seiner Innentasche hervor, zog es aus der Klarsichthülle und reichte es dem Bischof.

Der betrachtete das Bild lange und mit unbewegtem Gesicht.

»Sie kennen ihn?« Schlüter beugte sich vor.

Tosunian ließ seinen Atem ausgehen, fixierte den mit einem blauen Stein verzierten Bischofsring an seiner Rechten. »Nein. Ich kenne ihn nicht. Ich weiß nicht, wie er heißt. Doch ich glaube mir sicher zu sein, dass ich ihn gesehen und mit ihm gesprochen habe.«

Tosunian redete langsam, suchte nach Worten, knetete sie mit den Händen, er sprach fehlerfreies und deutlich artikuliertes Bücherdeutsch, er sprach offenbar gern und war sich seiner tragenden Stimme bewusst. Er erinnere sich an jene Ostermesse am 16. April des letzten Jahres. Er habe gepredigt, in seinem roten Bischofsmantel, auf dessen Rücken eine symbolische Sonne zu sehen sei, den Bischofsstab in der Hand, den ein Gemeindemitglied ihm gefertigt habe, vor dem Altar, darüber ein Bildnis des Gottessohnes. Eine lange Predigt. Von dem alten Brauch habe er erzählt, wonach man früher nach dem späten Gottesdienst zu Ostern auf den Friedhof gegangen sei, zu den Toten, um ihnen von der bevorstehenden Auferstehung zu berichten, sie zu trösten, denn sie, die sich sehnten nach der lebendigen Welt, nach Luft und Atem, seien die Ersten, die die Nachricht erfahren müssten. Von der Auferstehung selbst habe er gepredigt, von der Auferstehung Jesu, vor allem aber von der

Auferstehung des armenischen Volkes, denn es sei den Türken nicht gelungen, sie zu vernichten, auferstanden seien sie, neu gesprossen aus den wenigen Wurzeln, die nicht ausgerissen worden seien, neu gewachsen in Sprache und Kultur, und das armenische Volk, wo immer es sei auf der Welt, würde fortleben von Mutter zu Tochter und Vater zu Sohn, viele Generationen, auch hier im Osten.

»*Kılıç artığı*«, rief der Bischof und streckte beide Arme über sich, dass ihm die Ärmel des Gewandes herabfielen und ein rotes Hemd offenbarten. »Ha! So haben uns die Rassisten hochmütig genannt: Überbleibsel des Schwertes! Doch sie fantasieren, es gäbe in der Türkei wieder eine Million Armenier! Die Überbleibsel hätten sich wieder vermehrt! Sie munkeln gar, der Herr Öcalan, Anführer des Aufstands der Kurden, er sei in Wahrheit ein Armenier! Sie haben Angst! Vor uns! Unsere Rache ist, dass wir leben!« Eine Rache, die dem Christen erlaubt sei.

Der Chor von der Empore oben, der habe himmlisch geklungen bei diesem Gottesdienst, »wir haben ja einige Engelsstimmen in unserer Gemeinde«, der Chor, die Orgel, die Gemeinde und eine Greisenstimme, ein wundervoller Wechselgesang aus hellen und dunklen Stimmen, aus hohen und tiefen, der Frauen und der Männer und der brüchigen Stimmen der Alten, die sich zittrig bekreuzigten. Ein Jubelklang, ein herrlicher Auferstehungsklang sei das gewesen an jenem Ostersonntag, so jung und frisch wie ein kluges armenisches Kind, der die Bedrängnis habe vergessen lassen, in der die Gemeinde hier lebe. Eine alte Gemeinde zwar, weil die Armenier hier viele Tausend Jahre gesiedelt hätten, aber auch alt im anderen Sinne des Wortes, weil, obschon im vergangenen Jahr sieben oder acht Kinder geboren worden seien, doch mehr Alte stürben, als Junge geboren würden, und manche gäben der Bedrängnis nach, wer könne es ihnen verübeln, sie verkauften ihre Häuser und alles Hab und Gut und gingen fort, nach Kalifornien, nach Kanada, nach Frankreich, nach Armenien, dorthin, wo es mehr Toleranz gebe und man nicht so winzig und bedrängt sei in einer feindlichen islamischen Welt. Denn feindlich sei sie, dafür würden die Mullahs sorgen, jeden Freitag, in jeder Moschee. Und allein in die Musallah passten achtunddreißigtausend Muslime, und die sei voll, jeden Freitag!

Das könne er morgen sehen, wenn er hinginge, sie kämen mit Bussen angereist, um zu hören von Strafe, Hass und Flamme und Zorn, die Jugend sei jedoch müde von der Religion und sehne sich nach Barmherzigkeit, nach Liebe und Vergebung, sie warte darauf, dass die Mullahs aussterben würden. Auch seine Kirche, obzwar klein, sei voll gewesen, denn nichts sei so wichtig im armenischen Leben wie das Osterfest, der Ostergottesdienst: Zwischen den Gesängen Bekreuzigung, Gebet und Stille, aufstehen und sich setzen in gebotener Folge, die fünf Messdiener, sie hätten lange Stangen getragen, zwei mit Laternen, zwei mit Kerzen und zwei mit der silbernen Scheibe, das Symbol der Sonne, die erzittere, wenn der Gesang von der Empore ertöne, das Schwenken des Thuribulums, aus dem der Weihrauch dufte, die heilsamen uralten Rituale der Orthodoxie. Nach dem Gottesdienst habe man draußen wiedergeboren in der Sonne gefeiert, fast die ganze Gemeinde habe sich versammelt, geschützt von der Mauer rundherum, Kinderlachen, Eierklopfen, »ich hab natürlich verloren«, Tosunian lachte auf, kein einziges Ei hätte er essen können, hätten ihm nicht die Kinder welche geschenkt, so fröhliche Menschen, so leuchtende Augen und freie Gesichter!

Und dann dieser Mann, dieser Fremde. Er habe ihn nicht bemerkt zuerst, ganz rechts auf einer Bank habe er gesessen, halb hinter dem Pfeiler, vor dem sein Bischofsstuhl stehe, auf den er sich setze, wenn der Diakon predige, er habe ihn nur halb sehen können, nur wenn er ganz rechts auf der Bühne

vor dem Altar gestanden habe. Er kenne all seine Gemeinde-
mitglieder, seit sechzehn Jahren sei er hier tätig und mit jedem
habe er gesprochen, da falle es auf, wenn ein Fremder unter
den Gläubigen sitze, selbst wenn ihn nicht sein Äußeres ver-
rate, sondern die Distanz, die man fühle, eine Distanz zu allen
anderen, nicht in Zentimetern, sondern in der Temperatur, in
der Kühle, in der fehlenden Wärme. Diese Kühle habe er sogar
gefühlt, als er dem Mann, der sich eingereiht habe, am Ende
des Gottesdienstes die in Wein getränkte Hostie in den Mund
gelegt und ihn gesegnet habe.

Zunächst habe er vermutet, es sei einer von Mohseni-Ejeis
Leuten vom VEVAK, vom Geheimdienst, die seien ja überall,
und weil sich der Bischof bei dieser Bemerkung unwillkürlich
umsah, fragte Schlüter, ob man abgehört werde, hier, und auch
er sah sich um, als suche er Wanzen an Lampen oder auf Bil-
derrahmen, als sei er ein James Bond oder ein Philip Marlowe.
Er senkte die Stimme und flüsterte, ob es nicht besser sei, man
würde …?

Nein, erwiderte der Bischof, er bemühe sich, stets so zu
reden, dass alle mithören könnten, an jedem Ort, alles andere
ergebe keinen Sinn, man werde sonst verrückt, man werde ja
schizophren und wüsste bald nicht mehr, ob man seine eigene
Meinung sage oder die gewünschte, und schlimmer noch, ob
man seine eigenen Gedanken denke oder die der anderen, denn
schließlich denke man, bevor man rede, deshalb wäge er seine
Worte genauer nur, wenn er offiziellen Besuch habe oder dies
vermute, dann erst unterscheide er offizielle von inoffiziellen
oder halboffiziellen Worten. Eine schwierige Unterscheidung,
die etwas – er lächelte, doch es stand eine Angestrengtheit in
seinem Gesicht – diplomatisches Geschick erforderlich mache.

»Ja, dieser Mann«, sagte der Bischof und blickte wieder
auf das Foto, das er immer noch hielt in der beringten Hand,
der habe nach dem Gottesdienst draußen für sich gestanden,

allein, mit dieser Kühle um sich her, obwohl die Sonne warm geschienen habe, und einer Einsamkeit, die habe er, Tosunian, gespürt wie einen Schmerz am eigenen Leib, die grenzenlose Einsamkeit eines Menschen, der nirgendwo dazugehört und sich nach Gemeinschaft sehnt.

Als sich die Gemeinde aufgelöst hatte, am Ende, sei er ihm, dem Bischof, in die Kirche gefolgt, er wolle eine Frage stellen, habe der Fremde gesagt. Man habe zusammen neben dem Altar gestanden, dort, wo in der Nische das Symbol für die Toten von Deir ez-Zor stehe, eine Silberschmiedearbeit, in der Reliquien eingesetzt seien, Knochen nämlich, menschliche Knochen, die man in der Wüste gefunden habe vor nicht langer Zeit, dort im Sand würden sie liegen, geblichen von der Sonne, immer noch, bald hundert Jahre lang, Knochen von vieltausenden Unbestatteten, Märtyrer sie alle, denn sie seien für ihren Glauben gestorben, weshalb die armenische Kirche anstrebe, alle ermordeten Armenier heiligzusprechen, das jedoch, fuhr der Bischof mit einer entschiedenen Handbewegung fort, sei ein anderes Thema.

Er habe das alles dem Fremden erzählt, als er mit ihm vor der Nische gestanden habe, vor der mit den Knochen Ermordeter besetzten Silberarbeit, gefertigt von einem der Schmiede von Täbris, einer von denen, die ihre Wurzeln in Van hätten, wo *das Geschehen* seinen Anfang genommen habe im Jahr 1915. Das alles habe er dem Fremden erklärt und gedacht, dass dies seine Frage gewesen sei, »und plötzlich hat er mir gesagt, er sei kein Christ«. Er sei Muslim, aber er interessiere sich für das Christentum, weshalb er am Gottesdienst teilgenommen habe, denn es stimme doch, dass ein jeglicher in einer christlichen Kirche willkommen sei, gleich welcher Religion er angehöre?

»Und dann«, schloss der Bischof, nachdenklich und langsam sprechend, »dann hat er mich gefragt, ob ich ihn in den christlichen Glauben einweihen könne. Einweihen!«

»Was haben Sie ihm geantwortet?«, fragte Schlüter.

Dieses Gespräch mit dem Unbekannten habe er sofort abbrechen müssen, sagte der Bischof und senkte das Kinn. Falls jemand davon erfahre, dass er vom Christentum berichte, gelte das als Bekehrungsversuch, als Missionstätigkeit, darauf stehe die Todesstrafe und die Existenz der armenischen Gemeinde sei in Gefahr. Da müsse er sich für die vielen und gegen den einen entscheiden. Er werde auch sonst mitunter von Muslimen zum Christentum befragt, besonders von jungen Leuten, denn, er habe es schon gesagt, die Jugend sei neugierig und müde vom Islam, man sehne sich nach Offenheit und Vergebung, nach Fröhlichkeit, nach Zuversicht, es gebe viele, die heimlich Christen geworden seien, Hunderttausende bestimmt, die Bibel zirkuliere im Untergrund und man treffe sich zu versteckten Gottesdiensten.

Er habe geantwortet, beider Religionen Ziel sei es, ein gottgefälliges Leben zu führen, und ein jeder möge das innerhalb des seinigen Glaubens tun.

»Und dann sagte ich zu ihm: ›Du bist ein Muslim, also versuche, ein möglichst guter Muslim zu sein.‹«

Und zuletzt, der Bischof senkte die Stimme, habe er dem Fremden geraten, nach Jerewan zu fahren, in zehn Stunden könne er dort sein, ein Katzensprung in eine andere Welt, in Armenien könne er sich besser informieren als bei einem unbedeutenden Bischof einer zwar geografisch großen, aber, gemessen an der Anzahl der Gläubigen, so kleinen Diözese und am Ende, jetzt flüsterte der Bischof doch, »habe ich ihm eine Adresse gegeben, von einem *Sammler*. Ich habe ihm jedoch nicht gesagt, dass er ein *Sammler* ist.«

Er erklärte nicht, was ein *Sammler* sei, und Schlüter warf nur einen fragenden Seitenblick auf Anahid, die nickte, als wisse sie, was ein *Sammler* sei, und wie um vom Thema abzulenken, sprach der Bischof wieder in seiner normalen raumfüllenden tiefen Stimme einige belanglose Sätze, das Osterfest betreffend.

»Haben Sie mit ihm Aseri oder Armenisch gesprochen?«, fragte Anahid, die bisher schweigend zugehört hatte.

»Er Türkisch und ich Aseri«, antwortete der Bischof. Man verstehe sich gegenseitig. Er habe zwar einige armenische Worte benutzt, aus Testgründen, sicher sei er sich allerdings nicht gewesen, ob er verstanden worden sei.

»Haben Sie ihn nicht wiedergesehen?«, fragte Schlüter.

»Nein. Tut mir leid, dass ich Ihnen nicht weiterhelfen kann. Zumal Sie so weit gereist sind.«

»Wissen Sie irgendetwas über seinen persönlichen Hintergrund? Familie? Wohnort? Beruf?«

»Nichts. Nein, leider.«

»Kennen Sie das *Café Leo*?«, wollte Anahid wissen.

Der Bischof lachte und atmete auf, denn nun befanden sie sich wieder auf sicherem Gelände »O ja«, sagte er. »Ich höre viel davon. Unsere jungen Leute sind gern dort. Es gibt Cocktails und Pommes, Kuchen und guten Kaffee. Und es ist ein Armenier aus unserer Gemeinde, der ihn braut. Es heißt, es hat etwas – wie soll ich sagen? – Westliches dort. Ich selbst gehe nicht aus.«

Sie versanken in Schweigen. Schlüter überlegte, ob er den Zettel mit den armenischen Namen vorzeigen sollte. Die Dame, die den Tee gebracht hatte, erschien, lächelte schüchtern, schenkte nach und flüsterte dem Bischof etwas ins Ohr.

»Ich habe nicht mehr viel Zeit«, erklärte der Bischof, als sie die Tür hinter sich geschlossen hatte. »Ich bin in Urmia verabredet mit meiner dortigen Gemeinde.« Er setzte die Fingerspitzen beider Hände gegeneinander. Ein Mann des Geistes, der besser mit Papier als mit der Axt hantieren konnte.

»Ich weiß nicht, wie ich anfangen soll«, sagte der Bischof schließlich. »Ich habe ein Problem und ich möchte Ihre Meinung hören.«

Gestern habe er Schreckliches erlebt. Seine tiefe Stimme wurde rissig. Er sei in den Norden gefahren zum Stephanos-Kloster, um sich den Fortschritt der Renovierungsarbeiten anzusehen und auch, weil er eine Nachricht bekommen habe, dass an der Grenze etwas passieren werde. Das Kloster liege unmittelbar an der Grenze zu Nachitschewan. Er habe mitansehen müssen, wie drüben, auf der anderen Seite der Grenze, der Friedhof von Julfa zerstört worden sei. Die Augen des Bischofs wurden feucht. Soldaten seien dort gewesen, mindestens hundert Mann, mit Hämmern und Schlagwerkzeugen ausgerüstet, und sie hätten jeden einzelnen Chatschkar, der dort am roten Hang seit urdenklichen Zeiten von armenischer Kultur gezeugt habe, ein einzigartiger Schatz, in Stücke geschlagen und in den Fluss geworfen, das größte, das prächtigste je auf der Welt gewesene Ensemble armenischer Grabsteine. Das Gesicht des Bischofs war noch röter angelaufen, als es schon vorher gewesen war, er schluchzte, seine Lippen zitterten, er begann zu weinen, aber er erzählte weiter, unter Stocken, Husten, Schnäuzen, Schütteln, Zucken, Rucken und Räuspern.

Einen Bischof konnte man nicht in den Arm nehmen. Sie konnten ihn nicht trösten, da er selbst der Tröster war. Sie konnten nur den Blick senken und den Schmerz teilen. Und schweigen.

16

»Puh«, sagte Schlüter, als sie draußen waren. »Meinen Sie, das war richtig?«

Anahid nickte heftig. »Unbedingt! Jeder muss der Wahrheit ins Gesicht sehen, ob sie ihm passt oder nicht. Das gilt nicht nur für den Einzelnen, sondern auch für Staaten.«

Sie standen in der Sonne vor dem Haus des Bischofs. Schlüter drehte sich um und näherte sich dem Tritt, um die beiden Chatschkare zu betrachten.

»In drei Ebenen sind die Reliefs gehauen«, stellte er fest. »Unglaublich!«

»In Julfa standen die schönsten der Welt. Ich glaube nicht, dass wir heute noch Steinmetze haben, die so etwas können. Die Chatschkare von Julfa sind unwiederbringlich verloren.«

Eine Flex kreischte und eine Staubwolke hüllte einen Mann ein, der an den Begrenzungssteinen für die Grünfläche arbeitete. Anahid hatte dem Bischof, der zunächst nur die armenische Presse von Teheran, Paris, Los Angeles und natürlich Jerewan und Beirut informieren wollte, empfohlen, die Aufnahmen von der Vernichtung der Chatschkare von Julfa mit einem Kommentar zu versehen und die Aufnahme ins Netz zu stellen. Es gebe da diese Plattform mit dem Namen ›YouTube‹, wenn der Film dort zu sehen sei, könnten sie auf Berichte in Presse und Fernsehen hoffen. Auf weltweite Aufmerksamkeit. Jedenfalls würde ihm die Wahrheit hier im Iran wenig nutzen und sie hätten die Chance, sie international bekannt zu machen, jetzt, wo es zu spät sei und sie ohnehin nichts mehr verhindern könnten. Selbst schaffe er das nicht, hatte der Bischof eingewandt, auch sei ihm das zu gefährlich.

Dann waren sie auf die Idee gekommen, den Datenträger mit dem Film nach Armenien zu schaffen. Schlüter schlug vor, man könne sich von Jerewan elektronisch mit seinem Büro in

Verbindung setzen, er habe einen kompetenten Mitarbeiter, der den Film von Deutschland aus im Netz veröffentlichen könne. Als der Bischof das hörte, hatte er erklärt, er höchstselbst werde reisen, morgen schon. Er werde, wenn es nötig sei, seinen Kollegen in Jerewan um Hilfe bitten, obwohl er sonst nichts mit dem zu tun haben wolle, denn der habe sich von der politischen Kaste korrumpieren lassen und sich bereichert wie sie, fahre einen unglaublich teuren Bentley – ein anderes Thema, worüber man bei besserer Gelegenheit zu reden habe. Schlüter hatte dem Bischof auf dessen Bitte hin eines der beiden Bilder von dem Mordopfer von Hemmstedt mitgegeben, vielleicht würde er in Jerewan mehr über den Menschen erfahren.

»Woher kommt der Hass?«, fragte Schlüter.

»Er kommt von den Türken. Er kommt von 1915«, antwortete Anahid.

»Das verstehe ich nicht. Das ist doch Aserbaidschan.«

»Stellen Sie sich vor: Sie sind ein Mörder und laufen frei herum. Die Polizei lässt Sie in Ruhe, aber jeder weiß von Ihrer Tat. Wie würden Sie leben? Was würden Sie tun? Wie würden Sie reden?«

Schlüter schüttelte nur den Kopf. Er verstand nicht. Vielleicht würde er später verstehen.

Der Bischof war davongefahren, zu seinem Termin nach Urmia. Er hatte berichtet, dass seine Gemeinde dort um dreitausend Seelen stark sei, größer als die in Täbris. Ein zweites fremdes Körnchen auf riesigem Acker. Sie seien die Brüder und Schwestern der assyrischen Christen in Urmia, an der Zahl mehr als die Armenier, sie hätten eine eigene Kirche, eine sehr alte aus dem 3. Jahrhundert. Ihre Kirchensprache sei Aramäisch, die Sprache Jesu, dennoch seien sie eigentlich Häretiker, vom armenischen Standpunkt aus gesehen, was heute nicht mehr wichtig sei. Die Christen im Orient müssten zusammenhalten, zumal die Assyrer das gleiche Schicksal erlitten hätten wie die Armenier, wie alle Christen im Osmanischen Reich und später in der Türkei. Die Türken hätten versucht, auch sie auszurotten, und auch das würden sie leugnen, natürlich. Das sei, hatte der Bischof mit einem tiefen Atemzug bemerkt, eine eigene Geschichte des Leids, die man ein andermal erzählen müsse. Am Ende hatte er Schlüter gefragt, in welcher Kirche er sei. In keiner? Dann sei er Heide? Nein, Heide sei er nicht, hatte Schlüter erwidert.

»Kein Heide und in keiner Kirche? Ja, Sie können sich das leisten!« Schlüter war dieser Spruch bekannt vorgekommen.

»Was machen wir jetzt?«, fragte Schlüter. »Gehen wir ins Café?«

»Moment noch.«

Sie setzen sich auf eine der Bänke, die am Weg standen. Die Sonne schien durch das Geäst der Bäume. Es war still. Der Straßenlärm hinter dem eisernen Tor nur ein fernes Grollen. Eine Katze schleppte ihr Junges, das sie am Nacken gepackt hatte, über den Rasen, sprang auf einen ausgehöhlten Baumstumpf und verschwand darin, um kurz darauf allein wiederaufzutauchen. Jeder hat seine Probleme, dachte Schlüter. Plötzlich hörten sie den Gesang. Er drang aus einem ockerfarben getünchten Gebäude. Dort öffnete sich jetzt die Tür und sechs oder sieben Kinder kamen heraus, singend, sich an der Hand haltend, voran die Kindergärtnerin. Sie zogen hinüber zum Rasen und setzten sich im Kreis. Zöpfe und Scheitel, Kleider und Hosen und helle Stimmen.

»Sie singen von Hayastan«, sagte Anahid. »Hayastan heißt Armenien.«

Jetzt hörte Schlüter das Wort im Refrain aufklingen.

»Achtundneunzig Prozent aller Armenier wollen aus Armenien auswandern.« Sie schüttelte den Kopf. »Und hier singen sie vom Heiligen Land. Aber es muss wohl so sein.«

»Gehen wir.« Schlüter warf einen letzten Blick auf die Chatschkare, die vor der Tür zum Haus der Diözese standen. Zwei von zehntausend, die geblieben waren. In den Achtzigerjahren hatte der Bischof von Etschmiadsin in Armenien einige weitere evakuiert. Mit einem Lastwagen war er nach Nachitschewan hinuntergefahren und hatte die damals sowjetischen Grenzsoldaten mit Geschenken bestochen, damit sie ihm halfen, die Stelen loszumachen und aufzuladen. Dort stünden sie nun vor dem Sitz des Katholikos.

»Ja«, hatte Tosunian sinniert, »damals waren solche Wahnsinnstaten noch möglich.«

Sie spazierten zum Eingang zurück. Der Pförtner saß in seinem Kabuff und las in einer Zeitung. Er sah nur kurz auf, sein Schnauzbart zuckte und verriet ein Lächeln. Gehende waren nicht so wichtig wie Kommende.

Schlüter zog das eiserne Tor auf. Es waren mehr als zwei Stunden vergangen. Das Tor fiel hinter ihnen ins Schloss. Sie waren zurück in der Islamischen Republik Iran. Sie mussten die Shariati nach links weitergehen bis zur nächsten Kreuzung und dort rechts abbiegen, hatte der Bischof gesagt. Ein Mann schob mit wiegendem Gang einen Handkarren mit einem großen Kessel, unter dem ein Feuer brannte. In dem Kessel pülschte eine sirupdunkle Flüssigkeit, in der Rüben dümpelten wie tote Fische. Der Bürgersteig quoll über von Menschen, die Straße war verstopft mit zweireihig parkenden Autos, alle Läden hatten geöffnet.

Aber das war nicht die einzige Veränderung. Irgendetwas war anders. Die Leute starrten sie an. Ein magerer Mann, ganz in Schwarz gekleidet, kam ihnen entgegen. Er warf einen bösen Blick auf Schlüter und spuckte aus, während er passierte. Schlüter drehte sich erschrocken um. Der schwarze Mann hatte sich ebenfalls umgedreht. Er ging einige Schritte rückwärts, sehr langsam, indem er die flache Hand vor der Kehle entlangzog:

eine Hinrichtung. Dann verschwand er in der Menge. Was war hier los?

An dem Mann vorbei sah Schlüter den Tuchverkäufer. Der war aufgestanden und winkte, zeigte mit dem Finger auf einen Punkt hinter Schlüter. Schlüter drehte sich wieder um. Anahid war weit vor ihm in der Menge der Passanten. Er erkannte ihre weiße Bluse und die schwarzen Haare. Er beeilte sich, sie einzuholen. Ein weiß-grüner Kleinbus fuhr ihm entgegen und stoppte mitten auf der Straße in Höhe der Armenierin. Drei schwarz Uniformierte stiegen aus, die, einen schwarzen Knüppel in der Hand, den Wasserkanal und den Rabattenzaun übersprangen und sie auf dem Bürgersteig verfolgten. Oder verfolgten sie jemand anderes? Einen Bankräuber vielleicht? Einen Dieb? Einen Ausgebrochenen?

Die Uniformierten drängten sich zusammen vor einem Laden und waren darin verschwunden, als Schlüter ihn erreichte, schwer atmend trat er ein. Ein Bildergeschäft, die Wände dicht mit Bildern in allen Größen behängt. Bilder auf Kommoden und Regalen und beidseits des Gangs an die Wand gelehnt. Gerahmte Koransprüche, die beiden Bärtigen vom Flughafen, gestickt, gemalt, fotografiert, in Öl, als Aquarell, als Druck, schwarz-weiß, bunt, gestreift und gescheckt, aber auch westliche Motive, aus der Zeit des *West-östlichen Divans*, als man ein freundliches Interesse, mitunter sogar Enthusiasmus für das Fremde im Osten oder Westen empfand: Gesellschaften adliger Rokokodamen, hochfrisiert, auf Chaiselongues hingestreckt, die halb entblößten Brüste dem geilen Blick ihrer knienden Anbeter preisgebend, oder auf Lichtungen lagernd, im deutschen Wald beim Picknick, tanzende nackte Nymphchen, röhrende Hirsche im Hintergrund.

Schlüter folgte dem Lärm durch den schmalen Bildergang, der wie ein Schlauch in den dunklen Bauch des Ladens hineinführte. Die schwarzen Rücken der drei Uniformierten hatten die Armenierin eingekreist, im letzten Winkel des Ladens. Dort stand sie, Angst im Gesicht und zusammengekrümmt, vor dem Bildnis einer jungen Frau mit langen Haaren, die Brüste von einer engen Bluse bedeckt, die ihre Hand fürsorglich auf die Schulter eines kleinen Mädchens gelegt hatte.

»Mein Gott, Ihre Haare, Sie …!«

Der Ladenbesitzer, ein junger Mann in Jeans mit schmalem Bart verschoss hektische Blicke, tänzelte zwischen den Bildern, einer der Uniformierten redete, ein zweiter machte ein wichtiges Gesicht, während der dritte seinen Knüppel von der einen in die andere Hand gleiten ließ wie ein Jongleur. Das war der Augenblick, in dem Schlüter wach wurde.

»Get the bishop, get one of his staff«, befahl er dem tänzelnden Ladenbesitzer, der sofort verschwand, und wandte sich den Uniformierten zu, zwickte den dritten, den Angreifer, zugleich fordernd und vorsichtig am Ärmel und rief: »Mann, wir sind aus Deutschland, wir sind Touristen, sonst nichts! Das war ein Versehen!«

Er wiederholte das auf Englisch, ohne Wirkung, Anahid rührte die Arme wie eine Windmühle, mit steinernem Blick, bis Bilder von der Wand fielen, andere, die auf einem Schränkchen darunter standen, umrissen und alle auf den Boden schepperten, wo weitere Bilder das Gleichgewicht verloren und Glas zerbrach, die uniformierten Kerle warfen sich ölige Blicke zu und tuschelten. Der zuerst geredet hatte, begann einen langen Vortrag, dem Anahid standhielt und darauf erwiderte, es folgten Wortwechsel, der Lärmpegel stieg. Schlüter drängte sich zwischen die Polizisten, bis an ihre spitzen Ellenbogen, und sekundierte auf Englisch, ohne Wirkung. Anahid begann zu zittern, ihr Atem flog, sie keuchte, ein Speichelfaden floss ihr aus dem Mundwinkel, doch es war keine Angela nebenan, die sie in den Arm nehmen konnte.

Als der dritte Uniformierte die Hand nach ihr ausstreckte,

schrie sie auf, packte das erstbeste Bild und feuerte es auf denjenigen, der nach ihr gegriffen hatte, es sah aus wie ein Koranspruch. Sie ließ weitere folgen, der Beworfene kreuzte die Arme schützend vor dem Gesicht, wehrte fliegende Ayatollahs, Dichter, Rokokodamen und röhrende Hirsche ab, bis er sich staatsgewaltig auf sie stürzte. Anahid riss den Polizisten mit sich zu Boden, Holzrahmen krachten, Scherben knirschten, die beiden anderen Uniformierten warfen sich pflichtbewusst auf die Liegenden, der Ladenbesitzer, der aus dem Nichts wiederaufgetaucht war, kreischte vor Verzweiflung, die Armenierin schrie um ihr Leben.

»Aufhören, ihr Idioten, sofort aufhören!«, donnerte Schlüter.

Aber sie hörten nicht auf. Schlüters Herz machte Sprünge, unregelmäßig und hart schlug es in seiner Brust, und vor seinen Augen wurde es neblig. Er tastete nach einem der Schränke hinter sich und lehnte sich dagegen. Langsam wurde sein Blick wieder klar.

Es wühlte, keuchte und brüllte im Bilderbrei, bis hinter Schlüter eine Stimme ertönte, eine weibliche, in einer dieser verdammten kaukasischen Sprachen, die er nicht verstand und die er hätte lernen sollen, bevor er sich auf dieses Abenteuer eingelassen hatte, wenigstens zehn Worte von jeder Sprache. Eine ruhige sonore Stimme, ganz frei von Aufregung und Vibration. Sie kam aus dem Mund einer Frau, die Schlüter jetzt durchrücken ließ, kaum mittelgroß war sie, ausgestattet mit markanter Nase in einem runden Gesicht, schlank, mit ordentlich drapiertem Kopftuch, unter dem schwarze gelockte Haare hervorlugten. Sie mochte höchstens Mitte zwanzig sein.

Es war ihre Stimme gewesen, die die Aktion hatte einfrieren lassen. Sie lächelte, trat zwei weitere Schritte vor und während sich zuerst die beiden Hilfspolizisten erhoben und sich der dritte Uniformierte, der Angreifer, mit der Senkrechte abmühte, dabei peinlichen Bilderstaub von seiner Uniform abklopfend, zog die Retterin Anahid aus den zerbrochenen Werken hervor und reichte ihr ein rotes Tuch. Dabei sah Schlüter die Tätowierung auf den obersten beiden Gliedern ihrer mittleren Finger: zwei blaue Kreuze. Sie verbarg die Zeichen nicht, sondern hielt die Hand so, dass die Blicke des Polizisten darauffallen mussten. Sie sprach, verbeugte sich, legte ihre Rechte auf die linke Brust. *Sieh her, ich bin nicht deines Glaubens, aber ich bin eine Besitzerin der Schrift und du sollst nicht die beschimpfen, die einen anderen Gott anbeten, sonst beschimpfst du Gott. So haben wir jedem Volk sein Tun herausgeputzt und ich habe keine Angst.*

Anahid legte sich das Tuch um ihr wirres Haar. Ihr Gesicht war verschmiert, ein bleicher Teig, sie zitterte. Der Ladenbesitzer holte einen Hocker und sie setzte sich. Kurz darauf erschien er mit einem Glas Wasser.

Währenddessen verhandelte die Bekreuzigte mit den Uniformierten, sie sprach leise, bestimmt, mit ruhiger Stimme, wies auf Schlüter, der seinerseits so zurückhaltend wie möglich nickte. Offenbar erwirkte sie den Rückzug der Religiösen, denn nachdem deren Anführer, das Gesicht der staatlichen Autorität wahrend, zu Anahid ernste Worte gesprochen und ein Lächeln versucht hatte, zogen alle drei im Gänsemarsch ab. Was weich ist, ist hart. Der letzte blutete aus einer Wunde an der Hand. Die Glasscherben. Der Ladeninhaber machte sich daran, die Schweinerei aufzuräumen, begleitet von leisem Jammern, was man ohne Sprachkenntnisse verstand.

»My name is Isguhi Melkonian«, sagte die Retterin. »May I help you?«

Schlüter zückte sein Portemonnaie, um den Ladenbesitzer zu entschädigen, dessen Gesicht sich augenblicklich entspannte. Schlüter bat Isguhi Melkonian um Vermittlung. Schließlich wollte er weder als Vandale in Erinnerung bleiben noch im Gefängnis landen.

17

Bis zum *Café Leo* waren es nur ein paar Minuten gewesen. Sie hatten eine lärmende Kreuzung überquert, wobei sie trotz grüner Ampel fast überfahren worden wären. Sie folgten dem Schild *Baron Avak*, gingen zwischen rangierenden Baustellenfahrzeugen und ratternden Presslufthämmern hindurch, vorbei an dem halb fertigen Eingangsportal einer neuen unterirdischen Einkaufspassage, und wechselten auf die andere Straßenseite. Überall wurde gebaut.

Sie saßen an einem langen schwarzen Tisch, jeder eine Tasse Cappuccino vor sich, auf einem Holzbrettchen serviert, ein Täfelchen Bitterschokolade daneben und Sirup zum Süßen. Während Schlüter entzückt das Kunstwerk betrachtete, das der Mann hinter dem Tresen auf den Milchschaum fabriziert hatte, eine Art siebenarmigen Leuchter oder Märchenbaum, holte Isguhi Melkonian die Aufregung nach. Sie sprach Englisch und immer wieder wechselte sie zwischendurch armenische Worte mit Anahid.

»Krasse Aktion.« Sie grinste und nickte anerkennend. »Müssten alle machen.« Die Frau hatte ihren Schleier gelockert, er saß auf ihrem Hinterkopf.

»War nicht beabsichtigt.« Anahid grinste zurück. »Puh.« Sie wurde ernst. »Ich möchte so etwas nicht noch einmal erleben. Ich stehe das nicht durch.« Ihr Gesicht verzog sich und sie kämpfte mit den Tränen.

Isguhi Melkonian nahm ihre Hände und tätschelte sie.

Schlüter betrachtete die blauen Kreuze. »Ich bin völlig erledigt«, gab er zu. Unter dem Tisch fühlte er nach seinem Puls. Fast normal, erstaunlich. »Wie haben Sie das gemacht?«, fragte er Isguhi Melkonian. »Ich meine, so ruhig zu bleiben. So freundlich.«

Die Frau zuckte mit den Schultern. »Diplomatie ist Selbstbeherrschung. Du musst jederzeit mit allem rechnen. Dann regst du dich nicht auf. Regt man sich auf, kann es einen das Leben kosten. Das lernen wir hier, sobald wir sprechen können. Wenn du keine Angst zeigst, hast du Macht.«

Schlüter deutete auf die überkreuzten Hände auf der anderen Seite des Tischs.

»Ihre Kreuze da«, fragte er, »ist das nicht …?«

»Ja, das ist es. Es ist gefährlich.«

»Und warum haben Sie …?«

»Es gibt immer zwei Möglichkeiten. Entweder du weichst zurück und lädst dazu ein, dass sie dich noch kleiner machen, du lügst und verstrickst dich in deinen Lügen. Oder du schlägst einen Pfosten an der Grenze ein, der den anderen sagt: Bis hierhin und nicht weiter.« Sie legte die andere Hand auf Anahids Hände.

Auf jeder Hand zwei Kreuze. Ihr Vorname sei Isguhi, sagte sie, der bedeute ›wahre Herrin‹. Sie lachte, so herrisch sei sie gar nicht, fuhr jedoch ernst fort, das sei der Name gewesen, den die Schwester ihrer Urgroßmutter in Van getragen habe. Von dort stamme ein Teil ihrer Familie, der andere habe seit den Zeiten des Schahs Abbas in Täbris gelebt und ursprünglich in Nachitschewan, von wo sie damals deportiert worden seien. Und Isguhi, die Schwester der Urgroßmutter in Van, sei von den Türken gekreuzigt worden, am 23. Juni 1915, »lebendig, mit Nägeln durch die Hände und Füße, wie der Heiland selbst, und nur mit ihrem lockigen Haar als Kleid. Natürlich hat man sie vorher …«

Schlüter schüttelte sich.

»Und ich, Isguhi Melkonian«, sagte sie und reckte sich, »ich bin die wiederauferstandene Isguhi Hovanessian. Ich habe ihre langen Haare! Ich trage ihr Kreuz! Wir sind daran gewöhnt, an die Grausamkeiten zu denken, die wir erlitten haben. Und mit ihnen zu leben.« Denn die Gegenwart sei das Produkt der Vergangenheit und was früher geschehen sei, könne sich heute wiederholen. Die Grausamkeiten von damals seien Bestandteil des Denkens von Tag zu Tag. Verbrennen, Häuten und Pfählen, das seien die beliebtesten Tötungsmethoden der Türken gewesen, Köpfen und Hängen seien ihnen wohl zu milde vorgekommen, »und wenn sie Zeit hatten, ein Kreuz zu machen, auch das Kreuzigen. Aber die meisten von uns sind auf den Märschen gestorben. Und in der Wüste. Am Ende des Marsches. Fern von Quelle und Schatten saßen wir auf Sand und Steinen, unter der unbarmherzigen Sonne, die zerlumpten Reste des armenischen Volkes. Wir sind verdurstet und gesegnet waren diejenigen, die zuerst verdursteten, und verflucht die Letzten, die das Sterben ihrer Kinder erleben mussten. Unsere Leiber haben die Geier gefressen, es blieben unsere Knochen, sie bleichen bis heute.« In der Erfindung von Grausamkeiten mache es den Türken so schnell keiner nach. Und natürlich im Lügen und Leugnen. Wer aber lüge, mache sich klein, und wer sich klein fühle, tue alles, um groß zu erscheinen, »und so ist deren Politik, von vorn bis hinten«.

Eine Großsprecherei, eine Prahlhanselei, eine Scheinriesigkeit. Jahrzehntelang habe die Türkei die Existenz eines Kurdenvolkes geleugnet und deren indoeuropäische Sprache als »Bergtürkisch« verhöhnt. Nur wer in den Spiegel schauen und die Wahrheit ertragen könne, könne ein normaler Mensch werden. Immerhin habe der Herr Erdoğan kürzlich von den ›kurdischen Brüdern‹ gesprochen und ihnen den Gebrauch ihrer Muttersprache erlaubt.

Isguhi Melkonian schwieg. Es war nicht weit von hier bis drüben in die Türkei.

Anahid streckte beide Zeigefinger in die Höhe, um gleich darauf die Hände wie Muscheln hinter die Ohren zu halten.

»Sami Yusuf«, sagte Isguhi Melkonian. »*Sari Gelin.* Das Lied, das sie auf Hrant Dinks Beerdigung gespielt haben. Sein Lied.«

Schlüter machte ein dummes Gesicht.

»Sie spielen es, weil wir hier sitzen – für uns«, flüsterte sie.

Eine hohe männliche Stimme, lyrischer Gesang, Gitarre.

»Ein armenisches Mädchen und ein muslimischer Junge, sie dürfen nicht zueinanderkommen.«

Dreieinhalb Gedenkminuten. Anahid wischte sich Tränen aus den Augen. *Es waren zwei Königskinder, die hatten einander so lieb*, dachte Schlüter. Wie oft schon. Es gab viele Königskinder auf der Welt.

»Es ist ein türkisches Lied, ein armenisches, ein persisches, ein kurdisches, ein aserbaidschanisches«, sagte Isguhi Melkonian. »Ein Volkslied, das überall gesungen wird. Wir kennen es alle. Doch die Völker, sie vertragen sich nicht. Es könnte so einfach sein …« Sie schüttelte den Kopf. »Es war schon alles einmal einfacher …«

Hier gab es keine leichten Themen und keine Zeit für Geschwätz. Entweder Religion oder Volk. Schlüter fragte, ob so etwas wie vorhin öfter passieren würde.

»Ja, manchmal. Es ist nicht vorhersehbar«, antwortete Isguhi Melkonian. »Gasht-e Ershad heißt der Verein, unsere Religionspolizei. Entschuldigung, aber wenn man mal frei reden kann, muss man das nutzen. Das ist wie frische Luft, wenn man zu lange drinnen gehockt hat. Sie passen auf, dass du anständig gekleidet bist und nicht die allgemeinen Sittengesetze verletzt. Wie lächerlich! Sie lassen uns studieren, wir lernen Sprachen, Elektrotechnik, Psychologie, Wirtschaft, das wird alles geboten hier in Täbris, wir diskutieren über die Probleme der Welt und trotzdem behandeln sie uns wie Kinder, denen die Mutter sagt, sie sollen das Mützchen aufsetzen! Erniedrigend ist das, unwürdig ist das, schlimmer als falsche Politik! Dabei wissen wir nie genau, was verboten ist und was nicht. Klar, dass es ein Schleier sein soll, das wissen wir. Der Rest ist unklar. Frauen werden verhaftet, weil der Schleier zu weit hinten sitzt, weil zu viele Haare zu sehen sind, weil er zu bunt ist, weil die Ärmel zu kurz sind oder unser Manteau eine aufreizende Farbe hat, Rot oder Gelb etwa, oder weil wir eine zerrissene Jeans tragen und ein Stück Haut zu sehen ist oder weil wir einen Hut aufhaben anstelle eines Schleiers oder eines Tschadors. Oder wir färben unsere Haare blau oder pink, haha, oder wir haben ein Tattoo, haha.« Sie ballte ihre Hand mit den Kreuzen. »Oder wir haben zu hohe Stiefel an oder wir tragen zu dickes Make-up oder zu enge Leggins. Keine Frau fühlt sich sicher in den Straßen, es sei denn, sie kleidet sich wie eine Krähe und hat den Zipfel ihres Tschadors im Mund, und dann fühlen wir uns wie eine Witwe kurz vor dem Ersticken. Wie können sie uns erniedrigen und verhaften und wie Kriminelle behandeln, nur weil ihnen die Art nicht passt, wie wir uns kleiden, wie wir aussehen, wie wir – sind? Und wenn sie uns mitnehmen … Sie wissen ja, wie sich Männer benehmen, wenn sie Macht über Frauen haben, unkontrollierte Macht … Ach, Scheiße.«

Schlüter fiel ein, dass er schwarze Frauen auf der Straße gesehen hatte, die einen Zipfel ihres schwarzen Umhangs zwischen den Zähnen hielten. Nun wusste er, warum. Sie wollten den Mund verbergen. Denn welcher Teil des Körpers war sündiger als der Mund, der nicht nur fressen und schreien, sondern auch reizen und küssen und verführerisch flüstern konnte?

Anahid hatte Isguhi Melkonian unverwandt angesehen, während sie geredet hatte, mit leuchtenden Augen. Jetzt senkte sie den Kopf.

»Ich habe ihm angesehen, was er machen will, wenn sie mich mitnehmen«, flüsterte sie und schüttelte sich, als friere sie. »Ich sehe es den Kerlen an. Es gibt eine Menge davon. Sie dachten, sie wären mit mir allein. Und sie dachten, ich wäre eine, die es nicht besser verdient hätte …«

Schlüter hielt sich am Kaffee fest. Vielleicht sollte ich grundsätzlich auf Kaffee umsteigen. Unmöglich wäre das nicht, ein

Leben ohne Ostfriesentee. Man lernt immer dazu in fremden Ländern.

»Wieso ist eigentlich dieses verdammte Kopftuch so wichtig?«, fragte er. »Wollte ich schon immer wissen.«

»Frage ich mich auch«, antwortete Isguhi Melkonian. Sie erhob einen Zeigefinger und deklamierte im Flüsterton: »*Jede Frau aber, die mit unverhülltem Haupt betet, schändet ihr Haupt; denn sie ist ein und dasselbe wie die Dirne. Denn wenn sich eine Frau nicht verhüllt, dann soll sie doch gleich Dirne werden! Wenn es aber für eine Frau schändlich ist, zur Dirne zu werden, so soll sie sich verhüllen.*« Sie machte eine Kunstpause und fuhr fort. »*Denn der Mann wurde nicht um der Frau willen geschaffen, sondern die Frau um des Mannes willen.*«

»Welche Sure?«, fragte Schlüter.

»Falsch!« Isguhi Melkonian lachte. »Steht alles im Ersten Korintherbrief, so ähnlich jedenfalls. Der Koran schweigt zum Kopftuch. Steht nur drin, dass die Frauen ihre Brust bedecken sollen. Das ist ja das Problem. Schweigt der Koran, richtet man sich nach Mohammeds Taten und Worten. Vorschriften aus dem 7. Jahrhundert! Die nur für Frauen gelten. Damit sie was falsch machen können. Damit man sie bestrafen kann. Damit man ihnen Angst einjagen kann. Damit man sie unter Kontrolle hat. Vorschriften, Fehler, Angst, Kontrolle, das ist es. Solange wir die Kopftücher so wichtig nehmen, kommen wir nicht von der Stelle. Wir sitzen auf den drittgrößten Ölvorräten der Welt, schaffen es aber nicht, genug Sprit für unsere eigenen Autos zu produzieren, auch wenn wir ihn geschenkt kriegen. Wir müssen sogar Geschäfte mit dem Großen Satan machen deshalb. Die Frauen hier hocken zu Hause herum, sie kochen und machen sauber und die Männer passen auf, dass die Frauen zu Hause herumsitzen und kochen und sauber machen und nur mit ordentlichem Kopftuch das Haus verlassen, wenn sie damit fertig sind. Und dann noch die Korandeuter, die Mullahs! Wer bleibt übrig und schafft etwas?« Sie hatte sich in Rage geredet. »Ach, tut das gut! Einmal das Gehirn freipusten!«

Schlüter fragte, ab welchem Alter die Frauen das Kopftuch tragen müssten.

»Je nachdem. Ab neun.«

»Warum das denn?«

»Das Kopftuch gilt ab der Geschlechtsreife, wegen der wollüstigen Blicke der Männer. Wann ein Mädchen geschlechtsreif ist, sagt der Koran nicht. Es ist jedoch überliefert, dass Mohammed ein Mädchen geheiratet hat, als sie sechs war, und die Ehe mit ihr vollzogen hat, als sie neun war. Da er kein Kinderschänder gewesen sein kann, denn das zu behaupten wäre ja Beleidigung des Propheten und müsste mit dem Tode bestraft werden, muss das Mädchen also geschlechtsreif gewesen sein, als er … Da war er übrigens reichlich fünfzig.«

Schlüter schüttelte heftig den Kopf. »Aufhören!«, rief er. »Ich kriege schlechte Laune.« Er nahm einen Schluck Cappuccino, davon wurde die Laune besser. Als wäre der Kaffee Tee.

»Ich kann Sie trösten«, meinte Isguhi Melkonian. »Die Regierung hat das heiratsfähige Alter für Mädchen auf dreizehn Jahre hochgesetzt, vor fünf Jahren. Immerhin. Aber jetzt reden sie darüber, wieder die Neunerregel einzuführen.«

Mit Ausnahmegenehmigung könne man schon jetzt ein Kind unter dreizehn heiraten. Und es würden immer mehr werden. Geschäfte, Brautgeld. Sie erklärte, das Grundproblem sei, dass man den Koran wörtlich nehme, weil er das Wort Gottes sei und nicht eines Menschen. Er sei nicht gemacht, sondern geschaffen. Schweige der Koran, sei eben die Überlieferung maßgeblich. Alles werde möglichst eins zu eins umgesetzt. Dabei vergesse man, dass Mohammed vor tausendvierhundert Jahren gelebt habe und sich die Zeiten seither geändert hätten. Die Muslime würden nicht von der Stelle kommen, weil sie den Kopf in die Vergangenheit verdreht hätten.

»Sie nageln sich am 7. Jahrhundert fest«, sagte sie. »Ich frage mich, ob es am Islam liegt. Ich hoffe nicht. Es liegt hoffentlich am Bodenpersonal. Ich weiß es nicht. Sie glotzen auf ein tausenddreihundertfünfzig Jahre altes Buch. Die ganze Zeit. Immer. Sie schreiben ganze Bibliotheken voll über die richtige Gebetszeit oder in welcher Reihenfolge man die rituelle Waschung vornehmen muss, ob man zuerst den Mund und dann die Nase oder umgekehrt und ob man Mund und Nase zwei- oder dreimal ausspülen muss. Oder ob man gegen das Gebot des Fastens verstößt, wenn man im Ramadan Hustensaft zu sich nimmt oder eine überzuckerte Pille. Und sie werden sich niemals einig. Es gibt nur wenige in Ghom, die der Meinung sind, dass die Religion den Menschen dienen soll und nicht andersherum, die das Kopftuch zur Privatsache erklären. Nein, sie übertreffen sich gegenseitig: Wer ist der Konservativste? Wer ist der Härteste? Davon wächst kein Weizen, davon wird kein Buch übersetzt und kein Liter Öl raffiniert. Geschweige denn, dass wir was erfinden. Dafür ist der Große Satan mit seinen Vasallen zuständig. Wir verfluchen ihn und kaufen ihm seine Handys ab, wir tippen auf seinen Computern. Na ja, ein paar kriegen wir auch von China. Trotzdem, wir sind schizophren und wir wissen es, wir sind alle kleine dumme Jungs und noch dümmere Mädchen. Und deswegen sind wir beleidigt!«

Ach, das Bodenpersonal, dachte Schlüter und ihm fiel sein Konfirmationspastor ein, der ihm hatte beibringen wollen, dass der spiddelige Peter Schlüter ein vierzehnjähriger Erbsünder sei, selbst aber schlug der Pastor seine Töchter, und dessen Frau ohrfeigte die Konfirmanden, wenn sie nicht artig genug grüßten. Schlüter freute sich, dass er nicht unter der Knute kirchlicher Moral groß geworden war. Hier, in diesem Land, musste man zuerst einen Intensivkurs in Sachen Religion durchmachen. Ob man wollte oder nicht. Doch sie waren nicht hergekommen, um den Islam zu studieren, sondern um etwas über den Toten von Hemmstedt herauszufinden, der eine Quittung des *Café Leo* in der Tasche getragen hatte.

Schlüter sah sich um. Es war schwer, die vielen neuen Eindrücke aufzunehmen. Ein hoher Raum, der tief in das Gebäude hineinführte. Schwarz die Möbel, rot die Wände. Er saß an einem langen Tisch, ihm gegenüber auf dem kunstledernen Langsofa an der Wand die beiden Frauen, zwischen ihnen ein blitzblank polierter Tisch, ebenso lang, in dem sich ihre Gesichter und die Cappuccinotassen spiegelten. Nirgends sah er das Konterfei der Bärtigen. Rechts die Eingangstür, auf der anderen Seite, ganz hinten im Raum, der Tresen, hinter dem der Kaffee gemacht wurde.

Drei Männer waren dort geschäftig, es klapperte und zischte, eine Tür ging auf und zu und ein kleiner bartloser Mann trug Kuchen und Kaffee die lange Treppe hoch, die in Schlüters Rücken auf der anderen Seite des Raums die Decke zum Obergeschoss durchbrach. Sechs oder sieben Tische, junge Leute, die Cocktails tranken, an einem Tisch drei junge Frauen, die Schleier auf dem hintersten Hinterkopf, an einem anderen ein turtelndes Pärchen, die Hände auf dem Tisch verflochten, an einem dritten vier Jungen im Schüleralter, die schwätzend Pommes aus einer Schale aßen. Aus den Lautsprechern sehnsuchtsvolle Klaviermusik, Schlagzeug, eine Geige, jazzige Einlagen. Eine Musik, zu der man ein gutes Buch hätte lesen oder den Vögeln vor dem Fenster im Hollenflether Moor hätte zusehen können. Faranak, erläuterte Isguhi Melkonian, sehr beliebt hier, aber nicht offiziell, auch sie ausgewandert ins Land des Großen Satans, das so verlockend sei. So verkommen, so sündhaft, so herrlich.

Es hätte eine entspannte Kaffeerunde sein können, weitab von allen Problemen.

Schlüter zog das Bild des Toten aus dem Jackett und schob es vorsichtig zu Isguhi Melkonian über den Tisch. Er erklärte die Zusammenhänge und was sie von ihm über den Bischof erfahren hatten.

»Wir suchen Leute, die diesen Mann kennen und uns sagen können, wie er heißt und wo er gewohnt hat. Er war am 31. März hier.«

Isguhi Melkonian schüttelte den Kopf. Sie warf einen Blick hinüber zum Tresen und winkte. Der kleine Mann, der inzwischen wieder zurückgekehrt war, kam zu ihnen. Sie öffnete die Speisekarte und bestellte sich einen Kuchen mit dem Namen ›Paradiesschnitte‹. Dann legte sie das Bild in die Speisekarte und sagte etwas. Der Mann antwortete und es wurde hin- und hergeflüstert.

»Er kann sich erinnern«, übersetzte Isguhi Melkonian, als der Mann wieder fort war. »Er war hier, sagte er, das Datum weiß er nicht mehr. Aber es kommt ungefähr hin mit dem 31. März.«

»Hat er mit ihm geredet?«, fragte Schlüter ungeduldig. »Was hat er gesagt?«

»Er sagt, dass der Mann gesagt hat, dass er aus der Türkei kommt. Dass er in Göreme arbeitet.«

»Hat er Armenisch gesprochen?«

»Das probieren wir lieber gar nicht erst. Armenisch sprechen wir erst, wenn wir uns sicher sind.«

»Und was noch?«

»Dass er ihm komisch vorkam. Irgendwie – neugierig. Sehr gesprächig. Ein bisschen klebrig sogar.«

Schlüter wollte eine Frage stellen und dem Tresenmann den Zettel mit den armenischen Namen zeigen. Doch dazu kam er nicht mehr.

Die Eingangstür öffnete sich und ein Mann trat ein, auch er dunkel gekleidet, drahtig, ein schwarzer Dreitagebart, ein kleiner Ahmadinedschad. Seine Augen durchflipperten den Raum und er setzte sich an einen freien Nebentisch, in Schlüters Rücken. Die Musik brach ab, die Stille hielt den Atem an. Und dann ertönte ein Leiergesang zu einem Saiteninstrument, das sich anhörte wie die ewig wiederholte Kalligrafie an der Wand einer Moschee. Jemand hatte die Lautstärke aufgedreht. Die drei Frauen drüben zupften an ihren Kopftüchern, das Pärchen lehnte sich in den Stühlen zurück, die Pommesjungs hörten auf zu lachen. Sie waren wieder im Iran.

Isguhi Melkonian dagegen ließ ihr Kopftuch, wie es war, sie griff zur Serviette, wischte sich umständlich den Mund damit ab, jetzt hatte sie einen Stift in der Hand, schrieb etwas darauf und drehte es so, dass Schlüter lesen konnte: *This man secret service.* Schnäuzte sich in die Serviette und schob sie in die Hosentasche.

»*Musik ist wie eine Droge*«, sagte sie leise. »*Wer immer sich ihr hingibt, ist nicht mehr in der Lage, sich wichtigen Aktivitäten zu widmen. Wir müssen sie vollständig eliminieren.* Ein Spruch vom Big Chief damals, als er aus Paris gekommen war, um uns vor dem Schah zu retten. Und das alles, weil The First Dictator unmusikalisch war. Aber sie haben es nicht geschafft. Wir lieben die Musik noch immer. Gott hat uns die Freude daran gegeben, nicht der Teufel.«

Sie lachte und winkte dem Kellner. Sie bestellten einen zweiten Kaffee, während Schlüter kurz überlegte, wie viele Religionen es gab, die Musik und Tanz verboten und alles andere, was Spaß macht, bis runter zu den Pietisten von Hermannsburg, und ob es die Amerikaner waren, die Deutschland die Demokratie gebracht hatten, oder ob es doch nur Elvis, Bill Haley und Little Richard waren, die ihnen den Willen zur Freiheit ins Zwerchfell gestampft hatten. Isguhi Melkonian erhöhte die Lautstärke des Gesprächs. Sie fragte, ob sie schon in Kandovan gewesen seien, und erzählte, dass Kandovan eine Stadt im Fels sei, die Leute wohnten in Höhlen, die sie in den Tuffstein geschlagen hätten. Große Attraktion, unbedingt hin. Oder ob sie nicht zu den Roten Bergen fahren wollten, nicht weit von hier, gleich im Süden hinter der Stadt, um von oben die Aussicht über das Land und die neu gepflanzten Bäume zu genießen, dort gebe es eine Seilbahn bis auf den Berg. Herrliche Aussicht. Man würde sogar Windmühlen planen. Und zwischendurch flüsterte sie, es sei das Beste, sie würden für heute ins Hotel zurückkehren. Alles Weitere müsse warten, bis sich der Staub gelegt habe. Der Mann dort drüben sei sicher nicht allein. Sie würden beschattet werden, jedenfalls heute, morgen aber sei ein neuer Tag. Fürs Erste gelte es, normale Touristen zu sein. Und ansonsten, so fügte sie mit leiser Stimme hinzu, dürfe man auf keinen Fall zu erkennen geben, dass man in armenischen Angelegenheiten unterwegs sei, denn es könne schnell zur Katastrophe kommen, wenn man ohne Schutz sei.

»Passen Sie auf!«, warnte sie. »Lassen Sie auf keinen Fall erkennen, dass Sie Kontakt mit uns hatten!« Und sie sagte noch mehr zu Anahid, was Schlüter nicht verstand.

»Scheiße«, meinte Schlüter. Mit Geheimdiensten hatte er nicht jeden Tag zu tun. Er konnte sich an das Kaffeetrinken gewöhnen, aber nicht, vom Geheimdienst beschattet zu werden.

»Halb so schlimm«, tröstete Isguhi Melkonian ihn. »Man darf nicht vergessen, es sind auch unsere Freunde. Sie passen auf uns auf. Denn wir sind die Dhimmis, die Andersgläubigen, die Schutzbefohlenen. Ohne den Geheimdienst könnten wir hier nicht leben. Außerdem passt er natürlich auf, ob wir uns an die Regeln halten.«

»Wo ist Göreme?«, wollte Schlüter wissen.

»Ziemlich weit im Westen«, antwortete Isguhi Melkonian. »Also von hier aus und in der Türkei.«

»Teppichstadt«, sagte Anahid. »Seidenraupen. Teppichknüpfereien. Tuffsteinkirchen aus dem 7. Jahrhundert, aus der vorislamischen Zeit. Vielleicht wollte der Ermordete nach Kandovan, um mal andere Tuffsteine zu sehen?«

»Ich würde gern mit dem Mann vom Tresen reden«, überlegte Schlüter laut. »Das geht jetzt wohl nicht mehr.«

Nein, das ging jetzt nicht. Und es ging auch nicht mehr, ihm die Liste mit den armenischen Namen zu zeigen.

Sie bezahlten und verließen das Lokal. Draußen drehte Schlüter sich um: *Café Leo* stand an der großen Scheibe, in ordnungsgemäßer lateinischer Schrift.

Während sie sich ihren Weg zurück in die Shariati bahnten, durch ratternde Presslufthämmer und Wagenkolonnen, erklärte Isguhi Melkonian, neulich, als sich der Tag gejährt habe, an dem der Völkermord an den Armeniern im Osmanischen Reich begonnen habe mit der Verhaftung und Hinrichtung der armenischen Elite, am 24. April 1915, seien über Nacht Plakate an den Wänden der armenischen Häuser und vor der Diözese erschienen, auf denen die Faschisten gegen die Armenier hetzten. *Lüge. Armenische Lüge. Der Völkermord ist eine Lüge der Armenier, mit der sie die Türken erpressen wollen.* Das geschehe jedes Jahr und jedes Jahr entferne der Geheimdienst die Plakate.

»Sie wissen es alle«, stellte sie fest. »Sie wissen, dass sie lügen. Und sie können es nicht sein lassen. Sie müssen immer dran rumfummeln. Sie haben schmutzige Hände und deshalb müssen sie sie immer waschen. Und sie begreifen nicht, dass ihre Hände niemals sauber werden.«

»Warum?«, fragte Schlüter. »Wir sind doch gar nicht in der Türkei.«

»Karabach«, antwortete Isguhi Melkonian. »Hauptsächlich Karabach.«

Sie waren am eisernen Tor der Diözese angelangt und bevor Schlüter fragen konnte, was die Aseris im Iran am Völkermord an den Armeniern in der Türkei so wichtig fanden und was es mit Karabach auf sich hatte, verabschiedete sich Isguhi Melkonian. Sie wolle zurück in die Diözese, sie habe sich einen

Termin beim Bischof holen wollen, als der Alarm gekommen sei, das wolle sie nun nachholen.

»Was will sie beim Bischof?«, fragte Schlüter, als sie fort war. Er überlegte, wo er das Wort ›Karabach‹ schon einmal gehört hatte. Da war doch mal was. Er würde Anahid bei nächster Gelegenheit danach fragen.

»Sie will ihn um Hilfe bitten. Sie möchte, dass ihr Bruder versetzt wird. Der ist beim Militär, er ist oben an der Grenze eingesetzt. Er ist in Lebensgefahr.«

»Lebensgefahr?«

»Ja, er ist der einzige Armenier in seiner Kompanie. Da kann viel passieren. Sehr viel. Zumal oben an der Grenze. Erst recht nach der Sache mit dem Friedhof von Julfa.«

Schlüter war müde, ihm tat der Leib weh wie nach schwerer Arbeit, als wäre es nicht erst Nachmittag, sondern schon tiefe Nacht. Er hatte zu wenig geschlafen und zu viel erlebt. Es war ihm sogar egal, ob sie beschattet wurden. Und der Friedhof von Julfa war ihm auch egal. Er hasste Friedhöfe. Er hatte die Pflege für das Grab seiner Eltern in Husum einer Gärtnerei übertragen. Er war nie wieder hingegangen. Friedhöfe waren kein Ort der Andacht für ihn. *Denn der Staub muss wieder zu der Erde kommen, wie er gewesen ist, und der Geist wieder zu Gott, der ihn gegeben hat.* Er wollte seine Ruhe haben und folgte dem roten Kopftuch von Anahid, das vor ihm im Gedränge der Menschen auf und ab wippte.

Wenig später betraten sie die Lobby des Hotels, der Narbige von der Rezeption nickte ihnen zu, sie durchquerten den Flur, stiegen langsam die Treppe empor in den zweiten Stock, vorbei an den mächtigen Spiegeln, in denen sie Fremde sahen, gingen auf den dicken Teppichen durch den düsteren Gang und verschwanden in ihren Zimmern.

Immerhin. Sie waren einen Schritt weiter. Und einen Schritt tiefer hinein. Der Tote von Hemmstedt war tatsächlich in Täbris gewesen. Er war aus der Türkei gekommen und hatte in einem Ort namens Göreme gearbeitet. Dennoch nahm Schlüter die Angst mit in den Schlaf, dass die Probleme, mit denen sie hier zu tun hatten, größer waren als sie selbst. Morgen würde der Bischof nach Jerewan fahren und den Film von der Vernichtung der Chatschkare veröffentlichen. Das würde Folgen haben und niemand konnte wissen, welche.

18

Der Mann, der vor dem Frühstücksraum an einem Tischchen saß, darauf ein Schild *Taxi*, der auf einem Taschenrechner tippte, geschäftig schien, ein Stück Papier vor sich, darauf Zahlen mit vielen Nullen – ob er vom Geheimdienst war? Jeder musste an ihm vorbei, jeden lächelte er an, nickte, niemand sprach mit ihm. Was war sein wahres Geschäft? Oder der magere Schnauzbart, der langbeinig zwischen Küche und Frühstücksraum pendelte, Fladenbrot, Feta, Gurken, Tomaten, Eier und einen roten Omelettebrei brachte, bedächtig Butter- und Honigschächtelchen auf dem Büfetttisch arrangierte, für frischen Tee im Samowar sorgte, die schmierigen Plastikfolien abgefrühstückter Tische mit seinem grauen Tuchklumpen wischte, müden Blickes, als erwarte er nichts mehr vom Leben, wer wusste das schon, vielleicht war das nur seine Tarnung – ob er vom Geheimdienst war? Er sah jeden, er schwieg und er lächelte nie. Oder der Mann drüben, der an einem der Tische frühstückte, ein Stück vom Fladenbrot riss, darin Butter und Käse einschloss und sich kauend hinter seiner Zeitung verbarg, als ginge ihn das Leben nichts an – ob er vom Geheimdienst war?

Außer ihm gab es weitere fünf Gäste, zwei Damen, an deren weit vorn aufgesteckten Schleiern zu sehen war, dass sie Ausländerinnen waren, Französinnen, wie Schlüter jetzt hörte. Eine einheimische Familie mit zwei Kindern, zwei Mädchen im Grundschulalter, das eine bereits heiratsfähig, da mit Kopftuch, die Mutter bleich und müde, der Vater schwer und breitbeinig. Sie alle frühstückend vereint unter der bombastisch braun vertäfelten Decke mit den eingelassenen grellen Lichtern, die auf den Plastikfolien der Tische und den metallenen Stühlen widerglitzerten. An der Wand zur Küche ein Bild: Mecklenburger Allee im Herbst, alte Bäume, nach denen man sich hier wohl sehnte.

Dennoch, Schlüter genoss die Einsamkeit und Ungestörtheit, ein Geschenk, das die Fremde dem Fremden macht. Er war nicht in seinem Zimmer auf sich selbst geworfen, einsam im Raumschiff unterwegs in fernen Galaxien, sondern unter Menschen, die Nasen, Ohren und Augen hatten wie er selbst. Auch wenn sie vielleicht vom Geheimdienst waren und wissen wollten, was er unternehmen würde. Erst einmal würde er überhaupt nichts tun. Er würde auf seine Reisegefährtin warten, die sicher noch schlief, dabei in dem Buch lesen, das er sich mit nach unten genommen hatte.

Er war gestern nach der Rückkehr von der ersten Expedition in die Stadt erschöpft auf sein Bett gesunken und eingeschlafen. Im Morgengrauen hatte ihn der gutturale Ruf des Muezzins geweckt. Hitler und Konsorten waren dort geblieben, wo sie hingehörten, nämlich in der Hölle. Er hatte sich einen Tütencappuccino, Wiener Melange, bereitet, Staschinskys Empfehlung war das, er hatte geduscht, ein wenig gelesen und gewartet, das bleischwere Licht ignorierend und das Gurgeln des Kühlschranks, bis es sieben Uhr gewesen war.

Und nun saß er hier, am Tag des Freitagsgebets, und dachte darüber nach, wer vom Geheimdienst war und was der Bischof gestern über die Religion in diesem Land gesagt hatte. Die Große Moschee, in der achtunddreißigtausend Menschen auf den Imam hörten. Die Kirchen zu Hause, in denen am Sonntag fünf alte Weiblein dem Pastor lauschten, während der Rest der Bevölkerung Yoga machte und an gutes Karma glaubte. Die schiitische Religion, hatte der Bischof gesagt, unterscheide sich, streng betrachtet, nicht sehr vom Christentum, denn Jesus und Hussein, der Prophet der Christen und der Enkel Mohammeds und rechtmäßige Imam der Schiiten, beide waren sie einem Verbrechen zum Opfer gefallen, der eine einem Justizmord, der andere einer feindlichen Übermacht, die ihm in der Wüste bei Kerbela eine Falle gestellt hatte, beide Märtyrer, beide ermor det, beide unbefleckt, unschuldig und beide weise. Die Christen warteten auf den Jüngsten Tag, die Schiiten auf die Wiederkehr des Verborgenen Zwölften Imam und manche behaupteten gar, er werde mit Jesus gemeinsam erscheinen, Hand in Hand, im Ewiglicht der Liebe. Beide, so das große Versprechen, würden Gerechtigkeit auf Erden bringen. Eigentlich eine schmale Differenz.

Der schiitische Islam, hatte der Bischof gesagt, war zur Weichheit, zur Toleranz und zu Wendungen fähig, die keine der Rechtsschulen des sunnitischen Islam zuließen. Man müsse den Rahmen nur nutzen, den die alten Schriften den Schiiten gaben, aber das geschehe gerade zurzeit nicht im Iran, die Hardliner seien an der Macht, sie und ihre Scharia, das sei zum Gotterbarmen ärgerlich. Die Mullahs maßten sich an, den verborgenen Imam auf Erden zu vertreten, bis er wiederkomme, eines Tages. Mit diesem Winkelzug würden sie ihre Macht rechtfertigen und sich Gott gleichmachen. Dennoch, hatte er am Ende gesagt, im Iran herrsche geradezu Religionsfreiheit, im Gegensatz zur Türkei, die durch Zollverträge, Beitrittsverhandlungen und die NATO so eng mit dem Westen verbunden sei.

Der Genuss wurde schal im Überfluss und Schlüter wurde ungeduldig. Das unruhige Tier in seiner Brust, die Angst, die Kontrolle zu verlieren, war erwacht. Es erhob sich und begann zu knurren. Wo blieb seine Reisegefährtin? Er holte sich noch einen Tee, verzehrte noch ein Fladenbrot mit Honig, schmierte sich die Finger ein, weil die Deckelfolie eingerissen war, prüfte zum dritten Mal die blaugrünen gekochten Eier und verschmähte sie, stand auf und setzte sich wieder, betrachtete die braun-weiß melierten Schachbrettfliesen, vermisste eine Zeitung, mit der man die Gegenwart bezwingen konnte, beneidete den Fastgeheimdienstler um seine, las weiter in seinem zeitfernen Buch und beschloss am Ende, nach dem Rechten zu sehen.

Er verließ den Frühstücksraum. Der Mann mit dem Taxischild nickte und lächelte. Vor Anahids Zimmertür im zweiten Stock fand er einen Zettel. *Bin unterwegs mit dem Bischof, komme erst morgen zurück. Entschuldigung. Seien Sie vorsichtig. Schlage Treffen hier um 16 Uhr vor.*

Schlüter brummte enttäuscht und sah auf seine Uhr: nach zehn. War sie heute früh um sieben schon gegangen oder hatte sie sich nüchtern aus dem Staub gemacht, während er im Frühstücksraum auf sie gewartet und seine Nase ins Buch gesteckt hatte? Schlüter nahm den Zettel, schloss sein Zimmer nebenan auf. Es war unverändert trist, das Licht grau und schwer, der Kühlschrank rumpelte und schnappte nach Luft. Er setzte sich auf den einzigen Sessel, öffnete das Buch und begann zu lesen, ohne den Text wahrzunehmen, weil er sich in der zweiten Stufe seines Bewusstseins ärgerte, und zwar über sich selbst. Sollte er sich hier einkapseln und auf eine junge Frau warten, den ganzen Tag totschlagen und den nächsten auch, weil er allein und unfähig war zu irgendeiner Tat? Er wollte lieber fortziehen, denn etwas Besseres als dieses Zimmer würde er überall finden. Entschlossen warf er sich sein Jackett über, steckte das Buch ein, als wäre es ein Pfand für seine Sicherheit, und ging die Treppen hinab, lautlos auf dickem Teppich, unterwegs seinen Anblick in den hohen Spiegeln prüfend. Natürlich sah jeder, dass er ein Fremder war.

Er verließ das Hotel, machte einen Bogen um die Taxifahrer, weil er immer noch nicht nach Kandovan wollte, und überquerte die Kreuzung. Der Himmel war blau und die Luft frisch. Jenseits war der Golestan-Park, eine Anlage mit hohen Bäumen, Teichen, Bänken und Blumen.

Er landete auf einem improvisierten Flohmarkt. Alte Männer, die lange Geschichten in ihren Gesichtern trugen, hatten ihre Waren vor den Füßen auf dem Pflaster ausgebreitet, sie boten Zeug an, von dem Schlüter sich nur schwer vorstellen

konnte, wer es gebrauchen konnte: getragene Schuhe, Kneif-
zangen mit Lücken im Gebiss, rostige Zahnräder, Kabelreste,
schmutzige Zelte, zerbrochene Scheinwerfer. Keine Frau. Niemand achtete auf ihn, jedenfalls schien es ihm so. Er durchquerte das Gewimmel in die Richtung, aus der er am Morgen
den Muezzin gehört hatte. Er kam an einer Säule vorbei, um die
herum lauter Skulpturen mit Männerköpfen obendrauf standen, und passierte lange Wasserbassins, bis er an das jenseitige
Ende des Parks gelangte. Dort stand an einem Kreisverkehr ein
Bus, in dem der Uniform nach zu schließen Polizisten saßen,
die nichts anderes taten, als auf Verbrecher zu warten. Es kamen
aber keine.

Schlüter lehnte sich an eine halbhohe Mauer und drehte
sich einige Male unauffällig um, wie einer, der sich ausruht
und sich orientiert, doch er sah niemanden, der ihm folgte. Er
spürte nur die neugierigen Blicke der Einheimischen, die ihn
streiften, manche nickten ihm freundlich zu, einige murmelten
»Welcome« und niemand beobachtete ihn geheimdienstlich.
Vielleicht war das alles Einbildung? Woher wollte Isguhi Melkonian wissen, wer für den Geheimdienst arbeitete? Und war er
nicht ein wenig paranoid? Das Leben der Armenier in diesem
Land, als winzigste christliche Minderheit unter der schiitischen Orthodoxie, war dazu gemacht, Paranoia zu erzeugen.
Überall konnten die Feinde lauern. Selbst dort, wo in Wahrheit
keine waren. Man konnte sich in seine Ängste hineinsteigern
und zum Krämer werden, zum Geheimniskrämer. Ein Tourist
dagegen war ein willkommener Mensch, das erfuhr er auf der
Straße, das zeigten ihm die vielen freundlichen Gesichter, die
Händedrücke. Schlüter fiel die Hinrichtungsgeste des schwarzen Mannes im Gedränge des Bürgersteigs ein. Wie passte das
zusammen?

Jenseits des Parks waren nur noch wenige Geschäfte an der
Straße, dafür erreichte er einen Obst-und-Vieh-Markt. Von

Weitem hörte er das Krähen der Hähne und als er näher kam, entdeckte er auch Hühner und Küken, Hamster, Kaninchen, Tauben, ausgestellt in Käfigen, bis auf den Bürgersteig. Es stank nach Exkrementen, Fäulnis und dem heißem Fett von Garküchen, die in kleinen Verschlägen an winzigen Tischen Gebratenes boten. Er sah sogar ausgewachsene Truthähne, die, scheinbar unbeeindruckt von ihrem baldigen Tod und dem Gewusel der Menschen, stoisch am Straßenrand standen. Sie waren gefesselt, manchmal machten sie einen majestätischen Schritt hin und einen wieder zurück. So ist das Leben: einen Schritt vor, einen zurück und dann sterben. Man musste nur Haltung bewahren und das gelang den Truthähnen vortrefflich.

Schlüter versuchte, sich den Weg einzuprägen, damit er später wieder zurückfinden würde, er durchquerte die Tier- und Obststände, Apfelsinen in Pyramiden, Bananen in akkuraten Stapeln, Pampelmusen, Zitronen, Kartoffeln, schwarzer und grüner Tee, grüne, rote, rostbraune und ockerfarbene Gewürze, aufgeschüttet zu Kegeln, Scheibenhonig, getrocknete Berberitzenblüten, Rosinen, Datteln, Pfirsiche, Säcke mit Sesam, Linsen, Bohnen und Walnüsse.

Er setzte seinen Weg an einer belebten Straße mit einigen Obstläden fort. Er kam an einem Loch an einer Hauswand vorbei, durch das er in den Keller hinabsehen konnte, in grelles unterirdisches Licht, in dem ein schwitzender Bäcker mit langem Brett Fladen in das glühende Maul eines Ofens schob wie der Leibhaftige die Seelen in die Hölle. Als er Schlüter bemerkte, winkte er ihn heran und hielt ihm einen der Fladen entgegen.

»How much?«, fragte Schlüter.

Der Bäcker streckte ihm die rechte Hand entgegen und spreizte sie dreimal. Fünfzehn. Fünfzehn was?

»Fifteen thousand.«

Schlüter zog das Päckchen Scheine aus der Tasche und begann, die vielen Nullen zu studieren.

»This one«, sagte der Mann, indem er auf einen zeigte, und hielt einen Eimer hoch, in dem die Scheine lagen wie Blätterteig. »And that one.« Er zeigte auf einen anderen.

Bevor ihm klar war, wie viel er zahlte, ließ Schlüter die zwei verlangten Scheine in den Eimer regnen, bückte sich tief, um das Brot zu fassen, das der Bäcker auf Zehenspitzen zur Straße hinaufreichte, mit vor Freude leuchtendem Gesicht.

»Welcome to Täbris!«, rief er und lachte.

Ein Mann, der am Ziel seines Lebens war, davon gab es nicht viele.

Vergnügt setzte Schlüter seinen Spaziergang fort. Er konnte sich immerhin mit Brot versorgen. Mit dem Nötigsten also. Er würde nicht verhungern. Er traf sogar glückliche Menschen. Womöglich mehr als zu Hause. Er fragte sich, ob er selbst auch so glücklich war. Schlüter dachte an seine Angst und seine Zweifel, die ihn im Hotelzimmer befielen, und riss ein Stück von dem Brot ab, das mit geröstetem Sesam bestreut war. Er sog den Duft ein wie ein ätherisches Märchen und aß. Vielleicht würde alles gut werden.

Er bog nach links ab. Die Häuser waren grau verputzt, sie hatten drei oder vier Stockwerke, flache Dächer und meistens keine Türen, jedenfalls nicht an der Straßenseite, dafür gab es ab und zu eine Gasse, die zwischen die Häuser führte, sich schon nach zwanzig Schritten rechts und links teilte und von hohen Mauern begrenzt war, in die hier und dort Türen eingelassen waren. Dahinter schwieg das verborgene Leben. Schlüter kehrte um, zurück zur Straße, und bog noch einmal nach links ab. So würde er hoffentlich zum Park zurückkommen. Vor einem der ersten Läden, die er wieder antraf, Getränke, Papier, sah er einen schnauzbärtigen Mann mit weißen Haaren auf einem niedrigen Hocker sitzen, mit einer Zigarette in der Hand.

»Guten Tag«, sagte der. »Sie sind Deutscher, nicht wahr?«
Schlüter blieb überrascht stehen.

»Ja, das bin ich.« Woran man das sehen konnte, vergaß er
zu fragen.

»Was machen Sie in Täbris? Gefällt es Ihnen bei uns?«
Schlüter zögerte. Die zweite Frage war leichter zu beantworten als die erste. Isguhi Melkonian hätte zu reagieren gewusst,
aber Schlüter war ein Lehrling am Beginn einer Ausbildung
zum Diplomaten in eigener Sache. Diesen Beruf kannte er nicht.
Es gefalle ihm sehr gut, antwortete er. Er sei erst gestern in der
Nacht angekommen und noch dabei, sich zu akklimatisieren,
die fremde Luft, die lange Anreise. Da tue ein Spaziergang gut.
Und das stimmte. Wer geht, dem geht es gut.

»Ich lade Sie zum Tee ein«, sagte der Mann mit dunkler
Stimme. »Setzen Sie sich bitte. Mein Deutsch ist ein wenig
eingerostet, entschuldigen Sie.«

Schlüter dankte, er lehnte die angebotene Zigarette ab und
behauptete, das Deutsch sei doch sehr gut. Während er sich
umständlich auf einen zweiten kleinen Hocker niederließ, der
in der mittäglichen Sonne vor den Betonstufen stand, die in
den Laden führten, erschien eine ältliche Frau mit einem silbernen Kännchen und zwei Gläsern auf einem fein ziselierten
runden Metalltablett. Ihr Kopftuch ließ keine Haare sehen, es
war eng um ihr Gesicht gelegt. Sie sah müde aus. Sie rückte
einen weiteren Hocker heran, stellte das Tablett ab und goss
ein. Sie nickte nur, sagte nichts, lächelte nicht und zog sich in
den Laden zurück.

Wie beginnt man ein Gespräch in einem fernen Land mit
einem Menschen, den man nie zuvor gesehen hat und vermutlich nie wiedersehen wird?, dachte Schlüter. Immerhin konnte
der Mann nicht vom Geheimdienst sein, er war ihm nicht gefolgt und Schlüter hatte ja selbst nicht gewusst, dass er hier vorbeigehen würde. Ein Mann also, dem man vertrauen konnte?

Einer, der die flache Hand nicht vor der Kehle entlangziehen würde?

Der Mann hatte, so berichtete er freimütig, Deutsch gelernt, nachdem er in den Sechzigern des letzten Jahrhunderts zum Studium nach »Gölln« gekommen sei. Ingenieur sei er geworden, habe fünfzehn Jahre in Deutschland verbracht und sei dann, nach der Revolution, zurückgekehrt. Warum, verriet er nicht, Schlüter konnte nur vermuten, dass der Mann unter dem letzten Schah gelitten hatte und politischer Flüchtling gewesen war und sich nach der Revolution ein besseres Leben unter Khomeini versprochen hatte. Ob er es gefunden hatte? Er sagte es nicht und vielleicht war auch das eine Antwort. Oder nicht?

»Und Sie kommen als Tourist, vermute ich. Oder sind Sie ein Teppichhändler?«

Schlüter schüttelte den Kopf.

»Waren Sie schon in Kandovan?«

Nein, das habe er sich für später vorgenommen, log er.

»Und die Blaue Moschee, haben Sie die gesehen?«

Nein, die auch nicht. Er sei erst gestern in der Nacht angekommen, wiederholte Schlüter, dies sei der erste richtige Urlaubstag. Ich hätte doch einen Reiseführer mitnehmen müssen, dachte er, dann wäre ich besser in Small Talk.

Der Mann wollte wissen, welchen Beruf er habe.

Schlüter sagte es ihm.

Der Fremde zeigte Hochachtung und fragte, was einen Rechtsanwalt und Notar veranlasse, eine Urlaubsreise ausgerechnet nach Täbris zu machen, in ein Land, das im Ansehen der ganzen Welt durch und durch böse sei, weshalb er jedem Touristen dankbar sei, der dieses Vorurteil durchkreuze.

»Was treibt Sie zu uns?«

Schlüter hielt sich am Teeglas fest. »Ein Mann ist getötet worden in der Stadt, aus der ich komme. Er wollte zu mir. Er trug eine Quittung bei sich, von einem Lokal hier in Täbris, und ich bin gekommen, um vielleicht zu erfahren, weshalb er zu mir wollte.« Damit man ein Motiv finde, das zum Täter führen könne.

Der Fremde pfiff leise.

»Wollen Sie sehen, wer das gewesen ist?«

Der Fremde nickte.

Schlüter zog das Bild aus dem Jackett und legte es auf den Hocker neben die Teegläser.

»Ich kenne ihn nicht.«

»Nein, natürlich nicht. Wäre ja auch Zufall.«

»Er sieht so aus, als könnte er einer von hier sein. Oder ein Türke.«

»Er kam vermutlich aus Göreme in der Türkei«, erklärte Schlüter. »Liegt ziemlich weit im Westen.«

»Ich weiß«, erwiderte der Fremde. »Dann ist er Teppich-händler gewesen. Jedenfalls wird er Handel getrieben haben. Hier auf der Seidenstraße handelt jeder. Mit Seide, mit Gold, mit Porzellan. Mit Edelsteinen. Oder mit Kassetten, mit fünf Päckchen Bohnen aus dem eigenen Garten. Und natürlich mit Teppichen«, erklärte er. Und das alles im Basar von Täbris, dem größten im Land. Täbris sei schon lange die Stadt der Teppiche. Wenn der Unbekannte ein Türke aus Göreme gewesen sei, sei er sicher wegen des Teppichhandels gekommen. Jeder wisse, dass Täbriser Teppiche auch nach Göreme verkauft würden, denn dort gebe es zwar Teppichknüpfereien. »Aber unsere sind besser, viel besser. Sie sollten mit den Teppichhändlern im Basar sprechen«, endete er. »Vielleicht ist einer dabei, der den Mann gekannt hat.«

»Und wo muss ich da hin?«

Der Fremde lachte. Das sei unmöglich zu erklären. Dieser Basar sei ein Riesengeschäft auf fast dreißig Hektar mit Gängen zwischen den Geschäften, die so lang seien, wie ein Mann in zwei Tagen laufen könne. Wenn er nicht allzu lange Pausen mache. »Aber ich könnte mit Ihnen gehen. Es ist nicht weit.«

Schlüter wusste nicht, ob er dieses Angebot annehmen sollte. Würde er die Kontrolle verlieren? Hier lag alles so dicht beieinander, das Böse und das Freundliche, der Geheimdienst und das Offene, und nicht aus jedem Keller würde ein freundlicher Bäcker lächeln.

»Ich überlege es mir«, gab Schlüter zurück. Er traute sich nicht, das Angebot anzunehmen. In was hatte er sich manövriert?

»Sie denken darüber nach, ob Sie mir vertrauen können.« Der Mann lächelte. »Ich verstehe das.«

Er goss neuen Tee ein und zündete sich eine weitere Zigarette an, wie um zu zeigen, dass dieses Kapitel abgeschlossen war.

»Ich schlage vor, wir unterhalten uns noch ein wenig und wenn Sie wollen, kommen Sie wieder, vielleicht morgen, vielleicht übermorgen, abends, und wir trinken einen Tee zusammen. Jedenfalls wünsche ich Ihnen, dass Sie etwas herausfinden. Obwohl, vielleicht war Ihr Mann ein Armenier. Davon gibt es eine Menge in der Türkei. Es werden immer mehr. Und hier sind auch welche. Wenn es ein Armenier war, dann ist es sogar gut, dass er tot ist.« Seine Stimme war scharf geworden und plötzlich stieß er hervor: »Man muss sie alle töten, alle!«

Schlüter brach der Schweiß aus, die Heftigkeit, mit der der Mann gesprochen hatte, nahm ihm den Atem. »Warum?«, fragte er. Sein Rücken wurde steif. »Warum?«, wiederholte er.

»Sie sind Deutscher, Sie wissen das nicht: weil die Armenier alle Teufel sind. Wenn es ein Armenier war, wird er etwas getan haben, wofür er den Tod verdient hat.«

Schlüter griff zu seinem Teeglas. Es war leer. »Warum das denn?«

»Sie können das nicht wissen«, wiederholte der Fremde. »Man kann ihnen niemals trauen. Sie sind falsch. Sie sind verschlagen. Und sie haben uns Karabach genommen. Und unseren Sohn. Und meiner Frau die Schwester. Und die Eltern. Und deren ganze Familie. In Chodschali. Meine Frau hat keine Freude mehr. Sie ist nur noch ein Schatten. Das werden wir ihnen nie verzeihen.«

Karabach. Schon wieder dieses Wort. Chodschali.

»Es tut mir leid«, sagte Schlüter vorsichtig. »Mit Politik kenne ich mich nicht aus. Ich bin doch nur ein Tourist.«

»Das ist ganz einfach«, entgegnete der Mann. »Ich werde es Ihnen erklären.«

Hafis, dir sich gleich zu stellen,
Welch ein Wahn!

Johann Wolfgang von Goethe,
West-östlicher Divan (1819)

19

Schlüter folgte der Imam-Khomeini-Straße, die ihm schon vertraut war, er dachte über das Gespräch nach, bog nicht rechts ab zur Diözese, sondern überquerte die Shariati. Er erschrak. Drüben stand ein rostiger Rollstuhl an der Ecke, er trug den Oberkörper eines Mannes. Augen voller Verzweiflung, die spinnenartigen Arme an den Rädern. Ihre Blicke begegneten sich, für eine halbe Sekunde. Wo hatte dieser Mann seinen halben Leib verloren? Im Krieg gegen den Irak in den Achtzigern? Schlüter sah das entstellte Gesicht des Rezeptionisten im Hotel vor sich. Giftgas?

Es war ihm gelungen, das Gespräch zu beenden, ohne dem Abgrund ein zweites Mal zu nahe zu kommen. Aber er hatte Fragen gestellt und zugehört. Der Mann war verheiratet mit einer Frau, die aus Chodschali stammte, einem Städtchen, das verflucht war, das vielleicht jetzt ein Geisterstädtchen war, weil niemand auf einem Totenacker leben wollte, zwischen den Seelen der Ermordeten, die dort umherirrten, solange keine Gerechtigkeit geschehen war. Die Familie war in der Nacht vom 22. auf den 23. Februar 1994 getötet worden. Unglückseligerweise war der Sohn des Mannes an jenem Tag dort gewesen. Niemand hatte überlebt, auch nicht die kleinen Kinder der Schwester.

»Karabach. Uns genommen. So schöne Kinder. Mein Sohn war noch keine zwanzig. Er hat die Familie seiner Tante verteidigt. Unseren Boden. Er könnte jetzt hier sitzen, bei mir sein, bei meiner Frau …«

Schlüter dachte an seinen Sohn und an damals, als er ihn fast verloren hätte. Ein Motorradunfall. An die Wochen der Ungewissheit, daran, dass sie beide, Christa und er, zu keinem klaren Gedanken fähig gewesen waren. Wie lange lag das zurück? Sie hatten Glück gehabt. Das Leben war weitergegangen. Was wäre aus ihnen geworden, wäre Markus damals gestorben?

Und Schlüter begriff, dass großer Hass nur überwunden werden konnte mit noch größerer Weisheit. Wer war weise? Was war Weisheit? Er begriff, dass der Mann, der vorhin, bevor sie den Bilderladen zerstört hatten, nicht nur ihm, sondern auch Anahid die Gurgel hatte durchschneiden wollen. Sie hatte keinen Schleier getragen und der Mann hatte richtig erkannt, dass sie eine Armenierin sein musste, eine Unzüchtige, eine Feindin, und ebenso der Mann, der mit ihr ging. Glaubensfreiheit hin oder her. Lebten die Armenier in Täbris gefährlich? Gab es viele Leute, die ihnen Übles wünschten? Vielleicht sogar bereit wären, Übles zu tun? Nicht allein, sondern mit anderen, mit vielen? Wie konnte man das wissen als Fremder, der erst seit kaum einem Tag in diesem Land war? Dennoch oder gerade deshalb, er würde zum Basar gehen und sein Bestes versuchen. Mit jedem Schritt auf diesem Pflaster geriet er tiefer in den Strudel von Hass und Rache. Aber ihm sah man doch an, dass er ein Europäer war und sicher kein Armenier. Also was hatte er zu befürchten?

Schlüter gelangte zu einer großen Moschee, die rechts an der Straße lag, hinter einem hohen Gitter, in das ovale Felder mit arabischen Kalligrafien eingelassen waren. Die Kuppel glänzte golden und blau und neben dem Eingang befanden sich Gerüste an der Fassade. Eine Leiter führte auf ein Flachdach. Ob der Imam dort hochkletterte, um zum Gebet zu rufen? Nein, das geschah heutzutage durch Lautsprecher. Deswegen war es ja so laut.

Kein Mensch befand sich auf dem Gelände. Weiter hinten, neben der Moschee, ein Portal aus Ziegelsteinen von derart gewaltigen Ausmaßen, das so hoch in den Himmel ragte, als stamme es aus der Zeit der Dinosaurier. Drei junge Frauen standen am Zaun und sahen ihm, dem Fremden, entgegen, aus sechs Kajalaugen, drei Kirschmünder lächelten ein Willkommen und dreißig lackierte Fingernägel machten Luftsprünge, als sie ihm ihr »Welcome to Täbris« zuriefen. Natürlich fragten sie ihn gleich, wie es ihm gefalle, und natürlich antwortete er, es gefalle ihm sehr gut, hier seien so viele freundliche junge Menschen unterwegs. Sechs Rougewangen lachten.

Schlüter fragte nach dem Weg und wollte wissen, was die Schrift im Gitter des Zauns bedeute. Das seien die neunundneunzig Namen Allahs, antworteten sie, der Erhabene, der Gütige, der Zornige, der Allwissende, der Unergründliche, der Allweise, der Allsehende, der Allhörende und immer so weiter, rund um die Moschee herum, die Musallah-Moschee, in die fast alle Einwohner Hemmstedts hineinpassten, wären sie Muslime. Ob sie heute hingehen würden?, fragte er. Nein, erwiderten sie und lächelten lässig und schoben ihre Haare zurecht, das würden sie nicht tun, es sei ja nur Platz für die Männer darin, die Frauenabteilung sei ihnen zu klein und zu dunkel, da blieben sie lieber zu Hause. Schnippisches Kichern. Diese Frauen hofften auf Zeiten der Freiheit, sie mochten die Mullahs nicht, womöglich wünschten sie sich, dass sie ausstarben. Und sie sprachen Schlüter an, weil er alt war und ein Fremder, von dem sie keine üble Nachrede zu befürchten hatten. Dennoch, Schlüter traute sich nicht, sie zu fragen, was ein Armenier tun müsse, um sich den Tod zu verdienen.

Er ging, wie ihm geheißen war, durch ein Tor und befand sich in einer Fußgängerstraße voller Menschen, folgte ihr, gestreift von neugierigen Blicken, bis zum Ende, sah eine Öffnung, die in ein Haus hineinführte. Eine Passage, einen Gang, in dem beidseits in kleinen Läden allerlei Süßgebäck, eingelegte Weinblätter, Sesam, Nüsse und Honig angeboten wurden. Er durchquerte die Passage und fand sich an einer breiten Straße wieder. Durch eine Unterführung gelangte er auf die andere Seite.

Und dann ließ er sich vom größten Basar der orientalischen Welt verschlucken. Schmale, von Ziegelgewölben überdachte

Gänge, die scheinbar endlos und voller Menschen waren. Zuerst die Schmuckhändler. Beidseits funkelte unter gleißendem Licht nichts als Gold: goldene Armbänder, Colliers, goldene Broschen, goldene Kettchen, Amulette und Spangen in gläsernen Kästen und in mit glitzerndem Samt ausgeschlagenen Schüben. Lauter Läden, viele davon so winzig, dass sie nur Platz für einen einzigen Stuhl boten, auf dem der Kaufmann saß wie eine Statue.

Schlüter ließ sich treiben, schlenderte unter den Gewölben entlang, durchquerte stille Innenhöfe. Alte Männer auf Bänken, sie rauchten und sahen den Katzen zu, die im Geäst der Bäume dösten, dem Trubel entkommen. Er wich den Karrenfahrern aus, die »*Yallah*« rufend ihre Wagen durch das Gedränge schoben oder hinter sich herzogen, magere Gestalten mit spitzen Gesichtern, müden Augen und schmutzigen Fäusten, viele von ihnen zahnlos, narbig oder humpelnd, wohl die Niedersten in der Hierarchie der Dienste hier. Doch waren sie unentbehrlich, denn sie versorgten den Basar mit frischen Waren und entsorgten, was übrig blieb, transportierten große Säcke, schweres Gut und meterhohe Kartonstapel, auf denen *Made in China* stand.

Schlüter wich Fahrrädern aus, den meterlangen Brotfladen auf den Gepäckträgern und den stinkenden Mopeds, die ruckend durch die Masse knatterten, beladen mit eiliger Ware. Er wich schwarzen Frauen aus, die mit der Linken den Tschador vor der Kehle hielten, einen Zipfel davon zwischen den Zähnen, und er hielt inne und ließ stolze Kurden vorbei, sie trugen ernste Gesichter und braune Tuchhosen, prächtige Schalwars mit breit gerefften Schärpen und schräg geknöpfte Hemden mit aufgesetzten Taschen.

Immer wieder gab es beidseits der Gänge Öffnungen, manchmal war es nur ein dunkles Loch, in dem vielleicht Gespenster hausten, manchmal führte eine Treppe hinunter in einen Saal, in dem tausendundeins Stoffrollen gestapelt, gestellt, geschichtet und gehängt waren, oder in einen anderen, aus dem höllengleicher Lärm heraufdröhnte, von vielen Schleifmaschinen, Hämmern und Raspeln. Unrasierte Männer saßen in langen Reihen im Schneidersitz und schliffen Metalle, schnitzten Hölzer, schmiedeten Sägen, Messer, Sicheln, Äxte, Macheten und Spieße, die Funken sprangen ihnen in den Schoß. Schubkarren voller Nüsse versperrten den Weg.

Winzige Restaurants, in denen nur ein Tischchen stand, mit Höckerchen rundherum, für das eilige Essen. Niemand schien Zeit zu haben. Jeder eilte, niemand ging hier wie Schlüter aufs Geratewohl. Einen Ort, sich zu erholen, schien es nicht zu geben. Hier herrschten Handel und Geschäftigkeit und zielvolles Hin und Her wie in einem Ameisenbau.

Der Strom führte ihn zu einem breiten Loch in der steinernen Wand, dahinter in künstlich grellem Licht ein größeres Gelass, worin grüne Teppiche lagen und lauter Schließfächer waren, wie im Umkleideraum eines Schwimmbads. Ein Mann auf Socken lächelte ihn an, machte Zeichen, er möge näher treten. Als er es zögernd tat, gewahrte er links den Eingang zu einer Moschee, denn eine solche musste es sein, weil er in dem Raum Männer auf Knien liegen sah, zwischen Säulen. Früher, hatte der Bischof erklärt, habe es eine armenische Kirche im Basar gegeben, diese musste es sein.

Durfte er eintreten, er, ein Ungläubiger, ein *giaur*, wie er damals im Karl May gelesen hatte? Bitte, machte der Mann auf Socken seine Zeichen, bitte treten Sie ein. Und so entledigte er sich seiner Schuhe, schob sie in eines der Fächer und tapste vorsichtig in einen weiten Raum hinein, der recht niedrig war und in einem milden Licht lag, das die Sonne von der anderen Seite her sandte. Der Boden war mit ebensolchen Teppichen ausgelegt wie im Vorraum. Schickte sich, was er tat?

Doch nun wäre es dumm, wohl gar unhöflich gewesen umzukehren, weshalb er sich der Rückwand auf der linken Seite näherte und sich dort langsam zu Boden gleiten ließ. Immerhin konnte er innere Einkehr halten, etwas tun, was der Würde des Ortes entsprach, sich sammeln und wappnen für das, was der Tag für ihn, den Fremden, noch bereithalten mochte. Verstreut beteten Männer. Sie knieten, die Hände auf den Oberschenkeln, dann breiteten sie ihre Hände aus, legten sie flach auf den Teppichboden, beugten die Köpfe, bis ihre Stirnen kleine Steine berührten, die sie zu diesem Zweck vor sich ausgelegt hatten, Gebetssteine, in die ein Spruch gebannt war, der Allah galt. Dann richteten sie sich auf, die flachen Hände auf den Schenkeln, und wiederholten alles, bis sie endlich aufstanden, sich jedoch kurz darauf wieder niederließen auf die Knie, und wieder von vorn.

Was sie sich dabei dachten, konnte Schlüter nicht wissen, aber mitunter bewegten sie die Lippen, vielleicht sprachen sie eine Sure, womöglich auf Arabisch, dann verstanden sie es nicht, vielleicht murmelten sie einen Wunsch oder ein Gebet in eigenen Worten, vielleicht drückten sie Sorgen und sie hofften, Allah nähme ihnen die Bürde. Schlüter lehnte sich an die Wand, spürte durch halb geschlossene Augen das Sonnenlicht, das drüben durch die wenigen Fenster drang, und dachte daran, wie er einmal in einer katholischen Kirche gewesen war, wo man auch auf Knien lag, vor dem Altar, sich bekreuzigte vor dem Gekreuzigten, Lateinisches murmelte, was man nicht verstand, und am Beichtstuhl Sünden ausflüsterte. Jeder hatte seine Rituale. Es gibt nur einen Gott, und doch: Mithilfe der Rituale scheidest du Freund von Feind. Die Rituale trugen einen Hochmut in sich, sie entschieden, ob du dazugehörst oder nicht. Der Papst blickt herab auf den Juden, der Christ auf den Moslem und umgekehrt, der Orthodoxe auf den Reformierten und immer so weiter. Wenn man die Rituale abschaffen würde, fragte sich Schlüter, wäre dann aller Feindschaft der Boden entzogen? Was würde geschehen, wenn sich alle Gläubigen ihrer Rituale entledigten und einfach nur beten würden, nicht in verzierten Gotteshäusern, sondern unter freiem Himmel?

Ich werde das Problem nicht lösen, dachte er. Er stand auf, nickte dem Wächter im Vorraum zu, zog seine Schuhe wieder an. Ob er schon gegessen habe?, fragte der Wächter plötzlich auf Englisch.

»Äh, ja, ich habe gerade gegessen«, sagte Schlüter, nickte ein zweites Mal und ließ sich fortziehen vom Strom der Kunden, Händler und Kuriere in den Gängen des Basars.

Er wusste nicht mehr, aus welcher Richtung er gekommen war, und ging aufs Geratewohl. Hatte der Mann ihn zum Essen einladen wollen? Vielleicht hätte ich sagen müssen, dass ich allmählich wieder Hunger habe. Wer weiß, was daraus geworden wäre?

Bohchular, las Schlüter in lateinischen Buchstaben auf Schildern unter der Decke, *Burkchu Charsugu*, *Taza Rasta*, *Ainachilar* und *Gadim Rasta*, *Sadiqiyya Rasta*, darüber arabische Schrift, vermutlich der gleiche Name. Die Namen der Basarstraßen. Wenn ich sie mir merken kann, dachte er, finde ich vielleicht zurück. Doch er hatte längst den Sinn für Strecke und Richtung verloren. Er gelangte zu den Läden, die nur Stoffe verkauften, Läden mit nichts als dunklen Stoffen, andere nur mit roten, wieder andere mit grünen oder bunten. Läden, die Tücher feilboten, andere, die Hemden oder Hosen führten, Schlüter hatte noch nie eine solche Vielfalt an Stoffen, Tüchern, Laken und Schnüren gesehen. Er kam durch eine Gasse mit Gewürzen, Zimt, gemahlen und in Stangen, Pfeffer, Safran, gemahlen und in Fäden, Nelken, Kardamom, Kurkuma und Sumach, durch eine Gasse mit Fleisch, Schafsköpfen, Rindshufen, Pansen und Zungen, Hirn und Gedärm waren ausgestellt, in Haufen, Stapeln, Reihen und gehängt an Haken, eine Gasse mit Tee, grüner, schwarzer, grober, feiner, zu Kegeln aufgeschüttet. *Magbara Bazari*, *Shahidi Rasta Bazari*. Eine Gasse mit Trockenobst, Berge von Rosinen, Aprikosen und Früchten, die er nicht kannte.

Und dann die Saaten. Schlüter entdeckte Bohnen, in kunstvoll aufgerollten Säcken, große weiße, kleine rote, größere rote und sogar lilafarbene Bohnen, die ein Muster wie Batik hatten, jede Bohne ein Weltunikat, ein Kunstwerk des Schöpfers persönlich. Er dachte daran, dass Christa zu Hause im Hollenfletter Paradies den Garten besäte und bestellte, jetzt im Mai, dem schönsten Monat des Jahres, Wehmut und Heimweh befielen ihn, er hätte gern ihre vertraute Stimme gehört, seine Hand in ihre gelegt, seine Sorgen mit ihr in Bröckchen zerteilt und fortgeworfen, aber er war nun einmal hier in der Fremde, allein und auf sich gestellt. Ich bin frei von Hass und Verfolgung, beschloss er, ich verbiete mir das Gefühl von Mickrigkeit. Er griff beherzt in einen der Säcke, ließ die Bohnen durch die Hand rieseln, befühlte das schlafende Leben, bis drei übrig blieben, von den großen weißen.

Er zeigte sie dem Ladenbesitzer. »May I have three?« Er wolle sie seiner Frau mitbringen. Die sei eine begeisterte Gärtnerin und wolle ausprobieren, ob diese Bohnen auch zu Hause in Europa wachsen würden.

Woher er komme?, fragte der Händler, ein Mann in Schlüters Alter, der ein zerbeultes Jackett trug und so viele Zähne hatte wie damals, als er das Laufen lernte. Er freute sich über die Antwort und erklärte, der deutsche Gast sei willkommen, er bitte ihn, von jeder Sorte eine Probe zu nehmen, bitte sehr, sehr gern, bitte, und herzliche Grüße an die liebe Frau. Lovely wife.

»Woher kommen diese?«, fragte Schlüter, durch das schöne ›lovely‹ zutraulich geworden, und hielt dem Mann eine gelbe nierenförmige Bohne entgegen. »Sind das iranische?«

»No.« Der Mann schüttelte den Kopf und brummte: »From America.«

»Is that true?«, wunderte sich Schlüter. Er sah den Schalk

im stoppeligen Gesicht des Mannes. »But everything which is from America is, ahem, shit, isn't it?«

»Yeah.« Der Mann grinste. »Big shit!« Er hielt sich den Bauch vor Lachen, während Schlüter die Bohnen in seine Tasche gleiten ließ. »I give you three und you give me five!« Er lachte.

Sie hoben die Hände und ihre Handflächen fanden sich, klatschten ineinander, es knallte und tat sogar ein bisschen weh. Schlüter kicherte, vielleicht etwas lauter und länger als angebracht, denn er fühlte sich leicht, nachdem er vorhin am diplomatischen Abgrund gestanden und nun einen Freund gewonnen hatte, wenn auch nur für eine Minute. Winkend machte er sich davon, die Bohnen in der Hosentasche, sah sein lachendes Konterfei in einem riesigen Spiegel in einem monströsen Silberrahmen. Er ging weiter.

Jetzt kam er in die Gasse der Reishändler, Reishäufchen auf Tischen, eine Waage, ein Mann schob mit faltigen Fingern bedächtig die Kugeln eines Abakus, im Hintergrund gestapelte Säcke. Dann in eine der Schuhe, der Töpfe, der Teller, in die der Tassen, des Geschirrs, der Teetöpfe, der Samoware, in die der Spiegel, der Uhren, in die der Tabletts und schließlich in die der Wolle. Dort sah er einen Mann vor sich gehen, der auf der Schulter vier ungeschorene, offenbar frisch geknüpfte zusammengerollte Teppiche trug, die Fransen wippten bei jedem Schritt. Schlüter achtete nicht mehr auf die Waren und folgte dem Teppichträger mühelos in der Kielspur. Sie bogen ab, in einen Gang, der breiter wurde, das Volk weniger, bis es heller wurde und Schlüter die Wärme der Sonne spürte. Himmel, ein paar Meter. Er folgte dem Träger über eine offene Gasse, durch eine Glastür, die sich automatisch vor ihnen öffnete und hinter ihnen wieder schloss. Nun stand er in einer großen gläsernen Halle, in der hüfthohe Teppichstapel in der Stille lagerten, in allen Größen, Farben und Mustern. Rundherum gab es hinter gläsernen Fassaden kleine und größere Kontore, Schlüter sah Männer, an Telefon und Schreibtisch sitzend, einen Stift in der Hand, er hörte gedämpfte Geschäftsgespräche. Er war bei den Teppichhändlern von Täbris angekommen. Der Träger war fort.

Nun galt es. Jetzt war er dort, wo Staschinsky gern gewesen wäre.

Er schlenderte zwischen den Teppichstapeln, befühlte die Teppiche, betrachtete die Muster, die satten Farben.

»May I help you?«, fragte eine männliche Stimme hinter ihm. In diesem Land blieb man nicht lange allein.

Er sei nur ein Tourist, log Schlüter, indem er sich dem Mann zuwandte, er komme zufällig vorbei und nun sehe er diese wunderschönen Teppiche, ob er sich umschauen dürfe, auch wenn er, mit Verlaub, keinen Teppich kaufen wolle?

»No problem, you are welcome«, sagte der Mann. Woher er denn komme? Ob es ihm gefalle in Täbris? Welchen Beruf er ausübe? Der Mann war jung, Schlüter schätzte ihn auf Mitte zwanzig, er war glatt rasiert und trug ein blaues Hemd, die obersten Knöpfe offen, die Hände in den Hintertaschen seiner Jeans. Sein Englisch war perfekt und frei von ausländischem Akzent – ein junger Mann von Welt. Schlüter beantwortete seine Fragen, er sei ein unwissender Tourist, und wollte seinerseits wissen, wo der Mann sein Englisch gelernt habe. Oh, im Fernsehen, er lachte ein wenig stolz, und was den Akzent betreffe, er habe wohl zu häufig dem Herrn Blair zugehört und im Übrigen habe er eine private Englischlehrerin gehabt, die sei nun seine Freundin und habe zugeben müssen, dass er besser spreche als sie selbst, haha. Als Teppichhändler müsse man seine Kunden überzeugen, das könne man nur mit der Sprache, deshalb spreche er neben Aseri, Persisch und Englisch noch Arabisch und Russisch und er habe sich vorgenommen, außerdem Deutsch zu lernen.

»Guten Tag, wie geht es Ihnen«, sagte er auf Deutsch, lachte wieder und fuhr auf Englisch fort. »Ein bisschen kann ich schon. Kommen Sie, ich zeige Ihnen unsere Teppiche.«

Schlüter folgte ihm.

»Wir sind Teppichhändler seit Hunderten von Jahren«, erklärte er im Gehen. »Wir handeln auch mit Deutschland, Verwandte von uns haben einen Laden in Hamburg. Da will ich mal hin.«

Sie traten in eines der gläsernen Kontore ein, das die Grundfläche eines Containers hatte und außer dem Schreibtisch und drei Stühlen, einer hinter dem Schreibtisch und zwei an einem Tischchen links an der Wand, keine Einrichtung enthielt.

Schlüter blickte auf ein großes Foto an der gegenüberliegenden Wand. Als er näher trat, war es ein Teppich, der, wie der Händler erklärte, den Propheten Salomo mit seinen siebenhundert Frauen darstelle, fünfzigtausend Dollar, fünf Knüpfer, vier Jahre.

»Mit dem möchte ich nicht tauschen«, sagte Schlüter.

»Sind Sie verheiratet?«

»Ja, mit einer einzigen.«

»Und wo haben Sie sie kennengelernt?«

»Oh, in einer Diskothek.« Schlüter lächelte.

»Gibt's bei uns nicht.«

An der rechten Wand hing ein Teppich, auf dem zwei Könige auf Thronen saßen, in einem Säulenpalast, und zu ihren Füßen mit lebenden Menschen Schach spielten, »geht wahrscheinlich nach Russland«. Die Schachbauern waren Bäuerinnen mit breiten Hüften und nackten Brüsten. Auf Teppichen war alles möglich. Auch fünfzigtausend Dollar. Und daneben ein etwas kleinerer Teppich, in der Mitte eine große Rosette, drum herum ein azurblaues Feld und an den Rändern verschnörkelte Blumenornamente, in den Ecken die eingewebten Porträts der großen persischen Dichter Hafis, Rumi, Saadi und Firdausi, erklärte der Händler, nur vierzigtausend Dollar.

»Wir dichten seit Tausenden von Jahren«, sagte der junge Mann. Es störe ihn sehr, fuhr er auf, in einem total isolierten Land zu leben, das fast so schlecht angesehen sei wie Nordkorea. Wie sei das möglich? Persien sei doch eine zivilisierte Nation gewesen zu Zeiten, als in Europa die Leute noch auf Bäumen gehockt hätten, Bildung sei schon immer alles gewesen in diesem Land. Eltern würden lieber neunzig Prozent ihres Einkommens für die Bildung ihrer Kinder ausgeben, als sie ohne Bildung ins Leben zu schicken. »Es ist eine Schande, wie wir jetzt dastehen in der Welt, der Amerikaner redet von der Achse des Bösen, dabei weiß er gar nicht, wo unser Land liegt. Er verwechselt uns mit dem Irak. Im Westen glaubt man, wir seien Araber.« Man paktiere mit der Türkei, diesem kulturlosen Land. Seit Atatürk die lateinische Schrift eingeführt habe, sei das Land abgeschnitten vom Kosmos der arabischen und persischen Literatur und eigene hätten die Türken ja fast nicht. »Alles weg, die ganzen Bücher, stellen Sie sich das vor. Sie konnten die Bücher nicht mehr lesen, die bei ihren Eltern im Schrank stehen! Sofern überhaupt welche da waren.«

Schlüter drehte sich um. An der anderen Wand ein Teppich, der die Flucht der Juden aus Ägypten darstellte, durch das Meer, der bärtige Moses voran. Solche Motive aus der Bibel – die er übrigens gelesen habe, nicht nur den Koran – seien häufig, erklärte der Mann. Vielleicht liege das daran, dass Mohammed nicht im Bild dargestellt werden dürfe, das sei Blasphemie und strafbar, vielleicht aber auch daran, dass der Islam den Persern nicht im Blut liege, er sei importiert, deshalb sei er den Persern fremd, »vorher sind wir Zoroastrier gewesen, viel längere Zeit«, und dort – er bat Schlüter, ihm zu folgen, und ging zurück in die Halle zu einem der Teppichstapel, blätterte an der Kante und schlug eine Lage Teppiche zurück –, dort sehe man die alten Motive, die zoroastrische Flamme, das sei nämlich weder ein Wassertropfen noch eine Kanne oder ein Gefäß, wie manche behaupteten, nein, hier sei die alte zoroastrische Flamme ein-gewebt.

»Feuer, Wasser, Erde und Luft, das waren die vier heili-gen Elemente unseres alten Glaubens«, das Wissen lebe in den Teppichen besonders der Nomaden fort, in ihren Decken und Salztaschen, und dieser Glaube, »glauben Sie mir«, fließe weiter in den Adern der Perser, weshalb es vielleicht dereinst eine Zeit nach dem Islam geben werde, ein Feuer, neu entfacht aus alter Glut, aber mit anderem Holz.

Die Zoroastrier hätten das Weinmachen erfunden, nicht etwa die Römer, wie fälschlich behauptet werde, die Römer hätten es von den Persern gelernt in sassanidischer Zeit und deshalb trinke jedermann Wein im Iran, »na gut, bis auf ein paar Mullahs natürlich«, obwohl es streng verboten sei, doch wenn es alle täten, sei die Kontrolle schwierig, weshalb die Herrschaft das Problem mit Schweigen und Wegsehen löse, nur selten setze es Hiebe, wie es der Scharia entspreche. Es gebe nicht einmal Blutalkoholtester für den Straßenverkehr wie in Europa, denn es werde ja kein Alkohol getrunken, da brauche man diese Geräte nicht, haha. Er selbst sei natürlich Moslem, er faste im Ramadan, prüfe, wie es vorgeschrieben sei, seinen Geist, ob er noch Herr seines Fleisches sei, gleichwohl trinke er Wein, Whisky, Kognak, alles, allerdings in Maßen, er genieße, da halte er es mit Hafis.

Er trat vor den Wandteppich mit den Porträts der Dichter, machte eine höfische Verbeugung, legte die rechte Hand aufs Herz und rief: »*Schenke ein, steh auf und reiche das Glas, be-grabe die Sorgen mit Wein!*« Er drehte sich einmal um sich selbst, als stehe er auf einer Bühne, und fuhr fort. »*Trink Wein, betrinke dich, sei froh, mach nicht zuletzt zum Fallstrick den Koran!*« Und noch einmal drehte er sich, machte eine weitere Verbeugung und deklamierte:

»Unser Scheich wallte gestern
Aus dem Bethaus in die Schenke
O ihr frommen Männer, saget
Was ist uns fortan zu raten?

Wie doch können wir, die Jünger,
Das Gesicht zur Kaaba wenden
Wenn der alte Vater Scheich
Selber in die Schenke gehet!

Ei, so lasset mit dem Wirte
Uns gemeine Sache machen!
Denn so war's von Ewigkeiten
In das Schicksalsbuch geschrieben.«

»Diese Verse«, er lachte, von sich selbst begeistert, »die sind mächtiger als jede Regierung! Die Gelehrten in Ghom behaupten, unser Hafis habe gar nicht den wirklichen Wein gemeint, sondern nur den göttlichen, den der Gottestrunkenheit. Dabei dichtet Hafis die ganze Zeit übers Saufen! Nicht zu glauben, oder?« Und im Übrigen halte er es mit der sechzehnten Sure, Vers siebenundsechzig, darin stehe geschrieben, dass der Wein eine gute Gabe Allahs sei. Zwar habe Mohammed vom Erzengel Gabriel spätere Suren empfangen, die den Genuss von Wein einschränkten, doch ob letztere, die das Totalverbot verfüge, das die heutigen Religiösen als allverbindlich predigten, tatsächlich verbindlich sei, das sei nicht ausgemacht. »Denken Sie mal logisch«, ereiferte sich der Teppichhändler, »und Logik können wir seit mehr als tausend Jahren!«, man müsse sich fragen, ob dem Erzengel Gabriel beim ersten Vers der Durchblick gefehlt habe, ob er sich geirrt habe, wie ein Mensch sich irre. Das aber, so die Lehre, könne nicht sein, denn der Erzengel sei Allahs Mund und Stimme gewesen und Allah irre nicht. »Bleibt nur, dass er Witze gemacht hat und Mohammed verscheißern wollte. Oder«, fügte der Mann leise hinzu und duckte sich, während er sprach, »es ist dem Satan wieder gelungen, ein paar von seinen eigenen Versen unterzubringen, an Allah vorbei. Haha. Wie kann der Koran falsche Sprüche enthalten, wenn er von Allah ist? Verstehen Sie das? Ich verstehe das nicht.« Der Mann hatte sich in Rage geredet.

Schlüter zuckte mit den Schultern. Satanische Verse, dachte er, das kenne ich doch, aber er sagte nur: »Mit der Bibel ist es nicht einfacher.«

Da waren sie wieder bei dem Thema, dem man hier nicht entkam.

»Vergessen wir das.« Der Teppichhändler winkte ab und fügte müde hinzu: »Gegen Hafis kommen die Mullahs jedenfalls nicht an. Fragt sich nur, wie lange es noch dauert.« Im Übrigen, fuhr er fort, empfinde er sich nicht als besonders religiös, das sei ihm alles zu kompliziert, er halte sich lieber an die einfachen Dinge. Wenn nämlich die Religion vorschreibe, dass man nicht töten, nicht lügen dürfe und ehrlich sein solle, dann sei er sehr religiös. Das reiche. Und weil das alle Religionen verlangten, sei es ihm egal, welchen Glaubens ein Mensch sei. »So einfach ist das. Sind Sie Christ?«

Ja, bestätigte Schlüter, er sei Christ. Eine Lüge, denn er war aus der Kirche ausgetreten, hatte den Segen der Taufe zunichtegemacht und durfte sich streng genommen nicht ›Christ‹ nennen. In diesem Land jedoch musste man sich bekennen, ob man wollte oder nicht, es gab keine neutrale Seite. Und natürlich, das wusste er von damals, als er in der Türkei unterwegs gewesen war, ist ein Ungläubiger zehnmal schlimmer als ein Falschgläubiger. Doch wer weiß, dachte er, vielleicht bin ich ein Christ, ohne es zu wissen.

»Aber kein Armenier«, entfuhr es ihm.

»Oh, ich habe nichts gegen Armenier«, sagte der Teppichhändler. »Ganz im Gegensatz zu meinem … äh, im Gegenteil. Sie sind ehrliche Leute und gute Handwerker. Und sie sind Meister im Teppichknüpfen, im Handeln sowieso, alte Tradition. Darf ich Sie zum Tee einladen? Ist nicht viel los heute. Es ist Freitag, wir machen bald dicht.«

Der junge Mann durchquerte die Teppichhalle und verschwand durch eine der gegenüberliegenden Glastüren, um wenig später mit zwei Henkelgläsern zurückzukehren, die er auf das Tischchen im Kontor stellte, unter die Porträts der berühmtesten persischen Dichter. Kurz darauf kam eine junge Frau mit einem Tablett, die Schlüter mit kirschrot geschminktem Mund anlächelte und »Welcome« sagte. Sie hatte prachtvolles pechschwarzes Haar, gebunden in zwei dicken Zöpfen, die über ihre Brüste unter dem eng anliegenden Oberkleid wallten. Ihr mehrfarbiges Kopftuch entdeckte Schlüter erst, als sie sich umgedreht hatte und sich entfernte, es hielt sich, kurz vor dem Absturz, an ihrem hintersten Hinterkopf fest. Es war kein heruntergelassenes Kopftuch, sondern ein aufgesteckter Schal.

»Ach ja«, seufzte der Händler, nachdem die Frau gegangen war und sie beide ihren wiegenden Gang und ihre schlanken Beine in den Leggins betrachtet hatten. »*Wer die Welt nicht leicht nimmt, dem macht sie Schwierigkeiten.* Ist ein Spruch von Hafis.« Er wies auf das Teppichporträt des Dichters. »Jeder von uns hat wenigstens zwei Bücher zu Hause. Nämlich den *Diwan* von Hafis und den Koran. Eines davon lesen wir. Haha. Immer diese ernsten Themen. Immer diese – Religion.« Er hob das Teeglas, rollte die Augen und trank.

Schlüter tat es ihm nach, bloß das Augenrollen ließ er bleiben. Man müsste wenigstens mal Goethe lesen, dachte er.

»Shiraz hat Hafis«, sinnierte der Teppichhändler. »In Shiraz sind die Frauen freier als anderswo im Iran. Dank Hafis und seinen Versen! Nach so vielen Jahrhunderten! Das soll dem mal einer nachmachen! Wir haben immerhin Khaghani. Wenn

Sie Zeit haben, besuchen Sie die Blaue Moschee und vor allem den Garten daneben. Darin steht eine Statue von Khaghani, es ist, als lebte er und man könnte mit ihm sprechen. Wenn Sie dort sind, wissen Sie, was ich meine.«

Er seufzte noch einmal, während Schlüter sich vornahm, Herrn Khaghani einen Besuch abzustatten, sollte sich die Möglichkeit ergeben.

Es war so weit. Ohne Umstände zog Schlüter das Bild des Toten aus der Tasche und legte es auf das Tischchen. »Kennen Sie den?«

»Mehmet!«, rief der Teppichhändler aus. »Wo ist er? Was … was ist das für ein – schreckliches Bild?« Horrible picture.

Sein Tee war übergeschwappt.

Schlüter kam nicht zu einer Antwort. Ein Mann hatte das Kontor betreten, ein untersetzter Typ, grauer Haarkranz, schmaler Oberlippenbart, schwerer Bauch, schwere Augen. Sie fielen auf das Bild auf dem Tisch und dann fielen harte Worte aus seinem Mund, zuerst an den jungen Mann gerichtet, bis sein Blick auf Schlüter traf. Er trat breitbeinig an den Tisch und bevor Schlüter das Bild vom toten Mehmet an sich nehmen konnte, hatte der Mann darauf gespuckt. Er stemmte die Fäuste in die Hüfte und sah Schlüter herausfordernd an, während er den Rest seines Rotzes wieder einschlürfte.

»Who are you, mister?«

20

»Gibt es Neues in der Mordsache ›Unbekannt‹?«

»Nein, Herr Kriminalober-äh-hauptkommissar Ferber«, antwortete Staschinsky, während er die Akte, in der er las, beiseiteschob und seinen Schmierzettel obenauf legte, um das Aktenzeichen zu verbergen. »Uns fehlen die Möglichkeiten. Interpol hat noch nicht geantwortet.«

Die Rechtshilfeaktion von Schlüter und Anahid Bedrosian hatte er verschwiegen. Ein einziges Wort hätte diplomatische Aktionen auf höchster Ebene hervorgerufen, mit unvorhersehbaren Konsequenzen. Vermutlich hätte Ferber, dieser Schisshase, alles darangesetzt, die einzige Chance zu vereiteln, den Mörder des Unbekannten zu finden oder es wenigstens zu neuen Ermittlungsansätzen zu bringen, notfalls, indem er den Botschafter in Teheran wild gemacht hätte.

»Wie ist der Stand?«

»Unverändert. Wie gesagt. Bis auf …«

»Bis auf was?«

Staschinsky berichtete, dass der junge Kollege, der mit Schlüter, dem Rechtsanwalt, zusammenarbeiten würde, ihn angerufen habe. Wann ist das eigentlich gewesen?, fragte er sich, während er redete. Gestern? Vorgestern? Die Zeit lief ihm davon. Aber er hatte sich alles notiert. Am Mittwoch habe der mit der Tochter des Mannes gesprochen, der sich in Hannover in der Abschiebehaft erhängt habe.

»Abschiebehaft? Hannover? Erhängt? Was haben wir damit zu tun?«

»Nichts. Wir sind nicht zuständig. Stand in der Umsonstzeitung.«

Damit war der Chef zufrieden. Nichts war schöner, als wenn man nicht zuständig war. Er schaltete sofort sein Gehirn ab. Die Strafanzeige, die Martens erstatten wollte, richtete sich an die

Verantwortlichen des Landkreises Uelzen, wo Hakobyan gelebt hatte. Staschinsky ergänzte in kurzen Worten, dass der Tote wahrscheinlich nach Hemmstedt gekommen sei, »ich meine natürlich, als er noch lebte«, um Schlüter eine Liste von armenischen Versicherten zu bringen, die vor knapp hundert Jahren eine Lebensversicherung beim *AXA*-Konzern abgeschlossen hätten.

»Hundert Jahre? Das ist doch wohl längst …?«

Ferber hatte null Humor.

»Nein, ist es nicht. Ist so wenig vorbei, wie bei uns die Nazizeit vorbei ist. Solche Ereignisse sind ein paar Hundert Jahre Gegenwart, bevor sie Geschichte werden können.«

»Und haben Sie rausgekriegt, was das mit den Lebensversicherungen zu bedeuten hat?«

»Nein. Das heißt, ja. Vielleicht oder wahrscheinlich. Wir haben mehr Fragen und deshalb proportional weniger Antworten.«

»Soll das heißen, dass Sie was vergessen haben?«

»Nein.« Staschinsky berichtete, was er von Martens über die armenischen Lebensversicherungen erfahren hatte. Die Sache mit den Armeniern im Allgemeinen und ihren Lebensversicherungen im Besonderen interessierte Ferber nicht oder er hatte Angst davor, als das zu gelten, was er war.

»Was schließen Sie daraus?«

»Noch nichts. Kein Motiv. Und dass wir nicht mehr auf dieser Namensliste rumgrübeln müssen. Jedenfalls nicht mehr so viel.«

»Waren Sie schon im Ostpreußenviertel unterwegs?«, fragte Ferber jetzt.

Mit Ostpreußen hatte das Stadtviertel, in dem die meisten Ausländer Hemmstedts wohnten, nichts zu tun, damals jedoch sollten sich die Flüchtlinge aus dem Osten ein wenig Heimatgefühl einbilden dürfen. Die Straßen hießen Allensteiner, Tilsiter oder Königsberger Straße. Es gab auch eine Sudetenstraße, aber das machte nichts. Man redete sowieso nicht darüber.

»In ›Babel‹?«, erwiderte Staschinsky. »Klar.«

So nannten die Polizisten den Stadtteil. Staschinsky hatte dort ausschwärmen lassen, gleich nachdem er mit Schlüter gesprochen hatte, jeder Beamte das Bild vom Ermordeten in der Tasche. Er berichtete, dass trotz des großen Aufwands nichts herausgekommen war. Niemand schien den Toten zu vermissen. Niemand kannte ihn, niemand hatte ihn gesehen, auch keiner aus der türkischen Community. Es gab ein paar Perser in Babel, die ebenfalls mit dem Kopf geschüttelt hatten. Immerhin wusste man, dass der Ermordete dem Rechtsanwalt Schlüter vermutlich diese Krückstockliste hatte übergeben wollen. Was ihm der Tod bekanntlich vermasselt hatte.

»Wer weiß?«, fügte Staschinsky hinzu. »Da wussten wir noch nicht, was wir jetzt zu wissen glauben. Leider ist die Bereitschaft der Türken, mit uns zusammenzuarbeiten, nicht besonders ausgeprägt. Sie mögen uns nicht. Sie mögen die Deutschen nicht. Sie mögen Deutschland nicht.«

»Übertreiben Sie mal nicht«, widersprach Ferber. »Ich hoffe doch, dass die Polizei keine Vorurteile gegen unsere ausländischen Mitbürger hat!«

»Is aber so«, beharrte Staschinsky. »Ich habe nichts gegen die Leute. Aber Hartz IV beziehen und gleichzeitig auf Deutschland schimpfen?«

»Einige vielleicht, Herr Kollege, einige! Sie reden ja, als wären …«

»… das alle? Nee, sind es nicht. Weiß ich. Nur zu viele. Das geht schon mit der falschen Religion los, die wir haben, und mit dem Schweinefleisch, das wir fressen.« Dieser Sesselpuper war für seine Korrektheit bekannt, er hatte es nicht anders verdient.

»Es schadet sicher nicht, etwas weniger Schweinefleisch zu essen«, beharrte Ferber und erlaubte sich ein amüsiertes Hüsteln, das seiner Autorität nicht zu nahe kam. »Was das betrifft, muss ich gestehen, bin ich ja auch fast ein Moslem.«

»Ich werd Sie nicht zum Grillen einladen«, sagte Staschinsky, schob seinen Stuhl entschlossen zurück und stand auf. Er hasste es, von oben kommandiert zu werden. Ferber war ein Meter neunzig. »Und dann haben sie hier eine Frau und in der Türkei noch eine. Die beiden Damen wissen zwar nichts voneinander, doch der Herr Allah ist natürlich einverstanden – darf ja jeder vier haben.«

Ferber lachte, aber es klang angestrengt. »Sie übertreiben heftig!«

»Unsere sind auch nicht besser«, grunzte Staschinsky. »Unsere Kerle ficken rum und setzen Kinder in die Welt und kümmern sich nicht mehr um die. Und unsere Weiber, besonders die tätowierten, stehen auf solche Klapskallis, die außer Kindermachen und Sprücheklopfen nichts draufhaben.«

»Ihr Sprachgebrauch …«

»… ist der Sache angemessen«, unterbrach Staschinsky ihn und schob Ferber beiseite. »Das ist keine Doppelmoral bei denen«, rief er, während er sich auf dem Flur entfernte, »sondern Dreifachmoral, mindestens! Ich habe seit einer Stunde Feierabend. Ich werde mir jetzt einen Scheißkaffee holen und in mein Scheißzimmer zurückgehen und mich hinter meinen Scheißschreibtisch setzen und weiterarbeiten. Sofern ich meine Ruhe habe.«

Das hörte der Chef nicht mehr, denn Staschinsky war in der Teeküche verschwunden. Er setzte Wasser auf, ließ braunweißes Pulver aus einer Tüte in seinen Kaffeepott rieseln und goss auf. Cappuccino, Wiener Melange, besser als das bittere Zeug, das die Maschine produzierte. Hatte er Schlüter empfohlen. Wo der sich jetzt wohl rumtrieb? Irgendwie tat der Chef ihm leid. Musste ein blödes Gefühl sein, wenn man einen wichtigen Posten und keine Ahnung hatte. Er überlegte, ob er den Chef zu hart angegangen war. Nein, war er nicht. Er hatte nur die Worte eines Zaza aus Bingöl wiederholt, eines braunhäutigen Einwanderers, der gewissenhaft den Ramadan durchhielt und behauptete, neunzig Prozent seines Verhaltens sei Religion, der aber die Bigotterie und Lügerei seiner Landsleute nicht leiden konnte.

Langsam kehrte Staschinsky zurück – und hatte sich verrechnet. Der Chef stand immer noch an derselben Stelle, als wäre er festgewachsen. So war das, wenn einer nichts zu tun hatte.

»Ich möchte am Montag einen schriftlichen Bericht von Ihnen zum Stand der Sache«, verlangte Ferber. »Dienstag habe ich einen Termin mit dem *Tageblatt*, die wollen berichten.«

»Dann habe ich jetzt keine Zeit mehr«, sagte Staschinsky und machte dem Chef die Tür vor der Nase zu.

Er sah sich um. Ein Scheißzimmer war das, Schlüter hatte recht gehabt. Woran man sich nicht alles gewöhnte! Drüben hing seine Lederjacke, Reminiszenz an seine Motorradzeit. Er hatte es aufgegeben, es war zu gefährlich geworden. Entweder rasierten sie einem beim Überholen die linke Fußraste ab oder sie überholten rechts, notfalls unter Zuhilfenahme von Bürgersteigen und Schotterstreifen, wenn man weiter in der Mitte fuhr. Es war, als würden sie besonders wütend, sobald sie die Fahrbahn mit einem Motorrad teilen mussten. Ein Auto hatte sich Staschinsky nicht angeschafft. Schließlich hatte man seine Prinzipien.

Was tun?

Er setzte sich wieder hinter seinen durchfallgelben Schreibtisch und zog sich die Akte heran. Strafsache gegen unbekannt, Vergewaltigung zum Nachteil von Anahid Bedrosian. Er hatte sich die Papiere von der sachbearbeitenden Kollegin ausgebeten, mit der Bemerkung, er habe das Opfer neulich privat kennengelernt, vielleicht könne er Ratschläge geben.

Die Kollegin hatte sich die Beweissicherung und das Material von Dr. Püschel vom UKE in Hamburg schicken lassen. Tatsächlich war bei der Untersuchung der Unterwäsche des Opfers im vertrockneten Sperma die DNA von drei verschiedenen Männern festgestellt worden. Frauen schieden ja wohl als Täter aus. Für die Gewalt im Lande waren die Herren zuständig. Man hatte Anahid Bedrosian vernommen. Schlüter hatte allerdings darauf bestanden, dass eine geschulte Beamtin sie in Gegenwart eines Gutachters befrage, nur einmal, und das Gespräch auf Video aufzeichne. So war es geschehen. Die Polizei hatte dazugelernt. Es waren schon zu viele Sexualstraftäter freigesprochen worden, weil sich später Zweifel an der Glaubhaftigkeit der Aussage und der Glaubwürdigkeit des Opfers ergeben hatten. Gelernt hatte man das hauptsächlich im Zusammenhang mit Kindesmissbrauch. Kinder waren zerbrechliche Zeugen.

Man musste davon ausgehen, dass die Vergewaltigung mit der Veranstaltung in der Alten Turnhalle im Zusammenhang stand. Die Täter hätten geschnarrt, sie wollten »vollenden, was unsere Großväter angefangen haben«. So stand es in Anahid Bedrosians Bericht. Der Zeitfaktor stimmte ebenfalls, einigermaßen. Die Täter mussten gewusst haben, wo die Frau wohnte und wie man ihr auf dem Nachhauseweg zuvorkommen konnte. Dass die Täter Türken waren und an der Versammlung teilgenommen hatten, daran bestand kein Zweifel. Deshalb hatte man sich auf die konzentriert.

Doch wie sollte man herauskriegen, wer alles im Saal gewesen war? Die Beamten hatten beim Podium angefangen, hatten den Apotheker befragt, wer Gast gewesen sei, ebenso die Leute vom Ausländerbeirat der Stadt, sie hatten die zuerst Befragten wiederum nach ihren Sitznachbarn befragt. Es war eine ansehnliche Liste von Namen zustande gekommen und eine Zeichnung, wer ungefähr wo gesessen hatte. Der Mann von der Zeitung hatte bereitwillig seine Bilder herausgegeben. Er hatte berichtet, wie chaotisch die Versammlung geendet habe. Eigentlich habe sie bereits chaotisch angefangen, nämlich erst nach zwanzig Uhr, obwohl sie für neunzehn Uhr dreißig angekündigt gewesen sei, weil immer wieder neue Zuhörer hereingeströmt seien. Sogar kurz vor Ende seien noch Gäste eingetroffen, während die ersten den Saal wieder verlassen hätten, nachdem Anahid Bedrosian gegangen sei.

Man hatte die Chatprotokolle, die die Armenierin der Polizei übergeben hatte, geprüft und ermittelt, wer hinter dem Spitznamen ›Talaat‹ stand, der geschrieben hatte, er wisse, wo Anahid Bedrosian wohne. Talaat war ein Herr Ertürk aus Minden im Süden an der Weser, der es sich zur Pflicht gemacht hatte, die immer wieder aufflammenden Wahrheitsfeuer zum armenischen Genozid zu ersticken, auszutrampeln, totzuschreiben, bevor sie in der Lage waren, die türkischen Lügen zu versengen und die türkische Ehre anzukokeln. Immer wenn zum Thema ›Armenien und Genozid‹ ein Konzert, ein Theaterstück oder ein Film vorgeführt, eine Diskussionsveranstaltung stattfinden sollte oder wenn irgendwo ein Artikel erschien oder eine Sendung lief, hatte sich Herr Ertürk die Finger wundgeschrieben. Egal um welche Zeitung und welchen Ort es sich handelte, um Konstanz, Dresden oder Wien – Ertürk war dabei.

Er war deutscher Staatsbürger und fanatischer Türke, nie straffällig geworden, nie arbeitslos, bestens integriert. Er hatte sich bei seiner bereitwilligen Vernehmung, die er bei den unbedarften Mindener Kollegen auch gleich zur Apologieveranstaltung ausgedehnt hatte, wortreich entschuldigt, er habe der »werten Frau Bedrosian« nur forsch entgegentreten wollen, keinesfalls habe er sie erschrecken oder gar nötigen oder bedrohen wollen, aber nein. Er habe nur der Wahrheit die Ehre geben wollen. Falls der Spruch des Mannes eine Nötigung gewesen sein sollte, denn Angst hatte er der Frau durchaus eingejagt, so war diese womöglich nicht vorsätzlich begangen worden, und wenn ja, so hätte es sich um ein Delikt minderen Rangs gehandelt. Das Verfahren, das man der Form halber eingeleitet hatte, war sicher bereits eingestellt, man hatte schließlich Wichtigeres zu tun.

Eben.

Das Bild des Toten war in den Zeitungen veröffentlicht worden. Keine Resonanz. Es war, als wäre er direkt aus Täbris in Hemmstedt eingeschwebt wie ein Marsmännchen, als hätte er niemanden getroffen. Das konnte nicht sein. Es musste jemanden geben, der mit dem Toten in Deutschland Kontakt gehabt hatte. Und wahrscheinlich hier in Hemmstedt. Und der wusste, wie er aussah, der ihn auf dem Bild wiedererkennen konnte. Der mit ihm Tee getrunken hatte. Der ihm Schlüters Telefonnummer gegeben hatte. Niemand war allein, abgesehen von Polizisten, die Mordfälle aufzuklären hatten. Oder doch? Der Mann hatte schließlich einen Zettel mit armenischen Namen in der Tasche getragen. Das tat nicht jeder, der nach Hemmstedt kam. Wahrscheinlich sonst niemand. Der Tote musste ein einsamer Mann gewesen sein. Damit kannte sich Staschinsky aus. So einsam wie die Armenierin Anahid Bedrosian in Hemmstedt. Er wurde das Gefühl nicht los, dass sie etwas mit dem Ermordeten zu tun hatte. Aber sie kannte ihn nicht, basta.

Was also tun?

»Ordnung«, grummelte Staschinsky. »Ordnung schaffen!« Er drehte sich um und warf einen wütenden Blick nach draußen, vorbei an den pissgelben Gardinen, in den blauen Himmel von Hemmstedt, als könnte von dort die Erlösung kommen. Ein paar Wolken zogen in unerträglicher Langsamkeit dort oben entlang.

»Es kann nicht sein. Es kann nicht sein!«

Der Mann hatte zu Schlüter gewollt. Warum Schlüter? In einem norddeutschen Kaff mit dem grässlichen Namen ›Hemmstedt‹. Es war unmöglich, dass der Tote durch Deutschland gereist war, ohne irgendwelche Kontakte zu haben. Er musste schließlich irgendwo gegessen, geschlafen, vielleicht gearbeitet haben. Irgendwo musste es jemanden geben, der das Opfer gekannt hatte. Vielleicht ganz in der Nähe.

Staschinsky erhob sich, müde von der Grübelei, müde von der Papierarbeit. Er näherte sich, die Lederjacke an der Wand streifend, dem Fenster. Manchmal tust du etwas, von dem du eine Sekunde vorher nicht geahnt hättest, dass du es tun würdest. Staschinsky packte den Vorhang, riss ihn mit einem Ruck herunter, knäulte ihn zusammen und warf ihn aus drei Metern Entfernung in den Papierkorb. Volltreffer. Morsches Teil. Der Raum war sehr hell geworden. Das war gut. Und Staschinsky hatte eine Idee. Sie war ihm eigentlich schon vorhin aufgeblitzt, als er sich den Kaffee geholt hatte. Er hatte sie nur nicht gleich bemerkt. Der Chef konnte einen, so dämlich er war, auf echt gute Ideen bringen. Er fragte sich, warum er, verdammt noch mal, nicht früher darauf gekommen war.

21

Eine Antwort wartete der Mann nicht ab, sondern er begann zu schimpfen, und das deutlich zu laut. Wenn einer schreit, hat er unrecht und es ist egal, was er sagt, das wusste er, dennoch hätte Schlüter gern verstanden. Auch hätte er sich gern vorgestellt. Hier war seines Verweilens nicht länger, so viel war klar. Das Bild des Toten – er würde es noch brauchen. Er trat an den Tisch und wollte es aufheben, doch als er den Speichelfladen sah, ließ er die Hand sinken, bis in die Hosentasche, zog langsam ein Papiertaschentuch aus der Packung, faltete es halb auseinander und wischte das Foto mechanisch ab, mit spitzen Fingern und begleitet von den Tiraden des Mannes und den Widerworten des Jungen.

Schlüter unterdrückte den Impuls, das Taschentuch fortzuwerfen, vor die Füße des Königs Salomo oder der berühmtesten vier Dichter Persiens. Selbst ein Ungläubiger kann höflich bleiben. Er faltete es vorsichtig zusammen, den Rotz in der Mitte, nahm ein zweites, schlug das kontaminierte darin ein und steckte beides in die Packung zurück, die nun fast leer war. Dann sah er, dass sich Leute vor der Glastür des Kontors sammelten. Die Kollegen rundherum waren neugierig geworden. Der erste kam schon herein und sagte etwas, vermutlich wollte er nur wissen, was los war, und er bekam zwei Antworten, eine laute vom Schmalbart und eine leise von dem jungen Händler. Die er vermutlich nicht hörte.

Schlüter rief, er werde nun gehen, er danke für den Tee und dafür, dass er die wunderbaren Teppiche habe sehen dürfen, er hoffe, kein Ungemach bereitet zu haben. Er versuchte, den Schreihals zu ignorieren. Er blickte nur seinem jungen Gastgeber in die Augen, nicht dem Wildgewordenen, er verbeugte sich, legte sogar die Rechte aufs Herz und sagte zuletzt auf Deutsch: »Danke für alles.«

»Wo ist er?«, fragte der Junge.

»Später«, sagte Schlüter.

»Morgen. Garten. Dichter. Zwanzig Uhr.«

»Gut«, sagte Schlüter und vermied ein Nicken. Es war immer nützlich, wenn einer ein paar Worte einer fremden Sprache konnte.

Er durchquerte die Traube der Neugierigen, noch ließen sie sich auseinanderschieben, zehn Leute mindestens, und versuchte dabei einen normalen Gang und ein freundliches Gesicht. Als er es, durch die Stapel der aufgeschichteten Teppiche, bis zur sich öffnenden Glastür geschafft hatte, wagte er einen halben Blick zurück. Jetzt waren es doppelt so viele, sie gestikulierten, mehrere hatten ihren Pistolenfinger auf ihn gerichtet, sie riefen durcheinander und einige schickten sich an, ihm zu folgen, während der junge Teppichhändler mit ausgebreiteten Armen vor ihnen stand wie der Hütebursche vor der Bullenherde und sie aufzuhalten und zu beschwichtigten suchte.

Schlüter winkte, rief ein »Bye-bye«, drehte sich um und durchquerte den sonnenüberfluteten Weg. Er machte sich davon. Tauchte nach wenigen Schritten ein in den backstein-überwölbten Gang des Basars, nutzte seinen Vorsprung und floh. Schon hörte er Rufe hinter sich und ein Poltern, als wäre etwas eingestürzt oder umgeworfen, er spürte die neugierigen Blicke der Menschen. Er beschleunigte seine Schritte, doch er durfte nicht rennen. An der ersten Wegkreuzung bog er ab, nach wenigen Metern entdeckte er ein Loch in der Wand, groß wie eine Tür und verhängt mit dunklem Stoff. Er blieb stehen, als wollte er sich die Bürsten ansehen, die daneben an einem Ständer hingen, niemand, so schien es, achtete auf ihn, er griff in den Vorhang, tastete in ein Nichts, er machte einen Schritt hinein, spürte dabei ein kleines Sausen im Zwerchfell, stolperte mehrere dunkle Treppenstufen hinab, hielt sich an einem zweiten schweren Vorhang fest, verheddert sich darin mit rudernden

Armen und geriet in eine vollständige feuchte Finsternis, wo es nach Moder und Vergänglichkeit roch. Er trat ins Leere, verlor das Gleichgewicht, landete hart auf den Knien, schrammte sich an der Faust, rappelte sich wieder auf, er hörte lautes Rufen, er konnte hier nicht warten, wie es vielleicht vernünftig gewesen wäre, nein, er musste fort, die Panik griff mit kalter Hand nach seinem Herzen, sie schlug mit ihrer Peitsche auf ihn ein, er keuchte, rang nach Luft, schob und zwängte sich winselnd über Ballen und Stapel, Rollen und Pakete, weiter ins Pechdunkle.

Ich finde nie wieder raus, schrie es in ihm, er trat auf Weiches, Hartes, Umfallendes und Schepperndes, er stieß mit der Stirn an Festes, Kaltes, es knirschte im Nacken und er stürzte ein zweites Mal, rammte mit dem Kopf gegen Holz, schaffte es in die Senkrechte, ihm wurde schwindelig und er schnappte verzweifelt nach Luft.

Ich ersticke!

Er hatte die Richtung längst verloren und wühlte sich weiter, fuchtelte mit den Händen vor sich her, bis er, dem Himmel sei Dank, ein Dämmerlicht sah: das Licht der Welt. Er hörte das »Yallah« eines Karrenschiebers und gedämpftes Gewirr von Stimmen. Treppenstufen erschienen schwankend im Halbdunkel, er stützte sich an einer kalten Wand, zog sich empor, Stufe für Stufe, schwer atmend, das Herz rappelte in Kaskaden. Und schon stand er wieder in einem der labyrinthischen Gänge, gleißendes Licht blendete ihn, es rauschte ihm in den Ohren, wie unter Wasser, ihm wurde schwarz vor Augen.

Doch er verlor die Besinnung nicht und stürzte nicht.

Die backsteinerne Kreuzwölbung der Decke, Massen von Menschen. Er tat einen Schritt. Ein Mann trat ihm in den Weg, der wie das Gespenst seiner selbst aussah, erschrocken blieb Schlüter stehen, der andere tat es ihm gleich. Ein alter Mann, in dessen mit Staub bedecktem Gesicht Angst und Verwirrung miteinander stritten, der sich ans Herz griff und nach Luft schnappte, nein, es war nur ein Spiegel, in dem er sich selbst sah. Instinktiv bog er nach links ab und ging so schnell er konnte weiter, hoffentlich fort von allem.

Bis er unversehens vor dem Bohnenhändler stand. Ohne Umstände drückte er sich in den engen Laden und ließ sich auf einen der Säcke sinken.

»Ich wurde verfolgt«, japste er. I've been chased.

Er hörte ferne Rufe und Schreie. Der Bohnenmann warf einen blitzschnellen Blick in die Gasse, links und rechts, bevor er an einem Vorhang zog und aus dem Laden ein bequemes Separee machte, in dem Schlüter unsichtbar war für wen auch immer.

»Tea?«

Schlüter nickte erschöpft. Tee. Heimat. Es war immer gut, wenn man Freunde hatte in der Fremde. Er wollte sich Staub und Schweiß abwischen und merkte, dass er die Plastikhülle mit dem Rotztaschentuch noch in der verkrampften Hand hielt. Er sah sich um nach einem Abfalleimer, fand keinen und entsorgte beides in seine rechte Jackeninnentasche, die immer leer war. Links waren die Bohnen, das Symbol der Liebe. Liebe und Hass in der Jackentasche, Scheiße. Und dazwischen das Herz. Schlüter fühlte nach seinem Puls: nichts. Das Herz flimmerte ängstlich vor sich hin, es flatterte wie ein kleiner Vogel in seinem Käfig.

»Why?«, fragte der Mann, als der Tee gebracht worden war. Er öffnete den Vorhang eine Handbreit und reichte Schlüter das Glas, einen kleinen Spiegel und ein feuchtes Tuch.

»Oh, thank you! Religion. Maybe politics, maybe not«, antwortete Schlüter. »I don't understand it.« Seine Stirn war zerschrammt. Seine Hand schmerzte. Er trank einen Schluck, höllenheiß, bitter und sündensüß. Er würde diesen Geschmack niemals vergessen.

»Politics and religion never understandable.« Der Bohnenmann grinste. »Private not much better. No talk. Better silent.«

»Yeah«, hauchte Schlüter. »I agree. The world is complicated.« War es das Lächeln dieses Mannes? Oder sein Tee? Schlüter fühlte wieder Mut.

»This country complicated. Veeery complicated«, sagte der Bohnenmann. Er machte ein Oben und ein Unten mit den Händen. Oben sei die Regierung, dort trieben die Spiel- und Spaßverderber ihr Unwesen. Aber untendrunter, im Keller, dort seien das Verbotene, das Ungesagte, das Doppelzüngige und die Menschen, die in Ruhe leben, arbeiten und Spaß haben wollten. Das mache das Land kompliziert. »Allah ist Liebe und unsere Herzen sind ihm nah, wenn sie voller Liebe sind. Das müssen wir begreifen. Und Allah ist groß. Größer als jede Regierung. Und herrlich ist das Leben! Sagen Sie da draußen, dass es bei uns auch nette Leute gibt. Wir sind keine Teufel. Clear?«

»That's clear. Versprochen.«

Zwei Hände klatschten zusammen.

Schlüter trank Tee und fühlte mit dem Zeigefinger seinen Puls an der Stirnschlagader. Allmählich besser, ein paar ordentliche Schläge dazwischen. Dieser Mann hatte ihn beruhigt. Jetzt musste er nur noch heil aus diesem Irrgarten herauskommen. Er war einem Möchtegernhenker, der Religionspolizei, einem Rassisten und einer Horde wütender Teppichhändler entwischt. Wenn es nur nicht noch schlimmer kommen würde. Sollte er die Verabredung einhalten?

»I am hungry«, sagte er. Er hatte seit dem Frühstück nur das Sesambrot des glücklichen Bäckers gegessen.

»Let's go«, entschied der Bohnenmann und riss den Vorhang beiseite. »I will close the shop.«

Und dann hörten sie die Rufe. Schlüter verstand sie nicht. Der Bohnenmann verzog das Gesicht und den Vorhang wieder zu. Schlüter befand sich in einem Separee, ein deutscher Advokat auf einem Bohnensack im Basar von Täbris. Rechne mit allem, dann wirst du nicht überrascht.

22

Ein Polizist kennt keine freien Tage. Ein Polizist ist immer im Dienst, auch am Samstag.

Staschinsky hatte sein Privatleben auf ein Minimum reduziert. Er hasste Privatleben. Freizeit machte ihn depressiv. Für Freizeit gab es keinen Grund, sie störte bei der Arbeit. Zum Glück hatte er keine Familie, um die er sich kümmern musste. Keine Frau hatte es lange mit ihm ausgehalten. Frauen waren ein Rätsel und das Leben war zu kurz, um es zu lösen.

Staschinsky verließ sein pflegeleichtes Fünfzig-Quadratmeter-Apartment in der Altstadt von Hemmstedt, nur einen Steinwurf von der Staatsanwaltschaft entfernt, und ging am Amtsgericht vorbei hinunter zum Hafen, wo es, nicht weit vom Kino, seit Jahren ein türkisches Schnellrestaurant gab, das jetzt *Karadeniz Lokantasi* hieß, vielleicht, weil der jetzige Betreiber am Schwarzen Meer geboren war. Der Name des Lokals hatte in den letzten Jahren häufig gewechselt, da der jeweilige Chef, sobald er der Chef war, aufgehört hatte zu arbeiten, weil ein Chef nicht arbeitete, sondern arbeiten ließ, er selbst aber im tiefergelegten schwarzen Mercedes, geleast auf Geschäftskosten, spazieren fuhr, die Ellenbogen aus dem Fenster, Sonnenbrille, getönte Scheiben.

Vor zwei Jahren hatte keine fünfzig Meter weiter, auf der anderen Seite der Kreuzung, ein zweites türkisches Schnellrestaurant eröffnet, nachdem das alte Haus abgerissen und ein Neubau errichtet worden war, mit Tonnendach. Neuerdings mussten alle Neubauten Tonnendächer haben. Das war wie Grippe. Ansteckend. Das neue Restaurant war Staschinskys Ziel.

Der Besitzer stammte aus Diyarbakır, wusste Staschinsky, Hamdi Ergün hieß er, keine Vorstrafen, keine Auffälligkeiten, pünktlicher Steuerzahler, wenn auch kleine Summen. Er hatte seinen Laden ›*Antalya Grill*‹ genannt, offenbar wollte er Türkeiurlauber locken oder solche, die sich keinen Urlaub leisten konnten. Man kannte ihn da nicht, glaubte Staschinsky, und wenn, dann nur als Kunden, denn er hatte hin und wieder eine Mahlzeit dort abgeholt, damit er seine Küche nicht mit plötzlicher Kocherei erschrecken musste. Aber wer weiß? Natürlich trug er keine Uniform, an einem freien Tag, denn erstens war er streng genommen nicht im Dienst und zweitens war er kein Uniformträger. Äußere Würdezeichen hielt er für entbehrlich, Uniformen hatten in Deutschland meistens Schaden angerichtet und am liebsten ging er, wie jetzt auch, in Jeans und offenem Hemd. Für die Lederjacke war es zu warm. Als er eintrat, drehte er den Schirm seiner Mütze nach hinten, der Lässigkeit wegen, nickte unbestimmt den zwei rührigen Herren hinter den Salatschüsseln und vor den Spießen zu und setzte sich an einen freien Tisch, gleich neben der Tür zum WC. Der Laden war mediterran gemütlich: schwarze Plastiktische, grelle Plastikblumen, weiße Plastikstühle, graue Fliesen und monströse Lampen, die blendeten.

Von seinem Platz aus konnte Staschinsky die Tür sehen, durch die das Essen herausgetragen wurde. Dahinter musste sich die Küche befinden. Um diese Zeit war nicht viel Betrieb.

Er bestellte ein einfaches türkisches Frühstück. Ekmek, Oliven, Tomaten, Peperoni, Feta, Hummus und Tee. Als es gebracht wurde, fragte er den Mann – glattes Gesicht, schwarzes, straff nach hinten gekämmtes Haar – nach dem Chef.

»Ist das Essen nicht gut?«

»Nein, nein. Sieht sehr gut aus. Ich habe nur eine Frage.«

Nach einigen Minuten öffnete sich die Küchentür und ein Mann setzte sich an seinen Tisch. Er war von oben bis unten schmal und ziemlich groß, heller als ein Türke und nicht so dunkel wie ein Zaza, also wahrscheinlich Kurde, graue Schläfen, vorgebundene Schürze. Immerhin, er arbeitete mit, das ließ auf eine Zukunft hoffen.

»Sie wollten mich sprechen?«

»Staschinsky ist mein Name«, sagte Staschinsky. »Guten Tag, Herr Ergün. Ich bin Kriminalpolizist.« Man sollte ehrlich sein. »Ausweis?«

Der Mann sog die Luft ein und seine Schultern strafften sich. Sein Blick flackerte.

»Nein, nein«, beschwichtigte Staschinsky. »Es geht nicht um euren Laden oder darum, wie viel Schwarzgeld ihr macht. Es geht um den Mann, der neulich tot am Burggraben gelegen hat. Vor sechs Wochen ungefähr. Gehört?«

Der Mann zögerte.

»Na also. Wir vermuten, dass die PKK dahintersteckt.«

»Diese Schweine!«, stieß der Dönermann hervor.

Staschinsky riss sich ein Stück vom Fladenbrot ab, legte eine Portion Hummus hinein, Feta und eine Olive obenauf und steckte es in den Mund. »Wunderbares Essen.«

»Danke.«

»Es war mal wieder einer von denen in Hemmstedt unterwegs«, fuhr Staschinsky kauend fort. »Er hatte mit denen da drüben Kontakt, soweit wir wissen.« Er nickte durchs Fenster über die Kreuzung zum *Karadeniz* hinüber. »War der auch bei Ihnen?«

»Nee, und wenn, hätte ich ihn achtkantig rausgeschmissen.«

Das glaubte Staschinsky sofort. Die Türkei exportierte nicht nur ihre Arbeitskräfte, sondern auch – in Lightversion – ihren Bürgerkrieg und ihre unbegreifliche Politik. Wer es mit der PKK hielt, würde niemals einen Döner aus der Hand eines Erdoğan-Fans nehmen und umgekehrt. Und ein Grauer Wolf und Atatürk-Fan würde sein Pide nur bei einem Grauen Wolf essen, dem wiederum weder ein Kurde noch ein Zaza, kein Freund der PKK und kein Freund Erdoğans *merhaba* sagen würde. Ein türkischer Gemüsehändler hatte aus der türkischen Community nur die Kunden, die weltanschaulich zu ihm passten. Die türkische Gesellschaft bestand wenigstens aus fünf Fraktionen, die sich spinnefeind waren – türkische Erdoğan-Fans, türkische Fans von Atatürk und Grauen Wölfen, zazaische und kurdische PKK-Fans, zazaische und kurdische PKK-Feinde und Erdoğan-Fans –, und dann natürlich die Aleviten, die ein ganz eigenes Haus bewohnten, von denen es jedoch nur wenige gab. Die meisten waren aus Dersim geflüchtet, das heutzutage, nach der Zwangstürkisierung, Tunceli hieß, sie waren zumeist Nachfahren von Überlebenden des Völkermords von 1937. Das gehörte, wenn man Polizist und in Babel unterwegs war, zur Grundausbildung.

»Dann hat er sich hier wohl nicht blicken lassen, weil er wusste, dass er nicht willkommen ist«, meinte Staschinsky. »Wir wissen nur, dass der Tote ein Kurde war.«

»Kurde? Stand aber anders in der Zeitung! In der Zeitung stand …«

Staschinsky wedelte den Einwurf fort, stopfte sich ein Stück Fladenbrot in den Mund und ließ Tee darüber laufen. Hatte der Mann also intensiv die Zeitung studiert, eine Tatsache, die Rückschlüsse zuließ.

»Sehr gut«, kaute er und meinte das auch so. »Schmeckt prima. Die Zeitung! Na, denen verraten wir nicht alles. Ermittlungsgeheimnis!« Staschinsky senkte Kopf und Stimme. »Wir wissen noch nicht, woher er kam, nur eines kann ich sagen: Die PKK steckt dahinter.«

Der Dönermann lächelte geschmeichelt. »Schweine das.«

Staschinsky nahm einen zweiten Schluck Tee und wartete.

»Und wie kann ich Ihnen helfen?«, fragte der Mann endlich.

»Oh«, erwiderte Staschinsky, »Sie brauchen eigentlich gar nichts zu tun. Es ist nur …« Er stand umständlich auf. »Moment mal. Es ist nur ein kleiner, wirklich nur ganz kleiner Gefallen, um den ich bitte. Lassen Sie mich einen Moment in Ihre Küche.«

Er war schon durch die Schwingtür, bevor der Besitzer ihm folgen konnte. Manchmal ist es ein Vorteil, wenn man klein und rund war. Er sah drei Männer. Ein langer war über ein Becken gebeugt und wusch große Pfannen ab. Der zweite, ein dunkler Typ, untersetzt, Schultern wie Panzer, räumte sauberes Geschirr aus einer Maschine, den Kopf in Wasserdampf gehüllt, und der dritte, ein Hänfling, ebenfalls mit dunkler Haut, aber heller als der zweite, war im Begriff, ein Tablett mit Essen zusammenzustellen.

»He! *Dinleyin! Bibihîzin!*«, rief Staschinsky auf Türkisch und Kurdisch. »Mal herhören!«

Und alle drei Gesichter wandten sich ihm zu, während er das Bild des Toten aus der Tasche zog und der Besitzer hinter ihm auftauchte. Zwei von den dreien guckten doof, der Untersetzte dagegen ließ den Tellerstapel sinken, stellte ihn ab, trocknete sich die Hände an der Schürze ab und kam langsam auf Staschinsky zu.

»Stepan!«, sagte er mit ausgestrecktem Zeigefinger. »*Ew e Stepan.*«

Staschinsky drehte sich um und sah hinauf zu dem langen Kurden hinter sich. »Vielen Dank. Ich wusste, dass Sie mir helfen würden.«

Als die Tür wieder zu war, fragte Staschinsky den Chef, wo die drei Gesellen an jenem Freitagabend gewesen seien, als der Mord geschehen war.

Sie hätten in der Küche gearbeitet, antwortete der Chef. »Freitagabend ist immer Hochbetrieb.«

Staschinsky schärfte ihm ein, die drei übers Wochenende ja nicht in seine anatolische Filiale zu versetzen, sonst würde es mächtig Ärger geben. Die Pfannenwender sollten sich am Montagvormittag bereithalten und ihr Chef auch.

Und dann kehrte er zurück zu seinem Tisch und griff zu. Der Tee war noch heiß. Man durfte nichts kalt werden lassen. Nun musste er nur den Rest des Wochenendes hinter sich bringen. Er freute sich auf den Montag. Da würde er sich die drei Kraut-schneider vornehmen. Papier und Unterschrift. Es musste mit dem Teufel zugehen, wenn die nicht mehr wussten über den toten Stepan.

Ob der Koran von Ewigkeit sei?
Darnach frag ich nicht!
Ob der Koran geschaffen sei?
Das weiß ich nicht.
Dass er das Buch der Bücher sei,
Glaub ich aus Mosleminenpflicht.
Dass aber der Wein von Ewigkeit sei,
Daran zweifl ich nicht.
Oder dass er vor den Engeln geschaffen sei,
Ist vielleicht auch kein Gedicht.
Der Trinkende, wie es auch immer sei,
Blickt Gott frischer ins Angesicht.

Johann Wolfgang von Goethe,
West-östlicher Divan (1819)

23

Heute Nachmittag würde Anahid zurückkehren.

Während er ein zweites einsames Hotelfrühstück in Gesellschaft möglicher Geheimdienstler einnahm, beschloss Schlüter, endlich ernst zu machen mit dem Tourismus. Er würde die Zeit nutzen und nach Kandovan fahren, ein Ziel, das keinem Geheimdienst der Welt verdächtig vorkommen konnte. Er hatte Zeit bis zum Abend, an dem er sich mit dem jungen Teppichhändler, von dem er nicht einmal den Namen wusste, im Garten des Herrn Khaghani verabredet hatte.

Schlüter dachte darüber nach, seit wann er in dieser Stadt war. Ganze zwei Tage, stellte er mit einem Blick auf seine Uhr erstaunt fest, zwei Tage, in denen mehr passiert war als hineinpasste. Heute Morgen war er nicht vom Ruf des Muezzins erwacht, offenbar, weil der Wind gedreht und ihn woanders über das Meer grauweißer Würfel geweht hatte. Vom Bischof wusste er, dass die Moscheen nur zweimal am Tag zum Gebet riefen, beim Morgengrauen und in der Abenddämmerung und manchmal mittags. Damals in der Türkei hatte fünfmal am Tag alles Leben stillgestanden, wenn der Muezzin mit dem Lautsprecher vom Minarett herabtönte. Hier, im Iran, war es ruhiger, wenn nicht sogar – zurückhaltend. Ihm fiel auf, dass er außer der großen Musallah-Moschee keine weitere gesehen hatte, abgesehen von der im Basar, auf die er nur zufällig gestoßen war. Es musste noch mehr Moscheen geben, wenn es nach türkischen Verhältnissen ging, Dutzende. In diesem Land, das als Gottesstaat bekannt war, schien die Religion weniger dominant zu sein als nebenan bei den Sunniten. Warum?

Schlüter bestrich sein Fladenbrot mit Honig und dachte mit Freude an seine wundersame Rettung. Erstaunlich, welche Wirkung die drei geschnorrten Bohnen hatten. Der Bohnenmann hatte gewartet, bis die Rufe und das Getrappel eiliger Füße in der Ferne verebbt waren, seinem Gast eine Mütze auf den Schoß geworfen und eine Decke gereicht. Während sich Schlüter in einen alten Händler verwandelte, zog der Bohnenmann das Gitter vor. So gingen sie durch die leerer werdenden Gänge des Basars, hintereinanderher, jeder seinen Sack Bohnen über der Schulter, Schlüter einen etwas kleineren, schließlich war er nicht im Training. Nach vielen Kreuzungen, Gabelungen, Abzweigungen und einigen durchquerten Innenhöfen waren sie durch einen steinernen Torbogen hinaus in die nachmittägliche Sonne getreten, eine Straße entlanggegangen, einmal abgebogen und befanden sich nach weniger als zweihundert Schritten in der Gasse der Schuster, Teekesselmacher und Blechschmiede, außerhalb des eigentlichen Basars. Einige wenige Handwerker lärmten in garagenähnlichen Gebäuden und niemand sah auf. Es war die Zeit der Freitagspredigt. Der Bohnenmann steuerte einen Laden an, in dem es, wie Schlüter später feststellte, nur gewebte Bordüren und Etiketten gab, die in Rollen in Regalen lagen bis hoch unter die Decke: *Adidas, Reebok, Puma, Lacoste, Marc O'Polo, Land's End, Timberland, Zara.* Schlüter warf den Bohnensack ächzend von sich, legte Decke und Mütze obenauf, reckte den schief gewordenen Hals und wischte sich den Schweiß.

Sajja, so hieß der Etikettenschwindler, ein Mittvierziger, verzog nur eine Braue, als er den Fremden sah. Alles an ihm war groß, sein Kopf, seine Schultern, sein Bauch und besonders sein Hintern. Und natürlich trug er einen Schnauzbart. Schlüter erfuhr, dass sein neuer Freund Behzad hieß, und er selbst hieß ›Pita‹. Sajja freute sich über den Besuch, auch wenn er kein Englisch sprach, er bot Äpfel, Bonbons, Tee und Gebäck an. Schlüter griff zu, erholte sich, sie machten Small Talk, den Behzad hin und her übersetzte, man fragte nach Schlüters Beruf, aha!, nach seinem Alter, hoho!, gut gehalten!, wo er wohne, Germany, in der Nähe von Hamburg, oh, Hamburg, Hafen, Teppiche aus Täbris dort, ob er verheiratet sei, wollte nun der Gebäck kauende Sajja wissen, he has a lovely wife, ob er Kinder habe, oh, sogar Enkelkinder, drei!, breites Grinsen, vier Daumen hoch, zwischendurch erschienen Kunden, erhielten – genug für eine Palette Schuhe – eine Rolle Adidas oder Reebok, die der Etikettenschwindler mit einer Greifzange zielsicher aus dem Regal zupfte, sie bezahlten und gingen.

Schlüter gestand, dass er mittlerweile kurz vorm Verhungern sei, Behzad schlug sich mit der flachen Hand vor die Stirn, verschwand für kurze Zeit aus dem Laden, es kamen bald drei Essen, Reis, ein Klecks saure Butter obendrauf und ein Fleischspieß, sie stellten alles auf den Verkaufstresen, denn einen Tisch gab es nicht, es war nur Platz für drei Plastikstühle. Sie tranken noch mehr Tee aus Plastikbechern, hantierten stehend mit Plastiktellern, Gabeln und Löffeln und schließlich umrundete Sajja, der seinen Teller zuerst geleert hatte, den Tresen, schob einen Riegel vor die Tür, kehrte an seinen Platz zurück, bückte sich ächzend zu einem Versteck, indem er ein Verschwörergesicht aufsetzte, hatte plötzlich eine verschmierte Glasflasche in der großen Hand, klemmte sie zwischen seine mächtigen Schenkel, zog den Korken heraus und goss, nachdem er den restlichen Tee auf den Fußboden geschleudert hatte, andächtig die drei Plastikbecher voll. Es war Wein, ein schwerer süßer Wein, ein Shiraz, der beste Wein der Welt, behaupteten die Freunde lächelnd, »beh salomaty« sagten sie und hoben die Becher, Prost, verstand Schlüter und sagte es nach, was die beiden Herren sehr erfreute, er werde in Shiraz gekeltert, die Traube wachse heutzutage in Australien, sogar im Land des Großen Satans und an vielen anderen Orten der Welt, der Shiraz sei ein Geschenk der persischen Völker an alle Menschen, die Gott nah sein wollten, indem sie ihn freudig tranken. Denn der Wein bringe den wahren Menschen zutage, während der Nüchterne aus der Religion, wenn man sich umsehe, doch viel Falschheit ziehe.

Scheiß auf die Peitschenhiebe, dachte Schlüter, hielt es mit Hafis und trank.

Kein Wort über die Verfolgungsjagd. Entweder war sie ein Geheimnis, das man nicht mit jedem teilte, oder eine Nebensächlichkeit, mit der kein Weiser seine Zeit vertat.

Wenn er Sorgen habe, er könne jederzeit im Laden nach Behzad fragen, hatten die Freunde ihm versichert, und Sajja sei meistens bis zur Dunkelheit dort anzutreffen. Er musste sich nur den Weg merken. So war der Tag glücklich zu Ende gegangen. Schlüter hatte sich so leicht gefühlt wie selten. Er war in der Fremde, in einem Land, das so verschieden von seiner Heimat war wie kaum ein anderes, und dennoch hatte er sich seltsam heimisch gefühlt mit den beiden Herren, dem Alten und dem Dicken, heimischer fast als in der Heimat, wo er solche Freunde gar nicht hatte, die ihn retteten aus der Gefahr, die ihm Tarnung und Speise gaben und den besten Wein der Welt und das Gefühl des Aufgehobenseins. Er wünschte, er würde sie wiedersehen. Er wünschte, er hätte solche Freunde auch zu Hause.

Über der Zecherei war es dunkel geworden, die Nacht hatte dem Tag die Kapuze übergeworfen und Schlüter konnte unbehelligt und beschwingt ins Hotel zurückschwimmen, im Strom der Passanten, die aus den Moscheen auf die Straßen zurückgekehrt waren und die Bürgersteige und Läden füllten.

»Welcome to Iran«, wurde ihm zugerufen. Seine Hand wurde gedrückt. Ein Mann blieb stehen und suchte den Blick. Er sagte nichts, erfasste Schlüters Hand mit beiden Händen und drückte sie mehrmals, löste sich und ging. Ein anderer griff nach seiner Hand, sagte auf Englisch: »Die Welt erzählt Böses über uns, glauben Sie es nicht.«

Wie reagierst du, wenn in deiner Straße das Gerücht umgeht, dass du ein Schänder bist?

Zurückgekommen in sein tristes Hotelzimmer, hatte er das

trübe Licht angeschaltet. Die Szenerie hatte sich nicht verändert. Das Bein der Kommode war immer noch schief und der Kühlschrank hustete müde, rüttelte sich und summte mürrisch, während Schlüter auf der Bettkante saß und sich im Spiegel betrachtete. Er sah besser aus als gestern, fast wie ein gesunder alter Mann, nur mit einer Schmarre über der Stirn.

Er wollte sich den Byron vornehmen, doch das war nicht möglich, denn er hatte das Buch bei Sajja vergessen. Nun lag es zwischen den Etikettenrollen auf einem der Regale. Er putzte sich die Zähne, legte sich ins Bett und löschte das Licht. Ließ den Tag am inneren Auge vorüberwirbeln, bis ihn der Schlaf erlöste. Hitler und Stalin ließen ihn zufrieden.

Nach dem Frühstück am nächsten Morgen ging Schlüter auf sein Zimmer. Er warf einen Blick aus dem Fenster. Es hatte geregnet. Grauer Himmel über wüstensandfarbenen Quadern. Er hörte die Autos durch die Pfützen plitschen, ein heimatliches Geräusch. Der Kühlschrank murmelte vor sich hin. Er öffnete ihn. Es stand eine neue Flasche Wasser darin.

Der Weg nach Kandovan war leicht zu finden. Er brauchte nur vor dem Hotel in eines der beiden immer dort wartenden Taxis zu steigen, womit er dem Taxifahrer eine große Freude bereitete.

»Kandovan?«, fragte der.

»Yes.«

Und das war alles. Das Fahrzeug hatte sogar eine Federung. Es war das erste Mal, dass Schlüter die Stadt verließ.

Nichts schien fertig zu sein in diesem Land. Riesige Areale von Industriebrache, halb fertige Bauten, Beton- und Stahlgerippe, einsame Plastiktüten auf leeren Schuttflächen, im freien Gelände umherstehende Mauern, die ein steiniges Stück Land sinnlos bewachten, dann plötzlich ein herausgeputzter Laden im Niemandsland, die vertrocknete Verlassenheit eines karstigen baum- und buschlosen Gebirgslandes, erodiert, staubgrau, staubgrün, staubrot, fleckenhafte Vegetation, in der Ferne die Schneeberge des Sahand, wie der Taxifahrer erläuterte. Unterwegs eine Hochhaussiedlung in der Wüste, scheinbar menschenleer. Mack-Lkw begegneten ihnen, die wie Urviecher aussahen, und Transporter, die abenteuerlich beladen waren.

Nur in Kandovan wuchsen ein paar Bäume am Rande des Ortes, eingeklemmt zwischen steilen Felsen. Im Restaurant am Ortseingang aß Schlüter auf Empfehlung des Taxifahrers einen *abgusht*, einen Hammeltopf, um anschließend in der Hitze des Mittags einen Spaziergang durch das tuffsteinerne Dorf zu machen, wo sich alle Einwohner vor den Blicken neugieriger Fremdlinge in ihren Höhlen verkrochen hatten. Nur die Wäsche auf den Leinen und die elektrischen Leitungen, die in wirren Knäueln an den spröden Felsen hingen, verrieten, dass hier Menschen lebten und die Steinzeit vorüber war. Immerhin verkaufte man an Ständen vor armseligen Häuschen Trockenobst und Kräuter, auch grünen Tee, den Schlüter nirgendwo wachsen gesehen hatte. Trotzdem kaufte er von einem schwarzen Schnauzbart eine Tüte, wer weiß? Nachdem er sich schon an Pulverkaffee gewöhnt hatte, war alles möglich.

Es war vier Uhr nachmittags, als er wieder am Hotel angelangt war, zu früh, und er grauste sich vor seinem Zimmer. Er entlohnte den glücklichen Taxifahrer mit einigen Hunderttausend Rial und entschloss sich zu einem zweiten Spaziergang durch den Golestan-Park. Von Jerewan hierher waren es über fünfhundert Kilometer, Anahid würde erst später kommen. Im Park sah er dem Tag zu, wie er dem Überfall der Nacht erlag.

Kaum hatte er die Lobby betreten, sprang Anahid aus einem der kunstledernen Sofas auf und eilte ihm entgegen. Er hatte sie nicht erkannt, wegen des Schleiers. Der machte einen anderen Menschen. Sie blieben in der Lobby, die fast genauso ungemütlich war wie das Zimmer.

Aufgeregt berichtete sie ihm, dass die Vernichtung des letzten armenischen Friedhofs in Nachitschewan der Weltöffentlichkeit bekannt gemacht worden sei, mithilfe von Schlüters jungem Mitarbeiter, dem Gerechten, dem mit den Buntschuhen, der so nett sei. Sie hatten ihn angerufen und ihm dann die Filmdatei geschickt, von einem Internetcafé in Jerewan aus.

»Ein toller Kerl!«, sagte sie. »Das Wichtigste: Das war eine Liste von armenischen Versicherungsnehmern von 1915. Lebensversicherungen.«

»Was sagen Sie da?«

Sie erklärte ihm, was sie von Martens erfahren hatte. Dass der sich eingehend nach ihrem Befinden erkundigt hatte und gar nicht hatte aufhören wollen zu telefonieren.

»Dann wissen wir jetzt, was er von mir wollte und wie er hieß.« Er wollte den Namen sagen, doch er kam nicht so weit.

»Ja«, sagte Anahid. »Stepan Vartanian hieß er.«

»Nein!«, rief Schlüter. »Mehmet hieß er, Mehmet!«

Er berichtete hastig von seinem Erlebnis auf dem Basar.

Aber Anahid beharrte darauf, dass der Tote Stepan Vartanian geheißen hatte. »Der Sammler hat es so berichtet, sagt der Bischof.«

»Sie waren gar nicht dabei?«

»Er wollte nicht. Er war allein bei ihm.«

Der *Sammler*. Dieses Wort hatte der Bischof gebraucht. »Was ist ein ›Sammler‹?«, fragte Schlüter. »Wollte ich neulich schon fragen.«

»So nennen wir die Menschen, die einen Armenier erkennen können, auch wenn der Armenier nicht weiß, dass er ein Armenier ist.«

Sie erklärte es ihm.

»Und er war ein Armenier, dieser – Stepan Vartanian?«

»Ja, sagt der Sammler. Und jetzt, wo wir wissen, dass er sich ›Mehmet‹ genannt hat, wissen wir, dass er als Moslem gelebt hat, obwohl er ein Armenier war.« Mehr wisse sie nicht. Auf dem Rückweg sei sie gefahren. Der Bischof habe geschlafen. »Er war – komisch. Vielleicht macht ihn das Land krank. Armenien, meine ich. Ich glaube, er ist ein bisschen depressiv.«

»Diese Liste, die er mir geben wollte«, überlegte Schlüter laut, ohne darauf einzugehen, denn welcher Sorgenfreie hatte das Recht, einem Bischof im Iran eine Depression zu verwehren? »Wenn die der Grund war, weshalb er ermordet wurde, wenn er daran gehindert werden sollte, mir diese Liste zu geben – wer hat ein Interesse daran?«

Sie wussten es nicht.

Sie beschlossen, essen zu gehen, in einem dieser lichtgleißenden Lokale mit Plastikstühlen und -tischen, vor denen rote und grüne Reklametafeln blendeten. Hähnchenspieß mit Reis, saurer Butter und Salat. Das Lokal befand sich in einer Nebenstraße der Shariati. Anahid bestellte und Schlüter bemerkte, dass sie mit ihrem Türkisch gut durchkam. Farsi werde hier wohl nur in den Behörden gesprochen, vermutete sie.

»Die Versicherungen?«, sagte Schlüter, als das Essen nach drei Minuten vor ihnen stand. »Kann es sein, dass die so weit gehen, wegen ein paar Adressen?« Und wegen verjährter Ansprüche, dachte er. Jedenfalls in Deutschland. Knapp hundert Jahre. Die maximale Verjährungsfrist betrug dreißig Jahre.

Die Armenierin schüttelte den Kopf.

Sie bezahlten am Ausgang. Dort stand ein polierter Schreibtisch, hinter dem ein Chef saß, dessen einzige Aufgabe es war, den Gästen beim Hinausgehen das Geld abzunehmen.

Sie kehrten zum Hotel zurück.

Aus dem Chefbüro neben dem Fahrstuhl, in dem niemals jemand war, drang eintöniges Vogelgezwitscher, von dem nicht zu sagen war, ob es aus einer Konserve oder einem Vogelkäfig kam. Die Rezeption war leer. Niemand war zu sehen. Sie stiegen die Treppe hinauf.

Plötzlich blieb Schlüter stehen. »Vartanian«, sagte er. »Das ist doch einer der Namen auf der Liste!«

Anahid war weitergegangen. Sie drehte sich um. »Da haben wir den Beweis!«

Wer hatte Stepan Vartanian daran gehindert, Schlüter in Hemmstedt die Namensliste der Lebensversicherten zu übergeben, und warum? Und woher hatte er diese Liste, mit Orten, die über weite Teile der Türkei verstreut waren? Sie hatten zwei Namen, aber immer noch kein Motiv. Und wer war Sarkis Vartanian, die Nummer achtunddreißig?

24

Schlüter lief zum wer weiß wievielten Mal die Imam-Khomeini-Straße entlang, zur Abwechslung auf der anderen Seite.
Er war schon weit über die Kreuzung mit der Shariati hinweg.
Jetzt blieb er einen Augenblick stehen und sah dem alten Mann
zu, der eine Katze mit Fischköpfen fütterte. Die Katze war
schwarz und scheu, sie verbarg sich in einem Busch zwischen
Fahrbahn und Fußsteig und knurrte ihre Beute an. Sie wollte
sich nicht zeigen, also war es besser weiterzugehen. Die Katzen
hatten es gut in Täbris. Darin waren sich Schiiten und Christen
einig. Schlüter dachte an Kater Gustav und wünschte sich mehr
Katzen in Täbris.

Vorhin, nicht weit vom Hotel *Sina*, hatte er ein Buchantiqua-
riat gesehen. Er hatte dem Sog einzutreten widerstanden, denn
ihm fehlte die Zeit. So weit war es mit ihm gekommen, und das,
obwohl er eigentlich auf Urlaubsreise war. An der Kreuzung
mit der Shariati wieder der halbe Mann in seinem Rollstuhl. Sein
Kopf hing über dem Oberkörper wie eine papierene Laterne
und seine gespenstisch großen Hände lagen wie ein Haufen
knorriger Äste dort, wo bei einem ganzen Menschen der Schoß
und das Geschlecht waren.

Wenig später hatte Schlüter die Musallah-Moschee passiert,
in der gestern vermutlich achtunddreißigtausend Täbriser vom
Imam auf den rechten Weg gewiesen worden waren, weshalb
der Basar nachmittags geschlossen hatte. Seine beiden neuen
Freunde waren dem Ruf des Muezzins nicht gefolgt, sie tranken lieber Wein mit einem Ungläubigen aus dem Westen und
machten Geschäfte mit amerikanischen Bohnen und falschen
Etiketten. Schlüter hätte sich gern mit den beiden über Religion
unterhalten, hatte sich aber nicht getraut. Vielleicht hätte ein
falsches Wort die behagliche Atmosphäre zerstört.

Dann war er an dem großen Portal mit den beiden mina-

rettähnlichen Türmen vorbeigekommen, hinter dem die Fußgängerstraße begann, durch die er gestern zum Basar gelangt
war. Allmählich entstand in seiner Vorstellung eine Geografie
dieses Stadtteils.

Und nun ging er auf unbekanntem Pflaster, rechts die vier-
spurige Straße, in der Mitte der Grünstreifen zwischen zwei
hohen Kantsteinen, links die ungebrochene Reihe zwei- oder
dreistöckiger Häuser, die so aussahen, als hätte man ihnen den
Kopf abgerissen. Und dann: die Lücke, das eiserne Gitter und
das breit geöffnete Tor, das ihn einlud in den Garten des Herrn
Khaghani.

Ein kleiner Park empfing ihn. Gleich am Eingang ein freier
Platz, in dessen Mitte weiß und überlebensgroß Herr Afzal
ad-Din Khaghani aus steinernen Augen auf Schlüter herab-
sah. Auf einer Tafel las Schlüter in englischer Sprache, dass der
Dichter im Jahre 1126 geboren sei und siebzehntausend Zeilen
Gedichte hinterlassen habe, einer der einflussreichsten Poeten
seiner Zeit und der größte persische Dichter von Elegien. Nie
habe er sich gewöhnlich oder gar banal ausgedrückt. Worüber
er geschrieben hatte, stand dort nicht.

Schlüter umrundete den Dichter und sah sich vorsichtig
um. Fein gestutzte Büsche und große Ziegelbogen bildeten
Separees, dort saßen junge Leute und diskutierten, weiter hinten unter dem Dach rankender Pflanzen Pärchen, sie warteten
darauf, dass die Nacht den Tag umarmte und ihnen ein wenig
unbeobachtete Zeit schenkte. Links auf einer langen Bank viele
Hundert Lebensjahre, verteilt auf zehn dunkel gekleidete Herren, von denen fünf einen Stock zwischen den Knien hielten,
fünf lächelten, fünf rauchten, alle schwatzten und alle zufrieden
aussahen. Sie warfen Blicke hinüber, zu dem Fremden vor der
Statue. Ihnen entging nichts. Keiner von ihnen sah geheimdienstlich aus.

Über den Bäumen des Parks leuchtete braungolden die

Kuppel einer Moschee in der letzten Sonne. Das musste die berühmte Blaue Moschee sein.

»A sad guy«, sagte jemand hinter Schlüter. Ein trauriger Bursche.

Er drehte sich um. Der junge Teppichhändler stand vor ihm. »Da sind Sie ja! Wieso traurig?«

»Ach«, sagte der junge Mann nur, die Hände hinten in den Jeans. Er schwieg eine Weile und betrachtete Khaghani mit einem Ausdruck des Mitleids. »Er hatte ein trauriges Leben«, fuhr er schließlich fort. »Künstler haben es schwer. Sie lassen sich nicht zu Lakaien machen. Sonst wären sie ja keine Künstler. Und dann kriegen sie Ärger mit der Obrigkeit. Damals wie heute. Deswegen bin ich nur Teppichhändler.« Er lachte. Khaghani stamme aus dem heutigen Aserbaidschan, erklärte er. Dort sei er der Hofdichter des Schahs gewesen, habe es jedoch nicht aushalten können. Zu viel Stiefelputzen und Speichellecken, er habe die Schnauze voll gehabt von Lobgedichten auf den Herrn Schah und sei abgehauen, auf Reise gegangen. Von Reisen, das sei bekannt, komme man als ein anderer Mensch wieder heim, voller Einsichten, Vorsätze, Beschlüsse. Weshalb es manche vorzögen, zu Hause zu bleiben. »Wer weiß«, sagte er, »was diese Reise mit Ihnen macht?«

Das frage ich mich auch, dachte Schlüter und wunderte sich, wo er gelandet war.

Khaghani jedenfalls, fuhr der Teppichhändler fort, habe mit dem Schah gebrochen nach seiner Rückkehr, weshalb er ins Gefängnis gesteckt worden sei. Wieder in Freiheit, sei er nach Täbris geflohen. Dort sei zuerst sein Sohn, dann seine Tochter und schließlich seine Frau gestorben. Er sei ein Kosmopolit seiner Zeit gewesen, habe viele Freunde gehabt, nicht nur in Persien, sondern auch in Mesopotamien, in Armenien und Georgien, Christen wie seine Mutter, die als Christin aufgewachsen sei, und seine Gedichte seien voller Bilder aus dem

Christentum. »Man nennt sie die ›Gefängnis-Gedichte‹. Das steht natürlich nicht auf dem Sockel da«, schloss er und verwies auf die eingemeißelte Schrift. »Einer seiner besten Freunde war übrigens ein Sufi.«

»Was ist ein Sufi?«, wollte Schlüter wissen.

»Ein Weiser.«

»Aber was ist ein Weiser?«

Der Teppichhändler lachte und zuckte mit den Schultern. »Eine Frage, die man sich immer wieder stellen muss. Die Antwort wüsste ich auch gern. Sie sagen: Allah ist Liebe. In erster Linie Liebe. Nicht Strafe, Strenge oder Zorn. Reine Liebe. Und wer diese Liebe spürt, kann die Menschen lieben. Und dass alle Religionen gleich sind. Irgendwo.«

Schlüter fiel der Spruch des Bohnenhändlers ein. *Allah ist Liebe und unsere Herzen sind ihm nah, wenn sie voller Liebe sind. Allah ist größer als jede Regierung.* »Trinken die Alkohol, die Sufis?«, fragte er.

»Sie finden, dass die Scharia nicht verbindlich ist für sie. Und manche trinken Alkohol, um die Liebe Allahs zu spüren, ja. Warum fragen Sie?«

»Och, nur so.« Schlüter schwieg. Vor seinem inneren Auge saß er mit den zwei Händlern in Sajjas Etikettenladen und trank Shiraz, den besten Wein der Welt. Er hatte die beiden wie Freunde erlebt. Und war man nicht näher bei Gott, wenn man Freunde hatte? Manchmal war unter der Wirklichkeit, die man sah, noch eine ganz andere. Der Keller. Man wusste es aber nicht.

»Bei uns sind Sufis Häretiker. Letztes Jahr haben sie ein Gebetshaus der Gonabadi in Ghom zerstört. Mit Baggern dem Erdboden gleichgemacht. Einige von ihnen hängt man auf. Auch in Täbris.« Er zuckte mit dem Kopf, als wollte er die Richtung weisen. »Drüben im Gefängnis der Pasdaran.«

»Scheiße«, entfuhr es Schlüter. Er fühlte kalten Schleim auf seinem Rücken. Was sind Gonabadi? Pasdaran?

»Trotzdem«, sagte der Teppichhändler. »Das Leben ist schön. Und hier besonders.«

Schon wieder ein Sufispruch, dachte Schlüter. Vielleicht sind alle Sufis Optimisten.

»Ich komme oft hierher, meistens nach der Arbeit. Der Ort tröstet mich. Hier fühle ich den Hauch des alten Islam, der von seinen Dichtern und Poeten inspiriert war, damals, als er noch nicht begonnen hatte, sich zu verengen und angebliche Abweichler zu ermorden. Als es noch Mystiker und Erotiker gab und keine Todesfatwas. Der Dichter Ibn Arabi hat gesagt, dass die höchste Gotteserkenntnis beim Geschlechtsverkehr möglich sei. Ähm. Vor achthundert Jahren! Wussten Sie das?«

»Ibn Arabi? Kenn ich nicht. Aber recht hat er.« Schlüter hatte nicht viel gelernt im Konfirmationsunterricht, als der Pastor ihn zu einem vierzehnjährigen Sünder hatte machen wollen. Trotzdem hatte er die »schweinischen Stellen« gefunden: *Die Frau ist ihres Leibes nicht mächtig, sondern der Mann. Desgleichen ist der Mann seines Leibes nicht mächtig, sondern die Frau …*

»Lassen Sie uns einen Tee trinken«, schlug der Teppichhändler vor. »Ich heiße übrigens Ramin.«

»Und ich Pita.«

Schlüter folgte Ramin durch den Park. Zwei Freunde saßen dort, sie lachten laut und umarmten sich. Ein Paar eine Bank weiter, sie hielten die Hände und flüsterten und sahen einander in die Augen. Liebe. *Er küsse mich mit dem Kusse seines Mundes.* Hinten, unter einem Blätterdach, hörte man das Reden einer Gruppe junger Leute. Ein Junge hielt einen engagierten Vortrag und bekam Beifall.

Schlüter bemerkte, dass die Nacht gekommen war, auf leisen Sohlen hatte sie den Tag gestohlen und den Liebenden die Dunkelheit geschenkt. Das Licht auf der Kuppel der Moschee war erloschen, jetzt stand dort ein schwarzer Koloss. Sie kamen zu einem Karren, an dem Tee feilgeboten wurde, Wasserdampf stieg vom Samowar auf. Ramin ließ sich zwei Pappbecher füllen, Schlüter sah im Dämmerlicht einer Lampe, wie ein Schein blitzschnell von einer Hand zur anderen ging. Ramin ließ in jeden Becher einen gelben Klumpen sinken.

»Kommen Sie«, sagte er.

Ein Stück hinter dem Teemann war eine Bank frei. Sie setzten sich.

»Was wissen Sie über ihn?«, fragte Schlüter endlich.

»Ist er …?«

»Ja«, antwortete Schlüter. »Er ist – tot.«

Ramin presste beide Fäuste an die Stirn. Schlüter hörte sein unterdrücktes Schluchzen. Was soll ich machen?, fragte er sich. Er nahm einen Schluck von dem süßen Tee. Er legte eine Hand auf die Schulter des jungen Mannes und ließ sie eine Weile dort ruhen, während er an das Gesicht des Toten dachte.

»Ihr wart Freunde?«

Ramin nickte. Aus nassen Augen sah er Schlüter an. »Das Bild – ich habe die ganze Zeit über dieses schreckliche Bild nachgedacht.«

»Er ist ermordet worden. Erstochen.«

Ramin fuhr auf. »Was sagen Sie da?« Sein Tee schwappte über. »Wer? Warum? Wann? Wo?«

»In Deutschland. Am 13. April. Das andere – ich weiß es nicht. Deswegen bin ich hier.«

»Und was wollen Sie rauskriegen?«

»Warum er hier war. Was er gemacht hat. Ich weiß es nicht. Vielleicht … erzählen Sie mir, wer er war.«

»Ich weiß es nicht«, wiederholte Ramin Schlüters Worte. »Eigentlich weiß ich nicht viel über ihn. Er war – geheimnisvoll. Verschlossen. Aber ich mochte ihn. Es ist fürchterlich. Und nun ist es zu spät.«

Die Kuppel der Moschee nebenan war im Dunkel versunken. Vielleicht hatte sie sich auch mit dem Himmel vereinigt. Doch Schlüter spürte die Masse der Steine in seiner Seite wie ein unsichtbares Gewicht. Die Lampen im Park streuten ihr schwaches Licht zwischen die Blätter der Bäume. Er hörte gedämpfte Gespräche, verhaltenes Lachen. Es war, als sei er von der friedlichen Atmosphäre des Parks und der lauen Luft eingehüllt wie in ein Seidentuch. Schlüter wartete.

»Ich habe ihn vor ungefähr drei Jahren kennengelernt«, begann Ramin. »Er kam zu uns und stellte sich als Teppichhändler aus Göreme vor. Wissen Sie, wo das ist?«

»So ungefähr«, antwortete Schlüter.

»Kappadokien. Tuffsteine. So wie hier. Kandovan. Waren Sie in Kandovan?«

Schlüter nickte. »Bin ich heute gewesen. Schön.«

Mehmet habe Teppiche gekauft für die Touristen, die das berühmte Kappadokien besuchten und die Teppichmanufaktur von Göreme, die Felsenkirchen aus dem 7. Jahrhundert besichtigten, aus vorislamischer Zeit, als in Persien die Menschen noch Zoroastrier gewesen seien.

»Heute gibt es angeblich nur noch zwanzigtausend, aber das glaube ich nicht. Ich glaube, dass wir im Herzen alle noch Zoroastrier sind, wir glauben an das Reich des Lichts über dem Abgrund der Finsternis. Und an den ewigen Kampf des Guten gegen das Böse.« Mehmet sei ein Fachmann ersten Grades gewesen, er habe alles über Teppiche gewusst. Er, Ramin, habe ihm nichts erklären müssen, das habe er sofort gemerkt, als er Mehmet beobachtet habe, wie er in der Halle die Teppiche geprüft, sie befühlt habe, die Elastizität der Handknüpfung, wie er über sie gestrichen habe. Die Knotentechnik und die Anzahl der Knoten, ihre Herkunft, das alles habe er im Gefühl gehabt, er habe unterscheiden können, ob ein Teppich in Täbris, Maschhad, Nain oder Ghom hergestellt worden sei, in Afghanistan oder China und auch, ob ein Teppich ein Schahteppich oder ein Polonaiseteppich sei oder ein Nomadenteppich, ein Afshari, ein Bachtiari, ein Belutchi, ein Gashgai, ein Kashkuli, ein Loribaft oder ein Shah-shavan, ein …

»Nie gehört«, unterbrach Schlüter. Es gibt so viel, von dem ich nichts weiß, dachte er. Es hatte sich eine Tür einen Spalt geöffnet und er hatte einen kurzen Blick in einen prächtigen Saal geworfen.

»Entschuldigung«, sagte Ramin. »Teppiche sind mein Leben. Ich hole uns noch einen Tee.« Er nahm Schlüter den Becher aus der Hand.

Er kehrte zurück und setzte sich wieder neben Schlüter. »Das ist eine Welt für sich.« Selten habe er einen Menschen getroffen, der mehr von Teppichen verstanden habe, der gewusst habe, dass die besten Teppiche der Welt aus Persien kommen würden, die allerbesten aber aus Täbris. Es gebe so viele verschiedene Knüpfmethoden und Muster, Farben und Färbemethoden und Wolle, jede Stadt, ja jedes Dorf habe seine eigenen Traditionen der Teppichknüpferei und nicht jede Herkunft sei so leicht zu erkennen wie die weiße Wolle von Nain. Jedenfalls habe er sich gewundert, dass der fremde Türke, der sein Freund geworden sei, so viel wusste, mehr, als er eigentlich einem Türken zutraute, mehr als er selbst, Ramin, dessen Familie in der siebten Generation in Teppichen tätig sei. »Türkische Teppiche fand er übrigens minderwertig. Er hat mal gesagt, da kannten wir uns schon einige Zeit und hatten viel miteinander geredet: ›Mit den Armeniern ist die Teppichkunst in der Türkei gestorben.‹ Er …«

»Das hat er gesagt?«

»Ja. Gestorben mit den Armeniern. Das hat er gesagt. Ich erinnere mich genau. ›Erloschen‹, hat er gesagt. Schließlich weiß jeder, was mit den Armeniern geschehen ist. Die Osmanen haben sie sogar bis hierher über die Grenze verfolgt und abgeschlachtet. Der türkische Teppich ist Mist«, lachte Ramin.

»Obwohl sie in der Türkei Seidenraupenzucht betreiben, Erzurum und Trabzon, und in Göreme sogar selbst Teppiche herstellen. Darüber hat Mehmet gelacht und deswegen will ich jetzt auch lachen. Er wollte gute Teppiche kaufen. Für die Touristen. Für Menschen, die es lieben, sich mit schönen Dingen zu umgeben. Kein Beschiss. Und er hat gute Teppiche von uns bekommen. Die besten. Zu einem fairen Preis.« Mehmet sei ein Kunde gewesen, wie man ihn sich wünsche. Mit dem man auf Augenhöhe habe verhandeln können. Mit dem man ein ehrliches und gerades Geschäft habe machen können, zum Vorteil beider Seiten. Die meisten türkischen Teppichhändler hätten keine Ahnung, das seien nur Geschäftemacher, die schnelles Geld wollten, billig ein- und teuer wiederverkaufen, die Qualität könnten sie nicht beurteilen, das seien Makler, Leute, die mit allem handelten, was Geld bringe, die an Stelle des Herzens nur ihre kalte Geldtasche hätten. Da schmerze es, wenn man denen Teppiche verkaufen müsse, deren Qualität sie nicht würdigen könnten. Und es mache keinen Spaß, sie zu betrügen, denn damit stelle man sich unter sie und begehe darüber hinaus eine Sünde. Teppichhändler? Teppichknüpfer? Die Zeiten seien andere geworden. Aussterbende Berufe, denn wer lege sich heute noch einen kostbaren Teppich unter die Füße? Man kaufe maschinenproduzierte Massenware in großen Einrichtungshäusern, die man nach ein paar Jahren wegwerfe.

Ramin senkte den Kopf, die Ellenbogen auf den Schenkeln. »Ich kann es nicht begreifen«, sagte er. »Wo ist er … sagten Sie?«

»In meiner Stadt. Den Namen haben Sie noch nicht gehört. Ungefähr fünfzig Kilometer von Hamburg entfernt.«

»Hamburg!«, rief Ramin. »Was hat er da getan?«

»Ich weiß es nicht.« Schlüter berichtete, dass der Tote einen Zettel mit armenischen Namen und Orten in der Tasche gehabt habe. Dass er vermutlich diese Liste Schlüter habe übergeben wollen. Zu welchem Zweck, das sei unbekannt geblieben.

»Ich verstehe das nicht.« Ramin schüttelte den Kopf. »Nach Hamburg wollte ich immer einmal fahren! Wir haben Geschäftsbeziehungen nach Hamburg. Da gab es früher dreihundert Teppichhändler. Heute sind es nur noch dreißig oder vierzig. Ich weiß das von meinem Onkel, dem Bruder meines Vaters, der hat dort einen Teppichhandel und er ist einer von denen, die übrig geblieben sind. Wir beliefern ihn. Er hat mir von Flut und Ebbe erzählt. Stimmt es, dass das Wasser kommt und geht, zweimal am Tag?«

»Ja, das stimmt.« Schlüter erzählte von der Nordsee vor Cuxhaven, wo man zu Fuß bei Ebbe bis zu einer Insel gehen könne, dort entlang, wo kurz zuvor das Meer gewesen sei, das bald danach wieder zurückkehre.

»Unglaublich. Und wie kommt das?«

»Der Mond«, antwortete Schlüter und warf einen Blick nach oben in das Blätterdach, in das der Mongole seine gelbe Sichel gesteckt hatte. Er sah ein paar Sterne. Deuten konnte er sie nicht.

»Deshalb wollte ich einmal nach Hamburg. Um das zu sehen. Zum Golf schaffe ich es nie. Da soll es auch so sein, aber ich konnte es nicht glauben.«

»Wo kam er her?«, fragte Schlüter. »Ich meine, hatte er Familie?«

»Er hatte Kinder.«

»Tatsächlich? Das wusste ich nicht. Wo?«

Ramin zuckte mit den Schultern. »Ich weiß es nicht. Er hat nicht mit ihnen gelebt. Das hat er gesagt, mehr nicht. Und dass er seine Kinder vermissen würde. Er konnte nicht darüber sprechen, das habe ich gleich gemerkt. Er war ein trauriger Typ, vielleicht deshalb.«

»Und woher stammte er? Wo ist er geboren?«

»Keine Ahnung. Er hat gesagt, dass er eine Zeit lang in Istanbul gearbeitet hat und in England. Er hat nie etwas über seine Herkunft erzählt.«

»Und sein Nachname?«

»Mehmet Türkoğlu. Das war sein Name.«

Türkoğlu also. Sohn des Türken. Einer dieser Namen. Also nicht Stepan Vartanian. Oder doch? Diese Frage konnte er dem Teppichhändler nicht stellen. Schlüter lag eine Frage auf der Zunge. Er wusste nicht, wie er sie formulieren sollte.

Schließlich legte er nur wieder eine Hand auf die Schulter des Mannes. »Und warum war er so wütend?«

»Mein Vater gestern? Der regt sich über alles Mögliche auf. Er mochte Mehmet nicht.«

»Und warum?«

»Er hat gesagt, dass Mehmet in eine armenische Kirche gegangen ist, zu den Ungläubigen. Hier in Täbris. Es gibt zwei.«

»Ist er das?«, fragte Schlüter, so harmlos wie möglich. »In eine Kirche gegangen?«

»Das hat mein Vater jedenfalls behauptet. Es habe ihn jemand hineingehen sehen.« Es gebe ja nur wenige Armenier in Täbris. Und jeder wisse, was sie tun. Auch wenn sie leise seien, unauffällig. Viele Augen. Und viele betrachteten die Tatsache, dass die Armenier ihre Kirchen hätten, als Provokation. Dass die Ungläubigen ihren Unglauben vor aller Augen zur Schau stellten und so weiter. Dass ihre Glocken sogar läuteten. Dass die sogar ihre eigene Schule hätten, wo ihre Kinder Armenisch lernten, aber den Aseris sei es nicht erlaubt, an der Uni Aserbaidschanisch zu studieren. »Mein Vater hatte etwas dagegen, dass ich mit Mehmet essen gegangen bin. Dass wir spazieren gegangen sind, dass wir fröhlich waren. Manchmal habe ich Witze erzählt, damit er lacht. Hier im Park waren wir oft. Mein Vater befürchtete, dass Mehmet einen schlechten Einfluss auf mich hat. Er hatte wohl Angst, dass ich da auch hingehe. Als wäre ich noch ein Kind. Über manche Sachen kann ich mit meinem Vater nicht reden. Er sagt, er ist kein Mann des Denkens, sondern ein Mann der Tat. Am liebsten hätte er mir verboten, Mehmet Teppiche zu verkaufen. Obwohl ich gute Geschäfte mit Mehmet gemacht habe.«

Das Schweigen des Himmels hatte sich über den Park gesenkt. Es war, als wären die Schatten tiefer geworden. Der Teeverkäufer hatte seinen Wagen fortgeschoben.

»Wann haben Sie ihn zuletzt gesehen?«

»Ungefähr vor einem Jahr. Dann war er plötzlich verschwunden. Wir hatten einen Termin, wegen der Teppiche. Er kam nicht, nie wieder.«

»Merkwürdig.«

»Ich glaube, er hatte einen Streit mit meinem Vater. Das ist ein Thema, das ich bei ihm nicht ansprechen kann. Mein Vater findet, dass ich zu freigeistig bin. Schon allein, weil ich bis jetzt nicht geheiratet habe. Es wird alles noch schwieriger, wenn man heiratet. Man muss sich an die Regeln halten. Nicht nur an diejenigen, die für Männer gelten. Der Mann muss auch die Regeln für die Frauen einhalten. Man wird verantwortlich gemacht für das, was die Frau tut oder nicht tut. Ich hätte nichts dagegen gehabt, wenn Mehmet in eine Kirche geht. Jeder soll seinen Glauben haben. Im Koran steht, dass es in Glaubensdingen keinen Zwang geben darf. Mohammed hat in Medina mit Christen und Juden zusammengelebt. Aber das zählt bei meinem Vater nicht. Er hat einmal sogar gesagt, dass er ihn ...«

Ramin verstummte.

»Was hat er gesagt?«

»Ach, er hat geschimpft.«

Schlüter dachte an seine Großmutter. »Dass du nicht mit einer Papistin kommst«, hatte sie damals seinem Vater gesagt. Dreihundert Jahre nach dem Dreißigjährigen Krieg, dem Westfälischen Frieden und der Trennung von Staat und Kirche. Was wäre geschehen, wäre seine Mutter katholisch gewesen?

»Ich komme in dreihundert Jahren wieder«, meinte er. »Mal sehen, wie es dann hier läuft.«

Ramin sah irritiert auf. »Der Park wird um zehn geschlossen«, sagte er, als gäbe es nach diesem Schwachsinn nichts Sinnvolles mehr zu besprechen. »Besser, wir brechen auf, bevor wir die Letzten sind.« Er hatte recht.

Sie standen auf. Vor der Statue des Khaghani erklärte Ramin leise, dass sie besser getrennt gingen von jetzt ab.

Er zog ein Kärtchen aus der Tasche und drückte es Schlüter in die Hand. »Meine Telefonnummer. Es war schön, mit Ihnen zu sprechen, Pita. Obwohl Sie mich traurig gemacht haben. Leben Sie wohl. Und geben Sie mir Bescheid, wenn Sie wissen, wer ihn auf dem Gewissen hat. Ich will es wissen. Bitte!«

Er sah Schlüter an, bis dieser nickte.

Ramin zögerte und blickte sich um. Es waren nur noch wenige Menschen im Park. »Fünfzig Kilometer von Hamburg ...«, flüsterte er. »Nur fünfzig Kilometer ...«

Und weg war er.

Schlüter warf einen letzten Blick auf Khaghani. Ein Hiob seiner Zeit. Er schlenderte zurück, von wo er gekommen war, nach wenigen Schritten tauchte er ein in die Menge, die auf den Bürgersteigen unterwegs war, und in den Lärm und die Lichter der abendlichen Stadt. Unter einer Straßenlampe blieb er stehen und sah sich die Visitenkarte an. *Ramin Elahi*, stand darauf, *Elahi Carpet, Manufacturer and Exporter.* Und die Adresse: *Khan Arcade, 153 Darayi street, Tabriz.* Und die Telefonnummer. Er steckte die Karte in sein Portemonnaie und setzte seinen Weg fort.

Was hatte er erfahren? Nicht genug, dennoch viel. Ein Teppichhändler aus Göreme, der in die armenische Kirche gegangen war. Das war ihm schon bekannt. Einer, der seine Kinder vermisste, dem es das Herz zerriss, weil sie an einem anderen Ort lebten. Von solchen Männern gab es in Deutschland haufenweise. Wenn auch die meisten ganz froh darüber waren, dass sie sich um nichts zu kümmern brauchten, jedes Wochenende freihatten für Feiern, Fußball und Vögeln und im Übrigen alles der Mutter überlassen konnten, die natürlich trotzdem nichts taugte. Mehmet Türkoğlu alias Stepan Vartanian dagegen war ein trauriger Mann gewesen, ein liebender Vater. Wo waren seine Kinder und ihre Mutter? Wussten sie überhaupt, dass der Vater und Mann nicht mehr war? War er geschieden? War das der Grund, warum Interpol keinen Vermissten dieses Namens gemeldet hatte? Schlüter hatte sich nicht getraut, Ramin den anderen Namen zu nennen. Wer wusste, in welches Wespennest er damit wieder gestochen hätte? Mehmet Türkoğlu wusste mehr von der Teppichkunst, als man einem Türken zutraute. Deshalb hieß er in Wahrheit Stepan Vartanian, er war ein Armenier gewesen, der sich als Moslem ausgegeben hatte. Oder war er beides gewesen? Wie sollte das gehen?

Schlüter kehrte zurück ins Hotel. Der übellaunige Kühlschrank empfing ihn. Er grummelte, zitterte und keuchte, als täte er eine schwere Arbeit. Am Inhalt konnte es nicht liegen: nur eine Flasche Wasser.

Schlüter war aufgekratzt und machte sich einen Cappuccino aus der Tüte. Zwar nicht das Richtige, um zu schlafen, aber besser als nichts. Er stand mit dem Becher in der Hand vor dem Fenster und sah hinaus über die dunkle Stadt. *Allah ist größer als jede Regierung.* Dieser Satz, den Behzad lächelnd dahingesagt hatte, ging ihm nicht aus dem Kopf. Der Bischof hatte vom schiitischen Glauben erzählt. Die Mullahs hatten die Macht im Land übernommen. Die Regierung vertrat den verborgenen zwölften Imam, sie führte seine Geschäfte, bis dieser unter die Lebenden zurückkehren und sein ewiges Reich von Gottesfurcht und Gerechtigkeit errichten würde. Deswegen konnte man diese Regierung nicht absetzen. Man konnte die Verfassung nicht ändern, den Wächterrat nicht abschaffen. Das kam der Absetzung Gottes selbst gleich. Wie konnte, bitte sehr, Allah mächtiger sein als jede Regierung, wenn die Mullahs ihn doch vertraten? Wer sagte, was Behzad gesagt hatte, war ein Staatsfeind und riskierte sein Leben.

25

Es war Anahids Idee gewesen, den Sonntag mit einer Fahrt in den Norden zu verbringen, an die Grenze zu Nachitschewan und zum Stephanos-Kloster. Der Bischof hatte wenig Zeit, er wollte ein zweites Mal dorthin und Fotos vom zerstörten Friedhof machen. Den Gottesdienst würde der Diakon versehen, auch wenn das eigentlich nicht zulässig war. Anahid hatte auf dem Weg zur Diözese gesagt, sie wisse nichts, der Bischof habe allein mit dem Sammler gesprochen, er werde Schlüter unterwegs selbst berichten, was er in Jerewan erfahren hatte.

Sie waren zeitig aufgebrochen. Tosunian war wortkarg, hatte kaum gegrüßt, als Schlüter mit Anahid in aller Frühe in der Diözese aufgetaucht war. Er schien schlechte Laune zu haben. Er trug Zivil, Jeans und ein kariertes Hemd. Sie waren durch den Hinterausgang, dem Eingang durch das eiserne Tor genau gegenüber, in die Parallelstraße gelangt, eine schmale, menschenleere Wohnstraße, wo der Wagen des Bischofs geparkt war, ein alter iranischer Khodro mit Beulen rundherum und Rostflecken an den Kotflügeln.

Kaum losgefahren, hatte Schlüter nach den Neuigkeiten gefragt, doch der Bischof hatte nur »Ach« geantwortet, den Kopf geschüttelt und eine schwere Hand auf das Steuerrad fallen lassen, dass der Bischofsring klirrte. Keine Einladung für ein Gespräch. Schlüter hatte darauf bestanden, hinten zu sitzen.

Sie hielten nach wenigen Hundert Metern an einem Stand und nahmen einen Snack mit, denn im Hotel hatte es noch kein Frühstück gegeben. Eine zerdrückte Kartoffel und darin gegartes Ei, eingerollt in einen Pfannkuchen. Sie aßen, der Bischof hungerte und schwieg.

Die Fahrt würde mindestens zwei Stunden dauern, wusste Anahid. Der Himmel war blau und die Sonne schien und Schlüter fragte sich, ob es hier überhaupt regnete. An der Ausfallstraße abwechselnd Schuttberge, Autowerkstätten und brach-liegende Grundstücke, Plastikabfälle und Staub, eine Kompanie Soldaten in sandfarbenem Tarnfleck, eine Fabrikanlage mit qualmenden Schornsteinen und Fördertürmen, blau bedachte Hallen, in denen nichts lag, und das endlose Band der Straße, das eine salbeifarbene baum- und buschlose Ebene durch-schnitt. Nach einer halben Stunde kamen sie zu einem Ort, der Soufian hieß. Auf einem Straßenschild vor dem Ort stand *Europa 1.800 Kilometer*. Eigentlich nicht weit, dachte Schlüter, wenn es von Hemmstedt bis zum Nordkap ungefähr zwei-tausendsiebenhundert Kilometer waren. Das hatte er einmal nachgesehen.

Sie hielten und kauften Tee, den sie in einem der Läden an der Straße aus einem tonnengroßen Samowar in Plastikbecher zapften und mit einem Stück Zucker süßten, dessen Härte dem Tee widerstand. Sie tranken ihn vor den Auslagen des Ladens, Früchte, Süßigkeiten in bunten Plastiktüten, Getränke, gesta-pelte Wasserflaschen.

»Jerewan ist furchtbar«, krächzte der Bischof nach dem ersten Becher.

Vielleicht funktionieren seine Stimmbänder nach dem langen Schweigen erst, wenn er Tee getrunken hat, dachte Schlüter und hatte Verständnis. Der Tee war stark und süß und schmeckte überhaupt nicht wie Ostfriesentee.

»Warum?«, fragte er.

»Ach.«

»Jerewan ist ziemlich hoffnungslos«, antwortete Anahid an-stelle des Bischofs. »Das fängt damit an, dass man den Ararat sehen, aber nicht hinfahren kann. Der Berg ist das Symbol Armeniens. Die Grenze zur Türkei ist geschlossen. Die Tür-ken sind böse auf die Armenier. Erstens weil diese die Türken beleidigen, indem sie ihnen einen Völkermord vorwerfen, den sie nicht begangen haben. Sie zwingen die Türken, dauernd zu lügen. Das macht wütend. Ein Muslim kann keinen Völkermord begehen, sagt Erdoğan. Und zweitens weil die Armenier den Aseris Berg-Karabach entrissen haben. Die Türken haben eine Wirtschaftsblockade verhängt. Die Aseris sind nämlich ihre Brüder und Brüder muss man beschützen. Von Schwestern natürlich keine Rede. Kein Handel, nichts, bis Berg-Karabach wieder aserbaidschanisch ist, sagen sie. Kein Granatapfel geht über die Grenze und kein Schaf. Genauso Aserbaidschan, auch dort ist die Grenze geschlossen. Und in Armenien herrschen die Clans. Sie ersticken jede Bemühung. Das Land wird erwürgt, von außen und von innen. Und die Russen passen auf, dass keine Verträge mit den Europäern gemacht werden. Ohne das russische Gas und die russischen Panzer ...«

»Ach«, sagte der Bischof wieder und zapfte sich einen zweiten Tee.

»Die jungen Leute wandern aus. Dem Land fallen die Zähne aus. Ein Fünftel ist schon fort. Und die Alten, die zurückgeblieben sind, jammern über den Völkermord und darüber, dass die Türken ihn nicht endlich zugeben. Da können sie lange warten. Mit ihrer Jammerei machen sie sich immer wieder zum Opfer. Jammern bringt überhaupt nichts. Jammern macht schlapp.«

»Aaach!«, jammerte der Bischof. »Und dann dieser Kollege mit seinem Bentley!« Allmählich kehrte seine Sprache zurück.

Sie tranken aus und fuhren weiter. Bald kündigten Schuttberge neben der Straße eine Stadt an. *Marand*, stand auf dem Schild. Bei den ersten Gebäuden hielt Tosunian an.

»Ihre Passkopien«, verlangte er mürrisch und streckte die Hand aus.

Die Pässe selbst hatten sie im Hotel hinterlegen müssen und dafür eine Kopie erhalten. Vorschrift, hatte es geheißen.

Tosunian überquerte die Straße und verschwand drüben in einem flachen weißen Gebäude.

»Er ist fertig«, meinte Anahid hastig. »Er war froh, wieder

zurück im Iran zu sein. Es war schwer für ihn. Und gestern, bevor wir losgefahren sind aus Jerewan, hat er ...«

Aber sie sprach nicht weiter, denn der Bischof kehrte zurück, in einem nicht besonders dynamischen Schritt, die Passkopien und ein weiteres Papier in der Hand, überquerte die Straße, öffnete die Autotür und ließ sich mit einem Ächzen in den Sitz fallen, wie nach einem langen Marsch. Schob alles in das Handschuhfach und fuhr los.

»Was war das?«, fragte Schlüter.

»Kontrolle.«

»Wozu?«

»Sie wollen wissen, wer in den Norden fährt. Richtung Grenze. Und wer wann wieder zurückkehrt. Du fährst hier nicht einfach inkognito.« Er machte eine wegwerfende Handbewegung.

Bald erhoben sich Berge aus dem Staub, Schotterhänge, Steine, nackter Fels, Scharten, steile Abbrüche und Geröllfelder, rote, gelbe und graublaue, zimt- und safranfarbene Hänge. Der Gewürzhändler des Himmels hatte aus seiner Dose gestreut. Die alten Gesichter der Berge, ihre beschneiten Rücken wie Drachenpanzer. An ihre warzigen Füße schmiegten sich kurdische Dörfer, Oasen in der Steppe, weithin sichtbar ihre dürren Pappelwäldchen, ihre Häuser Schachteln aus Lehm, die Flachdächer mit Silberfolie abgedichtet, mitunter mit blauem Plastik, zwischen den Häusern vorjähriges Heu und Stapel von Dungfladen für den nächsten Winter, um das Dorf und einzelne Häuser Mauern aus Lehm. Staubige Wege. Satellitenschüsseln blitzten in der Sonne, obwohl sie, wie der Teppichhändler gesagt hatte, verboten waren. Die Neugier war stärker als das Verbot. Bunt gekleidete kurdische Frauen, ihre schnauzbärtigen Männer hatten rostrote Gesichter, sie hüteten Schafe mit ihren hochbeinigen Hunden in der Steppe. Sie waren Hirten wie einst Abel. Trockene Bachläufe, Flecken zartgrünen Grases und kleine Blumeninseln. Baumloses asiatisches Land, seit Dschingis Khans Zeiten.

»Früher haben hier viele Armenier gelebt«, bemerkte der Bischof. »Auch in den Dörfern, mit den Kurden. Sie sind alle fort, bis auf wenige Familien. Ich forsche nach den Kirchen. Viele sind noch da, aber verfallen, in Privatbesitz, auf Hinterhöfen, sie sind Schafställe geworden, Lagerhäuser, Scheunen. Ich werde sie alle dokumentieren.«

Eine Herde Kamele versperrte den Weg. Die Tiere spazierten hierhin und dorthin, fraßen von Disteln und Gras und sahen indigniert auf die Störenfriede herab. Nach einer Weile bequemten sie sich und sie konnten weiterfahren.

»Kamel müsste man sein«, seufzte der Bischof. Sein Ring klackte wieder auf dem Steuer.

Große Schilder kündigten die *Aras Freetrading Zone* an. Die Straßen wurden breiter und waren neu asphaltiert. Kreuzungen, Ampeln.

Und dann kamen sie an die Grenze. Das braune Wasser des Grenzflusses Aras, hinter dem sich die roten Felswände von Nachitschewan erhoben, ihre zerklüfteten Spitzen stachen in den Himmel. Davor, unmittelbar am Wasser, führte eine Bahnlinie entlang. Von oben sahen sie das Karree eines gewaltigen flachen Gebäudes am iranischen Ufer, die Wände aus brüchigem Gestein, das Dach aus lauter weißen Kuppeln, riesigen Bienenkörben gleich.

»Hier«, sagte der Bischof, nachdem sie ausgestiegen waren, indem er mit langem Arm auf den Fluss und das andere Ufer wies, »hier hat der Schah Abbas die Armenier von Julfa über den Fluss getrieben.« Er erzählte die Geschichte und als er fertig war, zeigte er flussaufwärts nach Westen. »Dort, wo Sie die Hänge sehen, wo es flacher wird, dort stand einst Julfa und das Kloster Karmir Vank, das Rote Kloster. Von dort drüben sind sie gekommen. Man kann da über die Berge marschieren.«

Das schlammige Wasser des Flusses war hier nicht breit, vielleicht nur dreißig Meter.

Der Bischof wandte sich um. »Und das«, fuhr er fort, »ist die alte Karawanserei, die der Armenier Khajeh Nazar gebaut hat. Sehen Sie.«

Ein Schild stand vor dem Eingang, mit englischer Inschrift, und Schlüter las, dass Nazar ein Armenier gewesen sei, der Julfa *verlassen* habe. *Thanks to his advancement in trading and gaining Shah Abbas and his successors favor.*

»Immerhin bedanken sie sich«, brummte der Bischof. »Und sagen, dass er ein Armenier war. Die Armenier waren die Baumeister des Landes. Da drüben würden sie dich umbringen, wenn du ein solches Schild aufstellst. Es würde keine Stunde stehen. Dort war übrigens auch eine Karawanserei. Sie haben sie zertrümmert und die Brocken fortgeschafft, vor Jahrzehnten schon. Diese hier soll restauriert werden.«

Schlüter ließ sich alles erklären.

»Wir müssen los. Es ist nicht mehr weit.«

Sie stiegen wieder ein, fuhren aber nur eine kurze Strecke bis zu einem Wachtposten, wo sie erneut die Papiere vorzeigen mussten. Der Bischof verschwand in eine Baracke, vor deren Tür zwei Soldaten lungerten.

»Konnten Sie etwas für den jungen Soldaten tun?«

Der Bischofsring klackte auf das Steuerrad. »Ich weiß es noch nicht.«

Nach wenigen Hundert Metern zeigte der Bischof links aus dem Fenster. Am Hang stand eine Kapelle, nicht größer als ein halbes Häuschen. Das Dach fehlte. Dahinter erhob sich der Fels, zerklüftet und rot.

»Die Hirtenkapelle«, erklärte der Bischof. »Manchmal schießen die Aseris nachts darauf. Sie kriegen sie aber nicht kaputt, ist ja anständig gebaut. Mit Kanonen trauen sie sich nämlich nicht, nur mit Gewehren.«

Die Straße schwang sich mutig an den Flanken der Berge entlang. Der Grenzfluss lag rechts unter ihnen.

»Ich mag nicht hinübersehen«, sagte der Bischof. »Ich ertrage es nicht. Wir fahren zuerst zum Kloster.«

Schlüter entdeckte auf der anderen Seite der Grenze nichts Besonderes, nur ein einsames Gebäude, eine Art Gehöft mit grünem Dach, davor die Bahngleise, alle paar Hundert Meter ein Wachturm auf dünnen Stelzen und mit verrostetem Blechdach, vor den rötlichen Felsen. Es begegnete ihnen kein Auto und es war kein Mensch zu sehen.

»Wieso drüben die Wachtürme und hier keine?«, fragte Schlüter.

Der Bischof ließ wieder seine Hand aufs Lenkrad fallen. »Wer weiß?«, sagte er. »Die Aseris haben Angst und die Perser nicht. Aber warum? Zwei schiitische Völker?« Er lachte grimmig. »Wahrscheinlich fürchten sie uns, die Armenier. Dass wir zurückkommen!«

»Und die Bahn, wohin fährt die?«

»Nirgendwohin. Eine Geisterbahn. Weiter ostwärts grenzt ja wieder Armenien an den Iran. Da ist es dicht. Sackgasse.«

Rechts plötzlich ein hoher Zaun neben der Straße, mit Stacheldraht obenauf.

»Sperrgebiet. Wir können nicht mehr zur Gottesmutter-Kirche hinunter. Die zerschießen sie übrigens auch. Und die Fundamente sind aufgebrochen. Sie suchen armenisches Gold.« Plötzlich lachte er. »Sie finden nur nie welches. Manche nehmen Hühner mit. Sie lassen sie laufen und graben dort, wo sie scharren. Rundherum. Aber die Hühner finden nichts. Und dann sind sie wütend auf uns, weil wir so schlau waren. Wahrscheinlich bringen sie die Hühner um, weil sie doch keine Orakelhühner sind. Vielleicht sollten sie es mit Kamelen versuchen. Haha.«

Kurz vor einem weiteren Kontrollposten bogen sie links ab in einen Hohlweg, der durch einen knorrigen Wald führte.

Sie ließen den Wagen an einer Schranke stehen, stiegen aus und gingen eine Kopfsteinstraße hinauf, im kühlen Schatten des Waldes. Es roch modrig und der Wind in den Wipfeln raunte von vergangenen Zeiten.

Und dann erhob sich die Festungsmauer des Klosters vor ihnen. Wehrtürme und Schießscharten. Es lag versteckt in einem Talkessel, umgeben vom nackten Fels eines baumlosen Gebirges. Die Mönche, die hier einst gelebt hatten, hatten nicht nur dem Gebet vertraut, sondern auch heißem Pech, Steinen und Armbrüsten. Eine Klosterburg.

Ein bärtiger Wächter grüßte ehrerbietig und öffnete das eisenbeschlagene Tor.

»Aaach«, seufzte der Bischof ein weiteres Mal, nachdem sie durch einen Torbogen getreten waren und vor der Kirche standen. Ein Seufzer der Erleichterung. »Endlich zu Hause! Dieser Ort ist die Heimat meines Herzens.«

Anahid riss das Kopftuch herunter und lachte.

Baugerüste innen und außen. Stille. Schlüter sah hinauf. Alles aus gelben, braunen und dunkelbraunen Steinen, millimetergenau behauen und aneinandergefügt, die Wände, die Kuppel und das auf Säulen ruhende Dach des Glockenturms. Reliefbänder mit biblischen Szenen.

»Was bedeuten die Inschriften?«, wollte Schlüter wissen und wies auf die in die Steine geritzte armenische Schrift.

Anahid folgte seinem Blick und trat näher. *»Gott hilf uns, Massaker in Marasch 1894, Dikran Avakian.«* Sie ging weiter und las: *»1895, Massaker in Erzurum, Abdülhamid, Bedros Darbinian.«*

»Das ist ein Geschichtsbuch«, sagte Tosunian.

Jetzt erst nahm Schlüter drei Männer wahr, die oben auf dem Baugerüst an einem Relief an der Fassade tätig waren. Sachte bewegten sie sich. Er hörte das Schaben und Schmirgeln ihrer Werkzeuge. Aber kein Wort.

»Sie schweigen bei der Arbeit«, sagte der Bischof leise. »Es ist ein Gottesdienst. Unsere Steinmetze aus Armenien.«

Sie betraten die Kirche durch das offene Portal. Eine Tür gab es nicht mehr. Oder noch nicht. Auch hier ein Gerüst bis unter die Kuppel. Verblichene Wandbilder. Auf dem Altar eine rubinrote Decke mit dem armenischen Kreuz, darauf erloschene Kerzen. Dahinter Maria, in ihrem Arm das Jesuskind.

Der Bischof trat vor, verneigte sich, bekreuzigte sich. Legte die linke Hand auf sein Herz und ließ sie dort ruhen. Und dann begann er zu singen, seine auf- und abschwellende Stimme füllte den Raum. Schlüter war stehen geblieben und schloss die Augen. Mit dem Gesang wanderte seine Seele durch zwei Jahrtausende, er sah Steinmetze an Chatschkaren meißeln, er sah Prozessionen, lachende Menschen an Feuern, er sah Ertrunkene, gekreuzigte Mädchen, erlöschende Mütter, Geköpfte, Erhängte und Weinende, Fliehende, Flehende und Betende und er sah Knochen im Wüstensand und die trockenen Augen des ermordeten Stepan Vartanian. Der Gesang verstummte und er wischte sich die Tränen aus dem Gesicht.

»Kommen Sie«, hörte Schlüter die sanfte Stimme des Bischofs. »Ich kann jetzt erzählen. Was ich gehört habe, ist durch meine Haut gegangen. Als hätte ich es selbst erlebt. Es hilft mir, wenn ich es Ihnen erzähle. Manchmal ist es so, dass ich das alles nicht allein tragen kann.«

Entschuldigung, wofür sollen wir uns entschuldigen? Die Leute, die sich entschuldigen, haben offenbar ein Verbrechen begangen. Dieses Problem hat der türkische Staat nicht. Es gibt nichts, wofür der Staat oder die Regierung sich entschuldigen müsste.

Recep Tayyip Erdoğan,
heutiger Präsident der Türkischen Republik,
am 17. Dezember 2008

26

Der Bericht des Stepan Vartanian

Wenn du als Feind der anderen geboren wirst, hast du keine Wahl. Du musst dich zu deinen Leuten bekennen. Wenn du als Armenier geboren bist, musst du dich zum Armeniertum bekennen. So wie der säkulare Jude zum bekennenden Juden wird unter dem Judenhass. Du kannst nicht austreten wie andere aus der Kirche. Ein bequemes Leben in der Beliebigkeit, ohne Meinung und Standpunkt, das kannst du nur leben, wenn du dich zur Mehrheit zählst.

Ich habe lange nicht gewusst, dass ich als Armenier geboren worden bin. Meine Familie hat Generationen in Sancak gelebt, das ist ein Dorf in Westarmenien, wie wir es nennen, in den Bergen nördlich von Bingöl, am östlichen Rand der damaligen Provinz Dersim.

Ich habe fünf Geschwister. Eine Schwester lebt noch in Sancak, die anderen sind fort nach Elazığ, Kayseri und Erzurum, mein großer Bruder nach Istanbul, in den Achtzigerjahren, als das Leben in den Bergen zu gefährlich geworden war. Nachts die Leute von der PKK. Sie verlangten Waffen und Essen. Tagsüber die Armee. Sie nahmen alle mit, die der Unterstützung der PKK verdächtig waren. Einen meiner Brüder haben sie gefoltert. Wir wussten zwei Jahre lang nicht, wo er war, und als er wiederkam, war er gebrochen. Er konnte nicht mehr arbeiten und hatte hysterische Anfälle, sodass die Leute lachten, er sei verrückt geworden. Was ihm angetan wurde, hat er nie erzählt. Da hat unser Vater beschlossen fortzugehen. So sind wir nach Elazığ gekommen und von dort sind meine Geschwister in die anderen Städte, als sie älter geworden waren. Es ist gut, wenn dich niemand kennt.

Ich habe es in Elazığ nicht ausgehalten. Als ich siebzehn war, bin ich nach Istanbul. Mein großer Bruder war schon dort. Ich habe zuerst in der Gastronomie gearbeitet. Essen muss jeder Mensch, auf der ganzen Welt, du kannst überall arbeiten. Vor allem, wenn du nichts gelernt hast. Ich bin ja nur vier Jahre zur Schule gegangen, zur weiterführenden Schule in Bingöl war es zu gefährlich.

In Istanbul habe ich meine Frau kennengelernt. Ihre Eltern waren aus dem Osten geflohen, sie waren Turkmenen, also eigentlich waren sie früher Nomaden, aus der Gegend von Siverek, nicht weit von Urfa. Sie gerieten bei den Kurdenaufständen Ende der Siebzigerjahre zwischen die Fronten. Nach dem Militärputsch 1980 wurde ihr Dorf von der Armee niedergebrannt, deshalb mussten sie fort. Sie sind Sunniten, wie ich einer gewesen bin, wie es sich gehörte in den Dörfern des Ostens. Sie rechneten sich zu den Schaafiten, die nehmen es genau. Sie gehen immer in die Moschee und die Frauen tragen Nikab, ein Kopftuch, mit dem sie den Mund bedecken können, wenn ein Fremder auftaucht, und das ist jeder Mann, der nicht dein Mann oder dein Bruder ist.

Meine Frau ist wunderschön. Ich habe sie sehr geliebt und ich liebe sie immer noch, aber jetzt kann ich nicht mehr zu ihr und nicht zu meinen Kindern, was mir das Herz ausreißt. Meine Frau hat eine recht dunkle Haut und Augen, die ich nicht beschreiben kann. Das können die Dichter besser als ich. In den Märchen heißt es, sie war so schön, als wäre ein zweiter Mond am Himmel erschienen. Ich konnte mich an ihrem Gesicht nicht sattsehen. Wenn wir allein waren, habe ich oft ihr Gesicht zwischen meine Hände genommen und es angesehen und geküsst. Ihre Eltern waren mit der Heirat einverstanden, denn wie sie stammte ich aus einem Dorf weit im Osten und unsere Familie war auch vor der Armee geflüchtet. Das verbindet.

Unsere Kinder, Günay und Sedat, sind im Jahr 2000 und 2002 geboren. Ich war der glücklichste Mensch der Welt. Jeden-

289

falls habe ich mir das damals eingebildet und wahrscheinlich stimmte es sogar. Glück ist, wenn man die Probleme nicht sieht.

Aber das änderte sich.

Wir wohnten im Bakırköy, das ist ein Armenviertel auf der europäischen Seite von Istanbul, wo es damals weder Müllabfuhr noch Kanalisation gab, bis heute ist es nicht viel besser. Dort landen viele aus dem Osten, weil die Wohnungen billig sind. Bis Kumkapı ist es nicht weit, das ist der Stadtteil, in dem viele Armenier wohnen, die es noch in der Türkei gibt. Das wusste ich damals natürlich nicht. Von den Überlebenden haben die meisten das Land verlassen, um nie wieder zurückzukommen. Und diejenigen, die geblieben sind, haben versucht, ihre eigene Geschichte zu vergessen oder wenigstens zu verstecken, was am Ende auf das Gleiche hinausläuft.

Zuerst arbeitete ich also in einem Restaurant, nicht weit vom Fischmarkt, in der Küche, das Übliche. Eines Tages lernte ich dort einen Mann kennen. Das war die Wende in meinem Leben. Er war sehr schlank und weißhaarig, bestimmt achtzig Jahre alt, und er hatte buschige Brauen und blaue Augen, das fiel mir auf, die gibt es selten bei uns. Er war ein Gast, ich bediente ihn.

Er sah mich an und hat mich angesprochen.

»Woher kommst du?«, fragte er mich.

»Aus Sancak, das ist …«

»Ich weiß, wo Sancak liegt.«

Das hat mich gewundert, denn es ist ein kleiner Ort weitab in den Bergen, fast tausendfünfhundert Kilometer von Istanbul entfernt, wer kennt den schon? Deshalb erkläre ich immer, wo das ist. Dort gibt es nichts außer Steinen und Schafen. Die Wälder hat das Militär abgebrannt, damit sich die Leute von der PKK nicht mehr verstecken können. Angeblich. Wahrscheinlich wollten sie, dass wir alle fortgehen, auch eine Methode, einen Krieg zu beenden. Die Wälder sind nicht wieder aufgeforstet worden und wenn ein Bäumchen mehr als daumendick war,

290

haben wir es abgeschnitten und im Ofen verbrannt. Die Winter dort sind sehr hart, das Wasser fror im Küchenabfluss und wir hatten sonst nichts als Feuerung.

Er wusste also, wo Sancak liegt.

»*Und wie heißt du?«, fragte er.*

»*Mehmet Türkoğlu.*«

»*So, Türkoğlu heißt du also …*«

Damals ist es mir nicht aufgefallen, erst später wurde mir bewusst, dass er dieses ›Türkoğlu‹ so komisch gedehnt gesagt hat, mit einem winzigen spöttischen Unterton.

»*Und dein Vater? Wie heißt der?«*

»*Merdin.«*

»*Das heißt ›der Mutige‹. Schön! Und dein Großvater? Ich meine – der Vater deiner Mutter?«*

»*Der ist schon vor langer Zeit gestorben.«*

»*Kannst du dich noch an ihn erinnern?«*

»*Ja, ich war sechs oder sieben.«*

»*Ihm fehlte der rechte Zeigefinger, nicht wahr?«*

»*Ja! Woher wissen Sie das?«*

»*Du musst dich um die anderen Gäste kümmern«, sagte er und lächelte, anstatt mir zu antworten. Und dann war er fort.*

Doch er kam wieder. Ich erkannte ihn sofort. Ich hatte Angst vor ihm, das war das Gefühl, das ich hatte. Manchmal hat man Gefühle, die man selbst nicht bemerkt, weil sie zu tief unten sind. Sie werden einem erst später bewusst. Aber ich war gleichzeitig neugierig, ich fühlte mich zu ihm hingezogen, auf eine merkwürdige Weise. Er war von einem Kollegen bedient worden, hatte etwas gegessen und saß dort und wartete. Er folgte mir mit seinen leuchtend blauen Augen. Dennoch hatte er nichts Aufdringliches an sich, er wartete einfach, als wüsste er, dass ich kommen und mit ihm sprechen würde.

»*Bringe mir einen Kaffee«, bat er, als ich hingegangen war. Das tat ich.*

»Ich kannte deinen Großvater«, sagte er. »Wir haben uns oft getroffen. Damals hatte deine Mutter fünf Kinder. Das jüngste hieß Nuri.«

»Das ist mein Bruder!«, rief ich. »Nurullah. Er ist vier Jahre älter als ich.«

»Also gab es dich damals noch nicht.«

»Nein, ich bin erst 1977 geboren. Irgendwann im Frühjahr.«

»Dein Großvater war ein prima Kerl. Mateos und ich, wir haben uns gut verstanden.«

»Aber er hieß Murat, Dede Murat!«

»Bist du dir sicher?«, fragte der Fremde, lächelte und gab mir reichlich Trinkgeld. Dann stand er auf, hob seine Hand zum Gruß und ließ mich sprachlos zurück.

Das war die zweite merkwürdige Begegnung. Ich begann nachzudenken. Was hatte das zu bedeuten? Eine Verwechslung? Das war nicht möglich. Der fehlende Zeigefinger, der Name meines Bruders, der das fünfte Kind meiner Mutter war. Doch warum der andere Name? Ich konnte mir nicht vorstellen, dass der Fremde mich angelogen hatte.

Also nahm ich meinen Mut zusammen und fragte meine Mutter.

Sie sah mich lange an.

»Das ist egal«, sagte sie nur und verschloss die Lippen.

Mehr war aus ihr nicht herauszukriegen. Nur dass Mateos ein schlechter Name gewesen sei, sodass sich der Großvater wohl einen besseren genommen habe, damals, 1936, als die Namens-reform war und alle, die noch keinen richtigen Nachnamen hatten, einen bekamen. So hatte er wohl seinen Vornamen auch neu bestimmt. Mateos. Ein schlechter Name? Wohl eher – ein ungewöhnlicher Name, dachte ich. Wer will schon einen unge-wöhnlichen Namen tragen, den er den Leuten erklären muss? Und damit ließ ich es bewenden.

Und so wäre es geblieben, wenn nicht der Fremde ein drittes

Mal in dem Restaurant erschienen wäre. Wieder sprach er mich an. Es war noch früh am Tag, es war nicht viel los. Ich brachte ihm Kaffee.

»Du hast die gleiche Nase wie dein Großvater«, sagte er und sah mich von der Seite an. »Stumpf an der Spitze und einen Knick zwischen Nase und Stirn. Ganz genau so. Erstaunlich.«

»Vielleicht mochte er seinen Namen nicht und hat sich bei der Namensreform einen anderen ausgesucht.«

»Ja«, der Fremde nickte, »das kann schon sein. Es gab manche, die ihren Namen nicht mehr mochten. Vielleicht hat er sich deshalb ›Türkoğlu‹ genannt.«

»Er hatte ja vorher keinen Nachnamen«, wandte ich ein.

»Doch, hatte er.«

»Und welchen?«

Der Mann schwieg, trank seinen Kaffee und sah in den Himmel, als wollte er über die Häuser hinweg zum Marmarameer sehen oder in die Vergangenheit.

»Wir haben oft Tabla gespielt, dein Großvater und ich«, sagte er, leise wie im Selbstgespräch. »Wir haben immer Witze gemacht. Ich habe manchmal gesagt: ›Wenn du gewinnst, werde ich Armenier, aber wenn ich gewinne, musst du Armenier werden.‹ Und dann haben wir uns krankgelacht und weitergespielt.«

Und als er das gesagt hatte, stand er auf.

»Du kannst mich besuchen«, sagte er im Fortgehen. »Ich wohne in der Çilingir Sokak, Nummer dreiundfünfzig. Ich heiße Ekmekcioğlu. Dann erzähle ich dir mehr von früher.«

Und weg war er, ein drittes Mal hatte der Sohn des Bäckers mit dem Sohn des Türken gesprochen.

Es hat lange gedauert, bis ich ihn besucht habe. Zuerst musste ich herausbekommen, wo die Straße liegt. Ich bin nach der Arbeit hin und habe das Haus gefunden, es stand auch der Name an der Tür. Zahnarzt, stand da. Also ein Zahnarzt. Ich konnte mich nicht entschließen, die Tür zu öffnen oder zu klopfen. Ich bin wieder nach Hause gegangen. Meiner Frau habe ich nichts gesagt. Weil sie trotzdem gemerkt hat, dass mit mir etwas anders ist, hat sie gefragt, was mit mir los sei.

»Nichts. Ich bin nur müde.« Das war ich auch, vom Nachdenken.

Mir wurde klar, dass der alte Zahnarzt nicht zufällig in kleinen Portionen mit mir gesprochen hatte. Als wollte er mir nicht zu viel auf einmal sagen. Als wollte er mir Zeit zum Nachdenken geben. Tropfen für Tropfen hatte er die Wahrheit in meine Seele fließen lassen. Als fürchtete er, ich würde zu viel auf einmal nicht ertragen können.

Und so war es. Wenn ich jetzt darüber nachdenke, glaube ich, ich wäre verrückt geworden, hätte er mir alles auf einmal gesagt, was er wusste. Er wollte es mir überlassen, ob ich ein neuer Mensch werden wollte und wie lange ich dazu brauche.

Nachdem ich dreimal zu seinem Haus gegangen und nicht eingetreten war, habe ich noch einmal meine Mutter gefragt. Ich habe gewartet, bis wir allein waren.

»Mutter«, habe ich gesagt. »Wie kommt es, dass Dede Murat einen anderen Vornamen und einen anderen Nachnamen hatte, früher?«

Wieder sah sie mich lange an und sagte nichts. Dann zitterten ihre Lippen und sie begann zu weinen. Ich hatte sie nie zuvor weinen gesehen. Sie ist eine harte Frau. Beim Tod ihrer Mutter, meiner Großmutter, die mit uns im Haus gelebt hatte, hat sie nicht geweint. Sie hat nicht geweint, als mein Großvater starb. Und als mein Bruder als lebender Leichnam aus der Haft zurückgekehrt war, hat sie nicht geweint. Sie konnte nicht weinen. Aber jetzt, wo ich sie das gefragt hatte, weinte sie, sie schluchzte, sie zitterte, sie schrie und ich musste sie in den Arm nehmen. Davon wurde es noch schlimmer, es war, als würde die kleine Zärtlichkeit, die ich ihr schenkte, alle Tränendämme brechen.

»Er hat sie ertränkt, die kleinen Kinder«, flüsterte sie.

»Wer? Was hat er getan?«

»Ein Junge. Ein Nachbarsjunge.«

»Wo? Wann?« Ich zitterte fast wie meine Mutter.

Und dann hat sie erzählt. Unsere Familie stammte nicht aus Sancak, erfuhr ich, sondern aus einem kleinen Ort weiter nördlich in den Bergen, der heute Hasbağlar heißt und damals zweihundert Einwohner hatte. Dort haben wir als armenische Händler und Bauern gelebt. Bis auf ein paar kurdische Familien waren alle Leute im Ort Armenier. Sie alle wurden 1915 ermordet. Das heißt, fast alle. Denn meine Großmutter hat überlebt und zwei Frauen, die sie mitgenommen hatten, in die Berge.

Es war Juni, die Zeit der Lerchen am Himmel, und sie wollten Kräuter sammeln. Das Dorf war vom Militär umzingelt, als sie zurückkehrten. Sie versteckten sich hinter den Steinen. Zuerst wurden die Männer aus den Häusern getrieben. Alle, die älter als fünfzehn waren, alle, die so aussahen, als könnten sie Widerstand leisten. Einige, die sich weigerten, wurden aus dem Haus gezerrt und vor der Tür erschossen. So wurden die anderen gefügig. Sie ließen sich über den nächsten Hügel führen. Kurz darauf hörten die Zurückgebliebenen die Schüsse. Salven, zuletzt einzelne Schüsse. Die Soldaten kamen zurück, trugen ihre geschnitzten Lach- und Mordgesichter. Schreckenstarre Stille. Dann Weinen und Schreien. Kommandos. Aber dann ein Gesang. Zuerst einzelne Stimmen, dann immer mehr und bald sangen alle Alten, alle Frauen und alle Kinder. Ein Lied von Trauer, Schmerz, Tod und Vertreibung, von Trost und Überleben. I verin Jerusalem, ein altes Lied. Die Soldaten, sie wussten nicht, was sie tun sollten. Keiner von ihnen versuchte, den Gesang zu stören. Sie harrten aus, bis er zu Ende gesungen und wieder Schweigen war. Dann befahlen sie, dass jede Familie eine halbe Stunde Zeit habe, ihre Sachen zu packen. Alle würden an einen anderen Ort gebracht werden. Niemand glaubte an ein Weiterleben. Deshalb haben manche Mütter in fliegender Hast ihren kleinsten Kindern das beste Kleid angezogen und sie vor die Türen der kurdischen Familien gelegt. Weil sie sie nicht mitnehmen konnten. Weil sie ein zweites Kind hatten, das getragen werden musste. Weil sie nicht zwei tragen konnten. Sie hofften auf Mitleid und darauf, dass die Kleinen vielleicht aufgenommen werden würden und überleben könnten. Denn bei allen, die Menschen sind, ist doch die Liebe zu den Milchkindern am größten.

Sie marschierten aus dem Dorf. Eine Karawane in den Tod. Ihre Seelen waren schon tot. Stöhnen und schwere Füße. Die kurdischen Familien hatten sich in ihren Häusern versteckt. Es war wieder totenstill geworden. Meine Großmutter sah, wie aus einem der Häuser einer der kurdischen Jungen heraustrat. Er ging umher. Er war nicht älter als fünfzehn Jahre. Er nahm ein Kind auf den Arm. Es war ihre kleine Schwester. Meine Großtante. Er trug sie nicht in sein Haus. Er legte das Kind in eine der Pfützen vom letzten Regen. Mit dem Gesicht nach unten ins Wasser. Er stellte einen Fuß auf den Nacken des Kindes. Bis es nicht mehr strampelte. Bis es nicht mehr zitterte. Bis es still war. Bis es bei Gott war. Mein Gott! Meine Großmutter sah, wie der Junge lächelte. Wie er hinging und das nächste Kind nahm. Und so eines nach dem anderen. Er brachte alle Kinder um, die die armenischen Mütter vor die Schwellen der Häuser gelegt hatten.

Meine Großmutter war damals sieben Jahre alt. »Hätten sie mir doch die Augen zugedrückt«, hat sie gesagt. Und: »Wäre ich doch blind gewesen.«

Die beiden Frauen haben meine Großmutter mit sich genommen und sie haben sich bis nach Sancak durchgeschlagen. Dort wurden sie aufgenommen. Meine Großmutter hat später den Armenier Mateos Vartanian geheiratet, der sich ›Murat

Türkoğlu‹ nannte. 1936 hat er diesen Namen in das neue Register eintragen lassen und so bin ich Mehmet Türkoğlu geworden. Meine Mutter hat das alles von meiner Großmutter selbst erfahren, kurz bevor sie gestorben ist. Erst auf dem Sterbebett hat sie alles erzählt. Und meine Mutter hat es mir erzählt.

Ich erfuhr auch, warum meinem Großvater der rechte Zeigefinger fehlte. Er stammte aus einem winzigen Dorf in der Nähe von Sancak, dort gibt es nur fünf Häuser. Sie liegen hinter einem Berg einige Kilometer westlich. Man nannte den Ort Al Tevle. Dort lebten vier Zazafamilien und eine armenische, die meines Großvaters. Als das Schlachten im ganzen Land geschah, haben die Nachbarn Spaten genommen, um die armenische Familie umzubringen. Sie kamen in der Nacht.

Mein Großvater war aufgewacht und hatte sich unter der Bank versteckt, als sie durch die Tür brachen. Zuerst zerrten sie die schwangere Mutter meines Großvaters und seinen Vater aus dem Haus. Die Nachbarn, die man seit Geburt kannte, erschlugen ohne Warnung den Vater. Sie hielten die Mutter fest und schlitzten ihren schwangeren Bauch auf. Sie rissen das ungeborene Kind heraus, hielten es der Sterbenden vor die Augen und schlugen es auf den Boden. Der älteste Bruder meines Großvaters wurde an Armen und Beinen gefesselt und geviertteilt. Mit den Spaten, die sie mitgebracht hatten. Dann vergewaltigten sie die halbwüchsigen Schwestern meines Großvaters. Zuletzt trieben sie ihnen Äste und die Stiele ihrer Spaten hinein. Sie haben sie gepfählt. Sie töteten sie alle. Bis auf meinen Großvater. Er war damals ein Kind von neun Jahren. Sie wussten, dass er irgendwo sein musste, sie suchten ihn und sie fanden ihn im Schafstall, wohin er geflohen war. Er sprang an den Mördern vorbei und der Spaten hat nur seinen Finger getroffen. Ein anderer Nachbar, einer von denen, die keine Sünden auf sich laden wollten, hat ihn nach Tagen aus den Bergen geholt. Er hat ihn gerettet und ihn heimlich nach Sancak gebracht, wo er gute Leute wusste. Es sind nicht alle Menschen böse. Diesem Nachbarn habe ich meine Existenz zu verdanken, ohne ihn gäbe es mich nicht. Diesem Nachbarn verdanke ich, dass ich immer noch glaube, dass es gute Menschen gibt, überall auf der Welt und auch in der Türkei.

Nun wusste ich, dass ich ein Armenier bin, dass wir alle Armenier waren, meine ganze Familie. Ich war verzweifelt. Ich wusste nicht, was ich tun sollte. Ob ich ein richtiger Armenier werden sollte, derjenige, der ich gewesen wäre, oder ob ich der Kurde bleiben sollte, der ich geworden war. Ob ich ein Christ werden sollte, der ich gewesen wäre, oder der Muslim bleiben sollte, der ich geworden war.

Endlich bin ich zu dem alten Zahnarzt gegangen.

»Da bist du also«, hat er mich begrüßt und gelächelt.

»Was soll ich tun?«

»Lerne die andere Seite kennen«, sagte er. »Gehe eine Weile nach Armenien.«

»Ich kann kein Armenisch.«

»Du wirst es lernen.«

Er erzählte mir viel und gab mir zuletzt einen Namen und eine Adresse in Jerewan.

Danach habe ich alles meiner Frau erzählt. Sie stand noch zu mir. Aber sie wollte nicht, dass ich nach Armenien gehe, sie hielt mich zurück. Sie hatte Angst, dass ich ein anderer werde. Ich verstehe das heute.

In jener Zeit bin ich zum Teppichhändler geworden, durch Zufall oder vielmehr durch Vorsehung. Als müsste sich mein Leben in allen Dingen ändern. Es gab in der Nähe des Restaurants, in dem ich gearbeitet habe, in der Nakilbent Sokak, ein großes Teppichgeschäft. Nur ein paar Straßen weiter. Der Chef war Gast in meinem Restaurant. Er fragte mich, ob ich für ihn arbeiten würde, zunächst als Laufbursche und Mädchen für alles, danach würde man weitersehen. Also wechselte ich.

Ich fand Gefallen an Teppichen, ich hörte zu, ließ mir vieles erklären und lernte schnell. Es war fast so, als hätte ich früher einmal viel über Teppiche gewusst und nur alles vergessen. Als würde ich es deshalb so schnell begreifen.

Es gibt viele armenische Kirchen in Istanbul, eine davon, die St.-Georgs-Kirche, ist in der Nähe, wo wir gewohnt haben, in der Marmara Caddesi. Eine andere ist auf der asiatischen Seite des Bosporus. Ich weiß nicht, wie oft ich zu diesen beiden Kirchen gegangen bin und manchmal zu anderen und so getan habe, als käme ich zufällig vorbei. Ich habe zugesehen, wie die Leute hineingingen und wieder herauskamen, habe dem Gesang gelauscht. Es war wie eine Sucht. Nie habe ich mich getraut, die Kirchen zu betreten oder jemanden anzusprechen. Ich fürchtete mich. Dass man mich sehen oder zurückweisen würde.

Es vergingen mehr als zwei Jahre, ohne dass ich mich zu etwas entscheiden konnte. Ich war inzwischen vom Laufburschen zum Verkäufer geworden und schließlich zum Einkäufer. So kam ich nach Täbris, der Welthauptstadt des Teppichs. Dort habe ich Ramin kennengelernt, einen Teppichhändler im berühmtesten Basar der orientalischen Welt. Er war der erste richtige Freigeist, den ich jemals getroffen habe. Wir haben viel geredet, über alles, über Politik, Familie, Dichtung, sogar über Sex. Trotzdem habe ich mich nicht getraut, ihm zu gestehen, dass ich ein Armenier bin. Ich spürte den Hass gegen die Armenier. Ich war bei ihm zu Hause eingeladen, bei seinem Vater. Der mochte mich nicht, von Anfang an, als würde er mich durchschauen, und ich wollte Ramin nicht in Konflikt bringen.

Und dann habe ich endlich einen Schritt getan. Ich bin in die armenische Kirche gegangen, zum Ostergottesdienst. Es ist leichter, im Iran in eine Kirche zu gehen als in der Türkei, jedenfalls wenn du ein Fremder bist. Es war eine Erweckung. Ein Wendetag. Es war, als wenn eine Mutter ihr einsames Kind wiederfindet und es das erste Mal in ihre Arme nimmt. So nahm mich Gott in seine Arme. Nach dem Gottesdienst habe ich den Bischof angesprochen. Er weigerte sich, mit mir über das Christentum zu reden. Ich habe verstanden, warum, und mich geschämt, ihn in Bedrängnis gebracht zu haben. Er empfahl mir, nach Armenien zu fahren. Er auch.

Mir wurde klar, dass ich endlich in Freiheit ausprobieren musste, was Christsein bedeutet. Meine Frau hatte ich eine Woche nicht gesehen, die Zügel, die sie mir angelegt hatte, waren schlaff geworden, ihre Worte verklungen. Ich hatte drei Tage Zeit bis zum Rückflug nach Istanbul. Also bin ich gleich nach Jerewan gefahren, zu dem Mann, dessen Adresse mir der Zahnarzt gegeben hatte. Auch er ist ein Sammler, der verlorene armenische Seelen sammelt, der spürt, ob du im Herzen ein Armenier bist, und der deine wahre Identität riecht, einer, der sehen kann, dass dir dein muslimischer Mantel passt.

Als ich in Jerewan auf der Straße stand, habe ich mich zum ersten Mal in meinem Leben frei gefühlt. Als Freier unter Freien. Es war ein Glücksschock. Ich wusste, dass dies meine Heimat ist. Aber ich war immer noch ein Moslem. Ein Fremder. Das musste ein Ende haben. Ich musste den Mantel, der mir nicht mehr passte, fortwerfen, ja verbrennen. Wer als Armenier geboren ist, der ist ein Christ, der kann kein Moslem sein, so einfach ist das. Wir haben die Perser, die Osmanen und die Mongolen überstanden und am Ende auch die russischen Kommunisten. Sie haben uns erobert, doch wir sind Christen geblieben.

Eine halbe Nacht habe ich mit dem Sammler gesprochen. Am übernächsten Tag habe ich mich taufen lassen, in der Surp-Katoghike-Kirche von Jrvezh. Das bedeutet ›Wasserfall‹. Es ist ein Dorf am östlichen Rand von Jerewan. Vorher habe ich mit dem Sammler ein silbernes Kreuz auf dem Markt gekauft. Das trage ich jetzt immer um den Hals. Er war mein Taufpate.

Die beiden Türme der Kirche ragten vor mir auf. Ich ging von der Straßenkreuzung her durch das Eingangsportal, mit jedem Schritt einem neuen Leben entgegen. Nach der Taufe empfand ich grenzenlose Erleichterung, eine Glückseligkeit, eine Bürde war von mir gefallen, ich wollte schreien vor Glück. Ich war wie neugeboren.

Und so bin ich als neuer Mensch nach Istanbul zurückgekehrt. Ich wollte mich nicht mehr verstecken, ich wollte aufrecht gehen. Ich habe gesagt: Nun bin ich Christ. Aber welche Folgen hatte das? Günay wurde in der Schule geschlagen und Sedat im Kindergarten. Meine Schwiegereltern haben den Kontakt zu mir abgebrochen, meine Frau hat sich von mir getrennt. Ich kann das verstehen. Ich war schuld am Leid unserer Kinder, am Zerwürfnis mit meinen Schwiegereltern, an der Einsamkeit meiner Frau. Meine Freunde wurden meine Feinde und ich war allein. Nur mein ältester Bruder hat zu mir gehalten. Er ist auch Christ geworden. Der Rest meiner Familie ist muslimisch geblieben. Wir sind eine gespaltene Familie. Sie sprechen zwar noch mit mir, aber ich sehe sie selten und über Religion verlieren wir kein Wort.

Kurze Zeit später wurde mir gekündigt. Der Teppichhändler aus Täbris hatte sich über mich beschwert, da ich vom Glauben abgefallen war. Dummerweise habe ich ihm das sogar selbst erzählt. Als ich aus Jerewan zurückgekommen war, fragte er mich nämlich, wo ich gewesen sei, wir hätten doch einen Termin gehabt.

»In Armenien«, antwortete ich.

»Und was hast du da gemacht?«

»Mich taufen lassen. Ich bin Armenier und Armenier sind Christen.«

Ich war beseelt von meinem neuen Glück und brachte es nicht fertig, wieder zu lügen. Zumal er mich herausfordernd angesehen hatte. Als wüsste er es bereits. Ich wollte endlich in der Wahrheit leben. Er wurde zornig und spuckte mich an. Zum Glück war Ramin nicht dabei. Ich weiß nicht, ob er das weiß. Ich hoffe nicht, denn ich war nicht ehrlich zu ihm.

Fortan bin ich in die armenische Kirche gegangen. Nicht in Täbris. Ich wollte dem Bischof keine Schwierigkeiten machen. Sondern in Istanbul. Endlich konnte ich ohne Angst eintreten. Der Gottesdienst hat mir die Kraft gegeben weiterzumachen, zu mir selbst, zu meinem Glauben zu stehen. Ich bekam Kontakt zu anderen Armeniern. Sie erzählten mir von der Sammelklage, die in Kalifornien eingereicht werden sollte. Ich wollte etwas für die armenische Sache tun. Ich habe mit dem Zahnarzt gesprochen und mit seiner Hilfe Namen und Adressen gesammelt von armenischen Vorfahren, die eine Lebensversicherung abgeschlossen hatten. Darunter mein Urgroßvater aus Al Tevle.

Nachdem sich meine Frau von mir getrennt hatte und meine Kinder nicht mehr bei mir waren, bin ich nach Armenien gegangen, in meine neue Heimat. Innerhalb von drei Monaten habe ich fließendes Armenisch gelernt, es war, als wäre das meine eigentliche Muttersprache. Ich hatte sofort das Gefühl, dass ich die Sprache schon kann, ich musste sie nur noch sprechen. Manchmal denke ich mir, dass meine Großmutter mir armenische Worte eingeflüstert hat, in einer Zeit, an die ich keine Erinnerung habe. So fühle ich es. Nur mit der Schrift hapert es. Ich habe die armenische Staatsbürgerschaft beantragt. Daraus ist leider nichts geworden, es hat eine Unterschrift gefehlt, ich weiß nicht, warum. So wurde ich wurzellos.

Dann arbeitete ich einige Monate in Bahrain. Dort konnte ich mehr Geld verdienen. Die Arbeitskollegen Pakistaner, Indonesier, Inder, Türken, alles Moslems. Sie sind in die Moschee gegangen und haben die täglichen fünf Gebete verrichtet, während der Arbeit. Ich aber konnte nicht mit ihnen beten und verließ den Raum, wenn sie niederknieten. Wir lebten zu mehreren in Containern. Sie begannen, mir zu misstrauen. Ich war ja ein Türke und ein Türke muss ein Moslem sein. Sie tuschelten miteinander. Sie warfen misstrauische Blicke. Ich bekam Angst. Ich war nicht nur ein Ungläubiger, ich war einer, der eine Todsünde begangen hatte, weil ich vom Glauben abgefallen war. Ich wurde krank und musste ins Krankenhaus. Dort musste ich mich ausweisen. Deshalb hatte ich meinen Pass dabei, den man dem Arbeitgeber abgeben muss. Als ich entlassen wurde, bin ich zum Flughafen gefahren und habe Hals über Kopf das Land verlassen. Die hätten mich sonst umgebracht.

Was sollte ich tun?

Ich beschloss, mein Glück im christlichen Europa zu suchen, zuerst in England, weil ich schon ziemlich gut Englisch konnte, das ergab sich aus meiner Arbeit als Teppichhändler. London, Restaurant. Dort habe ich es richtig gelernt. Ich bekam keine Aufenthaltsgenehmigung, ich musste zurück nach Istanbul. Ich machte einen neuen Versuch als Tellerwäscher, doch ich ertrug die Feindschaft nicht mehr. Ich wollte mich den Rest meines Lebens nicht mehr verstecken. Also bin ich zurück nach Armenien gegangen. Das Restaurant, in dem ich gearbeitet hatte, stellte mich wieder ein.

Vor Kurzem hat der Laden zugemacht. Es gibt so gut wie keine Arbeit. Es gibt wenige Reiche und sehr viele Arme. Wie soll ich Geld verdienen? Armenien ist meine Heimat, aber sie ernährt mich nicht. Ich muss Geld an meine Frau schicken, an meine Kinder. Ich werde es jetzt in Deutschland versuchen. Ich habe noch Kontakte zu den Teppichhändlern von Hamburg. Vielleicht kann ich dort die Liste mit den Namen einem Rechtsanwalt übergeben.

27

Sie saßen auf einer Bank im Innenhof des Klosters und blickten auf die Rosenbeete. Viele Knospen, die sich bald öffnen
würden. Der Duft der Rosen würde den Innenhof füllen und
die Gebete würzen. Über der steinernen Mauer ragte der Glo-
ckenturm auf. Dahinter die Kuppel, unter der die Armenier
jahrhundertelang ihre Gesänge zu Gott aufgeschickt und seinen
Beistand erfleht hatten. Hatte er ihnen beigestanden? Hatte er
seine biblischen Versprechen eingehalten? *Fürchte dich nicht,
ich bin mit dir; weiche nicht, denn ich bin dein Gott. Ich stärke
dich, ich helfe dir auch, ich halte dich durch die rechte Hand
meiner Gerechtigkeit.* Hatte er nicht. Oder durfte man den
Spruch nicht wörtlich nehmen, bedurfte es der Auslegung der
Schriftgelehrten? Die aber waren wie die Juristen, sie drehten
Gott die Worte im Mund um. Er, der alles sah, hatte keine Engel
gesandt, um die Armenier zu retten, nein, er hatte zugesehen,
wie die Todesengel kamen, die Unschuldigen sammelten und sie
in die Feuerofen warfen, dass Heulen und Zähneklappern war.

»Es gibt viele solcher Geschichten«, hatte der Bischof am
Ende seines Berichts hinzugefügt. »Ich kenne sie alle und jede
einzelne ist ein Meer von Tränen.«

Viele hätten ihr Leben gerettet, indem sie zum Schein Muslime geworden seien. Viele seien als Kinder oder junge Menschen von islamischen Familien aufgenommen worden und als
Muslime aufgewachsen. Viele Mütter, halb verhungert, halb
verdurstet, halb erschlagen, oft vergewaltigt, hätten ihre Kinder auf den Todesmärschen fremden Muslimen am Wegesrand
in die Arme gelegt. Oder sogar geworfen. Manche von ihnen
hätten überlebt. Und noch andere Kinder seien lebend zwischen den Toten gefunden und von Muslimen heimgenommen
worden. Die meisten hätten den christlichen Glauben versteckt
und nicht an ihre Kinder weitergeben können. Oder sie seien

zu klein gewesen, um sich des Glaubens zu erinnern. Gefangen in der islamischen Kultur. Bald hundert Jahre lang, drei, vier Generationen. Es gebe viele Vartanians und viele Großmütter, die erst am Ende ihrer Tage erzählten, ihre Seele von der Last befreiten.

»Es ist alles Scheiße«, sagte Schlüter. »Kann man irgendwo einen Schnaps kriegen? Damit das Leben wieder schön wird?«

Niemand antwortete.

Schweigen.

»Es reut mich, dass ich nicht freundlicher war zu ihm«, sagte der Bischof endlich in seinem schönen Bücherdeutsch, das er in Leipzig gelernt hatte. »Ich war zu misstrauisch. Das Misstrauen wird zu unserer zweiten Natur und manchmal können wir deshalb nicht auf die Stimme der Liebe hören in unseren Herzen. Jetzt, nachdem ich weiß, dass er ...« Er saß mit den Unterarmen auf den Oberschenkeln und machte Knoten in seine langen Finger.

»Sie durften das Risiko nicht eingehen«, widersprach Schlüter. »Stellen Sie sich vor, er hätte in seinem Überschwang jemandem erzählt, Sie hätten ihn bekehrt. Jemandem, der seinerseits die Klappe nicht halten kann.« Ihm war noch nie im Leben der Spruch *Reden ist Silber, Schweigen ist Gold* richtiger vorgekommen. Wenn die Menschheit nicht so viel quasseln würde, dachte er, gäbe es nur die Hälfte aller Kriege. Gequassel führt zu Streit, dem Vater des Kriegs. Den Spruch mit dem Schnaps zum Beispiel hätte er sich sparen sollen. Er war dem Bischof zu nahe getreten. Manche Worte waren wie Steine auf dem Weg.

»Meinen Sie?«, zweifelte Tosunian und versuchte ein Lächeln.

»Man weiß nie«, pflichtete Anahid Schlüter bei. »Man weiß nie, welche Folgen das Tun hat. Nichts zu tun ist genauso verkehrt. Man kann immer nur nach bestem Gewissen entscheiden und erst hinterher merkt man, ob es richtig war. Oder falsch.

Aber erst, wenn es zu spät ist. Wenn man nichts mehr ändern kann. So ist das nun mal.«

»Und das mit dem Film?«, fragte Tosunian. »War das richtig?«

»Die Wahrheit. Sie muss raus!«, rief die junge Armenierin. »Dieser Film ist ein Dokument, das man nicht mehr zerstören kann.«

»Ich habe Angst«, sagte der Bischof.

»Ich auch«, sagte Anahid. Ihr Gesicht war bleich und trotzig.

»Wovor?«, fragte Schlüter.

»Davor, dass die Leute wild werden«, antwortete Tosunian und hob den Blick über die Kuppel der Kathedrale hinweg auf den nackten Fels, der seine Fäuste himmelwärts hob.

Rundherum nichts als Fels und steile Berge. Schlüter dachte an den Mann, der Anahid die Kehle hatte durchschneiden wollen, an den anderen Mann, der gleich alle Armenier töten wollte, und an den spuckenden Teppichhändler. Hass gab es genug.

»Wir können nicht anders. Wir sind Armenier. Unsere Leute haben damals ganz andere Sachen durchgemacht. Uns geht es gut«, behauptete sie.

»Noch«, sagte der Bischof.

Schlüter war kein Armenier und trotzdem saß er hier. Wenn ich so weitermache, konvertiere ich eines Tages, dachte er. Vielleicht sollte man wenigstens Sufi werden, verflucht. Deine Identität ändert sich, wenn du in andere Umstände kommst, dein Selbst verwandelt sich mit denen, die um dich sind. Schon nach ein paar Tagen bist du ein anderer.

»Bis jetzt waren wir doch ganz erfolgreich«, meinte Anahid.

»Lasst uns nach oben gehen.« Tosunian erhob sich. »Zweifeln führt zu Verzweiflung.« Es hörte sich nicht optimistisch an.

Eine hölzerne Treppe führte hinauf auf die Wehrmauer. Noch mehr Berge, grauer Fels, graue Geröllfelder, im Norden der letzte Zipfel des alten Waldes. Unter ihnen befanden sich die verwaisten Mönchszellen und hier oben gab es weitere Türen und Räume.

»Wir werden hier ein kleines Museum einrichten und eine bescheidene Wohnung für den Bischof und einen Tagungsraum für Vorträge und Symposien. Es müssen Menschen hierherkommen und die Mauern wieder mit Leben füllen. Viele Muslime kommen zur Besichtigung. Sie freuen sich, wenn sie ein Gotteshaus betreten können ohne Verpflichtungen.«

»Eigentlich sind wir fertig«, stellte Anahid fest. »Wir wissen, wer der Tote war. Wir kennen seine Lebensgeschichte. Mehr werden wir nicht erfahren. Eigentlich könnten wir nach Hause fliegen.«

»Das werden Sie nicht tun«, widersprach der Bischof. »Seien Sie meine Gäste. Lernen Sie unsere Gemeinde kennen!«

»Okay«, sagte Schlüter. »Danke. Machen wir also Urlaub. Entspannen wir uns. Ach, was ich noch wissen wollte: Die Armenier, dürfen die hier Alkohol trinken?«

»Nun ja«, sagte der Bischof unbestimmt. »Wegen unseres Kultus. Das Abendmahl. Die in Wein getränkten Oblaten. Insoweit gilt die Scharia nicht für uns.«

Für mich dann auch nicht, dachte Schlüter und überlegte, wie er wieder an sein vergessenes Buch kam. Man musste sich an den kleinen Freuden festhalten. Er hatte Sehnsucht nach dem Bohnenhändler und Sajja, dem Etikettenfälscher.

In den Räumen, die später für die Wohnung des Bischofs hergerichtet werden sollten, gab es Wasser und einen Kocher. Sie tranken einige Tassen Tee und brachen anschließend auf. Anahid legte ihr Kopftuch an.

Zurück im Hohlweg, machten sie Pause in einem Restaurant, das am Rand linksseitig im Wald lag, auf einer steinernen Terrasse. Eine Hütte, aus der der Qualm eines Holzkohlegrills drang, darin ein Rübezahl mit weißen Zähnen. Ein paar iranische Touristen saßen an den langen Holztischen und stärkten sich, bevor sie weitergingen zur Klosterfestung. Die meisten Besucher würden freitags kommen, erklärte der Bischof, am Tag der Moschee. Es gab wahlweise Hühnchen- oder Hammelfleisch am Spieß, Reis mit einem Klecks saurer Butter obenauf und Salat. Das schien das Nationalgericht zu sein. Ein lauer Wind bewegte die Wipfel über ihnen.

Am Grenzfluss hielten sie an und machten Fotos, aber erst nachdem sie sich vergewissert hatten, dass sich niemand näherte. Tosunian fischte ein Fernrohr aus dem Handschuhfach. Drüben hatte man inzwischen einen Schießplatz angelegt, offenbar in manischer Eile, über dem Gräberfeld der Toten von Alt-Julfa. Keine Chatschkare mehr, sondern Schießscheiben in Form menschlicher Leiber. Am Fluss sah Schlüter die Brocken liegen: die zerschlagenen Grabsteine. Eine graue Zunge leckte vom steilen Ufer hinab in den Fluss. Das war alles, was vom armenischen Leben in Nachitschewan übrig war.

Nach einem tiefen »Ach« stieg der Bischof ein und sie fuhren zurück, entspannten Urlaubstagen entgegen. An den Kontrollstellen stieg er aus und ließ sich ein zweites Mal registrieren.

Schlüter nahm sich vor, die Probleme der Welt für diese Zeit zu vergessen. Wenn man ihn ließ.

28

Endlich wieder Montag. Staschinsky freute sich auf den Tag. Keine unnütze Grübelei, kein ödes Aktenstudium und keine grässlichen Besprechungen, womöglich mit dem Chef. Sondern Ermittlungsarbeit bei guter Sicht. Der Nebel hatte sich verzogen. Zeugenbefragungen waren seine Lieblingsbeschäftigung.

Um neun Uhr klingelte das Telefon. Martens war dran, Schlüters junger Kollege. Es wurde ein langes Telefonat und nachdem Staschinsky aufgelegt hatte, trommelte er mit den Fingern auf der hühnerdreckgelben Schreibtischplatte und murmelte: »Ei verflucht! Wer hätte das gedacht!«

Als es zehn Uhr war, rief er Hamdi Ergün an. Fragte ihn, ob seine Krautschneider auf Kurdisch, Zaza oder Türkisch zu vernehmen seien.

Einer spreche Kurdisch, die beiden anderen Zaza, erklärte Ergün. »Türkisch müsste auch gehen. Aber die sind ...«, wollte er fortfahren.

»Ich weiß«, sagte Staschinsky. »Keine Aufenthaltsgenehmigung. Ich werde das nicht weitergeben, versprochen. Ich will nur den Mord an eurem Stepan aufklären, sonst nichts. Das andere ist Pillepalle.«

»Danke.«

»Nichts zu danken«, grantelte Staschinsky. »Purer Eigennutz. Was soll ich essen, wenn es keine türkische Gastronomie mehr gibt?«

Die armen Teufel aus Anatolien waren häufig ein Thema bei der Polizei. Die Zaza, die in und um Hemmstedt auf Baustellen, in Gaststätten und bei den Bauern arbeiteten, stammten fast alle aus der Gegend von Elazığ und Bingöl, einige wenige aus Tunceli, die Kurden von weiter östlich, wie Herr Ergün aus Diyarbakır, oder aus Mardin. Die Polizei interessierte sich nur für die Schlingel unter ihnen, für die anderen hatte sie keine

Zeit. Viele waren in den letzten beiden Jahren zurückgekehrt, nachdem Erdoğan ihnen Arbeit und Brot verschafft hatte und im Osten weniger geschossen wurde, weil Öcalan nicht mehr hingerichtet werden sollte.

Also ein türkischer Dolmetscher. Staschinsky telefonierte. Um zwölf hatte er alle beisammen. Ein Kollege hatte sie in dem Warteraum im Erdgeschoss eingepfercht. Dort konnten sie sich mit fünf Jahre alten Frauenzeitschriften amüsieren. Die vier Zeugen warteten auf ihre Hinrichtung. Der Dolmetscher hingegen, ein Mann namens Çelik, fand es gemütlich, denn er hatte nichts ausgefressen und wurde nach Zeit bezahlt.

Staschinsky brachte seine Tastatur in Stellung und holte sich den Dolmetscher und den Langen, der in der Küche die Pfannen abgewaschen hatte. Ein Kurde, wie sich herausstellte, der so bleich war, dass er einem Urdeutschen Konkurrenz hätte machen können. Zunächst stellte Staschinsky die Personalien fest. Natürlich hatte der Mann keine Papiere dabei.

»Seit wann sind Sie in Deutschland?«

Bevor der Dolmetscher übersetzen konnte, antwortete der Kurde: »Noch nicht lange, erst zwei Monate.«

»Soso«, machte Staschinsky und hob die rechte Braue. »Nicht länger?«

»Nein. Bestimmt nicht.«

Sie waren alle erst vor ein paar Wochen gekommen – angeblich. Aber Deutsch konnten sie, jedenfalls genug, um zu erzählen, dass sie erst vor ein paar Wochen gekommen waren.

»Bei uns zu Hause …«

»Ich weiß«, unterbrach Staschinsky. »Bürgerkrieg. Wahrscheinlich ist euer Dorf niedergebrannt worden.«

Der Kurde nickte dankbar. »Wir mussten weg«, sagte er, »und da …«

»… seid ihr gleich ganz weg.«

Der Kurde nickte wieder.

»Sie sind Moslem?«

»Ja.« Aufrechte Haltung.

»Was wissen Sie über Stepan? Er wurde umgebracht. Hat er bei euch in der Küche gearbeitet?«

Nicken.

»Wie lange?«

Der Kurde zögerte.

»*Ne zamandan beri?*«, übersetzte Çelik.

Der Kurde klappte die Arme auseinander und schrumpfte auf die Hälfte. Noch eine schwere Frage und er würde ganz verschwinden.

»Hören Sie zu«, predigte Staschinsky. »Ich tu eurem Chef nichts. Und euch auch nicht. Solange ihr nicht mit Drogen handelt oder mit nicht versicherten Mercedes rumfahrt. So wahr ich hier sitze!«

»Drei Monate ungefähr«, kam es leise, mit einem Blick zwischen die Schuhspitzen.

Staschinsky grinste kein bisschen und fragte weiter. Woher Stepan gekommen sei, mit welchen Leuten er Kontakt gehabt habe, was für ein Typ er gewesen sei, ob er Probleme gehabt habe, Feinde womöglich? Ob sie privat etwas zusammen unternommen hätten?

Nichts wusste der Mann. »Er war ein Christ«, sagte er säuerlich. »Ein Armenier.« Und damit war alles gesagt. Er hatte den Toten nicht gemocht und nichts von ihm wissen wollen. Ein Alibi hatte er, wie die beiden anderen, das war geklärt.

Staschinsky sparte sich ein Protokoll. Er schickte den Mann fort mit dem Auftrag, den zweiten Mann zu holen, den kleinen.

Der war ein Zaza und, wie der andere, erst seit zwei Monaten in Hemmstedt. Allmählich wurde es langweilig. Staschinsky musste mit ihm die gleichen Lockerungsübungen vornehmen. Dennoch wusste der Mann wenig, nur: Stepan sei aus Hamburg gekommen, er habe was mit Teppichen zu tun gehabt. Das wisse er von dem Kollegen, der unten sitze. Der habe mehr mit ihm geredet. Der Dolmetscher blieb weiter arbeitslos und Staschinsky sparte sich ein zweites Protokoll.

Der Dritte war der Untersetzte. Er hatte Schultern wie ein Ringer, aber einen Handschlag wie ein Fischhändler. Er hieß Sıddık Doğan. Er war derjenige gewesen, der Stepan auf dem Bild wiedererkannt hatte.

Doğan war immerhin seit acht Monaten in Deutschland. »Vielleicht ein bisschen länger.«

Staschinsky nickte zufrieden. Es ist immer gut, mit der Wahrheit einen Anfang zu machen.

Doğan sprach ein ziemlich ordentliches Deutsch. Er berichtete, er und Stepan hätten sich gut verstanden.

»Obwohl er Christ war? Und dazu Armenier?«

»Ich habe nichts gegen Armenier. Wir kommen besser mit ihnen zurecht als mit den Schaafiten.«

Çelik schnaufte. »Also, diese Armenier, sie …«

Staschinsky stopfte dem Mann mit einer Handbewegung den Mund. »Was sind Sie denn für ein Moslem?«, fragte er Doğan. »Wenn Sie kein Schaafit sind?«

»Gar keiner. Ich bin Alevit.«

»Und Zaza, oder? Aus Dersim?«

Der Mann war so überrascht, dass er nur nicken konnte. Die Leute waren es nicht gewohnt, dass man ihre Volksgruppe und ungefähre Herkunft einschätzen konnte. Und dazu den alten Namen der Provinz Tunceli kannte. Wenn Staschinsky keine Grundausbildung in Sachen Migration aus der Türkei gehabt hätte, wäre das ein Thema für einen Zentner Missverständnisse oder einen langen Abend gewesen. Aber er kannte sich einigermaßen aus. Einiges hatte er damals von Schlüter gelernt, nachdem dieser völlig erledigt von seiner Expedition nach Anatolien zurückgekehrt war. Hoffentlich würde er den zweiten Trip ins Morgenland überleben. In was waren die da hineingeraten?

Die Aleviten teilten mit den Muslimen fast nichts. Gerade mal einen halben Mohammed. Sie fuhren nicht nach Mekka. Sie gingen niemals in eine Moschee. Sie tranken Wein und Schnaps. Ihr Gebet war keine Unterwerfung, es hatte auch keine Ähnlichkeit mit einer militärischen Übung, sondern sie musizierten und tanzten zum Klang eines Saiteninstruments, das die Türken ›bağlama‹ nannten und sie selbst ›saz‹, Männer und Frauen gemeinsam, für die Sunniten ein sittenloses Verhalten. Manche beteten morgens die Sonne an, wenn sie aufging, und hängten zu Ostern sogar ausgeblasene Eier in ihre Büsche vor dem Haus. Sie lasen den Koran nicht, denn für sie war er gefälscht und unverbindlich. Und, was das Schlimmste in den Augen der Muslime war, sie hielten Mohammed nur für *einen* Propheten, nicht aber für *den* Propheten. Ihr Prophet war dessen Schwiegersohn, Ali, von dem sie ihre Selbstbezeichnung ableiteten. Und es gab mindestens fünfzehn Millionen von ihnen in der Türkei, hauptsächlich Zaza, ebenso Kurden und sogar Türken.

Staschinsky hob seine linke Braue. »Dann seid ihr die, denen das Diyanet die Moscheen in die Dörfer knallt und die Mullahs schickt, damit ihr endlich Muslime werdet?«

»Ich bitte Sie, das ist doch fal…«, begann der Dolmetscher, pumpte seinen dürftigen Brustkorb auf und grinste unangebracht.

»Ich habe hier das Wort, Herr …«

»Çelik.«

»Wir machen keinen Religionsunterricht«, sagte Staschinsky und nahm den Dolmetscher ins Visier. »Ich habe nur ein paar Tatsachen erwähnt, damit Herr Doğan weiß, woran er ist. Tatsachen!«

Çelik biss die Zähne zusammen. Sein Adamsapfel fuhr Fahrstuhl.

»Übrigens brauche ich Sie gerade nicht«, sagte Staschinsky

und nickte zur Tür. »Bitte warten Sie einen Augenblick draußen, bis ich Sie wieder hereinrufe.«

Doğan redete jetzt, als sei ein Damm gebrochen. Er berichtete, dass Stepan, der übrigens mit Nachnamen Vartanian geheißen habe, gut drei Monate vor seinem Tod aus Hamburg gekommen sei. Dort habe er einen Kontaktmann gehabt, mit dem er von der Türkei aus in Geschäftsbeziehungen gestanden habe. Teppiche, Stepan habe eine Menge über Teppiche gewusst, er habe öfter davon erzählt. Stepan sei ein Freund geworden, sehr schnell, denn Stepan sei ein guter Mensch gewesen, und wer Stepan erstochen habe, müsse ein sehr schlechter Mensch sein, der für den Rest seines Lebens ins Gefängnis müsse. Er sei sehr traurig gewesen, als Stepan nicht wiedergekommen sei. Als er erfahren habe, dass ein Unbekannter am Burggraben ermordet worden sei, da habe er ein ungutes Gefühl gehabt. Und als der Chef vorgestern berichtet habe, das sei Stepan gewesen ... Doğan hielt inne. Er schluckte und schüttelte den Kopf.

»Es ist schwer«, sagte Doğan schließlich. »Wir haben uns oft unterhalten. Wir kommen ja nicht viel raus und da ist es gut, wenn man ... Ausgehen ist für uns ...« Er unterbrach sich und blickte Staschinsky unsicher aus nassen Augen an.

»Ich weiß, mein Junge, ich weiß.«

Der Hamburger Kontaktmann habe Stepan über türkische Bekannte nach Hemmstedt vermittelt, weil der *Antalya Grill* Mitarbeiter für die Küche gesucht habe. Es sei einer von den Mitarbeitern plötzlich ausgefallen, weil – »äh, er musste abreisen ...«

Staschinsky sog die Luft ein und stand auf zu einem Meditationsblick aus dem vorhanglosen Fenster. Es war zum Kotzen. Leute, die arbeiteten, Deutsch sprachen und die Gesetze achteten mit Ausnahme des Ausländergesetzes, nahm man fest und flog sie in ihre Herkunftsländer zurück, nach vielen Jahren in Deutschland, manche mit ihren Kindern, die hier geboren waren und zur Schule gingen. Aber die Nichtsnutze, die einen Anwalt bezahlen konnten, wurde man nicht los.

»Okay«, sagte Staschinsky, drehte sich um und nahm wieder hinter seinem hundekackbraunen Schreibtisch Platz. »Machen wir weiter. Was wissen Sie über den Kontaktmann in Hamburg?«

»Nicht viel. Ich glaube, es ist ein Teppichhändler.«

»Name?«

»Ich weiß es nicht. Das hat Stepan nicht gesagt.«

»Hatte er Bekannte in Hemmstedt? Freunde? Feinde?«

»Dazu war er zu kurz da. Und er war ja praktisch nur im Haus.« Stepan habe von seiner Familie erzählt. Dass sich seine Frau von ihm getrennt habe. Dass er seine Kinder schon so lange nicht mehr gesehen habe. »Er hat manchmal geweint.«

»Sagt Ihnen der Name ›Schlüter‹ etwas?«

»O ja. Ich habe ihm dessen Telefonnummer gegeben, Stepan hat gesagt, dass er einen Anwalt brauche. Er hat sein Büro gleich um die Ecke.«

»Und wieso Schlüters Nummer?«

»Es gibt hier zwei alevitische Familien. Die sind manchmal Kunden bei uns. Die habe ich gefragt und sie haben Schlüter empfohlen.«

So einfach ist das, dachte Staschinsky. So verflucht einfach.

»Und wofür brauchte er einen Anwalt?«

»Aufenthalt.« Doğans Rückenpanzer zuckte.

Das mit der Namensliste hatte Stepan also nicht erzählt. Das hatte er für sich behalten und wer weiß was noch. Reden ist Silber, Schweigen ist Gold. Stepan Vartanian muss ein sehr einsamer Mensch gewesen sein, dachte Staschinsky. Noch einsamer als mordermittelnde Polizisten.

»Er war in Hamburg an dem Tag, als er getötet wurde«, sagte Doğan plötzlich. »Er ... Ich bin mit ihm zum Bahnhof an dem Tag, morgens, und habe ihm gezeigt, wie man eine Fahrkarte aus dem Automaten herauskriegt. Und dann ist er weggefahren. Er sollte abends spätestens um sieben Uhr wieder zurück sein, hat der Chef gesagt. Freitags ist immer viel los.«

Was er in Hamburg habe tun wollen?, fragte Staschinsky.

»Ich glaube, er wollte zur armenischen Gemeinde. Jedenfalls sagte er, er wollte unbedingt mal wieder Armenisch sprechen. Er hatte Heimweh. Er konnte es nicht mehr aushalten. Er fühlte sich eingesperrt.«

»Scheiße«, sagte Staschinsky.

»Große Scheiße«, sagte Doğan.

»Riesenscheiße«, sagte Staschinsky und schlug die Faust auf den Schreibtisch.

Die Tür wurde aufgerissen und Çelik steckte sein erschrockenes Gesicht durch den Spalt. Staschinsky hob nur den Zeigefinger und starrte den Dolmetscher nieder, bis er wieder fort war.

Staschinsky beschloss, die Veranstaltung formlos zu beenden. Er hatte sich Notizen gemacht und würde das später zu Papier bringen.

»Wir sind fertig«, schloss er. »Ich danke Ihnen, Herr Doğan. Ich wünsche Ihnen – viel Glück. Ihren Chef brauche ich nicht mehr.«

»Danke auch«, erwiderte Doğan. Er stand auf. Seine Schultern machten einen eleganten Schwung und er nahm Staschinskys Polizistenhand in seinen Schraubstock. Kein Fischhändler mehr. »Es tut mir so leid.«

Als er fort war, rief Staschinsky den Dolmetscher wieder herein. Der legte hüstelnd ein Formular auf den Schreibtisch und bat, die Dauer seiner Tätigkeit zu quittieren.

»Sie haben nichts gearbeitet«, sagte Staschinsky möglichst arrogant und massierte sich die Rechte. »Von der Pause will ich nicht reden. Aber – wollen Sie etwa Geld haben für die drei Wörter?«

»Ich ...«

»Und eingemischt haben Sie sich auch noch! Unparteiisch haben Sie zu sein!«

»Ich ...«

»Raus!«

»Ich werde ...«

»Tun Sie das! Ich freu mich drauf!«

Als er den Mann los war, stellte sich Staschinsky wieder vor das befreite Fenster. Er fühlte sich gut. Jetzt war klar, was als Nächstes zu tun war. Er drehte sich um. Sein Blick fiel auf den Schreibtisch, auf seinen Zettel mit den Notizen. Bei nächster Gelegenheit würde er eine Axt mitbringen.

29

Endlich Urlaub. Schlüter freute sich auf einen Mittwoch ohne Pflichten, ohne Besuche, ohne Fahrerei, vor allem: ohne schwere Gespräche.

Gestern waren Anahid und er zu Besuch beim Bischof gewesen, der Freude an den unkomplizierten Gästen hatte. Sie hatten Tee getrunken und Schlüter hatte den Duft alter Bücher eingeatmet. Natürlich war es nicht ohne die Last der armenischen Geschichte abgegangen. Der Bischof hatte Schlüter ein Gebetbuch gezeigt, man hatte es bei den Restaurationsarbeiten in einer vermauerten Nische der Thaddäus-Kirche gefunden. Handgeschriebene Texte auf gelblich grauem Packpapier, geleimt und gebunden in ein brüchiges Stück Leder. Die letzten Mönche hatten es dort versteckt, das Wort Gottes, kostbarer als Gold und alle weltlichen Schätze, bevor sie 1918 von osmanischen Soldaten massakriert worden waren. Gott hatte weggeschaut, er hatte ihre Gebete nicht erhört.

Montag waren sie mit Isguhi Melkonian in den Westen gefahren, zur Thaddäus-Kirche, die Anahid unbedingt wiedersehen wollte. Die Schwarze Kirche, ihre Türme weithin sichtbar. Sie wurde von den Kurden aus dem benachbarten Dorf bewacht, ihre flachen Lehmhütten wie eine Herde ängstlicher Schafe in der baumlosen Gegend. Auch hier die mit Nägeln geritzten Inschriften an der Kirchenwand, die von den Massakern in der Türkei Zeugnis ablegten. Oben ein Reliefstreifen: ein Bild von Adam und Eva. Sie knieten nackt voreinander und küssten sich. Denn wenn du das Paradies verloren hast und dich fortan mit Mühsal von deinem Acker nährst und im Schweiße deines Angesichts das Kraut auf dem Felde erntest und dein Brot essen sollst, bis du wieder zu Erde werdest, dann bleibt dir nur die Liebe. Nur die Liebe macht dein Leben erträglich.

Heute aber wollte Schlüter spazieren gehen, endlich wieder allein sein und sich wie ein entspannter Tourist die Leute ansehen, die Häuser, die Straßen, die Geschäfte und den Himmel über den Platanen, in dem es keine Gerechtigkeit gab. Er hatte das Bild des toten Stepan Vartanian im Schrank versteckt, in einem unbenutzten Handtuch. Eigentlich hätte er es mitnehmen sollen, damit es nicht in unbefugte Hände fiel. Wer wusste, wer ihm die Wasserflasche in den hustenden Kühlschrank stellte? Aber er wollte die Last dieses Fotos nicht an seiner Brust tragen. Er wollte frei sein. Er hatte überlegt, das Bild zu vernichten, denn er brauchte es nicht mehr, doch er wollte den Toten nicht schänden und hatte es bleiben lassen.

Er hatte sich vorgenommen, sich nicht in schwierige Gespräche verwickeln zu lassen. Ein paar Meter vom Hotel entfernt blieb er an einer Fensterscheibe stehen. Drinnen in dem düsteren Laden Holzregale, auf denen Zahnräder lagen, große, ganz große und sehr kleine, schmale und breite. Rostige Reste aus den zerstörten Maschinenräumen der Vergangenheit, aus der Zeit des Schahs Reza Pahlavi. Niemand war drin. Wer würde diese Zahnräder kaufen? Und wofür?

Wenn du in der Fremde bist, versuchst du dir ein Stück Heimat zu schaffen, indem du mehrmals dieselben Wege gehst. Schlüter überquerte die Imam-Khomeini-Straße und folgte ihr auf der anderen Seite weiter Richtung Shariati, vorbei an einem Bäckerladen und seinen mit Sesam bestreuten Broten, an einem Restaurant, in dem er Metallstühle an weißen Tischen unter gleißenden Lichtern sah, an einem Spielzeugladen, vor dem bunte Kinderautos standen, Mercedes, BMW, an einem Laden, in dem Handys der neuesten Marke verkauft wurden, und einem weiteren, aus dem es nach Keksen und Pralinen duftete. Auf dem Bürgersteig hockten Männer, die Früchte feilboten oder in Olivenöl getränkte Weinblätter oder Kassetten. Er schüttelte drei Männerhände und sogar eine Frauenhand, er beantwortete jeweils die Frage nach seinem Heimatland und er ließ sich fünfmal willkommen heißen.

Das Antiquariat fand er kaum hundert Meter weiter und trat nach kurzem Zögern ein. Er schloss die Tür hinter sich. Der Straßenlärm verstummte. Stille. Bücher bis zur Decke. Alle in arabischer Schrift. Ein Ort der Bildung. Ein Stück Heimat. Er wurde begrüßt von einem Mittdreißiger in Strickjacke.

»Welcome to Iran!«, sagte der Mann und streckte begeistert seine Hand aus. »English books!«, rief er und wies auf einen Durchlass in einen Nebenraum.

War das schön! Die Regale waren zweireihig vollgestopft und sogleich begann Schlüter, mit schrägem Kopf die Titel zu entziffern, streckte sich nach oben, verfluchte die Gleitsicht-brille, ging in die Knie. Seine Augen blieben an einem langen Namen hängen. *Lord Edward Bulwer-Lytton.* Und der Titel lautete *Eugene Aram.* Er war sich sicher, dass Christa dieses Buch noch nicht hatte, und zog es aus dem Regal. *Milner & Co, 1882.* Ein schöner brauner Ledereinband. Und einen halben Meter daneben prangte ein deutscher Titel. *Fritz Mühlenweg, In geheimer Mission durch die Wüste Gobi.* Innen im Umschlag ein Stempel. *Deutsche Schule in Jamshedpur, Indien. Freiburg 1950.* Weit gereiste Bücher. Schlüter zahlte mit vielen Nullen, ließ sich eine Tüte geben und verließ vergnügt den Laden. Er konnte wieder lesen. Die Welt war in Ordnung. Er hatte ein Geschenk für Christa. Das Halstuch konnte er sich sparen.

Nun musste er nur noch den Byron wiederhaben.

Als er zur Kreuzung mit der Shariati kam, stand ihm eine Gruppe Männer im Weg. Sie diskutierten, riefen durcheinander, einer säbelte mit dem ausgestreckten Zeigefinger in Richtung der Diözese. Der halbe Mann auf seinem Rollstuhl, fiebrige Augen, Lederhände an den Rädern. Schlüter machte einen Bogen. Er spürte die Blicke im Nacken. Er ging weiter, wi-derstand dem Impuls, stehen zu bleiben und sich umzusehen.

Bald tauchte die gewaltige Kuppel der Großen Moschee auf der anderen Straßenseite auf und dann der Torbogen, hinter dem die Fußgängerstraße ihn zum Basar führen würde. Er würde nicht hineingehen und womöglich in die Fänge der Teppichhändler geraten. Er würde versuchen, sich zu Sajja, dem Etikettenfälscher, durchzuschlagen.

Neben einer Skulptur, einem bronzenen Esel und seinem Herrn, auch hier eine Gruppe diskutierender und gestikulierender Männer. Sie schienen wütend, denn Schlüter streiften keine freundlichen Blicke, keine Hände wurden ausgestreckt. Aus einer Toreinfahrt zwischen zwei Läden drängten fünf dunkel Gekleidete ins Helle und stießen zu der Gruppe. Einer von ihnen trug eine hölzerne Stange mit einer Papptafel oben, auf der drei Halbmonde zu sehen waren. Schlüter verlangsamte seine Schritte, während sein Rücken steif wurde und er sah, wie die anderen das Schild ansahen, wie sie nickten und kommentierten und lachten, aber es war keine Freude in ihren Gesichtern. Drei Halbmonde. Diese verfluchten drei Halbmonde.

Schlüter klemmte die Tüte mit den beiden Büchern fester unter den Arm, als könnte er sie festhalten, die schöne heile Welt des Lesens, der Kultur, der Neugier. Er folgte der Straße, so schnell es möglich war, ohne aufzufallen, er widerstand der Versuchung, den Weg durch die Passage zu nehmen, durch die er neulich zum Großen Basar gelangt war, denn wer wusste, wen er dort antraf, und eilte geradeaus, bis er auf eine Kreuzung stieß.

Wieder Gruppen diskutierender, gestikulierender wütender Männer. Wieder drei Halbmonde. Was war hier los? Schlüter beschleunigte seine Schritte noch einmal, überquerte die Kreuzung, stellte erschrocken fest, dass hier einer der Eingänge zum Basar war, bog nach rechts ab, wo er kurz darauf an eine weitere Straße kam, die nach links abbog und, wie er auf einem Schild erleichtert feststellte, Madani-Straße hieß. Hier war er vor einer Ewigkeit, wie es ihm schien, entlanggekommen auf dem Heimweg vom Laden des Etikettenfälschers. Eilig folgte er der Straße, vorbei an einer Kette von Läden, hinter deren staubigen Fenstern er Reis in Säcken ausmachte und weißbärtige Kaufmänner, die an Schreibtischen saßen, Kontorbücher vor sich ausgebreitet hatten und Kugeln an einem Abakus schoben.

Er fand den Laden und trat ein.

Sajja erhob sich von seinem Plastikstuhl und stellte sein Teeglas auf den Tresen. Er lachte und begrüßte Schlüter mit einem ausladenden Handschlag.

Männer gingen vor dem Laden vorbei, sie skandierten etwas und einige trugen Transparente mit arabischer Schrift.

»Was ist hier los?« Schlüter zeigte nach draußen. What's going on?

Sajja zuckte mit den Schultern und machte eine wegwerfende Bewegung. »*Nümayiş. Axmaq-uxmaq.*« Er zog eine flache Hand vor der Stirn hin und her.

»Ich verstehe nicht.« Sajja konnte ja kein Englisch, verflucht.

»*Nümayiş. Erməni!*«

»Mann, Kerl, ich begreife das nicht!«

»*Erməni*«, wiederholte Sajja. Er zog ein Blatt Papier unter dem Tresen hervor, nahm einen Stift aus der Brusttasche und begann zu malen. Drehte das Blatt um.

Er hatte ein Haus mit einem sehr spitzen Dach und einer bogenförmigen Tür gezeichnet und oben ein Kreuz.

»Kirche? Armenier?«

»*Erməni! Khatchkar!*« Sajja nickte wie verrückt.

»Chatschkar?«

»*Khatchkar! Erməni!*« Sajja nahm das Papier und malte ein Rechteck darauf, wie einen stehenden Balken. Er verzierte ihn mit Krickelkrakel.

»Armenier? Nachitschewan? Julfa? Chatschkar?«

»*Bəli! Bəli!*«

»Hole Behzad! Behzad!«, rief Schlüter.

Draußen marschierte der nächste Pulk Männer vorbei. Sajja sprang um den Tresen und um Schlüter herum und war verschwunden. Vor der Tür schaukelte ein Schild. Schlüter las *bɜɜolɔ* und sah auf die Uhr. Er spürte, wie sein Herz rumpelte, und er musste sich auf Sajjas Stuhl setzen, weil ihm schwindelig wurde. Er legte den Zeigefinger an die Stirnschlagader – nichts.

Es dauerte genau zwölf Minuten, bis die beiden Männer zurückkehrten, außer Atem riss Sajja die Tür auf.

»Big demonstration!«, rief Behzad. »Against the Armenians. Because of the chatschkars!«

»Heilige Scheiße«, murmelte Schlüter.

»They cry they are going to kill the bishop!«

Schlüter wollte aufstehen. Er packte die Lehnen des Stuhls und beugte sich vor, stellte die Füße auf Habacht. Der Tag des Gerichts war gekommen. Die Sonne verdunkelte sich und alle Sünder fuhren zur Hölle. Behzad und Sajja bewegten sich wie Tang im Wasser.

30

Staschinsky hatte sich einen Kognak eingeschenkt und nippte daran. Er feierte die neue Einrichtung. Er tat sonst nichts, was sichtbar gewesen wäre. Er dachte nur nach.

Am Montagnachmittag hatte er im Baumarkt eine anständige Axt gekauft, außerdem vorsorglich einen Tapeziertisch und zwei Arbeitsböcke aus einem Sonderangebot. Das Auto, das er dafür benötigte, hatte er sich von einem Kollegen geliehen.

Gestern Morgen war er zur Dienststelle gegangen, mit dem langen Teil in der Hand.

»Was haben Sie denn da?«, hatte der Pförtner in seinem Kabäuschen gefragt. »Beweisstück?«

»Nee, das Beweisstück steht in meinem Zimmer.«

»Und wozu brauchen Sie die da?«

»Um das Beweisstück zu zertrümmern.«

Der Pförtner öffnete den Mund.

Staschinsky hatte ihn so stehen lassen und war an seiner Zimmertür vorbei bis zum Chef gegangen. Der hockte hinter seinem nagelneuen Schreibtisch, einem mit metallenen Beinen und riesiger Platte, auf dem sich nichts befand, abgesehen von einem leeren Schreibblock, dem toten Telefon, der offenen Brotdose und der Thermoskanne. Der Chef mümmelte sein Sonnenblumenkernbrot oder Sesamdinkelbrot oder Emmerleinsamenbrot, das seine Frau vermutlich im Bioladen gekauft hatte, und schlürfte aus dem Deckel seiner Thermoskanne.

»Guten Appetit!«, sagte Staschinsky.

»Danke.«

Staschinsky blieb stehen. Es roch nach Kamillentee.

»Und?«, fragte der Chef.

»Ich beantrage einen menschenwürdigen Schreibtisch, Herr Kriminalober-äh-hauptkommissar. Meiner ist noch von Adolf. Ich bin nicht mehr bereit, an dem zu arbeiten.«

»Aber das ist nicht so ohne Weiteres ...«

»Mir egal. Hier. Damit werde ich den zertrümmern, und zwar sofort, wenn Sie nicht ...«

»Sind Sie verrückt geworden?« Ferber hatte endlich die baumelnde Axt neben Staschinskys Unterschenkel entdeckt und zog sich an die Lehne seines Drehsessels zurück, wobei ein Schlückchen Gesundheitstee danebenging.

»Nein. Normal eher. Also? Wann kriege ich einen neuen?« Staschinsky wies mit dem Stiel der Axt auf Ferbers Schreibtisch. Das *Auch* sparte er sich.

»Also, da müssen wir erst einmal ...«

»Okay, dann eben nicht.« Staschinsky drehte sich um, ließ die Axt in die andere Hand gleiten und machte einen Schritt zur Tür.

»Halt! Was haben Sie vor?«

»Habe ich doch gesagt. Ich habe am Sonntag – am Sonntag! – den Bericht in der Ermittlungssache *Mord an unbekannt* geschrieben, für Ihre Pressekonferenz. An meinem sogenannten Schreibtisch. Ich muss kotzen, wenn ich weiter an diesem Nazischreibtisch sitzen muss, das schwöre ich. Ich wette, an dem sind schon Deportationslisten erstellt worden. Ich werde ihn jetzt zerkloppen und danach in den Außendienst gehen. In der Zwischenzeit werden Sie mir einen anständigen Schreibtisch besorgen und in meine Bude stellen lassen. Danke!«

Staschinsky schloss die Tür des Chefzimmers betont zivilisiert hinter sich und ging so langsam wie möglich den Flur hinunter bis zu seinem Zimmer. Hinter ihm räusperte sich etwas. Staschinsky öffnete seine Zimmertür, trat vor seinen abgeräumten Schreibtisch und hob langsam die Axt.

»Halt!«

Staschinsky ließ die Axt sinken und drehte sich in Zeitlupe um. »Würden Sie das hier drin aushalten?«

»Na ja, also, ich ...«

»Danke, Herr Hauptkommissar Ferber. Ich wusste, dass Sie mich verstehen.«

»Ich wollte nur ...«

»Das Ja habe ich deutlich gehört, Herr Hauptkommissar. Ich verlasse mich auf Sie. Bis Freitag um zwölf.«

Ferber war kopfschüttelnd abgezogen. Einer von uns beiden ist verrückt, hatte Staschinsky gedacht. Fragt sich nur, wer.

Dann hatte Staschinsky mit den Kollegen in Hamburg telefoniert, ihnen das Bild des toten Vartanian per E-Mail geschickt und sie gebeten, zur armenischen Gemeinde in die Wendenstraße zu fahren, nach Hammerbrook. Er freute sich, dass er nicht in Hamburg arbeiten musste. Nichts als Lärm und Autos, da halfen die Bäume auch nicht.

Die Armenier, erfuhr er darauf, waren eine Fehlanzeige. Niemand kannte Stepan Vartanian. Entweder hatte er dem Küchenkollegen nicht die Wahrheit gesagt oder sein Besuch musste ein kurzer gewesen sein und er hatte niemanden getroffen. Vielleicht war er aus anderen Gründen nach Hamburg gefahren. Ein Geschäftsmann hatte ihm den Kontakt zur Arbeitsstelle in Hemmstedt vermittelt und Vartanian hatte mit Teppichen gehandelt. Die weiteren Schritte waren also klar. Staschinsky hatte sich eine Liste der Teppichhändler in der Speicherstadt und anderswo in Hamburg zusammenstellen lassen. Die lag nun auf seinem neuen Tisch.

Heute hatte er nämlich den Tapeziertisch und die Arbeitsböcke auf einer Schubkarre, die er sich vom Hausmeister geliehen hatte, in sein Dienstzimmer geschafft und beides vor dem vorhanglosen Fenster in Stellung gebracht. Den Nazischreibtisch hatte er in die dunkle Ecke geschoben, wo er auf seine Hinrichtung zu warten hatte. Theoretisch war der schon Feuerholz. Flucht aussichtslos.

Staschinsky hatte sich mit der Liste der Teppichhändler beschäftigt und eine Menge telefoniert. Die Liste enthielt fünfundvierzig Namen und Adressen. Viele der Geschäfte, die mit Orientteppichen handelten, waren um die Alster herum konzentriert und in der Hafencity in der Gegend von Zollkanal und Brooktorkai, dort, wo früher Kaffee und Gewürze von Übersee gelagert worden waren. Die alten Lagerhäuser an den Kanälen warteten auf Investoren. Einige der Geschäfte lagen aber auch in Nienstedten, Fuhlsbüttel und Winterhude. Hauptsächlich persische Namen, einige wenige deutsche. Man würde sie alle abklappern müssen, mit dem Bild des Ermordeten in der Hand. Irgendetwas würde sich schon ergeben. In einem dieser Teppichhäuser musste es jemanden geben, der Vartanian gekannt hatte. Wer mit Teppichen aus dem Orient handelte, hatte wahrscheinlich Geschäftsbeziehungen nach Täbris.

Wo sollte er anfangen?

Und dann war da noch die Sache Anahid Bedrosian. Die Kollegen saßen fest mit den Ermittlungen, sie waren seit letzter Woche nicht weitergekommen. Wie auch? Staschinsky hatte gestern mit der Kollegin über den Fall gesprochen, als er ihr die Akte zurückgebracht hatte. Sie war entschlossen, einen Massentest beim Richter zu beantragen. Voraussetzung für einen erfolgreichen Antrag war, dass man die Personengruppe, die zu dem Gentest eingeladen werden sollte, genau bezeichnen konnte.

Und das war das Problem. Wenn es richtig war, dass die Vergewaltigung der Armenierin politisch motiviert gewesen war, musste man alle Türken Hemmstedts einladen. Und nicht nur die. Denn die Veranstaltung am 13. April in der Alten Turnhalle war in den einschlägigen Kreisen überregional bekannt gemacht worden. Es war also möglich, dass Türken aus der Umgebung angereist waren, aus Hamburg auf jeden Fall, vielleicht aus Bremen und den umliegenden Orten. Man konnte den möglichen Täterkreis nicht eingrenzen. Man musste sich mit dem Antrag auf Hemmstedt beschränken, selbst wenn man sich nicht sicher sein konnte, dass die Kerle dort lebten.

Ein weiteres Problem war, dass es viele gab, die sich ohne Anmeldung in Hemmstedt aufhielten, weil sie illegal in Deutschland waren. In Babel konnte man leicht unterkriechen. Die würde man nicht vorladen können. Sowieso würde ein Sturm der Entrüstung durch die Gesellschaft der Zugewanderten und aller Gerechten gehen. Rassismus, würde der Vorwurf lauten. Doch was half es? Einen besseren Weg gab es nicht. Fände man die Täter nicht, würde Anahid Bedrosian Hemmstedt verlassen müssen. Staschinsky hatte der Kollegin noch Informationen über die anatolische Gesellschaft mitgegeben. Konnte ja nicht jeder kennen, den Unterschied zwischen türkischen Muslimen, alevitischen Zaza, kurdischen Muslimen und alevitischen Kurden.

Staschinsky lehnte sich zurück und schenkte nach, als das Telefon klingelte. Martens, der Junge aus Schlüters Büro.

»Ich habe die Liste«, sagte er.

»Welche Liste?«

»Die mit den armenischen Namen. Vollständig. Alle vierzig Namen. Eine Kopie.«

»Was? Woher haben Sie die?«

»Hat mir die Anwältin geschickt. Die Tochter von Hakobyan.«

Martens erzählte, Sona Hakobyan habe die Liste im armenischen Zentrum in der Wendenstraße bekommen. Vartanian müsse sie dort abgegeben haben. Staschinsky berichtete von der Vernehmung des Sıddık Doğan.

»Sie hat sie mitgenommen, nach Los Angeles. Für den Prozess«, sagte Martens.

»Ha!«, rief Staschinsky und nahm einen Schluck. »Der Mörder hat sein Ziel nicht erreicht! Er hat den Vartanian umsonst umgebracht.«

Man muss alles selbst machen, dachte er, sonst klappt es nicht. Wahrscheinlich hatten sich die Kollegen damit begnügt, das Foto vorzuzeigen. Der lebendige Vartanian hatte wahrscheinlich etwas besser ausgesehen, weshalb ihn keiner wiedererkannt hatte. Oder die Kollegen hatten nicht die richtigen Fragen gestellt. Es kommt darauf an, welche Fragen du stellst. Stellst du sie falsch, kriegst du eine falsche Antwort. Stellst du sie nicht, kriegst du keine.

Staschinsky wurde das Gefühl nicht los, dass er selbst noch nicht die richtige Frage kannte.

31

»Komm, Bruder.«

Behzad beugte sein stoppeliges Gesicht über Schlüter.

»Wo sind meine Bücher?«

»Sicher sind sie. Wir wollen zu deinen Freunden. Zum Bischof. Ich glaube, du wirst gebraucht. Komm.«

Behzad hielt Schlüter einen Becher vor den Mund, wie die Mutter dem kranken Kind, und er trank in tiefen Schlucken, schüttelte den Kopf und kam zu sich. Langsam richtete er sich auf. Behzad goss nach und Schlüter trank.

Kurz darauf fand er sich wieder im Fond eines Autos, neben sich Behzad, auf dem Fahrersitz einen Bärtigen mit Mütze. Vorn wies Sajja dem Fahrer mit leisen Worten den Weg.

Überall Männer, dunkel gekleidet. Sie quollen aus allen Türen, Höfen und Gassen der Stadt und sammelten sich in den großen Straßen, sie trugen Transparente, die Schlüter nicht lesen konnte, brüllten Parolen, die er nicht verstand, und hieben ihre Fäuste. Der Fahrer musste anhalten. Im Schritttempo ging es weiter, rundum offene Münder, verwüstete Gesichter.

Der Teufel war los.

Der Versucher hatte seine Ketten gesprengt und sein schwarzes Feuer geschürt, tief in den Kellern der Stadt, er hatte seinen Kessel gefüllt mit Hass, Missgunst und Unwissenheit, er hatte sich fett gefressen und jetzt war er über Tage und trieb seine Knechte zum Krieg.

Schlüter machte sich klein.

»Dir wird nichts geschehen«, sagte Behzad, als wäre das eine Tatsache und nicht bloß eine Hoffnung.

Der Fahrer bog auf Sajjas Weisung in eine Nebenstraße ein, in der nur vereinzelt Gruppen von Männern dem Hauptweg entgegenströmten.

»Wir müssen Schleichwege fahren«, erklärte Behzad. »Wir

kommen von der anderen Seite hin, von Osten, über den Azadi Boulevard und dann durch Nebenstraßen. Wir werden einen großen Bogen machen.«

»Was rufen die?«, fragte Schlüter. »Und was steht auf ihren Schildern?«

»›Nieder mit den Armeniern‹«, leierte Behzad. »›Tötet die Armenier. Tod dem Bischof. Sie lügen. Alles Lüge.‹ Und so weiter. Solche Sachen.«

»Und weswegen?«

»Ach«, sagte Behzad. »Der Teufel, er reitet sie. Einen Grund brauchen sie nicht, nur einen Anlass. Diesmal ist es die Sache mit dem Friedhof von Julfa, drüben hinter der Grenze.«

»Ich habe es selbst gesehen!«, rief Schlüter.

»Sie behaupten, es sei alles Lüge, und die Armenier sollten sterben, wenn sie nicht dorthin zurückkehren, woher sie gekommen sind.«

»Aber sie …!«

»Eben«, sagte Behzad. »Das ist es ja. Eigentlich weiß das jeder. Jeder weiß ja, was er falsch macht, tief im Inneren ist eine Stimme, die es dir sagt. Wie geht es dir jetzt?« Behzad sprach leise und ein Lächeln schien auf in seinem Gesicht, sodass Schlüter zurücklächeln musste. »Besser, sehe ich.«

Schlüter nickte und atmete tief durch. Er hatte noch den Geschmack des Shiraz im Mund. Sie kamen über einen Kreisverkehr und Schlüter las die englische Aufschrift auf einem Straßenschild. Sie befuhren die *Imam Khomeini Avenue* stadtauswärts.

»Und was habt ihr vor?«

»Erst mal hinkommen«, antwortete Behzad und legte eine Hand auf Schlüters Arm. »Wir kennen ein paar von den Leuten, die ihre Läden vor der armenischen Diözese haben. Und dann sehen wir.«

Das sagte der Mann einfach so. Als würde es sich da draußen nicht um einen Mob handeln, der sich daranmachte, die restlichen Armenier von Täbris zu lynchen, sondern um Leute, die zum Kaffeetrinken gingen. Und dann sehen wir, ob einer Kuchen mitbringt. Sonst gehen wir noch welchen kaufen. Der Kerl hatte Gelassenheit für zehn und Zuversicht für zwanzig. Schlüter spürte, wie ein wenig davon auf ihn überging. Vielleicht war es auch der Shiraz.

»Du kannst ruhig sein, Bruder«, fuhr Behzad fort, während Sajja vorn eine Handbewegung machte und den Fahrer anwies abzubiegen. Er hatte ein Profil wie von Wilhelm Busch gezeichnet, wulstige Stirn und dicke Lippen. *Montazeri Street*, las Schlüter. »Dir werden sie nichts tun.«

»Danke, Bruder«, sagte Schlüter und fing an, ihm zu glauben, obwohl er ein Staatsfeind war. *Bruder.*

Nachdem sie auf eine große Straße, vermutlich den Azadi Boulevard, wieder nach rechts abgebogen waren, ging es noch einmal rechts ab. Keine Demonstranten hier. Sie fuhren im Zickzack. Und dann hielten sie an. Die Fahrt war zu Ende. Das Auto platzte auf und sie stiegen aus.

»Jetzt machen wir einen Spaziergang«, sagte Behzad und rieb sich die Hände wie vor einer Schlägerei. »Nur ein wenig schneller.«

Das Auto war fort. Schlüter las den Namen der Straße, *Talaghani Street*, und dann verschwanden sie in den Gassen. Obwohl die beiden keine Aufgeregtheit zeigten, so liefen sie fast, sodass Schlüter Mühe hatte zu folgen Er wunderte sich über sein Herz. Es schlug ihm im Hals, sein Atem ging schnell, doch er fühlte mehr Kraft und Zuversicht als Schwäche und Angst. Der magere Behzad eilte voran. Sajja hielt trotz seines Umfangs mit, seine kurzen Beine schienen sich kaum zu bewegen, aber der ganze Mann schwabbelte rasch voran. Wenn er sich zu Schlüter umdrehte, lächelte er aufmunternd. Von ferne hörten sie Kriegsgeschrei und je näher sie ihm kamen, desto lauter wurde es.

Nach wenigen Minuten waren sie an der Shariati. Die Straße

war in beiden Richtungen mit vielen Männern und sehr wenigen Frauen vollgestopft. Wie ein einziger schwarzer Krake, seine Arme in die Nebenstraßen gestreckt, mit Tausenden, Zehntausenden Warzenköpfen und aufgesperrten Mäulern. Nur der Teufel konnte sie zählen. Der Hexenkessel kochte. Im Rhythmus skandierten sie ihre idiotischen Parolen und stießen ihre albernen Schilder in die Luft wie Spieße. Vor den dreien hieb ein Trupp Männer die Rechte in die Luft, immer wieder, den Zeige- und den kleinen Finger vorgestreckt, die anderen drei zusammengelegt, wie zu einer Schnauze.

»Was bedeutet das?«, fragte Schlüter.

»Bozkurt«, antwortete Behzad und verzog seinen zahnlosen Mund. »Die Grauen Wölfe. Sie sind die Schlimmsten von allen. Die wollen Blut sehen. Armenisches Blut.«

Die drei Halbmonde! Die Angst überflutete Schlüters Brust, er folgte den beiden jedoch weiter, was blieb ihm übrig?

»Wir nehmen dich in die Mitte, Bruder«, wies Behzad Schlüter an. »Halt dich an mir fest.«

Schlüter packte seine Schulter. Die Nachhut machte Sajja, der seinerseits Schlüter an der Schulter hielt und beide voranschob. Polonaise. Sajja war am breitesten und so trieben sie ihren Keil durch die brüllende Masse Mensch vorwärts, zwischen Köpfen, Schultern, Rücken, Bäuchen und Beinen, Schritt für Schritt. Nur wenige erstaunte Blicke auf den fremden weißen Mann, den Nichtperser, Nichtaseri, Nichtarmenier, auf den Europäer mit Fastglatze und Resten verschwitzter grauer Haare, auf einen, der nirgendwo dazugehörte. Die meisten aber waren mit ihrer Brüllerei beschäftigt.

Vorn über einer Kreuzung hing das Schild *Baron Avak*. Es konnte nicht mehr weit zur Diözese sein und von dort kam auch der größte Lärm. Schlüter hörte ein Poltern und Scheppern und entsetzt sah er über der Menge einen Stein fliegen und dann noch einen. Krieg. Die Masse wurde immer dichter, das

Gebrüll hallte vielfach von den Fassaden der Häuser, Schlüter bekam die Füße nicht aufs Pflaster. Behzad kämpfte sich zum Bürgersteig in Richtung Diözese vor. Jetzt flogen wieder Steine. Schlüter stolperte über die Betonrinne am Straßenrand, sackte mit einem Fuß hinein, schrammte sich das Knie, wurde von Sajja hochgezogen und hielt sich an Behzad fest. Egal, umfallen konnte man nicht.

Und dann waren sie angelangt, vor dem armenischen Tor. Eine Reihe Männer standen dort, mit dem Rücken zur Wand, untergehakt an den Ellenbogen, ihre Füße in den Scherben, ihre Gesichter voller Entschlossenheit. Schlüter erkannte den Kleinen aus dem Bilderladen zwischen zwei Alten, dem einen hing sein zerfetztes Hemd am nackten Arm, an dem Blut hinablief, der andere hatte eine Schmarre an der Stirn. Behzad arbeitete sich vor.

Plötzlich sackte der Bilderladenmann zusammen, Blut am Kopf. Ein Stein! Behzad nahm dessen Platz ein. Hakte sich aber nicht unter, sondern hob beide Hände flach vor die Brust. Streckte sie aus und pumpte die Luft von sich fort, langsam. Immer wieder. Sagte nichts. Sajja stellte sich vor den Verletzten, stemmte die Hände in die Hüften und stand in seiner ganzen Breite wie ein Bollwerk vor dem Tor. Schlüter kroch an Behzad vorbei zu dem Getroffenen, zog ihn zusammen mit anderen Händen unter den Füßen der Verteidiger hervor und schaffte ihn bis vor die eiserne Wand, riss sich die Jacke herunter, knüllte sie zusammen und legte sie dem Mann unter den Kopf. Stabile Seitenlage. Er war ohne Besinnung. Dieser verfluchte Wahnsinn. Jetzt öffnete er die Augen.

»Okay«, hörte Schlüter ihn sagen und noch etwas anderes, das er nicht verstand.

Er wandte sich um. Ein Stein flog über seinen Kopf hinweg und krachte gegen die eiserne Wand, fiel neben den Verletzten. Nebenan klirrte eine Scheibe, die zu Bruch ging. Krachen und

Schreien. Schlüter schob sich zwischen Behzad und Sajja. Er sah wieder ein Halbmondschild, das rhythmisch in die Luft gestoßen wurde, Nazis, dachte Schlüter, verfluchte Nazis.

»Nazis!«, brüllte er. »Verfluchte Nazis!«

Er spürte jetzt eine Wut wie noch nie in seinem Leben, wie noch nie nach einem verlorenen Prozess. Dieses verfluchte Pack! Das nach armenischem Blut brüllte.

Er machte sich so groß wie möglich, hob die Hände so hoch wie möglich und schrie so laut wie möglich: »I am your guest! I am from Germany! Do not hurt me!«

Weil ihm nichts Besseres einfiel, wiederholte er das. Er spürte, wie er plötzlich gepackt wurde, von vielen Fäusten, auch an den Beinen, jetzt passiert es, dachte er, jetzt ist die Stunde gekommen, die Minute, doch er wurde nur gehoben, er wackelte, fiel zur Seite, focht mit den Armen, kämpfte um sein Gleichgewicht, wollte sich wehren, aber er hörte Behzad.

»It's us, brother, keep on!«

Seine Beine zappelten vor ihm, die Füße vor sich ausgestreckt, er sackte hintenüber, fast in die Waagerechte, er sah den Himmel, wurde wieder gepackt, wieder aufgerichtet, ließ es geschehen, es schob sich eine Schulter unter ihn, Sajjas weiche Schulter, und dann saß er, ein fliegender Holländer, oben auf dem schwitzenden Etikettenfälscher und Streitross und verschränkte die Beine vor dessen breiter Brust.

»Again!«, rief Behzad von unten und lachte. »Do it again, brother!«

Schlüter riss die Arme hoch und sein Hemd auf, er kehrte der wilden Menge die wehrlose Brust zu. »I am from Germany!«, hörte er sich wieder brüllen. »I am your guest!« Er zeigte bei jedem Ruf mit seinen Zeigefingern auf ein anderes Gesicht unter ihm, als wollte er sie alle zählen.

Sajja trompetete einen Befehl und machte einen Schritt nach vorn und noch einen.

»Do not hurt me! I am from Germany!«, brüllte Schlüter, wieder und wieder und wieder.

Plötzlich traten Leute aus der Masse der Demonstranten heraus, zwei oder drei, dann noch andere, sie füllten den leeren Raum, der sich vor dem Reiterkrieger gebildet hatte. Jetzt, dachte Schlüter, und eine merkwürdige Gleichgültigkeit überkam ihn, jetzt ist alles egal, du hast es versucht und jetzt machen sie dich fertig … Sie drehten sich jedoch um wie auf ein geheimes Kommando, kehrten ihm die Rücken zu, formierten sich zu einer zweiten Menschenmauer und blieben vor den Demonstranten stehen. Und dann sah Schlüter die erste Uniform in der Menge und dann noch eine. Schöne Uniformen.

Behzad aber begann zu sprechen, laut und mit tiefer Stimme.

32

Drei Stunden später saßen sie im Empfangszimmer der Diözese, einem länglichen Raum, in dem es nur Stühle gab, rundum, dazwischen Tischchen und in der Mitte kostbare Teppiche. Am Kopfende der Bischof auf seinem Thronstuhl, im blauen Gewand, vor seiner Brust an einer Kette das armenische Kreuz mit dem blauen Stein darin, den Stab neben sich an die Wand gelehnt. Beidseits an den langen Wänden eine bunte Gesellschaft. Schrammen und Pflaster. Behzad und Sajja waren dabei, auch der kleine Ladenbesitzer, einen Verband um den Kopf, das Entsetzen noch im Gesicht. Behzads Gesicht aber leuchtete und Sajja schlürfte genussvoll den Tee, der serviert worden war, mit viel Zucker, er ächzte behaglich und leerte mit dicken Fingern eine der Schalen mit Süßgebäck. Isguhi Melkonian Schlüter gegenüber, neben ihr die schockbleiche Anahid, sie hielten sich die Hände. Der Pförtner mit dem gewaltigen Schnauzbart. Die anderen Frauen und Männer kannte Schlüter nicht. Ein Europäer war nicht dabei.

»Ich begrüße unsere Freunde und Beschützer, I welcome our friends and protectors«, hob der Bischof zweisprachig an, erhob seine segnende Hand und setzte seine Rede in verschiedenen anderen Sprachen fort, die Schlüter nicht auseinanderhalten konnte, Armenisch, Aseri und Persisch. Diese Leute waren wohl allesamt Sprachakrobaten. »Ich begrüße meinen sehr guten Freund Peter Schlüter, der aus Deutschland gekommen ist, um uns in Not und Bedrängnis zu helfen. I welcome my very good friend Peter Schlüter, who came from Germany to help us in our distress and misery.« Alle sahen ihn an, den Kleinstadtadvokaten aus Hemmstedt, das wohl nah am Polarkreis lag, und lächelten ihm zu. »Er kämpfte wie ein Löwe, mit der Waffe des Friedens: mit dem Wort.«

Schlüter hob beide Hände und brachte nur ein leises »Oh

337

no« heraus und schüttelte den Kopf. Er hatte seine Stimme verloren. Was hat mich eigentlich geritten da draußen?, fragte er sich. Wie konnte das geschehen? Das Knie tat ihm weh und die Kehle. Der Bischof fuhr fort, die Leute zu loben, er dankte Behzad und Sajja, die er zu kennen schien, er dankte dem Pförtner, der das Tor rechtzeitig verriegelt hatte, und der Friedensarmee: den Besitzern der Läden an der Diözese, die ihr Leben riskiert hatten. Sajja hörte nicht zu, er widmete sich den Keksen und fiel über eine zweite Schale her.

Es stellte sich heraus, dass sich die Händler, die ihre Läden entlang der Diözese in der Shariati-Straße betrieben, hundertzwanzig an der Zahl, zusammengetan und das eiserne Tor der Diözese verteidigt hatten. Sie hatten eine Kette gebildet und den Demonstranten zugerufen, sie müssten erst sie töten, bevor sie den Bischof und seine Leute töten könnten.

»Nur über unsere Leichen!«, hatten sie skandiert, immer wieder.

Der Bischof selbst war glücklicherweise gerade wieder zu Hause gewesen, als er vom Sturm auf die Diözese Wind bekommen hatte. Er war in sein Arbeitszimmer gerannt, hatte sich über sein Telefon geworfen. So viel verriet er. Wenig später sei er mitsamt allen, die sich in der Diözese aufhielten, mit Autos durch den Hinterausgang evakuiert worden. Zuerst hatte er seinen Amtssitz nicht verlassen wollen, hatte jedoch nachgegeben, als man ihm erklärte, dass man anders sein Leben und das der Seinigen nicht schützen könne. Ein lebendiger Bischof war besser als ein toter Märtyrer. Eine kleine armenische Delegation aus Kalifornien war zu Gast in der Diözese, Kirchenleute, deren Verletzung oder gar Tod die Islamische Republik Iran in noch größeren internationalen Verruf gebracht hätte. Leute, mit denen der Bischof Englisch sprach, denn sie hatten die alte Sprache ihrer geflüchteten Vorfahren in Amerika nicht mehr gelernt, weil ihre Voreltern ein neues

Leben hatten beginnen wollen. Und fast hätte sie deren Schicksal ereilt.

Später, nachdem der Bischof ein Dankesfest versprochen hatte, zu dem alle eingeladen sein würden, und die Helden und die Gäste gegangen waren, zurück in ihre Läden und Hotels, und nur noch Isguhi Melkonian, Anahid und Schlüter geblieben waren, erklärte der Bischof mit ernstem Gesicht, dass man dem Tod gerade noch entronnen sei. Der Mob sei durchsetzt gewesen von den Grauen Wölfen Aserbaidschans und ihren aserischen Freunden im Iran. Nicht umsonst hätten die den Mörder Safarow nach seiner Tat zum *Mann des Jahres* erkoren.

»Sie kennen die Geschichte mit Safarow?«, fragte der Bischof.

Schlüter schüttelte den Kopf, die anderen beiden nickten.

»Dann erzähle ich sie Ihnen«, erklärte er und forderte Anahid und Isguhi Melkonian auf, ihn zu ergänzen, falls etwas fehle.

Zuletzt sprachen sie über die Grauen Wölfe und ihr Handzeichen.

»Ich kenne ihr Symbol, die drei Halbmonde«, sagte Schlüter. »Ich war mal in der Türkei, aber ich wusste nicht, dass die hier auch ...« Er verstummte. Ihm war einiges klar geworden. Er wünschte sich, er wäre schon zu Hause.

Der Bischof atmete tief durch. »Das sind Nazis. Türkische Nazis. In der Türkei sind sie hoffähig, in Aserbaidschan sowieso, und bei Ihnen daheim haben sie eine große Organisation, wenn ich mich recht erinnere aus meiner Leipziger Zeit. Sie wollen das großtürkische Reich. Von Sarajewo bis Ulan-Bator. Sie sind unerbittlich gegen uns, so wie die deutschen Nazis unerbittlich gegen die Juden waren. Ein Mord ist für die eine Heldentat, wie man spätestens seit Safarow wieder weiß. Sie bezeichnen sich als Idealisten. Ein Grauer Wolf sagt, er sei kein Mann des Denkens, sondern ein Mann der Tat. Sie sind stolz darauf, dass sie nicht denken! So etwas gibt es! Sie bestehen nur aus Fleisch, Blut und Hass. Hier im Iran sind sie übrigens verboten. Bei Ihnen in Deutschland leider nicht. Da sind wir ein Stück weiter.«

Sie denken nicht, sie handeln, dachte Schlüter. Wo habe ich das schon einmal gehört?

Der Bischof breitete seine Arme aus und klappte sie wieder zusammen. Es sah aus wie eine Absolution. Aber es war keine. Er wollte nur das Änderliche von dem Unabänderlichen trennen. Und keine weiteren Worte über das Unabänderliche verlieren.

»Sehen Sie«, sagte er. »Gott hat seine schützende Hand über unsere Diözese und die Armenier im Iran gehalten.« Gott habe Hilfe gesandt, nun ja, nach dem Anruf des Bischofs. Ein wenig müsse man sich selbst helfen. Man werde überwacht und zugleich bewacht. Es gebe spezielle Straßenhändler, die Ware feilbieten würden, während ihr eigentliches Hauptgeschäft das offene Auge auf das armenische Tor sei und auf alles, was davor geschehe. »Und«, fügte er lächelnd hinzu, »bei jeder Demonstration marschiert er mit, der Geheimdienst, sogar vorneweg, sie werfen vielleicht das eine oder andere Steinchen, doch wenn es ernst wird, drehen sie sich um und scheuchen die Leute auseinander.«

Hätte ich mich wohl gar nicht so albern aufführen müssen, dachte Schlüter und fühlte seine müden Glieder und sogar ein wenig Scham.

»Unsere Ladenbesitzer, sie kennen uns«, fuhr der Bischof fort. »Sie erzählen mir, dass manchmal Kunden in ihre Läden kommen und ihnen sagen, die Armenier da, die sollt ihr töten. Aber nein, sagen dann die Ladenbesitzer, die Armenier sind gute Leute, wir kennen sie. Und dann sagen diese Leute, das stimme nicht, denn alle Armenier seien Teufel, man müsse sie alle unbedingt töten. Tja«, seufzte er. »So ist das. Wenn man sich kennt und miteinander umgeht, verstummen solche schlimmen Worte. Meistens jedenfalls.«

Es klopfte zart an der Tür. Der Bischof erlaubte Einlass und die Dame, die den Tee eingeschenkt und das Süßgebäck gereicht hatte, trat ein mit einem Bündel unter dem Arm, das Schlüter als seine Jacke identifizierte, die er dem verletzten Bildermann unter den Kopf gelegt hatte. Ob das seine sei? Sie bestand darauf, dass er sie so nicht zurücknehme, denn zuerst müsse sie gebürstet und gereinigt werden. Und sie nahm das Bündel gegen Schlüters halben Protest wieder mit.

»Manchmal«, sagte der Bischof, »manchmal hilft das nicht. Manchmal verdunkelt der Hass das Gehirn und es kann nichts mehr lernen.« Er habe heute Morgen wegen des jungen Areg Melkonian einen Termin gehabt. Er wechselte in die englische Sprache, damit auch Isguhi, die Schwester, verstehen konnte. Es gebe nun eine Chance, dass er versetzt werde, fort von der Grenze und dem fatalen Fluss. Jedenfalls sei ihm dies zugesagt worden. »Er trägt eine Tätowierung«, sagte er und blickte Isguhi an. »Wie seine Schwester. Nur am Oberarm. Ein großes armenisches Kreuz. Er ist stolz darauf.« Er berichtete, was er von Aregs Vater gehört hatte. »Die Sache mit der Aufforderung zum Töten ist kein Scherz. Sie meinen es ernst. Areg hat berichtet, dass sie drüben in Nachitschewan einen armenischen Soldaten umgebracht haben. Die eigenen Kameraden! Vor vielen Jahren. Wir müssen uns alle Namen merken und sie in unsere Bücher aufnehmen. Denn sie alle sind Märtyrer. Dieser hieß Artem Hakobyan.«

»Hakobyan?«, riefen Schlüter und Anahid.

»War das der Name?«, fragte Schlüter. »Bestimmt?«

»Ja, so ist es mir berichtet worden. Warum?«

Sie erzählten von Jezekiel Hakobyan, der sich in Hannover in der Abschiebehaft erhängt hatte, am 13. April, und der nach Deutschland gekommen war, um seinen zweiten Sohn zu retten.

Sie schwiegen und gedachten.

Der Bischof schloss die Augen und sprach ein armenisches Gebet. »Friede seiner Seele«, endete er auf Deutsch.

»Ich brauche was Schriftliches«, bat Schlüter schließlich. »Er soll unbedingt alles aufschreiben. Und schreiben Sie es mir auch auf. Es wird seiner Familie helfen.«

Die Welt war klein. Der Bischof versprach es. »Die Wahrheit stirbt nicht. Sie kommt aus jeder Ritze raus.«

»Ist es nicht doch ein bisschen gefährlich mit so einer Tätowierung?«, fragte Schlüter und blickte auf Isguhi Melkonians Fingerkreuze. Er dachte an ihre Antwort im *Café Leo*.

»Je nachdem«, sagte sie. Verstecken helfe nicht. Irgendwann werde man enttarnt als Armenier. Früher oder später. Dann gelte man im besten Fall als feige. Das sei noch gefährlicher. »Der Mutige ist der Sieger!« Sie spreizte die Hände auf und sah Schlüter begeistert an.

Der Bischof lud die verbliebenen Gäste für den nächsten Abend zum Essen ein. Man wolle zusammen speisen und das Leben feiern, das ihnen allen heute geschenkt worden sei. Es würde der letzte Abend sein, denn am Freitag würden Schlüter und Anahid zurückfliegen nach Deutschland. Schlüter erhielt vom Bischof die Erlaubnis, seine beiden Freunde, Behzad und Sajja, mitzubringen. Er würde ihnen morgen Bescheid geben, wenn er seine Bücher aus Sajjas Laden abholen würde.

Wenn es einen Gott gibt, dachte Schlüter auf dem Weg ins Hotel, dann hat er heute einen guten Job gemacht. Möglicherweise gemeinsam mit Allah, der vielleicht sein Bruder war. Oder nur ein anderer Name.

Wurde auch Zeit. Alles war noch einmal gut gegangen. Ein letzter Abend ohne Bücher. Er würde sie morgen holen. Heute würde er mit dem hustenden Kühlschrank allein sein.

33

Eigentlich hatte Schlüter keine Lust auf Gäste und Gespräche. Gemütlichkeit konnte deshalb ohnehin nicht aufkommen. Er hätte das Wochenende gern mit Christa allein verbracht, um sich zu erholen und die Ereignisse mit ihr zu besprechen. Nur ihr konnte er richtig berichten. Erst wenn man erzählte, beruhigten sich die Wogen der stürmischen Seele und aus dem Erlebnis wurde Geschichte. Doch er sah sich gezwungen, Anahid zu vorübergehendem Aufenthalt im Hollenflether Moor zu nötigen. Sie durfte sich nicht in ihrer Wohnung aufhalten, solange die Täter nicht gefasst waren. Und sie durfte nicht in Babel in die dortige Schule zur Arbeit gehen, solange die Möglichkeit bestand, dass sie ihnen dort begegnete. Das war das Schicksal des Opfers.

Eine Reise ins Ungewisse war immer lang und die Rückreise immer kurz. Sie waren erschöpft angekommen am späten Abend des Vortags. Christa hatte ihn in die Arme genommen. Endlich ihr vertrauter Duft. Sie hatte ihn festgehalten und dann angesehen, geküsst und gelächelt. Sie hatte die Abenteurer vom Flughafen Fuhlsbüttel abgeholt, mit dem Wagen, damit sie unterwegs ungestört das Wichtigste austauschen konnten. Anahid erhielt das Schlafsofa im Bibliothekszimmer, das inmitten der Schlüter'schen Büchersammlung stand, vor einem Regal mit den Dichtern der Russen und ihrer Republiken: Puschkin, Tolstoi, Dostojewski, Lermontow, Aitmatow, Rytchëu und andere. Literatur als Heimat. Schlüter war todmüde in das eheliche Bett gesunken, hatte einen Arm um seine Gefährtin geschlungen und war eingeschlafen. Für eine Tasse Tee hatte die Kraft nicht mehr gereicht.

Aber es war ein kleiner Kreis. Staschinsky hatte gedrängt, es sei keine Zeit zu verlieren.

Der junge Martens war ebenfalls dabei. Mit seinen Papageienschuhen. Er habe ein wenig recherchiert, hatte er gesagt. Er begrüßte Anahid mit den Worten »Schön, dass Sie heil wieder da sind« und griff mit beiden Händen nach ihren.

Anahids Augen leuchteten, der Dichter würde sagen, »wie Sterne«.

Christa küsste Schlüter vor aller Augen. »Ihr seid toll!« Und dann küsste sie Anahid auf die Wange.

»Okay«, meinte Martens und küsste die Armenierin ebenfalls. Auch auf die Wange. Sie wurde rot. »Danke, dass Sie auf den Alten aufgepasst haben! Sie sehen – gut aus.« Sie wurde noch röter. Martens wandte sich Schlüter zu. »Und du zehn Jahre jünger. Mindestens.«

»Es reicht!«, grummelte Staschinsky. »Ich knutsch hier keinen!«

»Gefühle müssen raus.« Christa lächelte. »Nicht wahr, Herr Martens?«

Jetzt wurde Martens rot. Anahid strahlte ihn an.

Dann saßen sie auf der Terrasse vor dem großen Wohnzimmerfenster, mit Blick auf die sattgrünen Moorwiesen, die Birkenbäume am Weg und den metallblauen Abendhimmel, an dem sich noch keine Sterne zeigten. Christa hatte dafür gesorgt, dass Martens und Anahid auf der Bank nebeneinandersaßen. Kater Gustav freute sich über das volle Haus. Er verzichtete auf seinen Abendbummel und putzte sich unterm Tisch. Die Sonne stand tief am Horizont hinter den Bäumen. Die Zeit der kurzen Nächte war gekommen. In drei Wochen würde Mittsommer sein. Schlüter freute sich über die lange Dämmerung, eine eigene Zeit des Tages. Der Tag floss still hinein in die Nacht und am frühen Morgen entließ die Nacht ihn gemächlich aus ihrem dunklen Schoß. Im Süden jedoch überfiel die Nacht den Tag wie eine Feindin und am Morgen hatte sie sich aus dem Staub gemacht, bevor man erwacht war. Es sei denn, der Muezzin hatte geweckt.

Es gab Salat aus dem Garten, mit Petersilie, Dill und Minze, einen gegrillten Lachs, dazu ein Baguette, das Christa gebacken hatte, und einen kalten Riesling. Das Essen wurde gelobt und während sie aßen und tranken, erzählten Schlüter und Anahid abwechselnd. Im Terminal Täbris waren sie penibel kontrolliert worden. Schlüter hatte Armbanduhr und Gürtel ablegen müssen. Als er sein Gepäck aus der Schleuse nahm, war der Uniformierte ihm nachgelaufen, hatte seine Hände gepackt und geschüttelt. »Thank you very much for your visit in our country!«

Es war ein letzter Freundlichkeitsbeweis. Im Flugzeug hatte die Umkleideaktion der Frauen kurz nach dem Abflug begonnen. Kaum flogen sie über türkischem Land, verschwanden alle Schleier.

»Vielleicht waren wir Hornochsen«, kommentierte Staschinsky den Reisebericht. »Bislang sind wir davon ausgegangen, dass es dem Mörder um diese Liste mit den armenischen Namen ging. Nach dem, was ich jetzt gehört habe, reicht es manchen Leuten, dass jemand ein Armenier ist, um ihn zu töten. Eine Namensliste mit Menschen, die damals eine Lebensversicherung abgeschlossen hatten, ist für den uninteressant. Wenn ...«

»Aber wir sind hier in Deutschland und nicht im Iran«, warf Christa ein.

»Nicht in der Türkei!«, korrigierte Anahid.

»Die Demonstration, von der ihr erzählt habt, da wollten die Leute doch die Armenier töten, nur weil sie Armenier sind!«

»Iraner in Deutschland sind nicht so!«, rief Anahid. »Die sind alle damals vor dem Schah geflohen oder seit 1979 vor Khomeinis Regime. Und fast alle hier sind tolerante Perser, nicht Aseri.«

»Stimmt«, meinte Staschinsky mit einem langen Blick auf die Schlüter'schen Hände, die aufeinanderlagen.

»Ein paar Aseri gibt es hier wohl schon«, sinnierte Schlüter.

»Teppichhändler in Hamburg zum Beispiel. Auch wenn sie Elahi heißen, was ja eigentlich ein persischer Name ist.«

»Hatten Sie nicht gesagt, dass der Abfall vom Glauben unter der Scharia mit dem Tod bestraft werden kann?«, fragte Staschinsky. »Unser Stepan Vartanian hat sich taufen lassen. Und vorher war er Moslem.«

»Weshalb ihn der Vater des Teppichhändlers nicht mochte«, ergänzte Schlüter. »Er wusste das. Vartanian hat es ihm gegenüber ja zugegeben.«

»Apostasie«, sagte Martens leise. »Abfall vom Glauben. Wer vom Glauben abfällt, ist des Todes. Und jeder kann die Todesstrafe vollstrecken. Scharia.«

»Das glaube ich nicht!«, rief Schlüter. Er dachte an Behzad, den Bohnenhändler, und Sajja, den Etikettenfälscher.

»Ist aber so«, beharrte Martens. »Habe ich nachgelesen. Artikel zweihundertsechsundzwanzig des iranischen Strafgesetzbuchs. Jeder darf die Strafe vollstrecken, ohne Richter, ohne Urteil. Das ist sogar die Pflicht eines Gläubigen.«

Anahid griff nach Martens' Hand. »Die Scharia! Ein armenischer Mann hatte eine aserische Frau geheiratet und war ihr zuliebe Moslem geworden. Und dann, nachdem sie gestorben war, war er wieder zurückgekehrt und …«

»… wer hat das denn erzählt?«, fragte Schlüter.

Anahid winkte ab und fuhr fort. Der Mann sei über siebzig gewesen, als er Witwer geworden sei, und auf seine alten Tage habe er es bereut, dem christlichen Glauben abgeschworen zu haben. Er habe heimgewollt, zurück zum Glauben seiner Kindheit und Jugend, zurück in die Reihe der Generationen, zurück zu seiner Familie, die sich von ihm abgekehrt hatte. In Jerewan habe er sich wieder taufen lassen und sei in Täbris in die armenische Kirche gegangen. Das habe er nicht geheim halten können. Seine eigenen Kinder seien zum Mullah gegangen und hätten ihm berichtet. Sie hatten sich für ihn geschämt.

Mit kochendem Wasser habe man ihn hingerichtet. Drei Tage habe er im Krankenhaus gelegen, unter schrecklichen Qualen, dann sei er gestorben. Das sei gar nicht weit von der Diözese entfernt passiert. In der Straße Daş Mağazalar sei das gewesen, zwischen dem Milchladen und dem Rauchsalon ...

»Ach, diese Shishabar«, unterbrach Schlüter. Er erinnerte sich. Am Donnerstag, an ihrem letzten Tag, waren sie noch einmal im *Café Leo* gewesen und hatten eine Abkürzung von der Shariati her genommen, durch ein ruhiges Viertel und durch diese Straße, die fast menschenleer gewesen war. Durch das Fenster hatte er eine Reihe Männer gesehen, lange Schläuche hatten aus ihren Gesichtern gehangen.

Christa schüttelte sich. »Kochendes Wasser? Wie schrecklich!«

»Meistens befragt man den Mullah und der ordnet das dann an«, sagte Anahid.

»Legalisiertes Lynchrecht wäre das«, erklärte Schlüter. »Ein Gesetz, das die Gesetzlosigkeit erlaubt, kaum zu glauben.«

»Und Mord sogar zur Pflicht macht«, warf Christa ein und fügte, indem sie zu ihrem Glas griff, ein »O Gott!« hinzu.

»Kann ich mir gar nicht vorstellen«, wiederholte Schlüter.

»Ist aber so«, wiederholte Martens.

Das, erklärte Staschinsky, werde man herauskriegen.

»Brauchen Sie nicht mehr«, bestimmte Martens.

»Was war das übrigens mit dem Teppichhändler vorhin?«, fragte Staschinsky und sah Schlüter streng an.

»Der mochte Vartanian nicht. Das hat sein Sohn mir gesagt. Ein sehr netter Bursche übrigens.« Er erzählte noch einmal von der Begegnung mit Ramin im Garten des Khaghani. »Der Alte hat sogar auf das Foto gespuckt, das ich auf den Tisch gelegt hatte, um es seinem Sohn zu zeigen. Und wenn ich jetzt recht überlege, habe ich das Gefühl, er hat mir nicht alles erzählt. Er hat ...«

»Was hat er?«, fragte Staschinsky.

»Sein Sohn, der Ramin, er hat gesagt, dass sein Vater gesagt habe, er sei ein Mann der Tat und nicht der Gedanken.« Schlüter schüttelte den Kopf. »Fällt mir gerade wieder ein. Das Motto der Grauen Wölfe ...«

»Diese Schweinepriester!«, schimpfte Staschinsky. »Die sind bei uns immer noch nicht verboten! Blind auf dem rechten Auge, wie immer! Gibt's die da etwa auch?«

Schlüter nickte nur. Die Worte des Bischofs, dachte er.

»Wie hieß der denn?«, fragte Staschinsky und beugte sich gespannt vor.

»Wer?«

»Na, der Teppichhändler!«

»Ramin!«

»Nachname?«

Schlüter fummelte an seiner Strickjacke und sah irritiert auf. »Die Visitenkarte«, murmelte er. »Die habe ich doch eingesteckt. Die muss noch in meiner Jacke sein.«

»Da ist Blut dran«, meinte Christa. »Ich hab sie schon in die Waschmaschine geworfen. Die Sachen, die drin waren, die habe ich ... Ich mache sie dann gleich an ...« Sie stand auf und kam nach wenigen Augenblicken zurück. »Hier«, sagte sie. »Ramin Elahi.«

Bevor Schlüter bestätigen konnte, fuhr Staschinsky auf. »Elahi? Den Namen habe ich auf meiner Liste!« Er zog zwei Blatt Papier aus seiner mitgebrachten Tasche, studierte sie, drehte und wendete die Blätter und hob eines von beiden triumphierend hoch. »Hier: *Mussah Elahi Carpets*. Brooktorkai fünfundsechzig, Hamburg.«

»Der Onkel!«, rief Schlüter.

»Wo ist das Bild?«, wollte Staschinsky wissen.

»In meinem Koffer. Da muss es noch drin sein. Weshalb?«

»Sie sagten, er hat draufgespuckt?«

»Ja. Auf die Plastikhülle. Ich hab's abgewischt, den Schwein-kram. Ekelhaft. Und die Plastikhülle weggeschmissen.«

»Scheiße, verfluchte!«, rief Staschinsky und sprang auf. »Sie Armleuchter haben die DNA zerstört!«

»Ich habe …« Schlüter durchwühlte seine Hosentaschen und machte ein ratloses Gesicht.

»Du hast 'ne frische an«, bemerkte Christa, ohne den Spott zu verbergen.

Schlüter stand still. Starrte in den Himmel. »A-aber …«, stotterte er. »Ich habe bestimmt … ich habe …«

Und dann stürzte er davon. Als Schlüter zurückkehrte, hielt er seine nasse Reisejacke in der Hand, das Wasser tropfte her-unter. Er hängte sie über die Lehne seines Stuhls. Griff in die Taschen.

»Beinahe hätten wir die ersoffen«, sagte er und legte ein Häuflein bunter Bohnen auf den Tisch. Und zog endlich ein verklumptes weißes Etwas aus der anderen Innentasche. »Hier!«, rief er. »Hier drin ist die Spucke von Mister Elahi aus Täbris! Und das sind die Bohnen von Behzad, meinem Freund, dem Bohnenhändler!«

Staschinsky übernahm den Klumpen mit spitzen Fingern. »Sieht nicht schlecht aus«, meinte er, indem er die Hand drehte. »In der Plastikhülle der Packung, wenn ich das richtig sehe. Müsste gehen. Haben Sie eine Plastiktüte? Aber eine frische!«

Kater Gustav ließ sich von der Aufregung nicht anstecken. Er kam gemessenen Schrittes unter dem Tisch hervor, nahm Maß und setzte sich lautlos auf die Bank, zwischen Anahid und Martens.

»Ich hole zwei!«, sagte Schlüter. »Eine für die Bohnen.«

»Er war in Hamburg, am 13. April«, erklärte Staschinsky, nachdem Schlüter ihm die Tüte über den Tisch gereicht hatte. »Und er kam direkt vom Bahnhof, bevor er starb. Er war ver-mutlich nur kurz im armenischen Vereinshaus. Also war er sehr wahrscheinlich dort, wo er jemanden kannte. Einen der Teppichhändler. Mussah Elahi. Es könnte sein, dass der Vartanian verfolgt hat, bis nach Hemmstedt. Und auf eine günstige Gelegenheit gewartet hat. Wenn die Gas geben beim LKA, habe ich nächsten Mittwoch das Ergebnis. Und dann wissen wir, ob einer von den Elahis unser Mann ist.«

»Gut«, sagte Christa und stand auf. »Ich hole den Schnaps. Und morgen werde ich die Bohnen säen!«

»Ach, übrigens«, sagte Anahid. »Vielen Dank für Ihre Gastfreundschaft. Aber ich denke, ich kann genauso gut bei Herrn Martens, es sei denn …?«

Martens' Hand lag auf dem Fell des Katers und obenauf die von Anahid. »Ich habe ihrer Freundin aus Kalifornien versprochen, auf sie aufzupassen«, sagte er. »Und das werde ich tun.«

»Schicke Schuhe haben Sie«, bemerkte Christa. »Ein Mann, der sich selbst kleidet, alle Achtung!«

Wenn es darauf ankam, war sie eine begnadete Diplomatin, fand Schlüter. Genau wie Kater Gustav.

34

Zu fünft fuhren sie am Samstag nach Hamburg, Peter und Christa Schlüter, Staschinsky und Anahid Bedrosian. Martens hatte darauf bestanden mitzukommen. Erstens habe er Zeit, zweitens habe er sich verpflichtet. Schlüter fühlte sich unbehaglich, sehr sogar. Wie soll das enden?, dachte er unentwegt. Ich bin doch kein Schauspieler! Sie fuhren mit dem Zug, denn ein Auto würde nur hinderlich sein.

Schlüter hatte seine Büroarbeit am vergangenen Dienstag wiederaufgenommen. Er hatte sein altes Büro als Fremder betreten. Als neuer Mensch gar, jedenfalls war Angela dieser Meinung gewesen und hatte, als er abwesend vor dem Fenster mit der Kakteensammlung stehen geblieben war, einen langen Blick auf ihn geworfen und gesagt: »Sie sehen gut erholt aus!«

Gut erholt? Wie das denn? Nach dieser fürchterlichen Reise? In vier Sätzen hatte er seine Abenteuer zusammengefasst. Er sei einer Horde wütender Teppichhändler entkommen, sei geflüchtet in die dunklen Katakomben des größten Basars der islamischen Welt, aus dem er nur mithilfe eines Bohnenhändlers entflohen sei. Er sei knapp der Steinigung durch hunderttausend Fanatiker entgangen. Und er habe zwei Freunde gewonnen, nein, eigentlich drei, mit dem Bischof, die er sehr vermisse. Und seine Nächte habe er einsam und nur mit einem klöternden Kühlschrank verbringen müssen. Und, fügte er hinzu, weder habe er vernünftigen Tee bekommen noch anständigen Kaffee.

»Sie glauben gar nicht, wie froh ich bin, dass ich hier nicht dauernd über Religion diskutieren muss. Ist das herrlich!« Er vergaß, dass Angela katholisch war.

»Aber an Ihre Akten haben Sie nicht gedacht, oder? Übrigens hat Herr Rimmel angerufen, er will, dass Sie …«

»Rimmel? Wer war das noch mal?«

»Eben. Sie haben sich prima erholt!«

Martens hatte sich ihrer Meinung angeschlossen. »Habe ich doch gesagt, dass du mindestens zehn Jahre jünger geworden bist! Wenn du so weitermachst, siehst du bald so jung aus wie ich!« Er war in euphorischer Stimmung, seit er einen Gast in seiner Junggesellenwohnung hatte.

Dummes Gerede. Ein Kompliment, über das man lachte. Dass er an seine Akten keinen einzigen Gedanken verschwendet hatte, zehn lange Tage, die ihm wie eine Ewigkeit vorgekommen waren, das stimmte. Er war noch nie zehn Tage im Stück seinem Schreibtisch ferngeblieben, abgesehen von seiner ersten Reise in den Orient vor vielen Jahren und seinem Krankenhausaufenthalt nach der Schießerei vor nicht ganz so vielen Jahren. Und noch etwas fiel ihm auf: Er hatte von seinen Erlebnissen erzählen können, ohne dass er zitterte und sein Herz aussetzte. Aber erholt? Blödsinn.

Staschinsky hatte die Aktion auf den folgenden Samstag festgesetzt, obwohl die Zeit drängte, denn jeder Tag, an dem der Mörder frei herumlief, war einer zu viel. Das LKA habe Donnerstag früh mitgeteilt, die DNA aus Schlüters Taschentuch beweise, dass ein enger Verwandter des Teppichhändlers aus Täbris der Täter sein müsse. Samstag, so hatte er argumentiert, sei der Tag des Einkaufs, an diesem Tag seien eine Menge reicher Leute unterwegs, die begierig darauf waren, ihr Geld in teuren persischen Teppichen anzulegen. Jedenfalls diejenigen, die es noch täten, die ihre Bodenbeläge nicht in schwedischen Kaufhäusern erwarben. Einen richterlichen Beschluss hatte Staschinsky nicht beantragt.

»Machen wir so«, hatte er gesagt. »Geht schneller.«

Es schadete nicht, ein wenig zu gehen, die Spannung vom Herzen in die Füße zu verlegen, auf dem Weg in die Speicherstadt. Wenngleich es ein regnerischer Frühsommertag war, der Himmel über Hamburg war grau, die Wolken hingen so tief, als wollten sie die Sonne für immer verschwinden lassen, und das Thermometer zeigte nicht mehr als zwölf Grad. Von der Kanalbrücke aus sahen sie die verwitterten Backsteinfassaden mit ihren schwarzen Rauten, den Rampen davor, ihre hohen Fenster mit eisernen Sprossen, die Takelhaken und die halb vergitterten Luken, durch die man früher die Säcke mit Kaffee, Kakao und Gewürzen in die oberen Geschosse geschafft hatte. Das Grün der Kupferdächer leuchtete in den verhangenen Himmel und gab Hoffnung auf ein Weiterleben.

»Da drüben«, sagte Staschinsky. »Da ist es.« Er sprach leise, wie bei einer Verschwörung, und genau das war es.

Wie verabredet ging Christa als Erste hinein, nach zehn Minuten folgte Anahid und nach nochmals zehn Minuten Schlüter. Staschinsky wollte nicht mit in den Teppichladen hinein und hatte das damit begründet, dass er mit seinem Gesicht nicht gerade wie ein typischer Teppichkunde aussehe, womöglich sehe man ihm trotz seiner Rockerfrisur den Polizisten an. Martens leistete ihm Gesellschaft. Die Frauen hatten sich chic gemacht. Christa trug Schuhe mit hohen Absätzen, die sie viel größer erscheinen ließen, und einen eleganten Anzug, dunkelgrün, der apart mit ihrem schwarzen Haar harmonierte. Sie sah richtig nach Geld aus. Anahid steckte in einem Businessanzug, schwarz, als käme sie aus dem obersten Stockwerk der *HSH Nordbank*. Schlüter selbst war grau gekleidet wie üblich, hatte sich von Christa nur einen Regenschirm, seine alte blaue Sommerjacke und leider auch einen roten Schlips aufnötigen lassen.

Schlüter erklomm die Rampe über eine eiserne Treppe und trat ein. Nach wenigen Schritten befand er sich in einem riesigen Raum, in dem es nichts als Teppiche gab, ausgebreitet in großen Stapeln, aufgerollt in Haufen und an den Wänden und beleuchtet von kalten Neonröhren. Die Wände rau und schmutzig weiß. Stützbalken, hinten schmale Fenster, durch die man die Fassaden der Packhäuser jenseits des nächsten Kanals sehen konnte. Er gab sich Mühe, Christa zu übersehen, die links zwischen zwei Teppichstapeln in ein angeregtes Gespräch vertieft war mit einem Mann, der schlank, schmal und nicht besonders groß war, vielleicht einen Meter fünfundsiebzig. Der Mann hatte eine Halbglatze und dunkle Haut, war bartlos und trug einen braunen Anzug und eine Krawatte, auf der Schlüter das Symbol der Feueranbeter sah, die Flamme der Zoroastrier, wie Ramin Elahi in Täbris erklärt hatte. Ein unauffälliger Typ, dachte Schlüter. Er klappte eine Ecke des Teppichstapels auf und befühlte die Fransen.

Anahid schaute sich gegenüber Teppiche an und blätterte in einem der Stapel zwischen den Randfransen. Schlüter legte die Hände auf den Rücken und begann einen Spaziergang zwischen den Teppichen, flanierte zur gegenüberliegenden Seite, wechselte nach links und näherte sich langsam seiner Frau.

»Oh, der ist aber schön!«, rief Christa. »Der wäre was für unsere Bibliothek!«

»Wie viel würden Sie ausgeben wollen?«, hörte er den Mann fragen.

»Tja, Herr Elahi, wenn er mir gefällt, darf er schon etwas kosten. So ein Teppich ist ja eine Anschaffung fürs Leben, nicht wahr?«

Also hatte sie den richtigen Kandidaten vor sich.

»Kann ich Ihnen helfen?«, fragte jemand hinter ihm. Ein junger Bursche war aus einer Tür auf der rechten Seite der Halle gekommen. Er hatte Anahid noch nicht gesehen.

»Ach«, sagte Schlüter. »Ich sehe mich eigentlich nur mal um. Sie dürfen gern zuerst der Dame da helfen …« Er wies auf Anahid.

»Gut«, erwiderte der Junge. Er hatte eine ähnliche Statur wie Elahi und schien kaum erwachsen zu sein. Vielleicht war es der Sohn. Ramins Cousin, wenn er das richtig erkannte. Er sprach Anahid an und sie führte ihn zu einem Stapel mit klein-formatigen Teppichen, die man in Deutschland als Bettvorleger und im Orient als Gebetsteppiche benutzen konnte.

Ich war schon immer schlecht in Läden, dachte Schlüter und blieb vor einem Wandteppich stehen, auf dem eine höfische chinesische Szenerie zu sehen war. Er drehte sich um und ent-deckte in der Nähe des Eingangs auf einem der Stapel ein großes Tablett mit Teegläsern.

»Ein Nomadenteppich aus der Gegend von Täbris«, hörte Schlüter Elahi sagen. »Siebenhunderttausend Knoten auf einem Quadratmeter. Kettfäden aus Seide, sehr haltbar. Erste Qualität. Von unserem Lieferanten in Täbris. Sehen Sie die Motive in der Mitte!«

»Und der kostet?«

»Sie bekommen ihn für«, der Mann machte eine Kunstpause, als berechne er den Rabatt, »siebzehntausend Euro.«

Christa hob die Handtasche, als wiege sie ihr Geld, rieb sich das rechte Ohr. »Ich glaube, ich werde ihn nehmen. Aber ich entscheide mich niemals spontan. Ich werde jetzt einen Tee trinken gehen und mir die Sache durch den Kopf gehen lassen und dann komme ich wieder und gebe Ihnen endgültig Bescheid.«

»Oh«, sagte Elahi. »Den Tee biete ich Ihnen an. Bitte folgen Sie mir!« Und rief in den Raum: »Meine Dame, mein Herr, ein Glas Tee?«

Er schnipste mit den Fingern. Der Junge, der mit Anahid immer noch vor den Gebetsteppichen stand, entschuldigte sich, flitzte durch die Tür, durch die er gekommen war, hinaus und erschien wenig später mit einer Teekanne. Aus einem Regal zog er ineinandergestellte Teegläser und servierte auf einem der Teppichstapel neben der Tür.

Und dann standen sie dort, das Teeglas in der Hand. Tranken

und diskutierten die Vorzüge des handgeknüpften persischen Teppichs. Schlüter hörte zu. Und konzentrierte sich auf die Ordnung der Gläser.

»Darf ich Sie etwas fragen zu dem weißen Teppich, den ich dort hinten gesehen habe?«, fragte Anahid den Jungen, nachdem sie ihr Glas geleert hatte. Sie ging voran. Der Junge folgte ihr.

»Ach, ich will ihn mir noch einmal ansehen, bevor ich ...«, verlangte Christa. »Kommen Sie bitte mit.« Das Letzte war ein wenig lehrerinnenhaft gesagt, weshalb es wirkte, und Elahi sah Schlüter entschuldigend an.

»O bitte!«, sagte er. »Ich habe Zeit!«

Und war allein. Er drehte den Herren den Rücken zu, stellte fest, dass eine Säule die Sicht versperrte, zog die Plastiktüte aus der Tasche, griff hinein, holte einen weißen Lappen heraus, umfing damit Elahis Glas, leerte den Rest Tee in Christas. Als er es in die Plastiktüte stecken wollte, ging es los.

»Halt!«, rief Elahi. »Was machen Sie da?«

Schlüter langte nach dem Glas des Jungen und ließ es in der Plastiktüte verschwinden.

Elahi machte sich auf den Weg, und das in ziemlich langen Schritten.

Zum Ausgang war es nicht weit. Schlüter war in weniger als fünf Sätzen auf der Rampe. Staschinsky wartete dicht an der Wand und riss Schlüter die Tüte aus der Hand.

Als Elahi auf der Rampe erschien, war Schlüter schon unterwegs auf dem Kopfsteinpflaster Richtung Kanalbrücke.

»Halt!«, rief Elahi ihm hinterher. »Sofort! Geben Sie das zurück!«

Schlüter drehte sich um, hob seine leeren Hände und zuckte mit den Schultern. Elahi wollte Schlüter nachsetzen, kollidierte aber mit Martens, der plötzlich im Laufschritt auf den Eingang zusteuerte.

Martens packte Elahi bei den Schultern. »Mann, passen Sie doch auf!«, rief er und hielt ihn fest.

Und während beide auf der Rampe rangelten und sich beschimpften, hatten sich die Damen vorbeigedrückt und das Lokal verlassen.

Epilog

Die DNA vom Teeglas des Jungen war ein Volltreffer: Sie war identisch mit der des Mörders. Sie hatten es geschafft. Es wurde Haftbefehl erlassen und der Mann wurde, wie sich später herausstellte in letzter Minute, in Handschellen gelegt. Sein Flug nach Istanbul und Täbris war bereits gebucht. Er hieß Selim Elahi und war gerade achtzehn Jahre alt geworden. Zu einer Aussage war er nicht zu bewegen. Er schwieg, und das erst recht, nachdem sich Hümmelsee als sein Verteidiger hatte beiordnen lassen.

Immerhin Hümmelsee. Er hatte einen sehr guten Ruf in Verbrecherkreisen. Unschuldige hingegen mieden ihn. Ein Motiv war aus dem jungen Mann also nicht herauszubekommen. Niedere Beweggründe waren nicht zu beweisen. Noch nicht einmal Heimtücke. Konnte die Vollstreckung eines Todesurteils nach der Scharia, vorausgesetzt, das konnte bewiesen werden, heimtückisch sein? War die Scharia ein niederer Beweggrund im Sinne des Mordparagrafen? Diese Frage beantwortete das Gericht nicht. Weshalb Selim Elahi nur wegen Totschlags zu einer Jugendstrafe von sechs Jahren verurteilt wurde. Einen Teil davon würde er in Deutschland absitzen, bevor man ihn in den Iran abschieben würde, wo ihn sein Onkel mit Lob überhäufen würde. Er war der dumme Schicksalsbruder von Ogün Samast, dem Mörder von Hrant Dink, der armenischen Stimme der Versöhnung. Man hatte Selim Elahi auserkoren, weil er zur Tatzeit noch nicht volljährig war und die geringste Strafe bekommen würde. Und der Zettel mit den armenischen Namen war wohl nur deshalb zerrissen, weil Elahi versucht hatte, sein Opfer unkenntlich zu machen, indem er ihm alle Papiere genommen hatte.

Etwas besser lief es mit den Tätern, die Anahid vergewaltigt hatten. Der Massengentest hatte schließlich zu einem Volltreffer geführt. Ein volljähriger Türke, dessen Eltern vor dreißig Jahren aus Izmir eingewandert waren. Die Mittäter verriet er unter dem Verhör. Der erste bekam einen Rabatt und nur drei Jahre Freiheitsstrafe, die beiden anderen eineinhalb Jahre mehr. Alle drei waren keine deutschen Staatsbürger. Nachdem Anahid bei Martens wohnen geblieben war, hatte er sie überredet, die Schule zu wechseln. Sie durfte nicht im Dunstkreis der Täter bleiben. Das Opfer musste weichen. Sie unterrichtete fortan in Großenborstel an einer kleinen Schule, nicht weit von Hollen- fleth. Vielleicht würde sie eines Tages frei sein, wenn man die drei Täter abgeschoben haben würde. Manchmal war es gut, wenn Deutschland mit seiner Staatsangehörigkeit knickrig war.

Die Bohnensaat ging bestens auf, besonders die großen weißen Bohnen aus Amerika. Sie wuchsen an den Stangen hoch, die Schlüter ihnen hatte einstecken müssen, sie blühten verschwenderisch und wurden von den Bienen umschwärmt. Christa erntete im Herbst ein großes Glas mit Samen für das nächste Jahr aus den schwarzen Schoten. Sie würde sie wieder einsäen und immer wenn Schlüter an den Bohnen vorüberging, würde er voller Wehmut an seine Freunde Behzad und Sajja denken.

Die Familie Hakobyan erhielt aufgrund der Berichte aus dem Iran, die Schlüter mitgebracht hatte, unbefristetes Aufent- haltsrecht. Das Strafverfahren, das Martens gegen die Behörden in Gang gebracht hatte, wurde eingestellt mit der Begründung, eine Verantwortung einer bestimmten Person sei nicht nach- weisbar.

Nachbemerkungen

Dieses Buch ist ein Roman. Handlung und Personen sind frei erfunden und was die handelnden Personen tun und sagen, ist nicht die Meinung des Autors. Ähnlichkeiten mit lebenden oder toten Menschen sind daher zufällig. Es sei denn, sie sind beabsichtigt. Denn kein Roman kommt ohne Bezüge zur Wirklichkeit aus. Die Handlung beruht auf einem historischen Hintergrund. Jedoch habe ich bestimmte Ereignisse in meiner dichterischen Freiheit vor- oder zurückverlegt. Die Örtlichkeiten in der Stadt Täbris und in der Provinz Ost-Aserbaidschan in der Islamischen Republik Iran habe ich nach der Wirklichkeit beschrieben.

Den türkischen Völkermordleugner Ali Söylemezoğlu in Kapitel 1 gibt es tatsächlich. Er schreibt Bücher und verbreitet seine wahrheitswidrigen Thesen mithilfe seines Vereins *Dialog für den Frieden*. Sie erfüllen nicht nur meiner Meinung nach den Tatbestand der Volksverhetzung. Er verhetzt das armenische Volk, wie der Leugner des Holocaust die Juden verhetzt.

Der Armenier S. Ch. hat sich am 2. Juli 2010 in der Abschiebehaft in Hannover erhängt. Die Umstände seines Todes und seiner geplanten Abschiebung mit gefälschtem Pass entsprechen den Tatsachen, wie sie in der *Neuen Stader Zeitung* zu lesen waren und von mir beschrieben wurden. Aufklärung wurde versprochen, ist allerdings nie erfolgt. Niemand ist je zur Rechenschaft gezogen worden. Ich verneige mich vor seinem schrecklichen Schicksal. Es war der Grund, warum ich anfing, dieses Buch zu schreiben. Seine Familienverhältnisse im Roman sind erfunden, nicht jedoch die Tatsachen, dass er in Nachitschewan in Gyal gelebt hatte, sein Sohn beim aserbaidschanischen Militär unter ungeklärten Umständen umgekommen ist, er deshalb mit seiner Familie nach Deutschland flüchtete und – nach einer Anhörung durch unbekanntes armenisches

360

Personal in Hamburg – mit gefälschten Papieren nach Armenien abgeschoben werden sollte, obwohl er kein armenischer Staatsbürger war.

Achtamar in Kapitel 9 ist eine Insel im Vansee im Osten der Türkei. Darauf steht die Kirche Surb-Chatsch, Zum Heiligen Kreuz. Sie gehört zu einem armenischen Kloster, das im 10. Jahrhundert errichtet wurde. Die durch die Zeit und durch Schießübungen stark zerstörte Kirche wurde zum Museum restauriert. Seit 2010 erlaubt die türkische Regierung jedes Jahr *einen* armenischen Gottesdienst. Sonst darf der Sakralbau bis heute nicht als Kirche genutzt werden. Wenn ein Armenier die Kirche besucht und ein sakrales Lied singt, wird er abgeführt. Das gilt übrigens ebenso für fast alle armenischen Kirchen in der Türkei.

Der Aserbaidschaner Ramil Safarow hat am 19. Februar 2004 einen armenischen Soldaten mit einer Axt getötet, wie geschildert. Er wurde zu lebenslanger Haft verurteilt. Seine Begnadigung wurde für dreißig Jahre ausgeschlossen. Jedoch wurde er 2012 nach Aserbaidschan ausgeliefert und dort sofort freigelassen. Das habe ich der Presse entnommen. Die Massaker an Armeniern im Staat Aserbaidschan am 27. Februar 1988 und in Baku am 20. Januar 1990 – und andere – sind geschehen.

Der Iran hat, siehe Kapitel 17, das heiratsfähige Alter für Mädchen 2013 von dreizehn wieder auf neun Jahre herabgesetzt. Die Zerstörung des Friedhofs von Julfa hat sich ereignet, so wie ich es im Kapitel 14 beschrieben habe, jedoch in Wahrheit in der Zeit vom 10. bis zum 14. Dezember 2005. Zu dieser Zeit war Nishan Topusian (armenisch: Nshan Topouzian, 1966–2010), dessen biografische Daten ich benutzt habe, Bischof der armenischen Diözese Aserbaidschan (Atrpatakan). Seit 2002 war er Prälat der Diözese. 2006 wurde er zum Bischof geweiht. Ich habe das Ereignis in meiner dichterischen Freiheit verlegt in den Mai 2007. Die Umstände der Veröffentlichung stimmen nicht ganz mit der Wirklichkeit überein. In Wahrheit wurde der Bischof von iranischen Architekturexperten unterstützt. Ich bewundere ihren Mut. Den Film, der ins Netz gestellt wurde, kann man auf YouTube heute noch sehen: https://www.youtube.com/watch?v=ispMSktZNyg.

Der Friedhof sollte als Welterbe unter den Schutz der UNESCO gestellt werden. Das Verfahren lief bereits. Es hat nie eine Reaktion der UNESCO gegeben, möglicherweise deshalb, weil die Frau des aserbaidschanischen Diktators Alijew der Organisation große Summen gespendet hatte. Die Reaktion eines Teils der aserischen Bevölkerung von Täbris und Umgebung war, wie im Kapitel 32 beschrieben. Ich danke dem Bohnenhändler, dem Etikettenfälscher und dem Teppichhändler, die in Wahrheit andere Berufe und Namen haben.

Der Prozess in Kalifornien um die armenischen Lebensversicherungen hat so stattgefunden, wie ich ihn geschildert habe, allerdings zu einem anderen Zeitpunkt.

Vartkes Yeghiayan, den kalifornischen Rechtsanwalt, für den die Sona Hakobyan des Romans arbeitete, hat es ebenfalls gegeben. Er wurde 1937 als Sohn wohlhabender Armenier in Äthiopien geboren, hatte auf Zypern studiert und war später nach Kalifornien ausgewandert. 1987, kurz vor seinem einundfünfzigsten Geburtstag, hatte er in den Memoiren des Botschafters der Vereinigten Staaten in Konstantinopel, Henry Morgenthau, gelesen, wie Talaat Pascha die Herausgabe der armenischen Namenslisten amerikanischer Lebensversicherer verlangt hatte. Das ließ ihn nicht mehr los. Yeghiayan hatte seine Aufgabe gefunden für den Rest seines Lebens.

Er stellte Mitarbeiter ein, forschte in Archiven und sammelte Tausende Dokumente. 1994 bereitete er die erste Sammelklage gegen die *New York Life Insurance* vor. Im Jahr 2001 erklärte sich die Versicherung bereit, zehn Millionen Dollar zu zahlen, um ein Urteil zu vermeiden. Yeghiayan lehnte ab. Er pokerte hoch. Es kam zu langwierigen Verhandlungen, die im Januar

2004 mit einem Vergleich endeten. Nach Ablauf der Fristen für die Anmeldung von Ansprüchen am 1. Oktober 2007 verklagte Yeghiayan die AXA-Versicherung in Kalifornien. Nach wiederum langen Verhandlungen zahlte der Konzern siebzehn Millionen Dollar. Sie zahlten, weil sie einen schlechten Ruf fürchteten. Das Geld wurde zwischen einzelnen Erben und armenischen Wohltätigkeitsorganisationen aufgeteilt. Ein großer Erfolg.

Eine weitere Klage gegen die deutsche Victoria-Versicherung scheiterte. Nachdem das Bezirksgericht im August 2009 die Klage abgewiesen hatte, bestätigte das 9. US-Bezirksberufungsgericht in San Francisco das Urteil. Die türkischen Medien jubelten. Die Zeitung *Hürriyet* freute sich in Großbuchstaben über die *Ohrfeige für die Armenier*. Damit meinten sie natürlich alle Armenier, nicht etwa nur die Kläger.

Der Armenian Genocide Victims Insurance Act, mit dem die California Senate Bill No. 1915 vom 18. September 2000 Gesetz geworden war, war die Grundlage der ersten beiden Klagen gewesen. Jetzt war das Gesetz faktisch aufgehoben. Es stand nämlich unter dem Vorbehalt, dass seine Anwendung nicht gegen die außenpolitischen Interessen der Vereinigten Staaten verstoßen dürfe, und das Gericht nahm an, dass genau dies der Fall sei. Man verderbe das schöne Verhältnis zur Türkei und greife in deren komplizierte Beziehungen zu Armenien ein. Vermutlich hatten die Gerichte einfach überhört, dass Ronald Reagan während seiner Präsidentschaft von 1981 bis 1989 wiederholt vom Genozid an den Armeniern gesprochen hatte. Die amerikanische Außenpolitik hatte das Wort ›Genozid‹ nicht gemieden. Doch es gab keinen offiziellen Beschluss.

Erst am 29. Oktober 2019 hat das Repräsentantenhaus eine Resolution verabschiedet, mit der es die systematische Ermordung der anatolischen Armenier als Genozid eingestuft hat.

Damit hat es wütende türkische Kommentare rund um die Welt ausgelöst.

In Kalifornien und in Frankreich leben viele Armenier. Sie können politischen Druck ausüben. Nicht aber in Deutschland. In der Türkei leben heute geschätzt sechzigtausend Armenier und Ungezählte, die ihre Herkunft nicht preisgeben. Dazu gehören auch die Nachfahren der Krypto-Armenier, also derer, die sich als Muslime getarnt haben, von denen manche zum Christentum zurückkehren, oftmals erst nach vier oder gar fünf Generationen. Mit einem von ihnen habe ich ein langes Gespräch geführt. Ich danke ihm sehr für seine Offenheit. Im Iran gilt die Scharia, die den Lynchmord an »abgefallenen« Muslimen ausdrücklich erlaubt.

Die Deutsche Bank sitzt bis heute auf armenischem Raubgut. Auf den Konten und in den Schließfächern ihrer Niederlassungen im Osmanischen Reich befanden sich die Werte vieler reicher Armenier, die nie ausgezahlt wurden. Sie sind in die Bilanzen der Bank eingegangen. Deshalb reisten im Mai 2007 die kalifornischen Rechtsanwälte Brian Kabateck, Mark Geragos und Vartkes Yeghiayan nach Berlin, um mit Repräsentanten der Deutschen Bank über eine Entschädigung zu sprechen. Sie trafen dort den Leiter der Abteilung für Internationales Recht beim Auswärtigen Amt, Dr. Götz Schmidt-Bremme, und eine Mitarbeiterin der Deutschen Bank, Frau Dr. Barbara Bruzzone. Sie erreichten – nichts. Und die Anwälte der Deutschen Bank in den Vereinigten Staaten weigerten sich, überhaupt mit den armenischen Kollegen zu sprechen.

Wer sich dem Völkermord an den anatolischen Armeniern 1915 literarisch weiter nähern möchte, dem lege ich folgende Romane ans Herz:

Aylisli, Akram: *Steinträume*, Hamburg 2015
Balakian, Peter: *Die Hunde vom Ararat*, Wien 2000
Çetin, Fethiye: *Meine Großmutter*, Engelschoff 2004
Hilsenrath, Edgar: *Das Märchen vom letzten Gedanken*, München 2006
Vosganian, Varujan: *Buch des Flüsterns*, Wien 2013
Werfel, Franz: *Die vierzig Tage des Musa Dagh*, Berlin 1990

Diese Werke haben mich tief beeindruckt. Ich durfte Peter Balakian und Fethiye Çetin 2013 in Berlin kennenlernen, anlässlich eines Workshops der evangelischen Kirche zum Thema ›Literatur über Völkermord‹, an dem ich mit meinem Buch *Paragraf 301* einer der Vortragenden war. Für Balakian war – ebenso wie für Vartkes Yeghiayan – die Lektüre von Morgenthaus Memoiren das armenische Erweckungserlebnis. Als ich selbst sie las, beschloss ich, die armenischen Lebensversicherungen auch zum Gegenstand dieses Romans zu machen.

Der aserbaidschanische Dichter Akram Aylisli stammt – wie Jezekiel Hakobyan – aus Nachitschewan. Er hat die Pogrome gegen die Armenier in Aserbaidschan zum Anlass genommen, seine *Steinträume* auf Russisch veröffentlichen zu lassen. Das Manuskript lag in der Schublade und er hatte lange gezögert. Er war ›Staatsdichter‹ in seinem Land, vergleichbar mit Günter Grass bei uns. Seine Bücher waren Schullektüre, seine Theaterstücke wurden landesweit aufgeführt, der Staat hatte ihm eine Ehrenpension ausgesetzt. Ihm wurde alles genommen, seine Bücher sind heute verboten, seine Söhne verloren ihre Arbeit. Der Mörder Safarow aber wurde auf den Heldenschild gehoben.

Wilfried Eggers, Buschhörne, im Februar 2020

Lust auf weitere Lektüre?

Wilfried Eggers

Paragraf 301

ISBN 978-3-89425-373-8

Auch als E-Book erhältlich

Nominiert für den Friedrich-Glauser-Preis als einer der fünf besten Romane seines Erscheinungsjahres

Brisant, atemberaubend, tiefgründig

Heyder Cengi, ein Türke alevitischen Glaubens, hält sich illegal in Deutschland auf und übernimmt Hilfsarbeiten auf dem Bau. Als eines Tages ein Kontrolleur vom Arbeitsamt erscheint, kommt es zu einem Handgemenge. Der deutsche Beamte stürzt vom Gerüst und stirbt. Währenddessen wird Rechtsanwalt Peter Schlüter gebeten, die Auslieferung von Emin Gül an die türkische Justiz zu verhindern. Gül ist in seiner Heimat verurteilt worden, weil er mitschuldig am Tod von 37 Menschen sein soll. Ein Fehlurteil, sagt Güls Onkel. Schlüter übernimmt das Mandat, doch als er auch mit dem Fall Heyder Cengi konfrontiert wird, gerät er in einen Gewissenskonflikt. Ein vor Jahrzehnten begangener Völkermord wirkt bis heute nach …

»Ein großer Wurf. Eine literarisch wie politisch überzeugende Lektüre.« *Junge Welt*

»Es ist erstaunlich, dass eine der brisantesten Herbst-Veröffentlichungen mit dem raren Etikett ›Türkei-Krimi‹ aus Deutschland stammt. … Mit ›Paragraf 301‹ hat Wilfried Eggers einen einfühlsamen, landes- und leutekundigen Roman … vorgelegt.« *Dr. Hendrik Werner, Die Welt*

grafit

Wilfried Eggers
Ziegelbrand

ISBN 978-3-89425-277-9
Auch als E-Book erhältlich

Peter Schlüter, Rechtsanwalt in der norddeutschen Kleinstadt Hemmstedt, bekommt einen ungewöhnlichen Auftrag aus Polen: Stanislaus Kaczek war im Zweiten Weltkrieg als Zwangsarbeiter in der Ziegelei des ›Feldhöbers‹, Friedrich von Rönn, tätig. Schlüter soll nun Schadenersatz von Kaczeks Peiniger verlangen.

»Raffiniert verknüpft Eggers die historische Wirklichkeit mit der Fiktion von Einzelschicksalen. Vor allem die handelnden Figuren sind voller Kraft und Leben, schillernd in ihrer Zerrissenheit. Ein Lesevergnügen – nicht nur für Krimifans.« *Bremervörder Zeitung*

Wilfried Eggers
Die oder ich

ISBN 978-3-89425-389-9
Auch als E-Book erhältlich

Horst ›Horschi‹ Kurbjuweit ist ein Außenseiter. Krank und einsam sitzt er in seiner Wohnung am Küchentisch, liest in Pornoheften und beschreibt Zettel mit seinen Lebensplänen. Nun hat Horschi Post bekommen – noch mehr schlechte Nachrichten. Er sucht Rat bei Rechtsanwalt Peter Schlüter. Doch Recht bekommen wollen ist ein bürokratischer Akt. Während die juristischen Mühlen langsam mahlen, macht Horschi eine folgenschwere Entdeckung …

»Mit einem scharfen Blick für psychologische Details gelingt es Eggers, eine intelligente Story mit knisternder Spannung aufzubauen. Sehr lesenswert!« *Neues Deutschland*

Machtkämpfe und ideologischer Wahn

Jutta Blume
Die Aktivistin

ISBN 978-3-89425-595-4
Auch als E-Book erhältlich

Politisch brisant, fundiert recherchiert

Aktivistin Yessica López, die sich für die Rechte der indigenen Garífuna einsetzt, ist verschwunden und niemand in Triunfo will darüber reden. Entwicklungshelfer Ulrich, der seine ehemalige Geliebte überraschen wollte, kann kaum glauben, wie sehr sich die Region verändert hat. Die honduranische Regierung hat das Gebiet zu einer Sonderentwicklungszone erklärt, verwaltet von einem internationalen Expertenkomitee, das die Einheimischen zum Verkauf ihrer Grundstücke zwingt. Die Interessen des Komitees sind undurchsichtig, seine Macht ist absolut. Als in der Nachbarstadt eine Bombe explodiert, wird das Tropenparadies zu einem Albtraum.

|gr|a|f|it|